연행록
소재 필담의 연구

홍대용·박지원 등을 중심으로

韓中文化交流研究叢書 2

燕行録所載筆談研究

以洪大容、朴趾源等人為中心

朴香蘭

한중문화교류연구총서
❷

연행록
소재 필담의 연구

홍대용·박지원 등을 중심으로

———

박향란 지음

보고사

머리말

　연행필담은 동일한 문화권에서 지적 교류를 염원하는 지식인들의 만남이 낳은 필연적 산물이다. 사행을 전제로 하는 필담은 단순한 기록수단을 떠나 작가의 진솔하고 가치 있는 체험을 문학적으로 형상화하기에 단순히 시각적인 부호를 특정한 관례에 따라 배열하는 것 이상의 의미를 가진다. 하지만 한중 문인들의 필담자료는 중국에서 발굴하기 쉽지 않다. 통신사가 일본에 도착하기 전부터 필담을 준비하고 필담출판을 기획한 일본과 달리 청나라 지식인과 상업 출판자들은 조청 지식인의 필담창화집을 열심히 편집하거나 출판하지 않았기 때문이다. 단지 『열하일기』 같은 연행록에 일부 실려 전해질 뿐이다. 새로 발굴된 자료를 손에 넣으려는 것이 한문학연구자들의 공동한 염원이자 바람일 것이다. 하지만 기성자료에 대한 면밀한 재검토 또한 홀시할 수 없는 작업이라 하겠다. 한 나라의 문화사는 다른 나라와의 교류과정에서 부단히 발전함과 아울러 자기화하면서 새로운 전통을 형성하고 발전시킨다는 의미에서 한중 양나라의 필담연구는 앞으로도 부단히 연구해야 할 가치있는 작업이라고 하겠다.

　이 책은 박사 논문을 약간 손질한 것인데 최근의 생각을 정리하여 쓴 논문도 함께 수록하였다. 논문을 쓰는 내내 가장 어렵고 버거웠던 것은 한국실학의 대가로 상징되는 박지원과 홍대용의 연구가 너무나도 많이 되었다는 사실이다. 무엇부터 시작해야 될지, 어디에 초점을 둘 것인지 막연한 감정만 있을 뿐 구체적인 대안도 해결책도 없었다. 연구방향을 바꿔도 되지만 연행록에 대한 관심을 버릴 수가 없었고 그 무모한 고집 때문에 더 힘든 길을 걸었는지도 모른다. 주위분들의 조언을 들으면서 방황을 하다가 운이 좋게 임형택 교수님의 강의를 들으면서 한중문인교유의 중요성을 새롭게 인식하고 필담연구에 몰두하게 되는 계기가 되었다. 논문집필 초기에는 의욕만 앞섰고 근거 없이 맹목적인 결론도출에만 성급했었다. 하지만 그 과정에서 18세기의 문화현상에 매력을 느꼈고 당시 한중문인들의 입장에 공감을 하면서 격정과 열망으로 동아시아 정세에 관심을 가질 수 있었다.

나는 운이 좋고 복이 있는 사람인가 보다. 한국에서 유학하는 동안 주변사람의 도움을 많이 받았었고 운이 좋게도 한국문학 대가(大家)들의 강의도 꽤 많이 들었으며 진정한 학자와 훌륭한 스승의 가르침을 받았다. 소심함 때문에 선뜻 나서기를 꺼려하는 나에게 고마운 분들이 항상 먼저 도움을 주셨고 선배와 동료들의 좋은 정보 덕분에 기타 학교의 보귀한 강의도 청강할 수 있었다. 4년 동안의 한국생활은 나에게 진정한 학자의 자세가 무엇인지 깨우쳐주었으며 지금도 한국생활을 생각하면 가슴이 벅차오른다. 그것이 또한 향수가 되어 한국을 더 그립게 하는 지도 모른다. 지금도 가끔 독학시절의 충실함을 생각하면서 현실에 허무함과 무력함을 느낄 때, 험난과 고독이 함께 따르는 배움의 길에서 모든 도전을 온몸으로 맞이하면서 스스로 즐거움을 찾던 한국의 진정한 학자들이 나에게 큰 격려가 되고 있다. 돌이켜보면 졸업만을 바라보고 지겨운 시간이 하루 빨리 지나기만 고대했던 내가 참으로 어리석었다.

이 책을 쓰는 동안 많은 분들의 도움을 받았다. 필담연구의 가능성을 제시해주신 임형택 교수님, 정하영 교수님, 그리고 연구의 시야를 넓혀주신 최원식 교수님께 감사드린다. 낯가림이 심해 먼저 인사드리기를 망설이는 나에게 먼저 메일을 주시고 지금까지도 필담연구를 지지해주시고 있는 허경진 교수님, 논문을 꼼꼼히 보아주신 박혜숙 교수님, 장효현 교수님께 감사드린다. 이분들이 아니었으면 사행문학과 필담의 연구를 다시 생각해 보지 못했을 것이고 시작도 하기 전에 엄두도 못 내고 절망 속에서 그만두었을지도 모른다.

마지막으로 학문뿐이 아니라 인생의 도리까지 가르치면서 늘 순순하게 이끌어주셨던 김영교수님과 어리석은 나에게 학문의 길을 열어주시고 오늘의 내가 있기까지 아낌없이 도움을 주신 김병민 교수님께 무한한 존경과 감사를 드린다.

차례

머리말 / 5

I. 서론 ··· 11

　1. 연구사 검토와 문제 제기 ··· 11

　2. 연구의 방법과 범위 ·· 20

II. 연행록 소재 필담의 형성과 그 성격 ····························· 27

　1. 북학파 필담의 형성 ·· 27

　2. 필담의 성격 ·· 43

　3. 필담의 참여자 ·· 50

III. 텍스트로서의 필담의 성립과 창작의도 ······················ 64

　1. 독립적 텍스트로서의 필담의 생성: 홍대용 ······················· 65

　　1) 「건정동필담」의 구성방식 ·· 65

　　2) 「연기」 중의 필담 ·· 72

　2. 주제중심 필담으로의 전환: 박지원 ····································· 80

　　1) 주제중심 필담의 성립 ·· 80

　　2) 필담형식의 전환 ·· 84

　3. 인물중심의 필담과 연행록: 유득공, 박제가 ······················ 91

Ⅳ. 필담의 내용과 표현방식 ···················· 100

1. 필담의 화제와 서술양상 ······················ 100
   1) 화이론적 세계관의 문제 ···················· 101
   2) 정학이단론의 문제 ······················· 125
   3) 청조의 정치현실과 민심의 향배 ············· 149
   4) 중국지식인의 형상 ······················· 167

2. 필담의 표현방식 ······························ 188
   1) 유도와 우회 ··························· 188
   2) 비교와 재확인 ························· 196
   3) 복선과 암시 ··························· 201

Ⅴ. 결론 ·· 209

[부록] 필담을 통해본 한중 문화인식 비교 ·············· 218
      -박지원과 홍대용의 경우-

1. 서론 ····································· 218
2. 여성인식 차이 ······························· 220
3. 관혼상제의 문화 ····························· 229
4. 사민(四民)의 생업관 ·························· 240
5. 결론 ···································· 254

국문초록 / 257
中文摘要 / 261
참고문헌 / 266
찾아보기 / 276
한중문화교류연구총서를 기획하면서 / 282

I

서론

1. 연구사 검토와 문제 제기

　필담은 언어가 다른 나라에서 상호소통을 염원하는 지식인들이 문자로 진행한 의사소통의 방식이다. 만약 연행록을 조선 문인들이 중국의 정치, 사회경제, 문화발전의 이면과 실상을 기록한 견문과 체험의 성과물이라고 한다면, 홍대용(1731~1783)과 박지원(1737~1805)을 중심으로 한 북학파 문인이 시도한 필담은 치열한 현실인식을 바탕으로 한 실천적인 결과물이라 할 수 있겠다. 특히 홍대용과 박지원이 시도한 독립적 텍스트의 필담은 고도의 문학성과 사상성을 겸비한 문학텍스트이자, 한중사회의 시대적 추이를 날카롭게 감지하고 이에 조응하기 위한 철학사상적 방편을 모색한 텍스트라고 할 수 있겠다. 논의의 범위를 북학파문인으로 한정시킨 것은 동시대 다른 문인들에 비해 이들의 연행록이 필담의 비중이 가장 클뿐더러, 필담이 연행록의 주제표현수법 중 극히 중요한 수법으로 부각되었다는 사실을 주목했기 때문이다.

그동안 북학파의 연행록을 인식론적 측면과 새로운 문물경험이라는 시각에서 연구하였다면, 본서에서는 상호 소통이라는 의미에 주목하여 북학파의 연행록을 재조명해보려고 한다. 선행연구에서 독립적 텍스트로서의 필담에 대한 천착이 드물었던 것은 필담 양식의 장르 귀속이 애매하고 특정한 틀 속에 넣어 다루기가 어려울 정도로 내용이 복잡하기 때문으로 보인다. 하지만 필담 서술자의 현실인식 의지와 그 입장을 드러내는 필담의 자세를 고려한다면 같은 시기에 나온 북학파 연행록의 필담을 하나로 묶어서 고찰하는 것이 요청된다고 하겠다.

지금까지 북학파 문인의 사상사적 위치 때문에 한국 한문학사에서 북학파에 대한 연구는 사상과 철학, 문학의 영역에서 활발히 이루어져 이미 상당한 분량의 연구물이 축적되었다. 그중 연행록에 대한 문학적인 접근은 박지원의 『열하일기』에 대한 소개와 평가가 시작되면서 활발히 연구되었다.[1] 하지만 초기의 연구를 살펴보면 연행록으로서의 『열하일기』의 특성, 즉 기록문학으로서의 특징을 전반적으로 고려하지 않고 「호질」, 「허생전」과 같은 몇몇 소설작품에 초점이 맞추어져, 소설만이 가치 있는 작품인 것처럼 다루는 한계가 있었다.[2] 소위 소설, 시, 희곡 등만을 순문학으로 정의하던 일반문

---

1) 金台俊의 『조선한문학사』 등 한문학사 서술의 초창기에부터 『열하일기』에 대한 연구는 시작된다.

2) 「허생전」, 「호질」, 「열녀함양박씨전」 등 "소설"로 파악되는 몇몇 작품에 초점을 두고 이루어진 연구는 李家源의 『연암소설연구』(을유문화사, 1965)가 대표적이다. 그 후, 소설중심으로 18세기 실학사상, 특히 북학사상의 선두자로서의 연암을 주목하면서 실용적이고 혁신적인 사상을 부각하여 역사적 성격을 보다 분명히 한

학 개념으로서는 여행의 산문적 기록인 연행록이 문학으로서 인정
되기 어려웠으며 소설중심의 연행록 연구경향은 70년대까지 지속되
었다. 80년대에 들어오면서『열하일기』전반을 박지원의 사상과 인
식론, 예술론이 집결된 유기적인 성과물로 보려는 연구가 계속되면
서 기존의 소설중심 연행록연구 전통을 타파하여 연행록 자체에 대
한 연구 필요성을 강조하게 되었다.3) 특히 임형택의「박지원의 주
체의식과 세계인식」은『열하일기』에 대한 본격적인 연구로서 북학
사상에만 주목하였던 기존연구의 시각을 비판하면서 천하대세의 전
망이 북학과 쌍벽을 이루는 연암의 중요한 관심사임을 강조하고, 다
양한 인간 군상에 대한 형상화의 수법을 지적하여 향후 연구에 많은
영향을 주었다. 그리고 김명호의『열하일기연구』또한 서지적 고찰
과 함께 당대 연행록들과의 관계 속에서『열하일기』를 전면적으로
고찰하였다. 이 시기 홍대용(1731~1783)의『을병연행록』연구와 함

· 연구는 李佑成의「실학파의 문학과 사회관」을 비롯한 일련의 논문(『한국의 역사
  상』, 창작과 비평사, 1982)들이 있다. 여기서는 박지원의 한문소설이 조선 후기
  실학의 한 유파로서 상공업, 도시의 발달을 배경으로 출현한 북학파의 문학을 대
  표하는 것이라 규정하였다. 이런 선행연구들은 후기 연구자들에 의해 소설 위주의
  사상사적 연구 경향을 초래하였다는 평가를 받는다.(金明昊, 『熱河日記연구』, 창
  작과 비평사, 1990, 12쪽.)
3) 林熒澤,「박지원의 주체의식과 세계인식」, 제3회 동양학 국제학술회의 논문집,
  1985.
  林熒澤,「박지원의 인식론과 미의식」,『한국 한문학연구』제11집(『실사구시의 한
  국학』[창작과 비평사, 2000]에 재수록).
  姜東燁,「熱河日記의 문학적 연구」, 건국대 박사학위논문, 1982.
  李鍾周,「熱河日記의 인식 논리와 서술 방식」,『근대문학의 형성과정』, 한국고전
  문학연구회 편, 문학과 지성사, 1983.
  金明昊, 같은 책.

께『연기』도 실학적 성격을 구현한 저술로서 주목을 받으면서 김태준에 의하여『을병연행록』,『연기』의 저술 태도의 차이가 고찰되었고[4] 유득공(1748~1807)의 연행록에 관한 연구와 함께 연행시「열하기행시주(熱河紀行詩注)」도 송준호에 의해 검토되기 시작하였다.[5]

하지만 연행록 연구는 박지원과 홍대용의 작품에만 국한된 것일 뿐, 이러한 연구 경향이 연행록을 하나의 문학적 성과물로 보려는 연구로 계속 이어지지는 않았다. 유득공의 연행록연구에서도「열하기행시주」는 주로 유득공 사상연구를 위한 보조적 자료로 다루어졌다. 80년대 중반부터는 연행록 자체의 특징과 한국 한문학의 산문일반에 연구의 초점이 옮겨지면서『연행과 체험의 문학』[6]이라는 책이 간행되었고 이는 여행문학의 새로운 연구 가능성을 열어주었다. 이 책에서 다룬 연행록에 대한 연구는 90년대에 들어와서 본격화되었으며 해외 체험으로서의 여행문학 연구에 시사한 바가 적지 않았다. 하지만 연행록과 같은 산문기록 자체에 대한 검토는 미약한 편이었고 문학론, 개별 작품론, 문체론에만 연구가 집중되었다. 그러다가

---

4) 金泰俊,『홍대용과 그의 시대』, 일지사, 1982.
   金泰俊,「담헌연기와 을병연행록의 비교연구」,『민족문화』제11집, 1987.
5) 宋寯鎬,「유득공의 시문학 연구」, 동국대 박사학위논문, 1983. 이와 함께 김윤조(「영재 유득공 시연구」, 성균관대 석사학위논문, 1985) 역시 시를 제재와 주제별로 述懷詩, 寓言詩, 紀行詩, 詠史詩, 風俗詩 등으로 나누어 기행시의 문학특징에 대하여 논의되었다.
6) 蘇在英, 金泰俊 외,『여행의 체험과 문학—중국편』, 민족문화문고 위원회 간. "중국편"과 "일본편" 두 권으로 이루어졌다. 이 책에서는 김창업의『노가재연행일기』, 유득공의『난양록』, 홍대용의『을병연행록』, 서호수의『연행기』등 조선 후기 연행록의 문학적 가치를 해명하였다.

2000년도에 들어와 국제적 문화교류에 대한 관심이 고조되면서 연행록연구 붐이라고 할 정도로 수많은 연구 성과가 속출하였다. 이를테면 연행록의 저술방식에 대한 논의[7], 중국지식인의 교류와 지식유통에 관한 연구[8], 비교문학적 접근[9], 연행록의 총체적 흐름과 양상연구 등 다양한 관점에서 논의가 이루어졌으며 새로운 자료도 꾸준히 발굴되었다.[10]

한편 『열하일기』의 연구에 있어서도, '유목주의'라는 독특한 시각으로 재해석하고 해체적 글쓰기를 시도한 학자도 있었다.[11] 이연구에서는 『열하일기』 전의 연행록들을 "스쳐 지나가는 외부자의 파노라마에 불과한 텍스트"로 보면서 『열하일기』를 여행기가 아닌 '유목적 텍스트'라고 하였다.[12] '유목적 텍스트'라고 주장한 이유로

---

7) 대표적인 논문으로는 박지선의 「김창업의 "노가재연행일기"연구」(고려대 박사학위논문, 1995), 김아리의 「김창업의 노가재연행일기 연구」(서울대 석사학위논문, 1999) 등 90년대 후반에 잇달아 학위논문이 나왔다. 김창업의 연행일기는 3대 연행록의 하나로 평가되는 훌륭한 작품이지만 연구가 뒤늦게 이루어진 셈이다.

8) 이 분야의 대표석인 연구로는 김병민의 「조선중세기 북학파문학연구」(목원대학 출판부, 1992.6), 진재교의 「18세기 조선조와 청조학인의 학술교류」(『고전문학연구』 23집, 2003.6), 「동아시아 한문문화권의 지적 교류와 지식의 유통」(한국한문학회 2007년도 전국학술발표대회 발표집, 2007.12), 김영의 「근대전환기 지식인의 이국체험과 세계관의 변화」(『한국고전연구』 17집, 2008), 정민의 『18세기 조선지식인의 발견』(휴머니스트, 2007)을 들 수 있다.

9) 대표논문은 이혜순의 「여행자문학론시고」(『비교문학』 24집, 비교문학회, 1999)를 들 수 있다.

10) 『燕行錄選集 補遺』 상·중·하, 동아시아학술원 대동문화연구원 편, 서울대 출판부, 2008.

11) 高美淑, 『熱河日記, 웃음과 역설의 유쾌한 시공간』, 그린비, 2003.

12) 高美淑, 같은 책, 25쪽.

는, 『열하일기』가 종래의 연행록과 달리 '여행이라는 장을 전혀 다른 배치로 바꾸고, 그 안에서 삶과 사유, 말과 행동이 종횡무진 흘러 다니게 한다는 점'을 들고 있었다. 동시에 '유머'를 자유롭게 옮겨 다니는 유목적 특성으로 내세우면서, 『열하일기』와 종래 여행기의 구별을 '유머'에서 찾으려고 하였다.[13] 그러나 '유머'는 이미 홍대용의 연행록에서도 주제표현 방식의 하나로 사용되고 있었으며, 홍대용의 독립적 텍스트로서의 필담 작성방식은 『열하일기』의 형식에 적지 않은 영향을 주었다는 사실을 간과해서는 안 된다. 고미숙의 연구는 연암의 작품을 기존 연행기와 단절된 창작의 비약으로 간주하려는 경향과 텍스트의 자의적 해석이라는 문제를 지니고 있기도 했다. 연행록 텍스트에 대한 관심이 높아지면서 18세기 연행록의 저술방식과 특징을 전면적으로 고찰한 박사학위논문도 나오기 시작하였다. 김현미[14]는 18세기를 전기, 중기, 후기 세 단계로 나누어서 연행록에서 체현된 관심의 변화와 작가의식의 전개, 글쓰기 방식에 대한 통시적인 연구에 주력하였다. 논문은 18세기 전반 연행의 역사적 흐름에 따른 연행록 창작방식의 변화를 상세하게 소개하면서 연행록에서 체현된 저술방식의 변화와 의의에 대해서 깊이 있게 다루었다. 그동안 특정된 연행록에만 주목하였던 연구사에 대한 반성이 제기되면서 진행된 방대한 작업이었다. 정훈식의 논문[15] 역시 홍대용 연행록의 저술특징에 주목한 연구로서 그동안 인

---

13) 高美淑, 같은 책, 24쪽.
14) 金賢渼, 「18세기 연행록의 전개와 특성 연구」, 이화여대 박사학위논문, 2003.12.
15) 鄭勳植, 「홍대용의 연행록 연구」, 2007.8.

식론이나 철학적 측면으로만 접근하였던 홍대용연구를 새로운 방
향으로 이끌었다.

　연행록에 대한 관심이 커지면서 중국 학계에서도 연행록에 주목
하여 새로운 연구방법을 시도하기 시작하였다. 중국 학계의 연행록
연구는 주로 '북학파'로 표방된 박지원 등 몇몇 문인들의 연행록에서
중국의 자취를 찾는 연구에 집중되었다.[16] 최근 가장 주목받을 만한
연구는 비교문학 이미지학이론을 도입한 논문들이다.[17] 2001년 『비
교문학형상학』[18]이 출판되면서 사행문학연구에 새로운 방법론을 제

---

16) 陳大康, 「"熱河日記"與中國明淸小說戱曲」, 『明淸小說硏究』, 1999年2期.
　　王政堯, 「18世紀朝鮮"利用厚生"學說與淸代中國-"熱河日記"硏究之一」, 『淸史硏
　　究』, 1999年3期.
　　楊雨雷, 「十六至十九世紀初中韓文化交流硏究-以朝鮮赴京使臣爲中心」, 復旦大
　　學博士學位論文, 2005年4期.
　　金柄珉, 『朝鮮實學派文學與中國之關聯硏究』, 延邊大學出版社, 2007.12.
　　陳紅民, 「晩淸外交的另一種困境:以1887年朝鮮遣使事件爲中心的硏究」, 『歷史硏
　　究』, 2008年2期.
　　劉　靜, 「從"燕行錄"看18世紀中國北京市集-兼論中朝文化交流與文化差異」, 『北
　　京社會科學』, 2006年3期.
　　葛兆光, 「鄰居家里的陌生人-淸中葉朝鮮使者眼中北京的西洋傳敎士」, 『中國文化
　　硏究』, 2006年夏之卷.
17) 馬婧妮, 「"熱河日記"中的中國形象硏究」, 中央民族大學博士學位論文, 2007.
　　曹圭益, 徐東日, 「"燕行錄"中的千山、醫巫閭山和首陽山形象」, 『延邊大學學報』,
　　2008年1期.
　　徐東日, 「朝鮮朝燕行使者眼中的關羽形象」, 『東疆學刊』, 2008年2期.
　　_____, 「朝鮮朝燕行使節眼中的乾隆皇帝形象」, 『東疆學刊』, 2009年4期.
　　_____, 「朝鮮朝燕行使臣筆下的"紫禁城"形象-以李宜的"燕途紀行"爲中心」, 『吉
　　林大學社會科學學報』, 2009年6期.
18) 孟　華, 『比較文學形象學』, 北京大學出版社, 2001.7.
　　이 책에서는 형상학에 관한 기본이론을 중심으로 Jean-Marc Moura, Daniel-
　　Henri Pageaux을 비롯한 구라파 비교문학 학자들의 논문 13편을 번역하여 수록

시했던 것이다. 이미지학(imagologie)이란 문학작품 중에 체현된 '이국(異國)'에 대한 총체적 인식을 연구하는 방법론으로서 80년대 후기에 구라파, 특히 프랑스와 독일 비교문학의 주된 분야 가운데 하나였다. 이미지 연구에서 가장 중요한 것은 타자성 또는 타자성의 글쓰기이기 때문에 '나'와 대립되는 타자와의 '차별화'의 문제나 '나'와 유사하거나 다르지 않은 타자와의 '동화'의 문제에 각별히 관심을 기울였던 것이다. 이 이론을 연행록에 접목시킨다는 것은 신선한 발상이겠지만 동시에 한계도 따르게 된다. 사행문학에서 체현된 타자의 시선을 하나의 이론체계로 재조명함으로써 새로운 연구의 영역을 개척하였다는 의미에서는 서구 이론을 도입한 장점이라고 볼 수 있다. 하지만 확실한 이론 하에서 실제 작품을 조명하려면, 즉 이념이 실제에 선행된다면 작품에서 보여주려는 의도를 자세하게 끌어내지 못하고 성급하게 결론을 내리는 폐단이 생기게 된다. 이것이 바로 서양이론을 도입했을 때 나타나는 한계라 할 수 있겠다. 따라서 형상학이론의 한계를 모면하기 위하여, 단일한 방법론이 아닌 다양한 방식을 병행하는 것이 더욱 합당하다고 여겨진다.

사실 80년대 북학파 문인들의 연행록에 대한 연구가 본격화된 시기에도 필담에 대한 중요성은 줄곧 제기되었다. 그 사례로 북학사상을 대변하는 논거를 필담에서 모색하려는 시도가 많았기 때문이다. 2000년도에 들어오면서 북학파의 연행록연구에 있어서도 필담 텍스트 자체에 주목한 논문이 속출하기 시작하였다. 『열하일기』에 수

한 논문집이다.

록된 필담에만 주목하여 "지적 교류의 성취", "조선의 이미지 향상", "필담을 통한 청나라 사회 진실" 세 항목으로 연암필담의 문학적 성과를 규명한 이학당[19]의 석사학위논문이 바로 그것이다. 이학당의 연구는 처음으로 북학파 필담 텍스트만을 연구대상으로 주목한 연구라는 의의를 갖지만 문화적 교류의 의미에만 치중된 경향이 있다. 이와 동시에 그동안 사상가라는 이유로 철학, 사학, 사상연구에 치중하다보니 연행록에 대한 문학성연구가 기피되었던 홍대용의 연행록연구도 새롭게 조명되었다. 김현미[20]는 "문답의 장편화와 인식의 심화"로 연행록의 성격을 규명하였고 정훈식[21] 또한 홍대용이 엮은 세 편의 연행록-『회우록(會友錄)』, 『연기』, 『을병연행록』-성격규명에 초점을 맞추어 「회우록」의 대화적 구성을 고찰하였다. 하지만 모두 연행록 전체에 대한 연구이기에 범위가 넓어서 독립적 텍스트로서의 필담의 중요성은 인식하였지만 세부적인 천착은 진행하지 못하였다. 게다가 연행록 소재의 필담을 공동으로 묶어서 논의한 경우도 없었으며, 박제가의 필담도 선행연구에서 주목되지 못하였다. 이러한 문제점을 감안할 때 홍대용과 박지원을 중심으로 박제가와 유

---

19) 이학당, 「熱河日記 중 필담에 관한 연구」, 성균관대 석사학위논문, 2000.
    이학당, 「熱河日記」 「호질」의 창작과 필담의 의미」, 『한문학보』, 2008.
20) 김현미, 같은 책.
21) 정훈식, 「乾淨衕筆談과 사행문학의 전환」, 『배달말』 1집, 2002.
    정훈식, 「홍대용 연행록의 구성방식과 성격」, 『한국문학논총』 40집, 2005.
    이외에도 필담에 대한 연구는 광건행의 「조선홍대용"乾淨衕筆談"」(『동아인문학』 제6집, 2004.), 최소자의 「조선후기 진보적 지식인들의 중국방문과 교유」(『명청사연구』 제23집, 2005.)와 같은 연구는 모두 중국인과의 교유방식으로서의 필담에 주목하였다.

득공을 아우르는 북학파 필담에 대한 본격적이고 집중적인 논의가
필요하다고 사료된다.

2. 연구의 방법과 범위

홍대용, 박지원, 박제가, 유득공 등 문인들을 그룹으로서 묶을 수
있는 가장 큰 이유 중 하나는 바로 연행이라는 체험을 통하여 동아시
아 주변정세를 탐지하고 진보적인 사상을 적극적으로 받아들였다는
점이다. 홍대용(1731~1783), 유금(1741~1788), 이덕무(1741~1793), 박
제가(1750~1805), 유득공(1748~1807), 박지원(1737~1805), 이희경(1745
~1805 이후) 등 지식인들은 모두 연행 체험을 계기로 청나라 지식인과
필담과 척독, 시가창수를 통해 지속적인 교유를 진행하였다. 하지만
그 자료가 모두 보존된 것은 아니다. 5차례나 연행을 다녀온 이희경
을 보더라도 연행횟수는 많은 편이었지만 필담자료는 찾아볼 수가
없다.22) 다만 연행경험을 읊은 시가 『윤암집(綸菴集)』에 실려 있고
1799년 5차 연행 때 청나라 문인 대구형(戴衢亨)에게서 받은 서(序)
만23) 보존되었을 뿐이다. 이덕무의 『입연기』에도 역시 중국지식인

---

22) 오수경은 『연암그룹 연구』(한빛, 2003)에서 이희경이 남긴 저서로 연경 문사들과
의 창수필담 『綸菴集』을 처음 소개하면서 현존여부를 알 수 없다고 하였다. 하지
만 日本天理大學에 소장된 『綸菴集』 원본이 소개되면서(김영진, 「日本 天理大學
天理圖書館 소장 『綸菴集』」, 『고전과 해석』 제3집, 고전문학한문학연구회, 2007)
작품은 필담이 아님이 확인되었다. 『綸菴集』은 卷之三까지 분류된 총 30장 분량
의 시집으로서 맨 앞에 이희경의 자서와 청 戴衢亨의 序가 수록되어 있다.

23) 김영진은 戴衢亨의 서문은 이희경의 1차 연행시기, 즉 1782년에 만나 받은 것으로

들과 필담으로 시간을 보냈다는 기록만 여러 번 등장할 뿐 구체내용
과 화제는 거의 찾아볼 수 없다.

필담자료를 찾아볼 수 있는 북학파 문인은 홍대용, 박지원, 박제
가, 유득공 등 네 사람뿐이다. 따라서 본서에서는 이 네 사람의 필
담, 특히 홍대용과 박지원의 필담을 중심으로 대화내용과 문학성을
고찰하고자 한다.

연행록은 체험을 문학적으로 형상화한 작품이기에 개인에 따른
인식의 다양성을 보인다. 필담 역시 주제별로 독립적 텍스트로 구성
된 것도 있는가 하면, 반면에 연행록에 편입되어 구분이 어려운 것
도 상당히 많다. 따라서 필담연구를 위해서는 철저한 텍스트분석과
함께 우선 필담을 가려내는 작업이 선행되어야 할 것이다.

필담은 그 존재방식에 따라 크게 세 가지로 분류된다. 우선, 독립
적 텍스트로 고도의 문학성을 획득한 필담이다. 홍대용의 「건정동
필담(乾淨衕筆談)」이나 박지원의 『열하일기』에 수록된 「속재필담(粟
齋筆談)」, 「상루필담(商樓筆談)」, 「곡정필담(鵠汀筆談)」, 「황교문답(黃
敎問答)」, 「망양록(忘羊錄)」과 같은 작품들이 바로 이 경우에 해당된
다. 「건정동필담」은 홍대용이 연경에서 돌아오자마자 엄성(嚴誠),

보고 있지만 서문의 내용을 봐서 적어도 1797년 뒤의 일로 추정된다. 戴衢亨은
서의 맨 마지막에 "賜進士及第誥授奉直大夫翰林院修撰, 充文淵閣校理, 四庫館提
調方略館纂修官, 特旨在軍機處行走加三級大庚戴衢亨序."라고 자신을 소개하고
있는데 軍機處行走로 된 것은 1797년(嘉慶 2)의 일이다. 이희경의 연행 선후연도
를 보면 1782(1차), 1786(2차), 1790(3차), 1794(4차), 1799(5차)이므로 서문을 받
은 시기는 1799년으로 보는 것이 합당하다. 戴衢亨의 생애에 대해서는 『淸史稿』
를 참조하였다.

육비(陸飛), 반정균(潘庭筠) 등과의 필담, 조봉시말(遭逢始末), 왕복서
찰 등을 엮어 만든 필담수창집이다. 회우록은 필사본으로 보존되다
가 홍대용의 후손 홍영선(洪榮善)이 『담헌서』를 편찬할 때 연행 이후
주고받은 편지[24], 엄성, 육비, 반정균 등 세 지식인에 대한 평가, 회
우록[25]의 미비점 등을 저술한 「건정록후어(乾淨錄後語)」와 함께『항
전척독(杭傳尺牘)』이라는 제목 아래 수록되었다. 홍대용은 세 지식인
을 만나게 된 경위부터 시작하여 서로 교환한 서신과 필담을 날짜별
로 작성하고 후어까지 첨부하였다. 박지원의 필담은 주제별로 정리
된 필담이다. 따라서 홍대용의 필담과 달리 동일인물이 여러 편에
중복으로 나타나지만 필담의 주제 이해에는 도움이 되었다. 『열하
일기』의 편폭은 기타 연행록에 비해 분량과 내용이 훨씬 풍부하거니
와 필담도 절반가량을 차지한다.

다음으로 독립적인 텍스트는 아니지만 연행록의 일부가 되어 작
품의 문학성을 확보하는데 도움이 되는 필담이 있다. 『열하일기』에
수록된 「태학유관록(太學留館錄)」, 「피서록(避暑錄)」 등 작품, 홍대용
의 「연기(燕記)」[26], 「을병연행록」에 수록된 필담, 그리고 유득공의

---

24) 洪大容, 『湛軒書』外集 卷一.

25) 「會友錄」이란 표제는 홍대용 본인이 설정한 것은 아니다. 어느 판본에도 「會友錄」
이라고 한 것은 없지만 박지원과 閔百順이 「乾淨衕筆談」을 읽고 나서 「會友錄序」
를 썼는데 그 후로 「乾淨衕筆談」과 중국선비들에게 보낸 편지를 「회우록」으로
부르게 되었다. 『湛軒書』에는 「乾淨衕筆談」과 중국지식인들에게 보낸 편지를 함
께 묶어서 「杭傳尺牘」으로 구성되었다.

26) 홍대용의 연행록 이본에 따라 「乾淨衕筆談」과 「燕記」의 수록양상도 큰 차이를
보이는데 이 책에서는 『담헌서』에 수록된 필담을 연구대상으로 택하였다. 그 이유
는 『담헌서』(외집 권2, 권3)의 필담이 필사본의 오류를 수정하여 가장 분명하고

『연대재유록(燕臺再遊錄)』에 수록된 필담이 대부분 이 부류에 속한다. 다만 『연대재유록』에 수록된 필담은 편폭이 짧고 내용이 간략하여 홍대용과 박지원의 필담과는 비교가 되지 않는다. 이 작품은 주로 담화를 정리하여 요점만 명기하는 식으로 필담이 정리되었다.[27] 하지만 담화를 정리하였다는 것은 모종 의미에서 문학성이 부여되었음을 의미하기에 『연대재유록』의 필담 역시 이 경우에 속한다고 할 수 있겠다.

또한 문학적 가공을 거치지 않고 직접 수록한 필담이 있다. 홍대용 이전의 연행록에 등장하는 필담들은 대부분 이러한 형식을 취하고 있다. 박제가의 『초정전집』(下)의 「호저집(縞紵集)」에 수록된 필담 또한 이 경우에 속한다. 이 전집에 수록된 필담들은 어떠한 수식도 없이 직접적인 문답의 연속으로만 작성되었다는 것이 특징이다.

필담의 형식이나 전개방식을 논의할 수 있는 작품이라면 독립적 텍스트를 이룬 첫 번째 경우, 즉 홍대용과 박지원의 필담을 꼽을 수 있다. 따라서 본서에서는 첫 번째 부류를 주된 논의의 대상으로 삼고, 기타 필담에 대해서는 상황에 따라 보조적으로 연구하게 될 것이다. 또한 필요에 따라 이들이 남긴 척독, 회우시를 활용하여 논의를 보충하려고 한다. 물론 시는 체재의 제약과 담론공간의 결여로 인해 필담처럼 화제를 둘러싼 토론이 전개될 수 없다. 또한 타인의

구체적이기 때문이다. 이본에 대한 고찰은 정훈식의 『洪大容의 燕行錄 硏究』(부산대 박사학위논문)에서 자세하게 다루었다.

27) 柳得恭, 『燕臺再遊錄』, "仲魚問答多用漢言, 或有談草, 橫書豎書糢糊不可辨. 大略如此, …."

시각이 개입되기 어렵기에 지극히 주관적인 견해만 집약된다는 결함이 존재한다. 하지만 우리의 필담 연구 목적이 한중지식인 간의 소통의 의미를 포착하는 데 있다면 연행을 체험으로 한 시나 척독을 결코 배제할 수 없게 된다. 근본적으로 회우시와 척독은 타인과의 소통에 대한 갈망을 담고 있으며, 비록 필담에 비해 여러 제한이 따르지만 언외지의(言外之意)가 함축되어 있고 핵심을 찌르는 흡인력, 그리고 여운을 남기는 강한 서정성을 바탕으로 한다는 우월성을 지니고 있다. 때문에 연행시나 중국지식인과의 척독은 다른 의미에서는 필담의 연장이라고도 볼 수 있다. 실제로 '필담'을 제목으로 설정한 작품에는 단지 필담만 존재하는 것이 아니라 시와 척독 등 여러 체재가 복합적으로 어울려 있을 뿐만 아니라 척독에도 철학적 변론이나 문학론을 전개한 학술적 내용이 포함되어 있다. 따라서 필담의 구분에 있어서도 융통성을 발휘할 필요가 있다고 여겨진다.

필담을 연구하려면 기록의 주체와 대상, 그리고 필담의 성격이 우선적으로 고려되어야 할 것이다. 이러한 문제의식을 바탕으로 II장에서는 우선 18세기 한중문인들의 필담이 성립될 수 있는 배경과 그 성격을 고찰하고자 한다. 사실 연행을 체험으로 하는 글들은 저자 개인의 취향에 따른 저술태도와 기록내용의 다양성을 보이고 있다. 따라서 본 장에서는 필담이 생성될 수 있는 여러 가지 여건을 분석함으로써, 독립된 텍스트로서의 필담이 어떻게 본격적으로 형성되고 발전할 수 있었는지 고찰해보려고 한다. 아울러 필담에 참여한 중국인들의 계층과 북학파 문인의 시각에 대하여 고찰함으로써 북학파 문인들의 필담자세와 교유방식을 검토하고자 한다.

　Ⅲ장에서는 문학으로서의 필담의 구성방식과 그 저술의도에 대해서 논의할 것이다. 그동안 필담에 관한 연구에서는 구성방식에 대한 논의가 부족했다. 필담이 일정한 내용과 형식의 제한을 받지 않기에 문학적 담론이 가능한지에 대한 의문이 제기될 수 있다. 견문 잡기류의 글들을 어떤 고정된 틀 안에 넣는다는 것이 그리 쉬운 문제는 아니기 때문이다. 그렇다고 해서 이들의 필담이 전혀 어떠한 격식의 고려도 없이 종횡무진으로 진행되었다는 것은 아니다. 따라서 본 장에서는 개인별 필담의 구성방식을 분석하고 나아가 그 창작의도에 대해서도 접근해보려고 한다. 어떠한 문학 양식이든지 그 핵심적인 창작원리, 저술 의식을 중심으로 논의될 때 그 변모의 양상이 보다 분명하게 드러날 수 있다고 생각한다.

　Ⅳ장에서는 필담의 서술양상에서 체현된 두 나라 지식인의 학문관, 인식론을 비교하고 그 주장 사이의 거리를 따져봄으로써 그들이 펼쳤던 현실인식이 필담에서 어떻게 체현되고 어떠한 전변을 겪고 있는지를 살펴보려고 한다. 양국 문사들이 나눈 다양한 화제 중에서 가장 자주 등장하는 대표적인 담론, 즉 화이론적 세계관의 문제, 정학이단론, 현실정치 문제에 대해 분석해보려고 한다. 그리고 이와 같은 화제를 전개한 방식에 대해서도 고찰하려고 한다.

　본서의 분석 자료로는 여러 문헌자료의 이본을 비교하여 논의에 가장 도움이 되는 자료를 채택하였다. 홍대용의 필담자료는 신조선사에서 발간한 『담헌서』를 주 텍스트로 하였고 역본은 민족문학추진회에서 출판한 『신편 국역 홍대용 담헌서』[28]를 참조하였다. 박지원의 『열하일기』는 박영철이 간행한 『연암집』의 「열하일기」를, 번

역본은 여러 역본을 비교하여 김혈조의 역본과[29] 이가원의 『역주 열하일기』를 참조하였다. 유득공의 『연대재유록』은 요해서사 출판 본을 주 텍스트로 하고 역본은 민족문화추진회 역본[30]을 참조하였 으며 보조적으로 자료인 「열하기행시주」는 이우성이 편집한 서벽외 사해외수일본[31]을 참조하였다. 박제가의 문헌자료 역시 서벽외사 해외수일본 『초정전서』[32]를 주 텍스트로 삼았고 역본은 정민 등이 번역한 『정유각집』[33]을 참고하였다.

독립적 텍스트로서의 필담은 홍대용과 박지원이 시도한 독특한 글쓰기 방식이자 청조에 대한 인식의 실행과정이었다. 따라서 필담 을 통하여 북학파들의 사상이나 문학특징, 그리고 한중문인의 사유 체계를 연구하는 것은 필요한 과제라고 할 수 있다. 이러한 연구를 계기로 필담을 비롯한 중세 지식인들의 지적교류가 낳은 문학적 성 과를 더 많이 밝힐 수 있을 것이다.

28) 민족문화추진회, 『신편 국역 홍대용 담헌서』, 한국학술정보, 2008.3.
29) 박지원 지음, 김혈조 옮김, 『熱河日記』, 돌베개, 2009.9.
30) 민족문화추진회, 『연행록선집 Ⅶ』, 1976.12.
31) 柳得恭, 「熱河紀行詩注」, 『栖碧外史海外蒐佚本』 10, 亞細亞文化社, 1986.
32) 朴齊家, 『楚亭全書』 上·中·下, 李佑成 편, 『栖碧外史海外蒐佚本』, 亞細亞文化社, 1992.
33) 박제가 지음, 정민·박수밀·이승수 옮김, 『정유각집』, 돌베개, 2010.2.

II

연행록 소재 필담의 형성과 그 성격

1. 북학파 필담의 형성

연행필담은 동일한 문화권에서 지적 교류를 염원하는 지식인들의 만남이 낳은 필연적 산물이다. 사행을 전제로 하는 필담은 단순한 기록수단을 떠나 작가의 진솔하고 가치 있는 체험을 문학적으로 형상화한다. 18세기 이런 필담은 공적인 임무를 수행해야 했던 삼사(정사, 부사, 종사관)의 기록에는 드물게 나타나지만34) 수행으로 연행길

---

34) 16, 17세기는 상황이 다르기 때문에 18세기라고 특히 밝힌다. 16, 17세기에는 삼사(정사, 부사, 종사관)가 중국지식인과 교유를 하였을 뿐 아니라, 역관의 역할도 간과할 수 없었다. 역관이라는 신분으로 宗系辨誣에서 큰 공을 세운 洪純彦이 光國功臣 2등급까지 하사받은 사례를 보더라도 당시 역관의 역할을 짐작할 수 있다. 하지만 상대적으로 평화적인 18세기에는 상황이 변모된다. 조선 후기 譯學의 쇠퇴는 박제가의 『北學議』에서 신랄하게 지적하였다. 『北學議』, 「譯」, "淸興以來, 國朝士大夫以中國爲恥. 雖電俛奉使, 而一切事情文書言語之去來悉委之於譯. 自入柵門至燕京二千里, 所過州縣官員無相見之禮, 只有通官接供其地方之芻茇糧饌之費而已. 此未必出彼之意, 亦由我之厭薄不顧而然也. … 譯人承奉遑遑, 然如不及常, 若有無限機關之伏於其間者, 太疑則過太信不可. … 今譯學衰替號稱名譯者, 不滿十人. 所謂十人者, 未必盡拔等第, 一經等第, 則雖口不能出一漢語, 亦必

에 오른 지식인들의 작품에 많이 등장한다.

청조와 250여 년간의 교유를 통하여 700여 회의 사절이 왕래했음에도 불구하고 북학파 문인들의 연행록에만 필담이 집중된 것은 특히 주목해야 할 문화현상이다. 그러나 필담이 북학파 문인의 연행록에만 등장한다는 것은 아니다. 이 시기 이철보(李喆輔)나 엄숙(嚴璹)의 연행록을 보면 제법 의미심장한 필담이 전개되기도 한다.35) 하지만 이들의 필담과 북학파 문인의 필담을 비교해 보면, 북학파의 그것은 독립된 텍스트를 구성하기도 하고 연행록의 주제를 표현하는 가장 중요한 수법으로 사용하고 있다는 면에서 차별성이 있다. 홍대용은 「건정동필담」을 작성하여 북학파 문인들에게 필담창작의 전범을 보여주었고 유득공의 『연대재유록』 또한 청나라 학자들과의 문답을 주로 기록하였으며 박지원의 『열하일기』에도 필담의 비중이 절반가량 차지한다. 문학적으로 보든 사상적으로 보든 이는 종래의

使之充行."

35) 李喆輔(1737)의 『丁巳燕行日記』에서는 책문을 넘어서부터 청나라사람들에게 관심을 기울이고 그들과 이야기를 나눈다. 그가 볼 수 있는 사람들은 주로 묵었던 집 주인과 그 아들들이다. 특히 舗水店에서 만난 가게주인 顧進相과 趙鶴岭, 그리고 오삼계의 幕實이었던 林本裕와 나눈 대화는 제법 의미심장하다. (이철보, 『정사연행일기』, 『연행록전집』 권37)그러나 가장 중요한 것은 홍대용이나 박지원처럼 명확한 목적의식을 가지고 지식인을 찾아가서 나눈 필담이 아니라 무료하게 있는 동안 사람들과 떠드는 것을 적은 형태이다. 嚴璹(1773)의 연행록에서는 연경에서 만난 淸書 庶吉士 邱庭瀋과 許兆椿 두 문인과 필담을 나누고 이를 북경 체험에서 가장 길게 소개한다. 엄숙이 연행을 간 해는 건륭제가 사고전서를 1차로 간행한 지 1년이 지난 해여서 이 문제에 대해서도 논의한다. 과거제도, 벼슬, 및 고향에 관해서도 호기심을 갖고 묻지만 북학파의 필담 깊이에는 미치지 못한다. (嚴璹, 『연행록』, 『연행록전집』 권40.)

필담과 성격이 달라졌다고 할 수 있다.

　연행록에서의 필담 비중을 논의하면서 연행록 형식의 변모를 언급하지 않을 수 없다. 18세기 중반에 쓰인 연행록은 전반기보다 창작된 양은 적지만 잡지체로만 이루어졌음을 제목에서 표방하는 1749년 유언술(兪彦述)의 『연경잡지(燕京雜識)』를 비롯하여 일록체보다는 한 항목이나 한 사건을 독립적으로 서술하는 잡지체가 정착기를 거쳐 심화된다.36) 이런 경향은 홍대용의 『연기』(1765)에서 두드러지는데 종전의 연행록과 비교할 때, 지식인에 대한 주목은 특기할 만한 변화이다. 『연기』에는 「오팽문답(吳彭問答)」, 「장주문답(蔣周問答)」, 「유포문답(劉鮑問答)」을 비롯하여 교유한 청나라 인명을 제목으로 작성한 글만 해도 23편이나 된다. 홍대용의 연행록을 계기로 북학파 문인들은 뜻있는 지식인과의 만남을 열망하면서 필담을 구사하기 시작하였고 심지어 교유만을 다루고 있는 연행록까지 창작하게 된다. 유득공의 『연대재유록』(1801)이 바로 그것이다. 이 연행록은 편폭이 짧음에도 불구하고 심양서원 제생 13인, 연중진신(燕中搢紳) 거인(擧人.) 효렴(孝廉) 포의(布衣) 41인, 유구국 사신 4인 등 도합 58명의 외국문인이 등장한다. 선행연구는 18세기 중기 연행록의 특징을 "청인에 대한 관심과 교유 심화"로 파악하고 있다.37) 청에 대한 관심을 발현하고 이해를 돕는 대상으로서의 인간을 주목했으며, 이러한 연행록 서술방식은 홍대용에 의해 심화되었다는 것이다. 관심의

---

36) 김현미, 「18세기 연행록의 전개와 특성 연구」, 이화여대 박사학위논문, 2003.12, 36쪽.
37) 김현미, 같은 책, 76쪽.

대상이 '사람'으로 바뀌었다는 것은 연행에 대한 인식이 변화되고 있음을 의미한다. 즉, 관념적이고 사대적인 중국이 아닌 실존하는 중국의 진면목을 정확히 파악하기 위해서는 중국인과의 이성적인 대화가 필요하다는 것을 인식하기 시작했다는 것이다. 이러한 '정확한 정세파악 의지'가 두 나라 지식인의 이성적 대화를 낳게 되었고, 연행록의 저술방식에까지 영향이 미치어 결국 독립적 텍스트로서의 필담의 등장을 촉구시켰다고 할 수 있겠다.

지식인에 대한 관심과 소통의 문제를 명확히 하기 위하여 우선 필담의 참석자를 제의자와 참여자로 나눠서 논의해보려고 한다. 필담의 주체를 분류하여 고찰하는 것은 필담에 임한 한중문인의 입장과 자세가 서로 다를 수 있다는 점을 고려했기 때문이다.

우선, 필담의 제의자[38], 즉 조선측 문인의 경우를 보기로 하자. 효종의 즉위와 함께 대두된 북벌론은 이 시기에 와서 '대내용' 개념

---

38) 물론 소통은 상호작용의 과정이고 또한 청조 지식인들이 먼저 찾아와서 필담을 제의한 경우도 있기에 제의자와 참석자로 나누는 것에 이의를 제기할 수 있다. 하지만 그들의 필담이 조선지식인들의 연행을 계기로 진행된 것임을 감안한다면 해석이 달라진다. 즉 중국문인을 찾아 연경을 떠난 것도 조선 지식인이었고 떠나기 전부터 필담을 위해 철저한 준비를 한 것도 북학파 문인이었다는 사실을 고려하면 북학파 문인을 제의자라고 설정하기에 무리가 없다고 본다. 또한 당시 상황을 볼 때 중국지식인의 입장에서 먼저 사행단을 찾아가기에는 애로가 많이 따랐다. 「건정동필담」에서 潘庭筠과 嚴誠이 홍대용을 찾으러 왔다가 결국 다시 발길을 돌릴 수밖에 없었던 사례만 보아도 중국지식인들의 입장을 짐작할 수 있다. "李基成來言嚴, 潘兩生來已久矣, 何不請入. … 基成曰, 余馬頭俄出舘外, 見兩生來坐于玉河橋傍, 急來報余云. 余聞之始大驚, 使平仲先出見之而挽留之, 或恐見阻而徑歸也. 往言于副使房, 請使安世洪周旋請入, 則衙門忽有意外事端, 諸通官方盛怒而坐堂, 譯輩不敢發口云. 故使人傳于平仲, 邀坐于近處舖房以待之."(洪大容, 『湛軒書』, 「乾淨衕筆談」)

으로 변화된다. 사실 북벌론은 효종의 죽음으로 무위에 그쳤지만 대명의리론과 맞물려 17세기 중엽에는 북벌=복수설치라는 특유의 정치이념으로 발전한다.[39] 하지만 조선의 군사, 외교 동향에 대한 청조의 감시가 엄격하였고[40] 점차 과중한 부역 동원에 따르는 민원 등 군비증강정책의 부작용이 속속 드러나고 조정과 대야 유림들로부터 군비신중론이 제기되면서[41] 북벌은 이미 현실에서 실천할 수 없는 일로 되었다. 그리하여 영, 정조시기에 와서 북벌은 대내적으로 사상탄압의 유리한 수단이었고 대외적으로는 세계인식을 저해, 왜곡하고 국제 활동 및 교역을 차단하는 역기능을 하고 있었다.[42]

여기서 청조에 관한 정조의 태도에 대해서 짚고 넘어가야 할 것 같다. 정조는 조선의 문화와 역량에 대해서는 청나라보다 우월하다는 자부심을 가지고 있었지만[43] 청조의 선진기술에 대해서는 꾸준히 관심을 가졌다. 정조가 추진한 규장각에는 개방적인 사상을 지녔던 이덕무, 유득공, 박제가가 검서관으로 재직하고 있었고 이서구

---

39) 金駿錫은 17세기 北伐論의 系譜와 그 성격을 밝히는 일은 이 시기 '國家再造'방안과 관련한 정치사상, 사회개혁론을 이해하는 일환이라면서 특히 북벌인식에서 黨色, 學淵이나 門地가 일치했다고 보기는 어렵지만 북벌론은 당연히 제기되게 마련이었고 그 누구도 異議를 붙일 수 없는 國事이자 시대사조가 될 만하다고 지적하였다.(『朝鮮後期政治思想史研究』, 지식산업사, 2003.5, 228~230쪽 참조.)

40) 車文燮, 「孝宗朝의 軍備擴充」, 『朝鮮時代軍制研究』, 단국대 출판부, 1973, 254~255쪽.

41) 효종의 북벌정책에 관해서는 李京燦의 「조선효종조의 북벌운동」(『清溪史學』 5, 1988)과 車文燮의 「孝宗朝의 軍備擴充」 참조.

42) 임형택, 「朴趾源의 주체의식과 세계인식」, 『실사구시의 한국학』, 2000.2, 창작과비평사, 150쪽 참조.

43) 유봉학, 「정조시대 사상 갈등과 문화의 추이」, 『태동고전연구』 21, 179~184쪽.

(李書九), 남공철(南公轍) 등 북학파 문인들이 규장각 고위직에 임명되었고 청나라의 기술에 열중하였다. 정조의 청조문물에 대한 관심은『사고전서』에 대한 관심으로도 확인할 수 있다. 그는 즉위한 해인 1776년에[44] 이은(李溵, 1722~1781)을 정사, 서호수(徐浩修, 1736~1799)를 부사로 연경에 보내면서『사고전서』를 구해오라고 한다.

『사고전서』를 구하여 사오는 일은 서반[45]들에게 상세히 탐문하여 보았더니 말하는 것이 한결같지 않았기 때문에 다른 방도를 택하여 편교한 한림에게 누차 왕복시켰습니다. 그랬더니 말하기를, "이 책은 거의 수만 권이나 되는데 초사한 것이 상당히 많고 간인한 것은 십분의 일이 된다. 경전·자사 가운데『도서집성)』에 편입되어 있는 것은 애당초 간인하지 않았으며 단지 사람들이 보기 드물고 세교(世教)에 유익함이 있는 책만을 가져다가 무영전(武英殿)에서 취진판(聚珍板)으로 간인하였으며 초사본과 아울러 4건으로 나누어 하나는 대내(大內)에 두고 하나는 문연각(文淵閣)에 두었으며 하나는 원명원(圓明園)에 두고 하나는 열하에 두었다. 초사본은 이 사부 이외에 다른 본이 없으며 간인한 것도 약간본뿐이다. 그러나 초사와 간인을 막론하고 공역이 아직 멀었다."고 운운하였습니다. 취진판은 곧 우리나라의 주자판(鑄字板)인데 편교관(編校官)이 전하는 말이 이와 같았습니다.[46]

---

44)『正祖實錄』卷2, 元年(1776 丙申 / 청 乾隆 41년) 10월 25일(癸亥) 1번째 기사. "遞謝恩正使黃仁點, 以病難强赴也, 以李溵代之"

45) 序班: 중국 명, 청나라 때의 관명. 鴻臚寺에 속하여, 百官의 반열을 정하는 일을 맡아 봄.

46)『正祖實錄』卷3, 1年(1777 丁酉 / 청 乾隆 42년) 2月 24日(庚申) 2번째 기사. 「進賀兼謝恩正使李溵、副使徐浩修等狀啓」.

즉위하고 나서 바로『사고전서』를 구입해오라는 기록은 실로 주
목할 만한 사건이다. 당시 건륭제가『사고전서』의 편찬에 수많은 인
력, 재력을 투자한 사실은 인접한 여러 나라에서도 모두 알고 있는
사실이다. 조선에서 해마다 파견하는 연행사들이 완수해야 할 가장
중요한 임무 중의 하나가 바로 청나라 정세에 대한 파악이었기 때문
이다. 이 세기의 역작에 대한 정조의 관심은 남달랐는데 드디어 7년
뒤에 비로소 이 전서가 조선에 유입되었다.[47]

서호수(1736~1799)가 연행할 때 성대중(成大中, 1732~1812)의 조언
에서도 북학에 대한 정조의 관심을 확인할 수 있다.

　　마침 연경에 사행할 일이 있는데 상께서 드디어 공에게 명하셨습
니다. 무릇 상께서 공을 의지하시고 중히 여기시매 어찌 하루인들
밖에 있게 하시겠습니까. 이제 출국하는 일을 맡기신 것은 이 사행
이 중요하기 때문입니다. 공께서는 어떻게 하여 성상의 부탁의 뜻
에 부응하시렵니까? … 실로 저 중국땅은 실로 삼대이래의 예악의
땅입니다 … 널리 채집하고 삼가 선택하십시오.[48]

47)『正祖實錄』卷15, 7年(1783 癸卯 / 청 乾隆 48年) 3月 24日(乙卯) 5번째 기사.
　　"冬至兼謝恩正使鄭存謙, 副使洪良浩馳啓曰, 臣等一行, 二月初六日, 自燕京離發,
　　二十四日, 到巨流河, 則瀋陽所去 四庫全書領運之行, 已到河邊, 而流澌塞津, 不得
　　行船, 伐氷開路, 故臣等滯留三日, 待書擔過涉後, 始爲渡河. 蓋四庫全書, 昨年春始
　　告成. 一帙爲三萬六千卷, 而總目爲二百卷云. 三月二十一日, 還渡江出來."
48) 成大中,「送徐侍郎以副价之燕序」,『靑城集』卷之五, "適有使事于燕, 上遂以命公,
　　夫以上倚界之重. 公豈可一日在外, 而今乃以出彊之役付之, 是以使事爲重也. 公
　　曷爲副聖上付托之意乎. … 況彼中土, 實三代禮樂之墟也. … 博采而愼擇之耳."

정조가 중국 학술정리에 관심을 가지고 사행을 보내는 것이니 매우 중요한 일임을 강조하고 부디 임금의 뜻을 헤아려 중국에서 "널리 채집하고 삼가 선택"해 배우라는 부탁이다. 맹목적인 배척이 아니라 청조의 집정과 분간하여 중국문명의 실재를 인정하고 수용을 권유하는 성대중의 조언이었다. 이와 같이 정조는 청조의 선진기술이나 문물에 대해서는 배워야 한다고 입장을 견지하고 있었다. 또한 정조는 의도적으로 사행의 종사관 중에 대표적 지식인들을 포함시키면서 청조의 새로운 문물수용을 추동하기도 하였는데 그 덕분에 박제가는 연경에 세 차례나 다녀올 수 있게 되었다.[49] 즉, 박지원과 홍대용이 생활하던 18세기는 청조의 황금기였으며 조선과도 겉보기에 큰 모순이 없이 교류를 지속해나갔던 시기였다. 이러한 '상대적'으로 안정된 시대적 분위기는 진보적 사상을 지닌 조선 문인들에게 이성적으로 중국인들과 소통을 할 수 있는 여건을 마련해 주었다고 할 수 있다.

필담의 생성은 이성적으로 대화할 수 있는 진보적 지식인들의 개방적인 사상과 관련된다. 홍대용과 박지원을 비롯한 북학파 문인들은 일찍 연행 이전부터 청대의 문집과 청조초기의 시선집들을 통해 시단을 파악하고 청초 시인들의 시를 접하게 되었다. 심덕잠(沈德潛)의 『국조시별제(國朝詩別裁)』나 진유숭(陣維崧)의 『금시협연집(今詩

---

49) 『正祖實錄』에서 1790년(정조 14) 임금의 특혜로 박제가가 두 번째로 연경에 갈수 있었던 기록을 찾아볼 수 있다. 『正祖實錄』 卷31, 14年, 10月. 「辛未/送別奏于燕京」, "謝恩使黃仁點等歸奏, 皇帝聞我國邦慶, 有喜賀之語. 上曰, 是不可無特謝. 命文任閣臣, 別撰奏咨, 另具方物, 以檢書官朴齊家, 借銜軍器寺正, 齎持追附冬至使行."

僕衍集)』 그리고 왕사정(王士禎)의 『감구집(感舊集)』 등 청대의 대표적인 시선집을 읽었으며, 왕사정의 저술로서 문집인 『대경당집(帶經堂集)』과 시선집 『정화록(精華錄)』, 시화집 『지북우담(池北偶談)』, 잡록 『향조필기(香祖筆記)』, 『거이록(居易錄)』 등을 읽었으며 왕사정의 시에 심취하였다.50) 청조의 학술과 시, 문장 그리고 그것을 창출한 문인, 학자, 시인들의 존재를 인정하는 것 그 자체가 당시에는 보수파들에 대한 도전이었다. 뿐만 아니라 문제해결형의 실천적 독서를 진행하면서51) 청조문물에 대해 인정하였고, 남다른 수용자세로 청나라를 소개하게 되었으며 기대에 찬 마음으로 연행에 임할 수 있었다. 사실 18세기에 진입하면서 수많은 연행록에서 이미 청조의 새로운 문물에 대해 짤막하게 서술하기 시작하였다. 김창업(1712)의 『노가재 연행일기』에는 권두에 「산천풍속 총록」을 실었고 이의현(李宜顯, 1720)의 『경자연행일기(庚子燕行日記)』와 같은 연행록에서도 시사(市肆), 건축물의 제도, 하수문제, 변소, 청인의 말과 의관, 음식물, 연료, 생활도구, 가축 청 문물에 대하여 소개하고 있다. 노가재의 경우에는 총 9권 6책 377장의 내용 중에서 총 177장의 부분을 북경에서 보고 들은 내용을 적었다.52) 여행기는 이제 여러 가지 유용한 정보를 담은 기행문학으로 거듭나기 시작하였다. 이와 같은 연행록들이 북학파들에게 청나라에 대한 호기심을 더욱 자극하였을

---

50) 이경수, 『漢詩 四家의 淸代詩 受容硏究』, 태학사, 1995.5, 43쪽.
51) 김영, 「18세기 독서문화와 실학파의 독서론」(『한국한문학의 현재적 의미』, 한울, 2008)에서는 박지원의 독서론을 문제 해결형 실천적 독서론으로 규명하였다.
52) 김현미, 같은 책, 57쪽 참조.

것이다.

> 내가 한양을 떠나서 여드레 만에 황주(黃州)에 도착하였을 때 말
> 위에서 스스로 생각해 보니, 학식이라곤 전혀 없는 내가 적수공권
> 으로 중국에 들어갔다가 위대한 학자라도 만나면 무엇을 가지고 의
> 견을 교환하고 질의를 할 것인가 생각하니 걱정이 되고 초조하였
> 다. 그래서 예전에 들어서 아는 내용 중 지전설과 달의 세계 등을
> 찾아내 매양 말고삐를 잡고 안장에 앉은 채 졸면서 이리저리 생각을
> 풀어내었다. 무려 수십만 마디의 말이, 문자로 쓰지 못한 글자를
> 가슴속에 쓰고, 소리가 없는 문장을 허공에 썼으니, 그것이 매일
> 여러 권이나 되었다.[53]

박지원이 중국지식인과의 만남을 얼마나 갈구하였으며 필담에 대
비하여 얼마나 철저한 준비를 하였는지 엿볼 수 있다. 연경으로 가
는 도중에 이미 만남의 기대로 부풀어서 이런저런 생각을 하면서 하
루에 여러 권의 책을 머릿속에서 엮었던 것이다. 여행을 앞두고 들
뜬 마음으로 밤잠도 이루지 못하면서 중국지식인들과의 대화에서
제기할 화젯거리를 모색하였다. 연암이 중국지식인과의 만남에서
지전설을 주제로 선택한 것은 특별한 의미를 가지고 있다. 지전설은
천원지방설의 우주관에 근거하여 만들어진 중국 중심의 천하관에
대한 도전이라고 할 수 있다. 그가 지전설을 화제로 선정한 근본의

---

53) 朴趾源, 『燕巖集』卷之十四 別集 『熱河日記』, 「鵠汀筆談」, "余離我京八日, 至黃
州. 仍於馬上, 自念學識固無藉手入中州者, 如逢中州大儒, 將何以扣質, 以此煩
冤. 遂於舊聞中, 討出地轉月世等說, 每執轡據鞍, 和睡演繹, 累累數十萬言. 胸中
不字之書, 空裏無音之文, 日可數卷."

도 역시 중국 중심주의에 대한 이론적 극복54)이라는 의미에서 극히
중요한 의미를 가지고 있다. 자기가 알고 있는 지식들을 총동원하여
화젯거리를 생각하고 그에 대한 답변을 작성했을 것이며 심지어 청
나라 문인들의 필담자세까지 수없이 상상했을 것이다. 이것이 바로
필담에 임한 제의자로서의 준비된 자세였다.

필담을 위주로 하는 연행록의 창작은 조선 후기 서사문학의 변화
와도 관련된다. 조선 후기, 시대 상황의 제반 변화로 인해 문학 장르
가 다양하게 활성화되기 시작하면서 서사문학 또한 비현실의 사건을
소재로 하던 전기적인 표현에서부터 현실의 사건이나 허구적인 사실
을 소재로 하는 사실적 표현으로 전변된다. 필담 중심의 연행록의
탄생은 다양한 글쓰기에 도전했던 당시 지식인들의 흥미, 즉 소설
및 척독, 서발 등에 관심을 가졌던 문예적 분위기와 무관하지 않다.55)

이쯤에서 필담은 이 시기 연행록에서 공동으로 출현한 문화현상
이 아니었을까 하는 의문이 제기될 수 있다. 하지만 같은 시기 연행
길에 오른 김정중(金正中, 1791), 노이점(盧以漸, 1780), 이재학(李在學,
1793)의 연행록을 보면 이 의문은 금방 풀리게 된다.56) 그들의 연행

---

54) 임형택, 「박지원의 주체의식과 세계인식」, 『실사구시의 한국학』, 창작과 비평사,
2000, 147쪽.
55) 18세기 전후 조선의 문인들 사이에는 패사소품류의 문예서적이 상당히 보편적으
로 읽히고 있었던 것으로 보인다. 이에 관하여 김영진이 「조선후기의 명청 소품
수용과 소품문의 전개양상」(고려대 박사학위논문, 2003)에서 상세히 다루었다.
56) 이들의 연행록에 관해서는 김현미가 자세히 설명하였으므로 본서에서는 더 언급
하지 않겠다. 그의 고찰에 의하면 김정중의 연행록(1791)에는 연경, 계주의 이미
지가 '연경팔경' '아름다운 아가씨들이 가득하고 놀러 나온 수레로 들어찬' 유락적
이면서도 화려한 관광지의 이미지로 부각되었다고 한다. 『熱河日記』와 같은 해에

록은 의연히 유람을 소개하는 초기 연행록 수준에 머물러 있었다. 다시 말해, 필담이 한국문학사에서 뿌리내릴 수 있었던 것은 개방적 문화의식을 지닌 지식인들의 등장과 더불어 이를 가능케 한 사회, 문화적 기반이 있었기 때문이었다.

필담의 참여자, 즉 중국 인사들의 경우를 살펴보기로 하자. 이 시기 건륭제는 성세를 이룬 군주로서 자신의 통치와 업적에 대해 항상 자부심을 가지고 있었다. 건륭 20년(1755)에 이르러서는 강희, 옹정 시기에 해결할 수 없었던 서북변강 지역마저도 모두 청조에 귀속시켰으며 강역은 2만여 리가 되어 "당한(唐漢)과 은주(殷周)를 훨씬 뛰어 넘었"으며[57] 이런 국토확장은 "역대로 지도에 기록된 적이 없었다."[58] 하지만 황권의 절대적인 강화로 하여 태평성세의 허울 속에 지식인들의 정치적 환경은 더욱 열악해졌다. 황권과 간신들의 이중 압박 속에서 지식인들은 점차 자신의 지위를 상실하고 청조의 통치에 반사적으로 움직일 수밖에 없었다. 건륭제는 항상 황권의 권위성을 강조하면서 모든 일은 반드시 자신이 결정해야 직성이 풀렸다. 비록 대학사라고 하여도 "천하치란(天下治亂)을 자신의 중임으로 생각하여 군을 안중에 넣지 않으면"[59] 안 된다고 하였다. 황제에게 있

창작된 노이점의 『수사록』(1780)에도 이런 특징이 보여졌으며 이재학의 『연행일기』(1793) 또한 柵門으로 가기 전까지의 송별 잔치나 부벽루 유람 등을 소개했던 초기 연행록에 가깝다고 하였다. (김현미, 같은 책, 44~47쪽 참조.)

57) 洪亮吉(1746~1809), 「乾隆府廳州縣圖志序」, 『洪亮吉集』 卷8. "光于唐漢, 遠過 殷周."

58) 『四庫全書總目』 卷六十八, 「大淸一統志」, "爲自古興圖所未紀."

59) 『實錄』 卷1129. "以天下治亂爲己任, 而目無其君".(林香娥, 「盛衰之際－乾隆後期 士人思想動態硏究」, 浙江大學博士學位論文, 2004.5, 29쪽.)

어 충신을 평가하는 척도가 바로 자신의 비위를 잘 맞추는지에 대한 여부였던 것이다. 결과 관료체계는 극도로 부패하여 건륭제 주위에는 간신과 탐관들이 득실거렸다. "각 성(省)의 독무(督撫) 중에는 열에 두세 명 정도만 세속에 물들지 않았고 청렴하게 자신을 엄히 단속하는 자는 극히 드물었"[60]고 했으니 관료체계의 부패는 절정에 달한 셈이다. 건륭제의 발언이 지나치게 비관적이었을지는 모르지만 청렴을 고수한 선비들에게 있어 현실은 분명 어둡게만 인식되었을 것이다. 건륭후기 지식인의 이러한 상황은 발언권의 상실, 정치무대와의 소원, 광괴지사(狂怪之士)의 출현으로 정리될 수 있다.[61]

역사적 격변기에 처한 지식인들의 처세태도는 그 심적 갈등 때문에 다양하게 표출되기 마련이다. 황권에 굴복하여 아부를 일삼으며 부를 축적하는 문인이 있었는가 하면, 굳은 지조로 평생 은둔하는 은사가 있었고, 현실에 대한 불만을 거침없이 토로하는 광사가 있었는가 하면, 벼슬을 하면서 조용히 학문에 전념하는 지식인들도 있었다. 이들은 중화의 자부심을 버리지 못한 채 각자 부동한 방식으로 사회문제, 역사문제에 대한 짐을 짊어지고 살아갔다. 실제로 연행록 중의 필담기록에는 그들의 상실감을 보여주는 대목들이 꽤 많다. 그중 『열하일기』에 왕민호(王民皞, 별호 곡정, 강소사람)와 박지원의 필담이 가장 전형적이다.

---

60) 『淸高宗實錄』卷1424, 中華書局, 1985. "各省督撫中潔身自愛者, 不過十之二三; 而防閑自竣者, 亦恐不一而足".

61) 林香娥, 「盛衰之際─乾隆後期士人思想動態研究」, 浙江大學博士學位論文, 2004.5.

"선생께서는 평소에 어찌 그리 탄식을 자주 하시는 겁니까?" 하니 곡정은 "이게 저의 뱃속이 꽉 막힌 증상이지요. '후'하고 숨을 쉬는 것이 드디어 길게 탄식하는 한숨이 되었답니다. 평생 책을 읽었지만 세상에는 뜻대로 되지 않는 것이 십중팔구'이니, 어찌 이런 속이 막히는 증상이 생기지 않겠습니까?" … "머리를 깎여 변발하는 두액(頭厄)의 고통을 당했을 때도 이미 탄식을 하였을 터이니, 뜻있는 선비라면 만 번 한숨을 쉬었겠습니다." 하자 곡정의 얼굴색이 변했다. 조금 뒤에 곡정은 다시 본래의 기색으로 돌아와서 두액 부분을 찢어서 화로 속에 던졌다.[62]

경전을 읽다가도 세 번 탄식하고 세상 걱정을 하다가도 탄식하고 뜻대로 되지 않음에 한탄한다는 곡정의 말에서도 과거를 포기한 진정한 이유를 읽어낼 수 있다. 흥미로운 것은 연행사들보다 중국지식인들이 서로의 기연을 더욱 소중하게 생각하면서 처음부터 헤어짐에 아쉬워 눈물까지 흘렸다는 사실이다. 조선 문인들은 처음에 이런 지식인들을 "진실로 기이하다"고 생각한다.[63] 왜 이토록 정에 목말라 눈물까지 흘리면서 연행사들을 반겼던 것일까? 이는 단지 헤어짐에 대한 비통만은 아니었으리라고 본다. 조선을 군자의 나라[64]라고

---

62) 朴趾源,『燕巖集』卷之十四 別集『熱河日記』,「鵠汀筆談」, "余問先生平居, 何頻發嘆也. 鵠汀曰, 此吾痞證臆氣, 遂成長喟也. 平生讀書, 千古不如意者, 十常八九, 安得不成此痞患. … 頭厄已發, 志士萬太息. 鵠汀色變, 已而色定, 裂頭厄投爐中."

63) 洪大容,『湛軒書』外集 卷2,「乾淨衕筆談」, "德裕歸言蘭公看書未半, 又涕泗汎瀾, 力闇亦傷感不已云. 余書中未嘗爲一句凄苦恨別之語, 兩人之如此, 誠可異也. 雖其人情勝心弱而兩日之間, 情投氣合若是之繾綣, 未之前聞也."

64) 洪大容,『湛軒書』外集 卷2,「乾淨衕筆談」, "深歎海東誠君子之國而數公尤當代絕世奇人也."『熱河日記』「太學留館錄」, "邦專尙儒敎, 禮樂文物, 皆效中華, 古有小

칭송해마지 않았던 그들은 명의 전통을 잇는 의복을 입고 예의를 지키는 조선 문인들의 모습에서 또 다른 자아를 발견하였을 것이다. 그리하여 연행사들보다도 더욱 만남을 기뻐하며 필담으로 그들의 상실감과 상처를 치유하였던 것이 아닐까 싶다. 적어도 똑같이 시대의 아픔을 겪고 있는 청조지식인들에게 있어서 조선 문인들의 필담 제의는 거부감으로 다가오지는 않았을 것이다.

물론 지식인들의 개인교유 동기는 사람마다 다소 차이를 보일 수 있다. 공리적 목적이나 소일거리로 시작한 필담이었을 수도 있다. 하지만 문화적 교양을 갖춘 계층들로서, 사회문화적 요소와 문화심리적 공감이 그들의 교유를 뒷받침하고 필담을 진행하는 계기로 작용하였다는 사실은 결코 간과할 수 없다. 수행으로 연행에 따른 북학파문인뿐이 아니라 정, 부사 등 관직에 있는 문인들도 청조 문인들과의 교유를 원했다는 사실[65]을 보더라도 우리는 18세기 동아시아 문인들의 교유욕구를 충분히 짐작할 수 있다.

북학파 문인들과 필담을 나눈 중국 인사들은 지식인들에게만 한정된 것이 아니라 시정의 상인, 만인 등 다양한 인물들이 있다. 이들은 시정에 저촉되는 민감한 화제까지 북학파 문인들과 거리낌 없이 대화하였다. 이는 그들이 신분제약을 받는 지식인들에 비해 상대적으로 자유롭게 대화를 나눌 수 있었기 때문이다. 이들의 필담은 자

中華之號. 立國規模, 士大夫立身行己, 全似趙宋. 王君曰, 可謂君子之國. 尹公曰, 菀有太師之遺風, 可敬可敬."

65) 洪大容, 『湛軒書』外集 卷2, 「乾淨衕筆談」, "力闇曰, 平生未嘗干謁王公大人, 且深恐大人知之以爲不便. 余曰, 我們大人願一見之, 但形跡異吾輩, 不敢掃門請謁, 如枉尊駕, 乃其所大欲, 豈有不便之理."

발적인 소통의지에서 기인하였다고 보기는 어려우며, 대부분은 피
동적인 성격을 띠고 있다. 즉 북학파 문인들의 다양한 질문에 대답
만 하는 식으로 전개된다. 따라서 화제도입에 있어서도 북학파 문인
들의 일방적인 질문이 위주가 된다.

북학파들의 연행록이나 필담은 그 당시 사회적인 이슈가 되어 보
수파들의 강력한 비판을 받았다. 드디어 1786년(정조 10) 심풍지(沈豐
之, 1738~1793)는 기강을 세울 것과 연경 사신의 필담이나 서찰교류
를 제지해달라는 상소문66)을 올렸고 급기야 정조 11년에는 사행재
거사목(使行齎去事目)을 반포하여 필담창화나 서찰교류를 하는 자를
모두 엄격히 처단하기에 이른다.67) 하지만 1801년에 창작한 유득공
의 『연대재유록』에 필담수창기록이 있는 것을 보면 사적인 필담이
암암리에 계속 된 것으로 보인다. 어떠한 강력한 정치적 수단으로도
소통을 갈구하는 문인들의 욕구를 제지할 수는 없었을 것이다.

---

66) 『正祖實錄』卷21, 10年(1786 丙午, 청 乾隆 51년) 1月 22日(丁卯) 6번째 기사. "大
司諫沈豐之啓言, 近來綱維紊亂, 法紀解弛, 閭巷賤卒, 濫作士夫之服着, 街市兒
童, 斥呼宰相之姓名. 大庭朝賀, 班次無序, 筵席奏對, 勦說相尋. 公朝之會, 諧調成
風, 文武之間, 體例就紊. 請飭廟堂董正. 又請禁赴燕使臣, 使事外, 尋訪彼中人士
筆談倡和書札贈遺之弊, 從之."

67) 『正祖實錄』卷24, 11年(1787 丁未, 청 乾隆 52년) 10月 10日(甲辰) 1번째 기사.
"…使行渡江後, 約束一行中軍官、書記, 凡係物貨交易、盤纏與受外, 毋得與彼
人, 親昵往來, 筆談唱和, 書札問訊, 土産贈遺等節, 另加禁斷. 如有犯者, 書狀官
還渡江後, 以冒禁律狀聞論勘. 書札贈遺時, 居間象譯, 搜檢時亦爲摘發, 繩以重
律. 正使所屬有犯者, 罪正使, 副使所屬有犯者, 罪副使, 而書狀官係是兼臺檢察,
一行毋論上副所屬, 所犯矇不覺察, 從他現發, 則一體論責. 書狀官所犯, 加等勘
罪, 而苟或有關係使行, 不得不臨時周旋者, 三使臣相議善處, 還朝後條陳事情…"

2. 필담의 성격

　북학파 문인들의 필담 성립배경 및 과정 고찰에 이어 본 장에서는
전체적인 성격을 규명해보고자 한다. 의사소통방식으로서의 필담은
단순히 시각적인 부호를 특정한 관례에 따라 배열하는 것 이상의 의
미를 가진다. 필담은 순간적으로 끝나는 대화에 비하여 여러 가지
장점을 지니고 있다. 대화는 순간적인 것이며 즉시 이해되어야 대화
가 이루어지는 반면 글은 영구적인 것이며 필요하다면 원하는 속도
로 여러 번 읽을 수도 있다. 대화는 필요 없는 반복이나 실수를 동반
할 수도 있지만, 쓰기는 냉정한 사고를 거쳐 함축적으로 기록하기에
상대적으로 논리적이고 체계적으로 화제의 핵심을 담론할 수 있다
는 장점이 있다. 따라서 문인들 사이에 진행하는 필담은 고도의 논
리성과 체계성을 필요로 하게 된다. 다시 말해 필담은 문인의 학문
적 수준을 가늠하는 척도가 될 수 있다. 필담 역시 즉흥적으로 진행
하는 의사소통 방식이기에 실수를 범하기도 한다. 필담은 글이라는
물증이 남기 때문에 순간적으로 끝나는 대화에 비해 더욱 치명적인
실수를 초래할 수 있다. 이런 경우, 글을 지우거나 찢는 방식으로
물증을 없애게 되는데, 연행록 소재 필담에는 청조지식인들의 이러
한 행위가 빈번하게 등장한다. 조선 문인들은 이러한 광경을 통하여
청조실정에 길들여진 지식인들의 복잡한 심경을 포착하기도 한다.
즉, 필담을 지우는 행위 자체도 일종의 의식상태의 구현이라고 할
수 있다.

　필담은 일정한 내용과 형식을 갖춘 체제가 없이 비교적 자유롭게

쓰기에 '문장'으로 인정되기 어려운 양식이다. 하지만 반면에 '문장'의 품격에 맞는 다양한 규범과 규제에서 멀어짐으로써 내용과 형식면에서 상당한 자유를 누릴 수 있다. 요컨대 전통한문학의 대다수 '문장'이 지닌 운문적 성향을 벗어버렸다는 점에서 형식은 물론 내용적으로 보다 자유로울 수 있다. 그러나 일정한 형식을 갖추지 않고 있는 필담의 문학성 문제담론이 문제가 될 수 있다. 이 문제는 문학의 영역과 성격에 대한 인식을 보다 거시적으로, 확대해서 파악할 필요가 있다.

우선, 필담은 연행체험을 바탕으로 하기에 기행문학의 범주에 속한다. 그렇지만 경물을 통하여 심미적 감수성을 펼치는 유기체와는 달리 인간사이의 정감을 바탕으로 한다. 따라서 문장을 구사함에 있어도 논변, 서신, 증서(贈序)[68] 등 다양한 양식과 결부되고 있으며 특정한 문체를 취하지 않는다. 객관적 현실적 요소가 작품의 중요한 구성요소가 되고 내용과 형식면에서 자유롭다는 점은 기행문학의 특징에 부합된다. 하지만 경물이 완전히 배제되었기에 기행문학의 제반 특징만으로 필담을 해석하기에는 제한과 문제점이 따르게 된다. 그러나 한문학의 외연을 더 확장하여 잡아보면 필담의 문학성을 새롭게 조명할 수 있다.

물론, 모든 필담이 작품성을 인정받는 것은 아니다. 필담은 일상의 번쇄한 사실을 기록하기도 하고, 때로는 극히 중요하거나 급변하

---

68) 陳必祥은 고전산문의 문체를 敍事體, 傳記體, 游記體, 筆記體, 論辨體, 諷諭體, 書信體, 序跋體, 贈序體, 箴銘體, 碑誌體, 哀祭體, 奏議體, 詔令體, 檄移體로 나누었다.(陳必祥, 심경호 역, 『한문문체론』, 이회, 2001.2)

는 사건을 담론하기도 한다. 일상생활, 착각, 직관적이거나 즉각적
인 현실인식이 모두 필담의 소재로 될 수 있다. 하지만 소재의 의미
와 담론에 숨겨진 의도를 해석하려는 저자의 시각은 필담의 세부에
까지 파급된다. 앞장에서 논의한 바와 같이 필담은 그 존재방식에
따라 세 가지로 분류된다. 우리가 문학성을 담론할 수 있는 필담은
저자의 재창작을 거친 가공된 필담이다. 이러한 필담들은 단편적인
담론내용을 누적한 것에 그치지 않고 '발견'을 통한 자기 변혁을 독
자들에게 촉발하고 있다. 특히 홍대용과 박지원의 필담은 단순한
'문'과 '답'의 연속이 아니라 그중에서 인물에 대한 형상까지 자세히
부각되고 있으며, 당대나 후대에 진실을 알리고 새로운 해석으로 전
망을 세울 수 있도록 촉구하기도 한다.

　독립적 텍스트로서의 필담의 창작과정은 작품소재인 즉흥적으로
이루어진 담초(談草)가 선행되고 난 다음에 창작의도가 개입된 필담
이 완성된다. 그러므로 체험이 선행된 뒤 작가의 해석이나 성격규
명, 가치판단 등이 후속적으로 이루어지게 된다. 따라서 담초에 대
한 선별과 정리과정은 작품을 이루기 위한 첫 번째 작업이라고 볼
수 있다. 홍대용의 「건정동필담」에는 필담의 창작과정을 다음과 같
이 저술하였다.

　　그 담화함에는 각각 종이와 붓을 가지고 빨리빨리 써나가, 피차
　에 거의 손을 멈추는 일이 없었으므로 하루 동안에 만 마디의 말만
　이 아니었다. 다만 그 필담 초본은 대부분 추루가 보관하고 있었다.
　그러므로 기록에 내놓은 것은 다만 갖고 있는 초본에 의하였고, 그

초본이 없는 것으로 기억하여 쓴 것이란 십 분의 1·2에 불과하다. 26일 돌아올 때 추루가 손님을 응접하느라고 밖에 있었으므로 걷어 온 것이 매우 많았으나 그래도 그 3분의 1은 잃었다. 또 피차가 오직 통화하기에 급하였으므로 쓴 것이 난잡하고 차서가 없는 것이 많았다. 그러므로 현재 갖고 있는 것이라고 하여도 물은 것은 있고 대답 없는 것이 있으며, 대답은 있고 물은 것이 없는 것도 있으며 외마디 말로서 앞뒤가 없는 것도 있다. 이러하니 추기(追記)할 수 없는 것 은 버리고, 그 오히려 기록할 수 있는 것은 세 사람의 말에 있어서는 두어 자씩 첨가하여 보태는 경우도 있었다. 다만 그 화법이 문득 본색을 잃게 되니 이것은 어찌할 도리 없었다. 또 혹 그 사이사이 나타나 중첩되거나 혹 끊어졌다가 혹 이어졌다 하는 것도 많으니, 이것은 날이 오래된 뒤 추기하고 한갓 필담 초본에만 의존하였기 때문에 그 형세가 어찌할 수 없었던 것이다. 우리들의 말은 평중(平仲)이 항상 번다할까 걱정했으므로 많이 잘라냈고, 나는 항상 간단 할까 걱정했으므로 많이 첨가하였으니, 요컨대 어세(語勢)를 잘 매 만져서 그 본의를 잃지 않게 하였을 따름이다. 그 방해될 것이 없는 것은 될수록 본문대로 살려 두었다. 그 제 본색대로 성실을 다하고 일부러 꾸밈이 없음을 여기서 볼 수 있을 것이다.[69]

69) 洪大容, 『湛軒書』外集 卷三, 「乾淨錄後語」, "其談也各操紙筆疾書, 彼此殆無停手, 一日之間, 不啻萬言. 但其談草多爲秋庫所藏, 是以錄出者, 惟以見存之草, 其無草 而記得者, 十之一二. 其廿六日歸時, 秋庫應客在外, 故收來者頗多, 猶逸其三之一 焉. 且彼此惟以通話爲急, 故書之多雜亂無次, 是以雖於其見存者, 有問而無答者有 之, 有答而無問者有之, 一語而沒頭沒尾者亦有之. 是則其不可追記者棄之, 其猶可 記者, 於三人之語, 亦畧以數字添補之. 惟無奈其話法, 頓失本色, 且多間現疊出, 或斷或續, 此則日久追記, 徒憑話草, 其勢不得不爾. 吾輩之語則平仲常患煩故多刪 之, 余常患簡故多添之, 要以幹旋語勢, 不失其本意而已, 其無所妨焉. 則務存其本 文, 亦可見其任眞推誠, 不暇文其辭也."

필담이 이루어지는 현장과 그 정리 작업, 그리고 작품으로 탄생되는 과정을 보여주는 가장 전형적인 대목이다. 필담 현장에서 이루어진 담초는 대부분 반정균(潘庭筠)이 가져갔고 순서 또한 난잡하여 앞뒤가 맞지 않아서, 어렴풋한 기억에 의거하여 후에 추기하는 경우가 상당히 많았다. 함께 필담에 참여한 평중이 번다할까봐 걱정하는 반면에 홍대용은 꾸밈없이 필담의 현장을 실감나게, 그리고 정확하게 전달하기에 주력한다. 이것이 바로 독립적 텍스트로서의 필담의 창작과정이다. 다시 말해 필담은 담초의 정리를 통하여 화제 자체에 관심을 집중시키면서, 저자의 생각과 감정을 솔직하게 드러내어 감동을 준다는 점에서 문학텍스트라 할 수 있다.

필담의 창작기법은 담화의 내용과 실상을 그대로 보존하며 전달하는 것이다. 기록성을 지닌 문학은 허위를 배격할 뿐만 아니라, 실제 현실로부터의 소격(疏隔)과 현실의 반영을 효과적으로 수행하는 허구, 사실의 과장 및 수식을 통하여 독자의 관심을 끌려고 하는 공언도 배격한다.[70] 따라서 필담의 창작원리는 어디까지나 현실성과 현장성에 의해 지배된다. 현장성과 사실성을 충분히 살려서 재창작하는 과정에서 작가 나름의 관점이 부가된다는 것이 필담의 특징이다. 이와 같이 필담은 사실 자체의 가치와 함께 작가의 역사의식이나 가치관이 그대로 독자들에게 전달되므로 실감이 넘치고 공감대가 형성된다. 때문에 북학파 문인들의 연행록에서 필담은 가장 효과적인 주제표현수법의 한 방식으로 사용되고 있다. 그들의 필담에는

---

70) 심경호, 「기록문학으로서의 한문산문」, 『한문산문의 내면 풍경』, 소명출판, 2001. 4, 166쪽 참조.

민감한 화제에 대한 지식인들의 학문사상과 견해가 응집되어 있을 뿐만 아니라 중화문명의 자부심과 만주족의 통치라는 현실, 그리고 서양의 영향으로 변화를 겪는 조선과 청조 두 나라 지식인의 새로운 체험이 고스란히 담겨져 있다. 북학파 문인들은 다양한 인간군상에 시선을 돌리면서 청나라, 나아가 전 세계의 실정을 간파하고 감지하려고 노력하였다. 따라서 그들의 필담에는 연행의 의도가 담겨져 있는가 하면 청조 지식인들의 본심을 꿰뚫어 보아낸 예리한 통찰력도 드러나 있다. 북학파 문인이 제기하는 짓궂은 질문공세는 거의 모두 청나라가 안고 있는 갈등과 현 정세에 관한 것이었다. 그들은 중국 중심의 세계가 안고 있는 정치, 인종, 문화적 갈등을 둘러싸고 중국 지식인들과 담론하면서 태평성세를 구가하는 청 왕조의 위기를 읽어냈다.

필담은 담론에 참여한 쌍방의 시선과 견해가 공존하기 때문에 상대적으로 객관적인 성격을 지니고 있다. 따라서 주관적 견해만 체현된 잡록-연행록 중의 잡록-에는 문화의 오독(誤讀)이 존재하지만 현장성을 가장 중요시하는 필담에는 현실의 오독이 상대적으로 극복된다. 북학파 문인들은 지식인과의 소통과정에서 발견을 통한 충격이나 작가의 자기 변혁을 필담이란 방식으로 객관적으로 독자에게 전달하려고 노력한다. 이리하여 독자는 문과 답에 대한 기록을 통하여 쌍방의 시선을 모두 고려하면서 실제상황을 자신 나름대로 이해하게 된다. 하지만 사회, 정사, 학술 등 다양한 질문의 소재는 당대 사회의 집단의식이나 역사적 인식을 대변하기 마련이다. 따라서 특정 화제에 대한 한중지식인들의 대처방식이 서로 다르게 체현되는 모습을 보인다. 또한 당시 현실을 의식하여 의도적으로 정보를 숨기는 경우도 많다. 타자에 대한 철저한 파악이 없다면 겉모습에 비춰진 담론의 진상을 제대로 파악할 수 없을 뿐더러, 때로는 오독을 초래할 수도 있다. 이러한 오독을 최대한 극복했을 때야만, 비로소 정확한 정보교류가 가능하다. 하지만 본의 아닌 오독 역시 자신의 문화와 관념에서 이해하려는 집단의식이 초래한 결과라고 볼 수 있다.

독립적 텍스트로서의 필담은 순간적인 소재를 문학으로 형상화하면서도 따분한 질문과 답변의 연속으로 화제를 이끌지는 않는다. 홍대용과 박지원은 필담을 저술하면서 세부적 기술과 그 기술을 보강하는 의론과 묘사에 이르기까지 끊임없이 고민한 것으로 보인다. 그들은 필담에 시, 척독 등 형식의 혼용은 물론 대상의 행위나 표정 하나하나를 모두 포착하여 문학적 감화력을 가미하였다. 문학성을 살리려는 목적도 있겠지만, 의사소통 과정에서 언외지의(言外之意)는 사소한 동작이나 표정에서 체현된다는 점을 충분히 고려했기 때문이다. 또한 필담의 사상성과 문학성을 보장하기 위하여 유도, 칭찬, 농담, 복선, 암시 등 수많은 장치를 도입하기도 하였다. 이런 과정에서 필담이 문학텍스트로 재탄생 되었으며 작가의 가치관과 변혁이 독자들과 공감대를 형성하게 되었다. 요컨대 홍대용, 박지원 등 문인의 필담은 복합적 서술양식을 선택하여 작가의 체험을 극대화시킴으로써 단순한 질문의 연속이 아닌 문학성을 지닌 텍스트로 생성될 수 있었다.

3. 필담의 참여자

문인은 한 사회계층의 정신적 풍모를 보여주는 동시에 역사문화
의 특성을 반영하기도 한다. 중국사에서 문화와 사상의 전승과 창조
는 줄곧 문인들의 중심임무였다. 따라서 문인의 의식과 교류연구는
역사와 사회연구의 중요한 일환이기도 하다. 북학파 문인들과 필담
을 나눴던 중국 인사들은 당대 최고의 학자들도 있지만 또한 문화수
준이 떨어지는 사람들도 상당히 많았다. 따라서 그들이 준비한 학문
적 대화에 적절한 답변을 할 수 있는 경우가 있는가 하면 반면에 필
담의 깊이나 수준을 기대하기 어려운 경우도 있었다. 그러나 문화수
준이 떨어지는 담론이라 해서 가치를 잃는 것은 아니다. 그들은 현
실에 대한 다양한 파악을 위해 여러 인간군상에 두루 시선을 돌렸으
며 학자가 아닌 일반인들과도 적극적으로 대화를 시도하였다.

본 장에서는 북학파 문인들이 어떤 계층의 인물과 교류를 하였는
지, 그리고 어떤 지식인과 의미 있는 필담을 하였는지를 살펴보도록
하겠다. 이 작업은 중국지식인에 대한 고찰일 뿐만 아니라 북학파
문인들의 시선에 대한 고찰이기도 하다. 즉 북학파 문인이 중국인들
에 대한 평가를 통하여 그들의 시선이나 교우방식을 가늠할 수 있
다. 북학파 문인이 만난 수백 명의 지식인을 모두 다루는 것은 무리
라고 본다. 우리가 양국의 문화적 교류를 살피고자 한다면 필담에
참여한 핵심 인물에 초점을 맞춰야 할 것이다. 인물의 순서는 필자
의 연구편의에 따라 필담의 내용의 질과 양의 순서로 작성하였으며
필담의 양이 얼마 되지 않는 인물은 저자가 소개한 순서에 따라서

배열하였다.

우선, 홍대용과 필담을 나눈 중국인들을 살펴보기로 하자.

성명	자	호	연령	직위, 신분	출신지	홍대용의 평가
嚴誠	力闇	鐵橋	35	擧人	浙江	학식이 풍부하고 문장에 능하다.("瘦削多骨格, 英特峻潔, 傲視一世, 及其聞善言而見善行, 愛好之出於至誠, 才識超詣, 信筆成文, 辭理暢快, 燦然如貫珠, 其志亦未嘗以此自多也.""才高識敏, 於王陸及佛學, 皆已遍讀之而窮其說矣. 其得之於心學, 亦不淺矣.")
潘庭筠	蘭公	秋庫	25	進士	浙江	외모가 출중하고 글을 잘 쓰며 사람을 반갑게 대한다.("年最少, 蕭灑美姿容, 性穎發好諧謔, 詞翰英達, 操筆如飛, 直一翩翩佳子弟爾. 氣味昭朗, 對人開心見誠, 不修邊幅爲可愛也.")
陸飛	起潛	篠飮	48	解元	浙江	문장에 능하고 농담을 즐기며 술을 잘 마시며 귀인의 기상이 있어 奇士라 할 수 있다.("篠飮爲人短小, 狀貌豐偉, 喜言笑, 雜以諧謔, 善飮酒, 飮終日不亂. 詩文書畫, 俱極其高妙, 惟任眞陶瀉而已, 不事雕飾以求媚於世, 亦未嘗以此加諸人. 天性不拘小節, 非醇乎儒者. 雖然, 豪而有制, 不至於縱, 曠而有節, 不至於蕩, 卽盃樽諧笑之際, 亦溫濕簡重, 甚有貴人氣象.""其器量風味, 可謂間世之奇士也.")
吳湘	素軒	篁村	39	翰林檢 討官	山東	문학이 뛰어나지 못하여 볼품이 없다.("文學不甚優, 拘於中外, 疑畏太甚, 言論趣味, 俱無足觀也.""吳差雅靜".)
彭冠	魯宜	莊士	34	翰林檢 討官	河南	문학이 뛰어나지 못하여 볼품이 없다.("文學不甚優, 拘於中外, 疑畏太甚, 言論趣味, 俱無足觀也.""彭翩翩輕浮, 眞名利上淺局也.")
蔣本			53	監生	河南	문장능력과 지식수준이 낮다.("稱眼昏, 問答專付周生, 想其文識, 亦如其人也.")
周應文			23	監生	西江	외모가 준수하고 응대하는 말이 유창하다.("玉貌秀眉, 聲容溫敏, 應對如流, 詞翰夙成, 知非久於布衣者.")

劉松齡			62	欽天監 (三品)	서양인	한자를 알지만 능숙하게 구사하지 못하며, 외모가 특이하다.("雖略通漢字書, 不足以達意")
鮑友官			64	欽天監 (六品)	서양인	"雖鬚髮已衰白, 而韶顏如童, 深目睛光如射, 宛是壁畵中人也. 皆剃頭衣帽爲胡制, 劉戴亮藍頂, 鮑戴暗白頂."
史周翰			50	會同舘 (七品)		글을 좀 알지만 필법이 졸렬하고 위인이 오만하다.("略解文字, 筆法精麗.""爲人極簡傲, 終未見開懷言笑, 語及遊觀, 輒搊眉不肯答")
楊通官				通官		나이가 많고 위인이 순진하고 선량하다.("年老昏聵, 殆不省事""爲人淳良")
烏林哺			50	通官		순진하고 선량하다.("爲人淳良")
朴寶玉			40 여세	通官		순진하고 선량하다.("爲人淳良")
朴寶樹				通官		체구가 뚱뚱하고 위인이 교활하다.("軀幹豐肥. 爲人猾猘")
徐宗顯			30 여세	通官		외모가 아름답다.("美姿容顏精緊")
徐宗孟			60 여세	六品大 通官		사납고 탐욕스러우며 조선말을 잘하고 일 처리를 기민하게 한다.("性又摯猘貪慾, 善朝鮮語, 臨事機警過人, 諸譯畏惡之如虎狼也.")
兩渾			31	宗親愉 郡王之 少子, 康熙主 之曾孫	北京	文雅한 맛은 적지만 氣味가 너그럽고 사람을 너그럽게 대한다.("體豐偉少文雅氣, 但氣味寬重, 不妄言笑, 開懷唯諾, 如逢舊識, 則滿住之素性也.")
陳哥			59	점포 주인	山西	성품이 정직하고 서학을 독실하게 신앙한다.("雖家貧無學, 爲賈人業, 性峭直, 買賣不貳價, 素信篤西學, 每五更往拜天壇, 雖風雨不敢廢, 已三十餘年云.")
王渭	尙賓		29	擧人	寧遠衛 (遼寧)	대응에 민첩하며 학식이 있다.("應對敏速, 頗有文識.")
<u>郭生</u>			40 여세	沙河所 店主		風儀가 있고 市門에서 은둔하고 있는 賢者인 것 같다.("短少有風儀""盖賢而隱於市門者")
吳胡			25	滿洲人	黑龍江	나이는 어리지만 英氣가 사람을 움직일만하다.("其人身長八九尺, 長面隆鼻, 眼有光, 顧眄英氣動人. 年尙幼, 嫵媚可愛.")

宋舉人				舉人	山東	
烏商				상인, 烏林哺 동생		조선어를 조금 알고 가곡도 좀 안다.("略通朝鮮語, 且解歌曲")
劉商				藥商		사람이 단정하고 선량하다.("爲人端良, 語音明白, 無諸商粗濁氣味.")
王商				상인		키가 크고 수염이 아름답다.("長身美鬚髯")
張元觀			60	舉人, 太學助敎	浙江溫州	글이 고상하고 신묘하며 의론이 순수하다.("筆翰高妙, 議論純正, 宜其爲諸生之領袖也.")
張經	石存, 石可		30	欽天監博士, 鋪商		필법이 묘하다.("筆法亦妙", "(曆法)皆踈淺無識")
葛官人				六品	巴蜀	풍의가 준수하다.("風儀俊偉")
劉生				太常伶官, 琴鋪主		謀利에 전념하는 사람.("身居市井, 專意牟利. 見余不以幣請學, 因樂師從傍偸習, 顯有厭倦之意. 余亦鄙其瑣瑣, 從此不復往.")
蒙古酋長				蒙王宗親, 官一品		한어를 잘 모르고 몽골글을 잘 모르며 짐승과 같이 우둔하다.("狀貌頑醜, 塵垢滿面, 見之令人怕心." "不識漢書漢語, 并不識蒙書云" "其蠢蠢去禽獸不遠也")
拉永壽				滿洲人, 瀋陽府學助敎		문식이 넉넉지 못하다.("所助者亦滿書之敎, 是以少文識, 惟富豪多男女, 恂恂厚福人也.")
鄧汶軒			36	舉子, 鹽商	山西太原	말하는 것이 순박하고 진실하며 허심탄회하게 마음을 열어 보였다.("鄧生爲人, 頎然長者, 發言淳實, 虛懷見心.")
孫有義	心裁	蓉洲		孝廉		집례가 온근하고 儒雅하다.("執禮溫謹儒雅")
趙煜宗	繩先	梅軒		貢生		집례가 온근하고 儒雅하다.("執禮溫謹儒雅")
徐生						필법이 졸렬하며 실학에 힘쓰지 않는다.("禮貌溫謹" "筆法旣極拙, 文多不成句." "不務實學, 專向宮室器玩, 以誇悅人也.")
賈熙			30여세	撫寧知縣(六七品), 彭 冠表弟	河南	필법이 졸렬하다.("筆法頗鈍拙" "錦衣貉帽, 短少身材, 眉目如畫")
唐姓				知縣之記室	河南	문필이 뛰어나지 못하고 말함에 숨김이 없다.("文筆亦不甚優" "乃據實直言, 不思秘諱")

宋相公				宋家城주 인, 進士	薊州	문필이 뛰어나고 말씨는 질박하고 진실하지만 행동거지가 간솔하다. "盖宋生文筆甚優, 應對敏給, 語亦質實, 了無驕侮色, 但擧止太踈率也."
孫進士						교만하다. ("擧止頗驕倨")
周生				學堂師傅		문필이 졸렬하다. ("文筆俱拙, 書語往往不成文理" "盖讀書而不講義者, 皆此類也")
白貢生				貢生,. 舖商	山西	순진하고 선량하다. ("極淳良")

* 밑줄 친 인물들은 성함이 없이 성씨만 기록하고 뒤에 관직이나 칭호만을 붙인 사람들이다.

도표에서 알 수 있듯이 통관들은 대부분 포로가 된 조선사람의 후손들이며 조선어를 조금씩밖에 할 줄 모른다. 하지만 철저히 중국인에 동화된 것은 아니며, 조선인들을 보면 부모를 본 듯 슬퍼하며 정체성에 대하여서도 항상 고민하고 있는 인물들이다.[71] 홍대용은 학식이 있는 중국지식인들은 아낌없이 칭찬하면서, 중국인에 대하여 비교적 객관적인 입장을 취하고 있음을 확인할 수 있다. 하지만 몽골인이나 회회인과 같은 오랑캐에 대하여서는 금수에 못지않다고 부정하면서도 성품만은 솔직하다고 평가하고 있다.[72]

다음은 박지원과 필담을 나눈 사람들에 대해 살펴본다.

---

71) 洪大容, 『湛軒書』外集 卷七, 『燕記』, 「舖商」, "諸通官, 皆我國被虜人後也. … 余謂君家本係東人, 見我輩如逢故人乎. 烏商以東語對曰, 我見朝鮮人, 如見父母, 悲哉. 余曰, 身入上國, 不如我輩之寂寞, 寧可悲也. 烏商撫其首曰, 惟此可悲."

72) 洪大容, 『湛軒書』外集 卷七, 『燕記』, 「拉助敎」, "因言大鼻撻子對人溲溺, 雖婦人不以爲嫌, 吸烟不以口而以鼻. 余曰, 此違禽獸不遠. 助敎大笑曰, 然矣. 余曰, 其醜行雖可惡, 摯悍健鬪, 亦可畏. 助敎曰, 有勇而無謀, 臨戰無陣法, 亦不足畏也."

성명	자	호	연령	직위, 신분	출신지	박지원의 평가
王民皡		鵠汀	54	擧人	江蘇	사람됨이 질박하여 꾸밈이 없고 항상 수심에 잠겨 있다.("爲人淳質少文", "身長七尺餘, 頗有窮愁之態, 坐間頻發歎息之聲.")
尹嘉銓		亨山	70	通奉大夫, 大理寺卿 (二品)	直隸(河北) 博野	시와 그림에 능하고 건강하며 화락한 사람이다.("工詩善書畵", "身長七尺餘, 姿貌雅潔, 雙眸炯然, 不施鬖鬖, 能作細書畵. 强康如五十餘歲人, 然髭髮盡白, 大率簡易和樂人也.")
鄒舍是				擧人	山東	인품이 강개하고 거리낌이 없어 광사라고 불리운다.("爲人多慷慨, 不避忌諱, 形貌古怪, 擧止齷齪, 人皆目之以狂生, 多厭之者.")
奇豊額	麗川		37	貴州按察使	滿州人(朝鮮人四世)	위의를 잘 꾸미며 학식이 넓고 글을 잘 쓰지만 불교를 심하게 배격하고 오만하다.("身長八尺, 白晳美姿容, 善修威儀, 博學能文, 善諧笑, 斥佛甚峻, 持論頗正, 然爲人驕矜, 眼空一世.")
破老回回圖	孚齋	華亭	47	講官兼兵官, 康熙皇帝外孫	蒙古人	키는 크지만 얼굴이 수척하고 학문이 깊으며 부유하다.("身長八尺, 長髥郁然, 面瘦黃骨立, 學問淵博 … 爲人頗長者, 所帶僮僕三十餘人, 衣帽鞍馬豪侈.")
郝成	志亭	長城		山東都司	安徽	무인이지만 박학다식하고 시화를 많이 지었다.("雖武人乎, 博學多聞, 身長八尺, 紫髥炯眸, 骨相精緊, 與余語, 晝夜不倦, 所著皆詩話.")
王晟	曉亭			翰林庶吉士	寧夏	경사에 능하고 박학다식하며 기휘하는 말이 없다.("博洽經史, 强記絕人", "不識忌諱 … 筆語如流, 頗示博雅, 然攷據史傳, 此似爲實錄.")
田仕可	代耕, 輔廷	抱關	29	田疇之後, 古董舖商	無終	골동품의 내력을 잘 알고 사람과 잘 어울린다.("身長七尺, 額濶鼻長, 丰彩燁然, 多識古器來歷, 與人款洽.")

李龜蒙	東野	麟齋	39		四川綿竹	글 읽는 소리가 낭랑하다.("身長七尺, 方口闊頤, 面似傅粉, 朗然讀書, 聲出金石.")
穆春	繡實	韶亭	24		四川	눈썹이 그림과 같지만 글을 모른다.("眉眼如畫, 但目不知書")
溫伯高	鶩軒		31		四川成都	글을 모른다.("目不知書")
吳復	天根	一齋	40		浙江杭州	글에 능하지는 못하지만 인품이 온화하다.("頗短於文墨, 而爲人溫重")
費樨	下榻	抱月樓,芝洲,稼齋	35		大梁	서화에 능하고 조각을 잘하며 경의에 대해서도 잘 알고 있다.("工書畫, 善雕刻, 亦能談說經義, 而家貧好濟人, 爲其貧好濟人, 爲其多子, 養福也.")
裵寬	褐夫		47		盧龍縣	문장에 능하고 술을 잘 마시며 장자의 풍도가 있다.("身長七尺餘, 美鬚髥, 善飲酒, 筆翰如飛, 休休然有長者風.")
汪新	又新		44	廣東按察使	浙江仁和	얼굴빛이 검으며 별다른 위의가 없으며 예의에 구애받지 않는다.("身長七尺餘, 疎髥面色黑, 寢陋無威儀, 不修邊幅.")
胡三多			12	民家小兒,鵠汀學生	承德	예절에 익숙하고 거동이 조용하며 당돌하다.("淸秀無塵埃氣, 禮度開熟, 擧止詳雅","唐突")
曹秀先	地山		60여세	禮部尙書	江西新建	위의가 없으며 사람됨이 개제하고 평화롭다.("容貌老寢陋, 無威儀, 爲人愷悌樂易.")
王三賓			25	尹亨山傔從或奇麗川僕	福建	아름답고 서화에 능하다.("貌美而能解書工畫")
王翰林	曉亭					
兪世琦	式韓	黃圃		擧人		미목이 수려하다.("目淸眉秀")
凌野		襄軒		擧人		
高棫生				太史		
初彭齡				翰林		

馮秉健	明齋			擧人	
陳庭訓	立齋				
徐璜	文圃				
陸可樵					浙江杭州
李冕73)				翰林	湖北
許兆薰	台邨				
單可玉					

　능야(凌野), 고역생(高棫生), 초팽령(初彭齡), 왕성(王晟), 풍승건(馮乘健) 등은 모두 재주가 높고 운치가 맑아서 그들과 나눈 필담도 자료적 가치가 아주 높지만 아쉽게도 자료가 거의 남아 있지 않아서 고찰할 수가 없다.74)

　유득공은 『연대재유록』의 목록을 교유한 사람들의 이름으로 작성

---

73) "李冕"의 이름을 이가원(『한국명저대전집-熱河日記(下)』, 大洋書籍, 1973, 222쪽)과 리상호의 역본(『熱河日記』(下), 보리, 2004.11, 281쪽)에는 "李冕相"으로 잘못 소개하고 있는데 원문해독과정에서 표점을 한자 뒤로 찍어서 초래된 결과이다. "余與杭州人陸可樵、李冕, 相遇於五龍亭." 오류를 증명할 수 있는 근거는 『過庭錄』에서 확인할 수 있는데 박종채는 박지원이 사귄 명사들을 소개하면서 "李冕"을 언급한다. 이외 『過庭錄』에서 소개한 청나라 명사로는 王晟, 太史 高域生, 翰林 初彭齡, 翰林 許兆薰, 俞世琦, 徐璜, 凌野, 陳廷訓, 陸可樵, 馮乘騅, 單可玉 등 문인들이다. 이들과 주고받은 필담이나 오고간 서한들을 모두 망실되어 전하지 않는다고 하였다. 따라서 『熱河日記』에는 許兆薰, 陸可樵, 李冕, 單可玉의 필담을 확인할 수 없을 뿐 아니라 單可玉의 이름은 소개되지도 않는다. 기록이 전해지지는 않지만 친하게 지냈기 때문에 도표에 그들의 이름도 추가하였다.
74) 박지원은 『熱河日記』 「楊梅詩話序」에서 이들과 필담했던 초고가 거의 유실되어서 아쉬움을 금치 못하였다. 여러 名流들이 談草를 가져가서 겨우 10분의 3, 4밖에 남지 않았는데, 남은 필담 역시 더러는 술 취한 뒤에 이록된 담초였고, 또는 저무는 햇빛에 달린 필적이어서 못내 아쉬워하였다.

하였다.[75] 하지만 실제로 내용을 보면 목록 순을 따른 것이 아니라 날짜순으로 정리되었다. 유득공의 연행록 두 편에서 기재된 필담은 대화와 구별하기 어렵다. 대화와 필담을 병행하면서 그 과정에서 받은 감수를 명기하였기 때문이다. 따라서 필자의 연구편의에 따라 대화나 필담, 혹은 증시(贈詩)가 수록된 인물들만 선별하였다.[76] 필담은 없으나 소개에 머문 인물에 대해서는 저자가 소개한 순서에 따라서 배열하였다. 기윤(紀昀)부터 심강(沈剛)까지 인물과 나눈 필담은 『연대재유록』에서 그 기록을 찾아볼 수 있지만 기타 인물들의 필담은 거의 찾아볼 수 없고 간단한 소개에 그치거나 증시를 수록했을 뿐이다.

---

75) 柳得恭, 『燕臺再遊錄』, "交友姓名 瀋陽書院諸生十三人：八十太, 明文, 雅隆阿, 覺羅富坤, 于濼, 王開緖, 吳化鵬, 溫岱, 徐祥霖, 董理, 馮天良, 王潔儒, 金尙綱. 燕中搢紳擧人孝廉布衣共四十一人: 紀昀, 李鼎元, 彭蕙支, 王霬, 普文甲, 奚大壯, 楊鼎才, 張智瑩, 張玉麒, 張問彤, 曹江, 唐晟, 陸慶勳, 沈剛, 康愷, 陳鱣, 錢東垣, 黃丕烈, 黃成, 盛學度, 吳紹泉, 顧晉采, 陳希濂, 夏文壽, 張寶蓮, 顧純, 湯錫智, 趙曾, 王寧埠, 王寧埏, 朱鎬, 裴鋪, 孫琪, 毛祖勝, 崔琦, 陶生, 陳森, 倉斯升, 莫瞻菉, 劉大觀, 劉大均. 琉球國使臣四人: 向必顯, 阮翼, 毛國棟, 鄭得功."

76) 도표에서 "年齡"칸의 "2차", "3차"는 연행시기, 즉 각각 1790년과 1801년을 말한다. 두 칸에 연령이 모두 기재된 인물은 두 차례 연행에서 모두 만난 인물이다. 나이를 제시하지 않은 인물은 "○"로 만난 시기를 표시하였다. ( )안에 표기된 숫자 역시 연행시기(차수)를 가리킨다. 밑줄 친 인물은 이름이 명시되지 않았다. (贈詩), (贈詞)로 표시한 인물은 필담이 없이 증시만 수록된 문인이다.

성명	자	호	연령		직위, 신분	출신지	유득공의 평가
			2차	3차			
紀昀	曉嵐		○	70 여세	禮部尙書(2), "四庫全書" 總纂官	直隷獻縣	사림종장으로 추대받을 정도로 학식이 뛰어나고 겸손하다.("海內推爲詞林宗匠"(1), "不挂曖曃鏡, 亦作蠅頭細字, 天氣頗熱, 對椅酬酢, 鼻端有汗, 久坐不安, 請退與令郎、令孫話. 曉嵐曰, 此皆豚犬, 不足仰扳大賢也." "嗜烟…終日不離口". "其詩峭潔, 多憂時感事之作"(2)
陳鱣	仲魚			○	孝廉	浙江海寧	천초의 난에 대하여 기휘하지 않는다("淸癯美鬚髥""川楚匪亂, 仲魚却不諱")
李鼎元		墨莊	○	○	翰林侍讀(2)	四川羅江	효렴중의 재자("孝廉中才子也")
崔琦				○	琉璃廠之聚瀛堂主人	浙江錢塘	시를 잘 짓고 천초의 난에 대하여 숨김없다.("年少, 亦能詩雅人也""(川楚匪亂)時時痛言之, 似是市井中人無所忌憚而然耳."
陶生				○	五柳居主人	南邊人	천초의 내란에 대하여 숨김없다.("(川楚匪亂)時時痛言之, 似是市井中人無所忌憚而然耳.")
蒲文甲	筆犀	中庵		○	舉人	四川潼川	묻는 말에만 대답한다.("隨問畧答, 不欲暢說")
張智瑩	學海	小農, 黑亭		○	舉人	浙江長洲	
張玉麒	瑞紱	漁川		○	舉人	河南洛陽	
曹江	玉水			21	廩生(七品)	江蘇靑浦	외모가 아름답고 성격이 조용하다.("美姿容""姻族多名流, 而性沈靜")
彭蕙支		田橋	○			四川眉州	
錢東垣	旣勤	亦軒		○	四庫全書校勘, 可廬大昭子, 辛楣大昕從子	江蘇嘉定	나이 젊으나 몸이 비대하고 저술한 책이 많다.("所述十種書目 … 可謂富矣""旣勤年少而肥, 重厚寡言, 但讀詩遇佳處, 高吟軒渠, 以手圈空, 頭隨而轉, 可觀也.")

黃丕烈		蕘圃	○			江南吳縣	수장품이 많다.("收藏甚富")
陳森			○			江南鎭江	그림을 잘 그린다.("善畫, 尤工傳神.")
鄭得功				○	琉球國謝恩副使	琉球	"四入中國者也, 能漢語", "似是球陽之才士", "(內務府吏屬, 將琉球使臣賞緞開包, 各疋截取其數三尺)中國之紀綱可知, 而琉球之以此呈文, 亦可謂蠻矣."
陸慶勳	樹屏	建庵		○	副都御史錫熊子, 以擧人實錄謄錄官, 曹玉水甥侄	江蘇松江	체구가 비대하고 건강하다.("體貌又肥健")
沈剛		唐亭		○	皇明侍講學士度後孫		필적이 절묘하다.("筆蹟亦妙絶")
潘庭筠	香祖	추루	○	○	陝西道觀察御使(2)	浙江錢塘	냉담한 사람이 아니다.("非冷人也")
羅聘		兩峯, 花之寺僧	○		揚州八怪中一人	江蘇揚州	시에 능하고 그림을 잘 그린다. 양주8괴 한사람.("詩情畫筆摠開愁, 淸晝茶烟掩寺樓. 他日相思空悵望, 二分明月古揚州.")
李驥元		鳧塘	○	逝去	翰林編修, 李鼎元弟	四川羅江	
孔憲培				30여세	衍聖公[77]	山東曲阜	웃는 모습이 선하다.("笑貌善")
張道屋		水屋	○		曾任兩淮鹽務分司(2)	山西安邑	친구가 많고 행동거지가 스스럼 없다.("筆意淸狂未可珊, 喜爲金碧夕陽山.大江南北交遊遍", "眞狂士也")
吳照	照南	白菴	○		拔貢生	江西南城	기이한 재주를 갖춘 사람.("眞奇才也")
莊復朝	植三	澤珊			中書舍人	江南常州	눈썹과 눈이 그림 같다.("眉眼如畫")
阮元	伯元		○		翰林編修	江南儀徵	"名士也"
劉鐶之	佩循	信芳	○		翰林檢討	山東諸城	"名士也"

熊方受			○		翰林庶吉士	廣西永康	몸매가 크고 씩씩하다.("熊是魁偉人")
蔣祥墀	丹林		○		翰林庶吉士	湖北天門	순수하고 품위가 있다.("蔣頗醇雅")
鐵保		冶亭	○		禮部右侍郎	滿洲正黃旗人	"名士"
魁倫			○		福建將軍	滿洲正黃旗人	희고 수염이 많으며 몸매가 뚱뚱하다.("晳且鬚", "狀貌豐碩")
胡迴恒				○		豊潤城	솔직하다.("其人老實")
王壽		伯雨		○		宛平	
張問彤	受之	飲杜		○	張船山問陶從弟	四川遂寧	
黃成		香溼		○		蘇州	
陳希濂	秉衡			○		浙江錢塘	뛰어난 작품이 많다.("多佳作") (贈詩)
夏文燾	方米			○		江蘇吳縣	(贈詩)
章寶蓮	虎伯			○		江南嘉定	(贈詩)
朱鎬	二京			○	文公(朱熹)十八世孫	浙江錢塘	
裴鏞		葦田		○			(贈詩)
孫琪	玉樵			○			(贈詩)
毛祖勝		蒒泉		○			(贈詞)
劉大觀		松嵐		○	寧遠知州	山東臨清	글의 뜻이 고아하다.("筆意古雅")

박제가와 교류한 중국지식인들 중 필담내용이 보존된 것은 『縞紵
集』에 수록된 11명과의 필담이다.

---

77) 衍聖公은 封爵名인데 공자 後裔의 世襲封號이다. 孔憲培는 공자의 72대 손이다.

姓名	字	號	
李鼎元	和叔	墨莊, 師竹齋	綿州人
李驥元		凫塘	
潘庭筠	香祖, 蘭公, 蘭垞	秋庫, 德園	浙江錢塘
紀 昀	曉嵐, 曉巒		河間獻縣
龔 協	克一	荇莊	常州陽湖
崔景偁	禹揚	竹樓	山西蒲州
程 樅		觀堂	
陳 鱣	仲魚	管香	
黃 成	香涇		吳人(江蘇)
曹 江	玉水, 百川	石谿	吳上海人
沈 剛	唐亭		江蘇松江

• 관직명과 지식인에 대한 평가는 인용하지 않았다. 박제가의 아들 박장암(朴長馣)이 편찬한 것이기에 관직명도 박제가와 필담을 나누던 시절의 관직이 아니라 1809년의 관직명이고 評 또한 박제가의 평이 아니다.

『호저집(縞紵集)』은 연차로 배열되었는데 권1은 무술(1778년), 권2 는 경술(1790), 신해(1791), 권3은 신유(1801) 순으로 되어 있다. 이 편 차에 따르면 이정원(李鼎元), 이기원(李驥元), 반정균(潘庭筠)은 1778 년 첫 번째 연행 때 필담을 나눈 인물이고, 기윤, 습협(龔協), 최경칭 (崔景偁), 정종(程樅)은 1790년 혹은 1791년의 제 2, 3차 연행에서 만 나 필담을 나눈 인물이며, 진전(陳鱣), 황성(黃成), 조강(曹江), 심강 (沈剛)은 1801년 제4차 연행 때 만난 인물로 보인다.

이제 필담 참여자의 성격을 정리하면 다음과 같다.

첫째, 상당수의 인물이 한 문인과의 인연을 시작으로 다른 북학파 문인들과 친분을 맺으면서 이들의 필담에 중복으로 참여했다. 이를

테면 엄성, 반정균, 기윤, 이정원, 이기원, 나빙(羅聘)과 같은 지식인들인데 이들은 모두 학식이 풍부하고 재주가 높은 문인들이다. 특히 기윤[78]은 사고전서의 편찬관으로 잘 알려진 인물로서 청조의 예부상서로 있으면서 조선 사신들과 빈번하게 접촉하는 한편, 조선 문인의 시문집에 서문을 써주는 등 활발한 교유를 한 인물이다.

둘째, 계층과 민족이 다양하다. 지식인, 상인, 집주인, 재청 조선인, 만주인, 몽골인, 회회인, 유구인에 이르기까지 필담을 진행할 수 있는 사람이면 모두 호기심을 갖고 질문을 하였다. 문화수준이 낮은 사람들, 그리고 그 시기 오랑캐라고 표방된 만주인들까지 필담에 등장하고 있다는 것은 아주 특기할만한 사항이다. 필담계층의 다양성으로 북학파 문인들의 현실인식과 화이론적 세계관을 엿볼 수 있다. 이 문제에 대하여서는 Ⅳ장에서 상세히 논의하려고 한다.

셋째, 만주인에 대해서는 그나마 너그럽지만 기타 민족에 대하여 부정적이며, 흉물스러운 괴물처럼 묘사되어 있다. 하지만 한편으로는 매우 순박하다고 하였다. 그리고 이민족의 문명의 정도를 가늠하는 척도로 한문의 수준을 들고 있었다. 만주인에 대하여 그나마 너그럽게 묘사하고 있는 것도 그들의 한문 구사수준이 상당했기 때문으로 보인다.

---

78) 기윤과 조선 문인과의 교유에 관하여 이군선의 논문 「기윤과 조선 문인과의 교유와 그 의미」(『한문교육연구』 24집, 2005)에서 자세히 고찰하였다.

Ⅲ

텍스트로서의 필담의 성립과 창작의도

그동안 한국 문학사에서의 연행록연구는 북학파 문인들의 연행체험에 주목하여 여행 주체의 사상적 전환을 모색하는 작업에 초점이 맞춰졌다. 그러다보니 필담은 단지 북학사상을 대변해주는 자료로서의 가치로 인정을 받았을 뿐 텍스트 자체의 구성방식은 주목받지 못했다.[79] 필담이 일정한 내용과 형식의 제한을 받지 않기에 문학성에 대한 논란이 있을 수 있기 때문이었다. 이 문제의 해결을 위해 본 장에서는 필담 텍스트의 구성과 형식에 대한 분석을 통하여 작품의 특징을 규명해 보려고 한다. 이러한 연구를 계기로 필담을 비롯한 중세 지식인들의 지적교류가 낳은 문헌들의 실체와 의미를 더 많이 밝힐 수 있으리라고 사료된다.

---

79) 정훈식(「『乾淨衕筆談』과 사행문학의 전환」)은 홍대용의 「乾淨衕筆談」을 문답자체를 텍스트로 이룬 사행문학의 전환이라면서 그 성격규명에 초점을 맞추었고 이학당(「熱河日記 중의 필담에 관한 연구」)은 『熱河日記』 중 필담의 형상수법과 문화사적 의의에 주목하였다. 두 연구 모두 필담의 구체적 구성방식에 대해서는 논의가 없었다.

1. 독립적 텍스트로서의 필담의 생성: 홍대용

1)「건정동필담」의 구성방식

홍대용이 남긴 연행록 중 필담만으로 작품을 구성한 가장 대표적인 작품은「건정동필담」이다.「건정동필담」은 홍대용이 연경에서 만난 엄성, 육비, 반정균 등 세 문인과의 필담, 조봉시말, 왕복서찰 등을 엮어 만든 회우록으로 사행문학에서 최초로[80) 필담과 서신만으로 텍스트를 구성한 필담수창집이다.

이 필담의 가장 큰 특징은 기존 일기체사행록의 일반성을 존중해주는 동시에 작품에서의 필담의 역할을 최대한 극대화했다는 점이다. 우선「건정동필담」은 일기체 작품의 통일성을 확보하기 위해서 필담 기록과 편지를 삽입하는 날짜를 아주 적합하게 설정하였다. 아래에 일기체 작품이라는 특성을 고려하여 날짜에 따라 텍스트의 구성을 도표로 정리해보기로 한다.

---

80) 필담만으로 된 독립된 텍스트는 1711년 조선통신사와 일본문인, 정치가인 新井白石의「江關筆談」과 같은 통신사사행문학에서 그 모습을 보이고 있지만 연경을 다녀온 사행문학에서는 처음으로 나타나는 사례이다.

외집 권2

시간	구조	내용
	서언	마음 맞는 사람과 실컷 이야기 하는 것. 연행 초에는 소원이 이루어지지 못함.
2월 1일	인물(청) 등장	비장(裨將) 이기성(李基成)과 엄성, 반정균사이 기연.
	인물(조) 등장	홍대용, 이기성, 김재행이 건정동에 찾아감.
2월 3일	환경묘사	의자, 탁자, 책, 모포, 상자, 붓… 등 수많은 물품에 대한 상세한 묘사.
	인물(청)소개-필담	엄성, 반정균의 자, 호, 고향, 북경에 온 이유. 조선 문인들의 소개 등.

시간	내용	시간	내용	시간	내용
2월 4일	필담(1차)	9일	편지	15일	편지(동국기략 '東國記略')
5일	편지	10일	편지	16일	편지, 필담(4차)
6일	편지	11일	편지	17일	필담 (5차)
7일	편지	12일	필담 (3차)	19일	편지(담헌기, 양허당기)
8일	필담(2차)	14일	편지, 절구.		

외집 권3

시간	내용	시간	내용	시간	내용
23일	필담(6차)	26일	필담(7차)	29일	편지
24일	편지	27일	편지		
25일	편지	28일	편지		

일기체 필담으로서 이처럼 서신체도 삽입하고 서문과 결어까지 완벽히 갖춘 것은 사행문학에서 전례없는 독특한 구성방식이다. 일기를 시작하기 전 서언 부분을 보기로 하자.

을유년 겨울에 내가 계부를 따라 연에 갔다. 강을 건너면서부터 보이는 것이 모두 처음 보는 것이다. 그 크게 원하는 바는 한 아름다운 수재로 마음 맞는 사람을 얻어 함께 실컷 이야기하고 싶은 것이다. 연로에서 부지런히 찾아 헤맸으나 길가에 사는 자는 모두 조그만 장사꾼들이었고 북경 이동은 문풍이 떨치지 않아 혹 만나는 자가 있어도 모두 녹녹하여 족히 일컬을 것이 못 되었다. 동화문 길에서 한림 두 사람 만나 같이 말하고 그 뒤에 그 집에 찾아가서 자못 수작이 있었으나 심히 졸하고 중외를 구별하여 망령되이 의심하고 두려워하며 또 그 언론이 비속하여 족히 더불어 왕래할 것이 못 되었다. 드디어 한두 번 만나고 그쳤다.[81]

담헌의 연행시기, 그리고 이를 계기로 마음 맞는 수재와 실컷 이야기하고 싶었다는 연행목적, 그 목적을 이루기 위해 수많은 문인과 필담을 시도했다는 내용으로 「건정동필담」의 서문을 장식하고 있다. 이어 2월 1일 일기에는 엄성[82], 반정균과 비장 이기성의 기연이

---

81) 洪大容, 『湛軒書』外集 卷二, 「乾淨衕筆談」, "乙酉冬, 余隨季父赴燕. 自渡江後所見未嘗無刱覩, 而乃其所大願則欲得一佳秀才會心人, 與之劇談. 沿路訪問甚勤, 居途傍者, 皆事刀錐之利, 且北京以東, 文風不振, 或有邂逅, 皆碌碌不足稱. 東華門路, 逢翰林二人, 與之語, 其後尋往其家, 頗有酬酢, 而文學甚拙, 以中外之別, 妄生疑畏, 且其言論卑俗, 不足與之來往, 遂一再見而止.

82) 嚴誠과 潘庭筠은 모두 청나라 문인이다. 嚴誠: 자는 力闇혹은 立庵, 호는 鐵橋, 35세. 절강사람인데 건륭 35년에 擧人으로 되었으며 산수화에 능하다. 유고에는 『淸國家詩史』, 『廣印人傳』, 『墨香居畵識』 등이 있다. (『中國歷代人名大辭典』, 上海古籍出版社, 1999.12, 813쪽) 潘庭筠: 자는 蘭公 혹은 蘭垞, 호는 德國園 25세. 절강사람인데 건륭 43년에 進士로 되었고 관직은 御史까지 되었다. 유고로는 『稼書堂集』이 있다. (『中國歷代人名大辭典』, 上海古籍出版社, 1999.12, 2527쪽.) 『乾淨衕筆談』에서 소개한 두 문인의 자와 호는 약간씩 차이를 보이는데 嚴誠의 자는 力闇, 호는 鐵橋이며 潘庭筠의 자는 蘭公 호는 추루로 소개하고 있다.

시작되면서 필담에 참여할 인물들이 등장하기 시작한다. 3일에는 김재행(평중), 이기성과 담헌 셋이서 건정동을 방문함으로써 필담에 참여할 중요한 인물들을 모두 등장시킨다. 다음으로 필담이 진행된 장소인 건정동에 대한 환경묘사가 상세하게 그려져 있어 장차 진행될 필담과 유기적으로 연결되었다. 담헌이 이런 방법을 차용했던 까닭은 언어와 풍속습관, 환경과 인물경력, 신분의 차이로 인해 독자들이 대화 내용과 표현 습관을 이해함에 있어 오해가 생길 수 있음을 충분히 고려했기 때문이다. 서언의 작성과 인물, 환경묘사의 설치만으로 필담 문학성을 한층 높일 수 있었을 뿐만 아니라 필담 주체의 이해에 도움이 될 수 있는 장치가 되었다.

다음으로 「건정동필담」의 구성에서 특기할 만한 것은 필담과 서신배치의 규칙성이다. 필담과 서신과의 복합적 구성 때문에 심히 혼잡할 것 같지만 사실 7차의 필담기록을 편지와 함께 아주 규칙적으로 배열하였음을 확인할 수 있다. 물론 일기체는 사실을 기초로 한 형식이기에 필담과 서신내왕의 시간에 의해 순서가 결정된다는 사실은 부정할 수 없지만 이러한 규칙적인 배열이 우연히 이루어진 것은 아니다. 필담 현장에서 이루어진 담초는 대부분 반정균이 가져갔고 순서 또한 난잡하여 앞뒤가 맞지 않아서, 어렴풋한 기억에 의거하여 후에 추기하는 경우가 상당히 많았다.83) 이것이 바로 독립적

---

83) 洪大容, 『湛軒書』外集 卷三, 「乾淨錄後語」, "其談也各操紙筆疾書, 彼此殆無停手, 一日之間, 不啻萬言. 但其談草多爲秋庫所藏, 是以錄出者, 惟以見存之草, 其無草而記得者, 十之一二. 其廿六日歸時, 秋庫應客在外, 故收來者頗多, 猶逸其三之一焉. 且彼此惟以通話爲急, 故書之多雜亂無次, 是以雖於其見存者, 有問而無答者有之, 有答而無問者有之, 一語而沒頭沒尾者亦有之. 是則其不可追記者棄之, 其猶可

텍스트로서의 필담의 창작과정이다. 즉, 필담은 담초를 기초로 정리한 홍대용의 창작물이라고 할 수 있겠다. 이러한 상황에 비추어보면 「건정동필담」의 서신 삽입은 결코 우연이 아니며, 담헌의 의도적인 배치라고 하는 것이 합당하다.

 담헌은 「건정동필담」을 작성함에 있어서 앞부분에는 평균 필담 한차례에 서신내왕 3일을 주기적으로 배치하였고 서신내용도 아주 간단하지만 17일부터는 그 규칙이 조금 깨지면서 필담내용과 서찰의 내용이 점차 다양해진다. 이러한 구성은 독자들의 긴장감을 조절하고 흥미를 이끌며 드디어 작자와 함께 필담에 몰입할 수 있도록 한다. 필담에는 경의, 성리, 정치, 과거제도, 시문, 서화, 역사, 풍속, 종교, 천문, 과학 등 수많은 화제가 등장하고 일부 화제들은 전문성이 아주 강하다. 그런데 전문성이 강한 화제가 길어지면 자칫 따분함을 초래할 수도 있다. 또한 필담은 분위기와 시간의 제한을 받기 때문에 짧은 시간에 많은 대화를 나누기 위해서는 꼭 필요한 내용만 기록해야 하므로 문인들 사이에 맺어진 두터운 감정 같은 것은 독자들에게 체현시키기 어렵다. 하지만 서신은 사적인 의사소통의 교환일 뿐만 아니라 자아의 행위와 감정에 대한 진술이므로 시간의 제한이 없이 감정의 표현 및 전달을 충분히 진행할 수 있다. 「건정동필담」의 앞부분 서신을 보면 안부와 이별의 아쉬움을 호소하는

記者, 於三人之語, 亦畧以數字添補之. 惟無奈其話法, 頓失本色, 且多間現疊出, 或斷或續, 此則日久追記, 徒憑話草, 其勢不得不爾. 吾輩之語則平仲常患煩故多刪之, 余常患簡故多添之, 要以幹璇語勢, 不失其本意而已, 其無所妨焉. 則務存其本文, 亦可見其任眞推誠, 不暇文其辭也."

내용들이 대부분인데 이런 간단한 장치만으로도 필담체가 실현할
수 없는 문제를 해결할 수 있었다. 하지만 편지의 대화형식 역시 기
본적으로 말하는 자와 듣는 자를 함께 상정하기에 이 둘 사이에서
이루어지는 소통은 질문–응답의 계속적인 전환이고 타자의 말을 듣
고 이에 대답하는 과정에서 상호적인 위치변환이 계속 이루어지면
서 필담과 비슷한 역할을 할 수 있다. 저자는 이 특징을 이용하여
필담의 차수를 반복하면서 15일의 편지에는 「동국기략(東國記略)」,
19일에는 「담헌기(湛軒記)」, 「양허당기(養虛堂記)」, 24일에는 「농수
각 혼천희 기사(籠水閣渾天儀)」 등을 첨부하는가 하면 편지의 내용에
풍성함도 더해가면서 전문지식에 관한 내용도 많이 취급하였다. 이
러한 결과는 필담이 이어져가는 가운데 문인들 간에 서로에 대해 인
간적 관심을 갖게 되고 우정 또한 깊어져 가면서 점차 화제가 다양
해지고 투명해진 데서 비롯되었다.

「건정동필담」의 문학성을 가장 극대화한 부분은 「건정동필담」과
「건정록후어」의 마무리 부분이라 할 수 있겠다.

> 돌아오는 길에 종의 말을 들으매, '일찍이 건정동에 가니 그 종들
> 이 화첩 하나를 내보이는데, 화첩 가운데에 우리들의 형상이 그려
> 져 있더라는 것이다. 그 모습이 대단히 닮아서 얼핏 보아도 누가
> 누구인지를 알아볼 수 있었다.' 한다. 그런데 그린 까닭을 물어보았
> 더니, 종들이 대답하기를, "두 분 주인어른께서 이것을 만들어 놓고
> 귀국하신 뒤에 이것을 보고 생각하기 위한 것이라고 하더라."고 하
> 였다.[84]

　　소음(篠飮)[85]은 호쾌하고 광활하고 결단성 있고 열렬하니 마치 가을 강에 배 띄우니 달 밝고 바람 맑음(秋江泛舟, 月白風淸)과 같고, (얻으면 금회가 쇄락하여 주렴계의 광풍제월과 같고 잃으면 방달한 풍운이 남조의 청광과 같다.) 철교(鐵橋)는 기발하고 강건하며 박력이 있으니 마치 한송의 우뚝 솟은 절개와 설죽의 깨끗한 지조와도(寒松特操, 雪竹淸標) 같으며, (얻으면 남 못하는 일 능히 하여 백세의 모범을 권장하고 잃으면 한 고장에 매어 있어서 굳은 절개 괴롭게 지킨다.) 추루는 운치 있고 화락하니 마치 봄바람 부는 큰 길거리에 복숭아 버들이 예쁨을 다툼(春風紫陌, 桃柳爭媚)과 같다. (얻으면 고은 경광에 넘치는 순정이 한 덩어리의 화기를 이루고, 잃으면 옷 차려입고 몸 흔들며 번화가에 노닐기도 한다.)[86]

　「건정동필담」과 「결어」의 시적인 마무리는 이별의 아쉬움과 그리움을 고조시키면서 무한한 여운을 남기고 있다. 담헌을 비롯한 조선 문인들의 형상을 그린 화첩을 바라보면서 눈물을 흘리는 중국지식인과, 여덟 자로 세 중국지식인을 묘사하면서 음미하고 있는 담헌의

---

84) 洪大容, 『湛軒書』外集 卷三, 「乾淨衕筆談」, "歸路聞僕人言, 嘗往乾淨洞, 其僕人輩出示一帖, 帖中畵吾輩像皆酷肖, 乍見可知其爲誰某. 渠問其故則僕人輩答云, 兩老爺作此, 爲歸後賭思之資云."

85) 陸飛: 자는 起潛, 호는 篠飮이고 청나라 浙江 仁和사람이다. 乾隆 30년에 解元으로 급제하였으며 그림과 시에 능하였다. 스스로 배를 한 척 제조하여 처자식과 함께 西湖를 노닐면서 배에서 거처했다고 한다. 유고로는 『篠飮齋稿』가 있다.(『杭州府志』『隨園詩話補遺』)(『中國歷代人名大辭典』, 上海古籍出版社, 1999.12, 1304쪽)

86) 洪大容, 『湛軒書』外集 卷三, 「乾淨錄後語」, "篠飮, 豪曠決烈, 如秋江泛舟月白風淸.[得之則灑落襟懷, 濂溪之光霽, 失之則放達風韻, 南朝之淸光] 鐵橋, 奇健遒勁如寒松特操雪竹淸標.[得之則澤木獨立, 厲百歲之風範, 失之則匏瓜孤繫, 偏一節之苦貞.] 秋庫風流愷悌, 如春風紫陌桃柳爭媚. [得之則麗景盎粹, 可成一團和氣, 失之則袨服搖蕩, 或歸五陵遊子.]"

모습은 한 폭의 그림과 같이 생생하게 다가온다. 더 이상 어떠한 구사도 필요 없이 독자의 심금을 울려주기에 충분하다. 그 만남의 갈구로 시작된 서언과 이별의 아쉬움으로 끝맺은 결어사이 조응 역시 완벽하다.

2)「연기」중의 필담

「연기」는 연행과정의 교유인물과 견문한 지명, 풍속, 문물제도별로 분류되었는데 연행노정순에 따른 기존사행문학의 형식에서 탈피하여 관심을 가진 문물만 효과적으로 부각시키는 방법을 취하였다. 「연기」는 외집 권7~10에까지 수록되었는데 권7~8은 만난 인물별로, 권9와 권10은 잡기 중심으로 편성되었다. 잡기는 주로 북경과 기타 지역 중의 명승지나 주요 유적지, 사행의 공식조참행사, 그리고 풍속과 문물제도를 항목으로 나누어 자세히 서술하였다. 여기에 배치된 항목은 거의 연행록에서 보이는 것들이지만 특히 홍대용이 직접 올랐던 산이나 보고 싶어 했던 것, 그리고 특별한 의미를 지닌 것이 주종을 이루었다.[87]「연기」중 인물성명을 표제로 한 내용들은 다음과 같다.

---

87) 鄭勳植, 「홍대용의 연행록 연구」, 부산대 박사학위논문, 2007.8, 104쪽.

서명	조목	비고
『담헌서』외집 권7「연기」	吳彭問答, 莊周問答, 劉鮑問答, 衙門諸官, 兩渾, 王擧人, 沙河郭生, 十三山, 宋擧人, 舖商, 大學諸生, 張石存, 葛官人, 琴舖劉生, 藩夷殊俗, 拉助敎, 鄧汶軒, 孫蓉洲, <u>撫寧縣</u>, 賈知縣, <u>貞女廟學堂</u>, <u>宋家城</u>	밑줄 친 주제는 비록 지명으로 제목을 하였지만 그 지방에서 진행된 필담을 주로 다루었다.
『담헌서』외집 권8「연기」	孫進士, 周學究, 王文擧, 希員外, 白貢生	

위의 도표에서 보다시피 「연기」에는 선비, 태학생, 관리로부터 상인, 마부에 이르기까지 다양한 계층의 인물들이 모두 소개되고 있으며 서양인, 만주인, 몽골인, 회회인 등 여러 민족들 또한 폭넓게 거론되고 있다. 문화수준이 높은 사람, 그리고 장시간 함께 여유를 가지고 담화를 나눌 수 있는 사람에 한해서만 필담이 순리롭게 진행되었고 그렇지 못한 자들과는 간단한 의사소통을 기본으로 간단한 교류밖에 진행할 수 없었다. 하지만 홍대용은 한갓 마부나 상인에게까지 계속 대화를 시도하고 그들의 이름으로 표제까지 설정하여 상세하게 소개하고 있다.

인물명을 표제로 설정했다는 것은 전통일기체사행문학 형식에 대한 도전이라는 의미에서 특기할만한 사항일 뿐만 아니라 관심대상의 전변이라는 의미에서도 혁신적인 의의를 갖게 된다. 즉 인물명 표제의 형식적 변환은 조선 문인들의 관심이 점차 청조 문물로부터 인간으로 집중되어가고 있음을 입증해주는 하나의 단서라고 할 수 있다. 또한 청조인물에 대한 소개가 특정계급이나 인종을 벗어났다는 것은 청조에 대한 홍대용의 관심이 전반 사회에까지 폭넓게 확대되어 가고 있음을 의미하고 있다.

「연기」의 체재를 이루는 인물들은 결코 일정 순으로 배치된 것이 아니다. 그 순서는 필담을 꽤 많이 나눴거나, 인상이 깊었던 인물 순으로 정리한 것으로 보인다. 이는 인물을 저술자의 의도에 따라 선별하고 그 선택된 항목으로 재구성한 결과이다. 이 중에 문답을 맨 앞에 설정하였다는 것도 특기할만한 사항이다. 「오팽문답」, 「장주문답」, 「유포문답」 세 문장을 보면 모두 두 문인과 동시에 필담을 나눴다는 것도 특징이겠지만 그것보다 타인과 비교했을 때 필담의 비중이 제법 많이 차지한다는 것이다. 이러한 구성 또한 홍대용이 필담에 대해 얼마나 중시했는지를 보여주는 증거이다. 전편 문장의 구성을 보면 실제로 간단한 대화 위주로 교류가 진행된 인물은 뒷부분에 배치되어 있으며 「왕거인」부터는 앞의 몇 사람과 비해 편폭도 대폭 줄어든다.

홍대용은 항상 시간의 중요성을 의식했던 것으로 보인다. 「연기」 역시 항목에 따라 효율적으로 구성하는 방식을 택하고 있지만 매개 항목에 대한 구체적 서술에 있어서는 의연히 전통연행록의 일기체 형식을 취하고 있다. 인물에 대한 소개도 인적사항을 먼저 밝히는 경우도 있겠지만 그보다는 시간 순으로 만남의 계기와 필담의 내용을 배열하고 있다. "오팽문답"의 경우를 보더라도 두 지식인에 대한 인적사항을 한 번에 소개하지 않고 두 번에 걸쳐 소개하고 있다. 첫 만남(정월 1일)에 두 선비의 이름과 관직을 밝히면서도 자, 호, 나이 만은 굳이 필담을 나눈 20일에 다시 소개하고 있다. 홍대용은 이토록 사소한 부분에까지 시간을 의식한 흔적이 보인다.

　이와 같이 「연기」는 관념 속의 중국을 없애고 치밀한 의도를 가지고 중국인을 주목하고 있으며 이들에 대한 소개를 통하여 살아 있는 중국의 모습을 보여주려 하였다.

　『을병연행록』은 한글로 작성된 연행록으로서 여행의 총체적 재현을 시도한 작품이라 할 수 있다. 이 작품의 핵심적 기록은 권6 '초삼일 간정동 가다'에서부터 권9 '이십구일 관의 머므다'까지 26일간의 건정동이야기인데 전체 기록의 3분의 1을 넘기고 있다. 이 방대한 내용은 바로 한문본 연행록 「건정동필담」에 대응되는 내용이다. 따라서 『을병연행록』에 기록된 필담의 특징은 「건정동필담」의 상호 비교를 통하여 더욱 분명히 드러날 수 있다.

　우선, 『을병연행록』은 일기체 기록이기 때문에 「연기」에 비해 날짜의 기록이 정확하다. 「연기」는 연행과정에 인상 깊었던 항목 위주로 문맥이 정리되다보니 서술의 편의를 위하여 생략이 불가피하게 발생된다. 이런 생략은 날짜에서도 반영되는데 며칠 동안의 일을 하루에 묶어서 기술한 부분이 꽤 된다. "유포문답"을 예로 들면 정월 7일, 13일, 19일, 2월 2일의 내용은 일치하지만 8일의 경우는 조금 다르다. 『을병연행록』에서는 환술만 구경하고 천주당은 방문하지 못한 것으로 되었지만 「연기」에서는 8일에 『을병연행록』의 9일에 내용이 그대로 적혀 있다. 며칠 동안에 발생한 일을 모두 하루에 기록하다보니 이와 같이 날짜가 약간씩 차이는 나지만 그 내용은 크게 변함없다.

　다음으로, 『을병연행록』은 「건정동필담」의 해설과 같은 역할을 한다. 『을병연행록』에는 중국문인과의 필담 과정에 이해하기 어렵거나 추가설명이 필요한 부분에 대해 아주 자세히 기술하고 있다. 2월 3일 필담을 나눈 첫 번째 날, 엄성의 고향을 묻는 대목을 예를 들어 보자.

　　내가 "두 분의 고향은 절강성 어느 고을인가요?" 엄생이 "항주 전당에 삽니다." 내가 "다락에서 창해에 뜬 해를 구경하고[樓觀滄海日]"라고 외니, 이어서 엄생이 "문에서 절강의 조수를 대한다[門對浙江潮]"고 하였다. 내가 웃으며, "이것이 즉 귀하의 고향입니까?" 하니, 엄생이 그렇다고 하였다.[88]

　　내가 무ᄅᆞᄃᆡ, "그ᄃᆡ기 본 집이 졀강셩 어ᄂᆡ 고을의 잇ᄂᆞ뇨?" 엄싱이 ᄀᆞᆯ오ᄃᆡ, "혼가지로 항쥐 젼당현의 머무노라." 내 인ᄒᆞ야 글 흔 ᄧᅡᆨ을 외와 ᄀᆞᆯ오ᄃᆡ, 누관창ᄒᆡ일 다락은 창ᄒᆡ예 날을 보거늘 엄싱이 니어 외와 ᄀᆞᆯ오ᄃᆡ, 문ᄃᆡ졀강죠 문은 졀강 죠슈를 ᄃᆡ하얏도다. 이 두 귀 글은 당적 송지문(宋之問)이 젼당녕 은ᄉᆞ의 졔영(題詠)흔 글이라. 대져 젼당현은 남송적 도읍이오, 셩밧긔 큰 호쉬 이셔 셔회(西湖)라 일ᄏᆞᆺ고, 호슈ᄀᆞ으로 긔이흔 봉만과 샤려한 누관이 둘너시니 셩시의 변화흔 경과 산슈의 유슈흔 취미를 흔 곳의 합ᄒᆞ야 고금의 졔일 명승을 니ᄅᆞᄂᆞᆫ ᄯᅡ히라. 송적 뉴기경(柳耆卿)은 ᄉᆞ곡(詞曲)을 슝상ᄒᆞ야 일흠이 잇는 사ᄅᆞᆷ이니 일즉 셔호의 노다가 흔 곡됴 가ᄉᆞ를 지어 일흠을 '망ᄒᆡ됴ᄉᆡ(望海潮詞)'라 일ᄏᆞᆺᄂᆞ니, 그 글의 ᄀᆞᆯ오ᄃᆡ, …[89]

---

88) 洪大容, 『湛軒書』外集 卷二, 「乾淨衕筆談」, "余曰兩位尊府在浙省何縣. 嚴生曰, 同住杭州錢塘. 余因誦樓觀滄海日, 嚴生繼誦門對浙江潮. 余笑曰, 此卽貴處耶. 嚴生曰, 然."

89) 홍대용, 소재영 조규익 등 주해, 『주해 을병연행록』, 태학사, 1997.10, 458쪽.

「건정동필담」에 비해 『을병연행록』에 추가된 설명은 실로 자세하다. 그 내용이 워낙 많아서 모두 인용하지 않았지만, 『을병연행록』에서는 「망해조(望海潮)」에 대한 소개뿐만 아니라 금나라 임금 완안량(完顔亮)이 "삼추계자(三秋桂子)십리하화(十里荷花)"라는 구절을 흠모한 나머지 군대를 일으켜 남송을 통일하려고 하다가 패하고 죽었다는 이야기, 후세의 사람이 이 일을 탄식하여 시를 읊었다는 내용, 그리고 서호의 열 가지 풍경을 읊은 시 「서호십경(西湖十景)」의 원문까지 모두 기록하고 있다. 「건정동필담」에서 두 줄로 간단히 지나쳐 버린 부분이 『을병연행록』에서는 훨씬 풍부해져서, 시의 저자와 창작배경 그리고 원문과 함께 홍대용이 이 시를 읊은 의도까지 자세하게 설명되었던 것이다. 이외 『을병연행록』은 중국의 역대 학자이름이 나올 때마다 대개 그 학자에 대한 소개를 부기하고 있다. 이런 점을 염두에 둘 때, 『을병연행록』은 「건정동필담」의 이해를 돕는 해석의 역할을 하였다고 할 수 있다. 하지만 반면에 한글본에서는 한문본에 있는 학문적 토론 내용이 빠진 부분이 꽤 많다. 이런 점에서 이 두 연행록은 각각 그 독자를 의식한 서로 다른 저작 의도가 있음을 확인할 수 있다. 즉 이러한 저술방식은 『을병연행록』이 지향한 독자층(부녀)을 다분히 의식한 결과이다.

결국 담헌은 연행의 체험과 분위기를 극대화시킴으로써 처음으로 필담으로 구성된 연행록이 문학적 수준을 획득하도록 한 것이다. 홍대용이 필담을 독립된 연행록으로 묶으려 했던 것은 중국문인들과의 기이한 만남을 잊지 않고 기념하려는 것은 물론 그때 맺어진 우정을 오랫동안 간직하려고 하는 의도가 컸다. 이 천고의 기이한 만남은 그 후대에까지 지속되면서 중한 문인교유사를 화려하게 장식하고 있는데 현재 규장각에 소장되어 있는『연항시독(燕杭詩牘)』(두 개의 판본)90)에서도 홍대용 가문 4대의 대청 문화교류에서의 역할을 파악할 수 있다. 홍대용이 귀국 후 제일 처음으로 편찬한 것이「건정동필담」91)인 사실만으로도 그가 연경체험에서 가장 염두에 두었던 것이 문인 사이 교류였음을 증명하여 준다.「건정동필담」은 통관들의 감시와 여러 사회적 여건의 어려움을 극복하면서까지 의형제를 맺었던 조선과 중국문인들의 순수한 우정이 이룩한 회우록이다.

홍대용의 연행록 저술의도는 텍스트의 형식에서도 확인할 수 있다. 청대 이전의 연행록은 주로 한시 또는 단순한 일기형식을 취하였다. 때로는 둘 이상의 형식이 혼재되는 경우도 있지만 율격의 제한을 받는 장르로 사행체험에서 얻은 새로운 문화에 대한 서술욕구를 채울 수가 없었다. 청대에 이루어진 연행록의 장편화 현상이 두드러진 것은 이 한계에서 벗어나려는 구체적인 반영이다.92) 홍대용이 기사체 형식을 취하여 주제에 따라「연기」를 작성했던 것도 이

---

90)『燕杭詩牘』은 청조 인사들이 조선 인사들에게 보낸 편지와 시를 모아 편찬한 책인데 청조 인사 20명이 조선인사 9명에게 보낸 편지 72통, 시 23題36수가 실려져 있는데 洪大容 집안에서 편집한 것으로 추정되고 있다. 이 필사본은 허경진의「洪大容 집안에서 편집한『燕杭詩牘』」(『洌上古典研究』 27집, 2008)에서 처음 하버드 소장본과 함께 세 판본이 처음 소개되었는데 지금까지 다른 문헌에서는 발견되지 않은 서신들이다.

91) 홍대용의 연행록 3편은 귀국 후 1,2년 사이 모두 이록된 것이 아니다. 正祖와 나눈 북경여행담(1775)에서 홍대용은 아직 일기를 완성하지 못했다고 대답했으니 10년이 거의 지났음에도 불구하고 아직 일기가 완성을 보지 못했다. (김태준,『홍대용 평전』, 민음사, 1987.7, 177쪽.)

92) 정훈식,「『乾淨衕筆談』과 사행문학의 전환」, 304쪽.

점과 무관하지 않다. 홍대용의 필담기록은 일기식으로 진행되었지
만 더 이상 전기 사행문학처럼 평면적이고 설명적인 서술이 아니고
그 안에 구체적인 사건을 끼워 넣고 결과적으로 그 일화가 하나의
독립된 이야기로 발전할 수 있도록 하였다. 따라서 필담을 정리하면
서 될 수 있는 한 인물의 사상적 성향이나 인격적 풍모까지 모두 포
착하였다.

> 김재행은 항상 번다할까 걱정했으므로 많이 잘라냈고 나는 항상
> 간단할까 걱정했으므로 많이 첨가하였으니, 요컨대 어세를 잘 매만
> 져서 그 본의를 잃지 않게 하였을 따름이다. 그 방해될 것이 없는
> 것은 될수록 본문대로 살려 두었다. 그 제 본색대로 성실을 다 하고
> 일부러 꾸밈이 없음을 여기서 볼 수 있을 것이다.[93]

저자는 독자들이 괜한 오해를 빚을까봐 최대한 당시 상황을 가감
없이 재현하려고 하였다. 대부분의 연행록은 서술당사자의 단일한
시선만 보이고 대화문이라 하더라도 실제 기록자에 의해 선택된 경
우가 일반적인데 「진정동필담」은 타자의 관점을 인정하고 이를 작
품의 중요한 요소로 끌어들이는 경우가 처음 확인되는 텍스트라 할
수 있다.[94] 결국, 홍대용을 필두로 하는 필담 위주의 창작방식은 전
범이 되어 후기 북학파 문인들의 연행록 저술에 지대한 영향을 끼치

---

93) 洪大容, 『湛軒書』外集 卷三, 「乾淨錄後語」, "平仲常患煩故多刪之, 余常患簡故多
添之. 要以幹旋語勢, 不失其本意而已, 其無所妨焉. 則務存其本文, 亦可見其任眞
推誠, 不暇文其辭也."
94) 정훈식, 「홍대용 연행록의 구성방식과 성격」, 64쪽.

게 된다.

2. 주제중심 필담으로의 전환: 박지원

박지원은『열하일기』라는 저작을 통해 청나라의 문물을 조선인들에게 알리고 그것을 실천하기에 열망하였다. 연암은 엄청난 분량의 필담을『열하일기』에 담고 있으면서도 필담을 여행일기와 잡록 속에 어떠한 어색함도 없이 성공적으로 융합시켰다. 필담은 양적으로도 큰 비중을 차지할 뿐만 아니라 문학성과 사상성을 보장하는 데극히 중요한 역할을 담당한다. 기존 연행록에 비해 필담이 존재하는양식, 소통하는 방식 및 전달하려는 메시지 등 총체적인 변화가 일어난다. 그는 미리 일기 부분에서 청나라 지식인들과 만나는 인연, 장소, 시간, 그리고 상대의 인적사항을 모두 제시하여 필담의 전개를 미리 예고한다. 그리고 중요한 화제를 담은 필담은 따로 독립적인 장을 배치하여 순수한 필담 중심의 문학을 창작하려고 시도하였다. 그 속에는 격식에 얽매인 흔적은 찾아볼 수 없고 담화내용도 아주 자유분방하다. 상투적 격식으로 가득한 허사나 규범을 무시하고마음속의 말을 허물없이 나누고 그 내용을 재구성하여 문학으로 탄생시켰다.

1) 주제중심 필담의 성립

연암은『열하일기』를 구성함에 있어서 지식인과의 사적인 감정보다는 필담의 내용, 즉 그 주제에 치중점을 둔 것으로 보인다. 이는 작품의 소재 작성에 인명이 배제된다는 사실만으로도 입증이 가능하다. 이미 말하다시피 홍대용은 필담을 나눈 인물중심의 회우록을 저술하였고 유득공은 연경에서 교유한 인물의 성명으로『연대재유록』의 목록을 장식하였지만 연암의『열하일기』에서는 인명으로 된 제목이 고작「곡정필담」뿐이다. 여기서 인명을 제목으로 한 문장이란 필담이나 중국지식인을 소개한 내용을 담고 있는 글에 한해서 말한다. 즉 역사인물의 이름으로 제목을 한 것은 포함하지 않는다. 하지만 전편 작품에서 필담의 차지하는 비중을 보면, 연암 역시 인물에 대해서 중시하고 있음을 알 수 있다.

『열하일기』에서「속재필담」,「상루필담」,「황교문답」,「반선시말(班禪始末)」,「망양록」,「곡정필담」 등은 모두 특정인물과 특정주제를 둘러싸고 진행된 필담만을 정리한 작품이다. 이외「태학유관록」,「피서록」 등에도 필담이 상당히 많이 수록되어 있다. 연암이 중국 인사들과 진행한 필담은 크게 세 차례로 나누어 볼 수 있는데「속재필담」,「상루필담」은 1780년 7월 10일~11일 성경(盛京)에서 진행된 필담이다. "예속재(藝粟齋)"라는 골동품가게와 "가상루(歌商樓)"라는 비단가게에서 회동한 중국인과의 필담인데 참여한 사람들은[95] 많았으나 풍골이 없고 장사치가 꽤 되었기에[96] 이들과의 필담은 높

---

95) 이때 주로 필담을 나눈 사람들로는 田仕可, 李龜蒙, 穆春, 溫伯高, 吳復, 費穉, 裴寬 등이다.

96) 朴趾源,『燕巖集』卷之十一 別集,『熱河日記』,「盛京雜識·粟齋筆談」, "餘數人, 皆碌碌不足錄, 且無穆溫之風骨, 眞神販之徒, 故兩夜周旋而失其名."

은 차원으로 진행될 수가 없었다. 단지 일상생활의 질고, 골동품의
진위판명법, 경서강독의 방법, 중국 각 지역의 소식(중국인들의 고향
을 물으면서 파악한다), 사농공상에 대한 간단한 정보 등 화제를 가지
고 담론되었다. 필담의 내용은 얼마 되지 않고 제목 또한 가게이름
으로 되어 있지만 참석한 사람들의 개인자료만은 상세하게 기록하
였다.[97]

연암이 준비한 학문적 대화에 적절한 답변과 소통을 할 수 있었던
문인들은 태학관(8월 9일~14일)에서 만난 문인들이다.[98] 그중에서도
윤가전(尹嘉銓), 왕민호(王民皞), 기풍액(奇豐額), 추사시(鄒舍是)와의
필담이 가장 주목된다.「황교문답」,「반선시말」,「망양록」,「곡정필
담」,「태학유관록」,「경개록(傾蓋錄)」,「심세편(審勢篇)」등『열하일
기』를 장식하는 필담 대부분이 모두 이때에 진행된 것이다.「황교문
답」과「반선시말」은 청나라의 종교정책과 종족문제에 관한 내용이
고「망양록」은 음악원리, 음악의 정치적 문학적 의의, 음악의 발달
사를 중심으로 해박한 전문 지식을 경도한 토론이며「곡정필담」은
곡정 왕민호를 중심으로 윤가전, 학성(郝成)들을 상대하여 무려 엿새
동안 밤을 밝혀가면서 주고받은 필담이다. 이 부분에 포함된 필담내
용은 특정된 문제를 겨냥했다기보다는 과학, 종교, 역사, 정치 기타
다양한 문화 등을 해박한 지식으로 다방면에 걸쳐 논의하였다. 이것
은 박지원의 사상과 견해가 곡정의 입을 통하여 대부분 피력되었다

---

97) 朴趾源,『燕巖集』卷之十一 別集,『熱河日記』,「盛京雜識·粟齋筆談」序言.
98) 태학관에서 만난 문사들로는 王民皞, 尹嘉銓, 郝成, 奇豐額, 汪新, 敬旬彌, 破老
回回圖, 曹秀先 등이다.

고 하는[99] 아주 중요한 필담이다.

세 번째는 8월 3일, 8월 20일~27일(?)에 북경 유리창 양매서가(楊梅書街, 유세기 외 7명)에서 나눈 필담인데, 그 자료는 「양매시화(楊梅詩話)」에 조금 실려 있지만, 상세하지 않다. 8월 20일 유세기(俞世琦)를 통해서 능야(凌野), 고역생(高域生), 초팽령(初彭齡), 왕성(王晟), 풍승건(馮秉健) 등 홍유석학(鴻儒碩學)들과 7차례나 필담을 했지만 그 기록은 얼마 없고 필담과 직접 관련되는 「천애결린집(天涯結隣集)」, 「양매시화」에서 일부분만 소개되어 있다.[100] 이때 나눈 필담은 황교(「황교문답」), 반선의 유래(「반선시말」), 시화(「양매시화」)에 관한 간단한 기록밖에 찾아볼 수 없다. 이들의 필담은 지적 과시가 아니라 창조적인 이해로 이어지는 필담, 즉 오해와 편견과 차이의 재확인에 그치지 않고 그것을 넘어서 학문의 전문성을 심화시키면서 지적 고

---

99) 박지원 지음, 리상호 옮김, 『熱河日記』, 「곡정필담」 해제, 보리, 2004.11.

100) 박지원 지음, 이가원 옮김, 『국역 熱河日記』, 「楊梅詩話序」, 민족문화추진회, 1985, "내가 俞黃圃 世琦를 琉璃廠에서 처음 만났는데, 그의 字는 式韓이며 擧人이다. 그 뒤 열하로부터 북경에 돌아오자, 곧 황포와 약속하여 楊梅書街에서 이야기하기를 무릇 일곱 차례나 하였다. 황포가 海內의 명사들을 많이 소개하였다. 凌擧人 野, 高太史 棫生, 初翰林 彭齡, 王翰林 晟, 馮擧人 乘健 등이 모두 재주가 높고 운치가 맑아서, 그들의 작품에는 片言과 隻字라도 입맛에 향기롭지 않은 것이 없었다. 그러나 필담했던 초고가 거의 여러 名流들이 가져간 바 되었다. 그리하여 돌아올 때 행장을 점검하여 보니 겨우 10분의 3,4가 남았는데, 더러는 술 취한 뒤에 이룩된 난초였고, 또는 저무는 햇빛에 달린 필적이었다. 비유하건대 마치 저 廬山의 새벽 구름인 양, 참 모습을 찾기 어려웠다.(余初遇俞黃圃世琦于琉璃廠中, 字式韓擧人也. 旣自熱河還皇城, 卽約黃圃會話于楊梅書街, 凡七遭. 黃圃多引海內名士, 如凌擧人野, 高太史域生, 初翰林彭齡, 王翰林晟, 馮擧人乘健, 皆才高韻淸, 其隻字片語無不芬馥牙頰. 然其談艸多爲諸名流所掠去, 及檢歸裝, 僅存其十之三四, 而或醉後亂墨, 或迫曛赤筆, 譬如廬山曉雲, 眞面難尋.")

민과 성찰로 빛나는 필담이었다.

연암은 인물보다는 필담의 내용에 주시하였기 때문에 동일인물이 여러 편에 수시로 중복하여 등장하고 있으며 「황교문답」, 「반선시말」과 같은 필담에는 2차(태학관)와 3차(유리창)필담에서 회동한 문인들이 동시에 출현하기도 한다. 하지만 동일인물의 중복출현이 독자들을 헷갈리게 하는 것을 방지하여 미리 필담을 시작하기 전에 인물에 대해 상세한 소개를 진행한다. 「속재필담」, 「경개록」, 「양매시화서」에서는 모두 필담을 시작하기에 앞서 참여한 지식인들의 인적사항과 인상을 상세히 밝히고 있다. 연암은 특정인물을 주시하였다기보다는 특정인물과 나눈 필담의 주제에 관심을 가졌다고 보는 것이 타당하다. 이는 작품의 내용을 보다 효과적으로 이해할 수 있도록 배려한 연암의 의도적인 배치라고 할 수 있다.

2) 필담형식의 전환

연암의 필담은 기존 북학파 문인들의 필담과 비해 형식면에서도 큰 변화를 보인다.

우선, 『열하일기』의 필담이 기존 필담과 구별되는 가장 큰 형식적 변화는 필담 현장에서 주고받은 시와 필담이 같은 텍스트 내에 공존하지 않고, 따로 분리되고 있다는 점이다. 다시 말해 연암은 필담만으로 작품을 완성하려고 했다는 것이다. 연암은 교유 중의 수창시, 필담 과정에 언급한 시인들의 작품은 모두 따로 「피서록」에서 소개하고 있으며 짧은 시평을 부기하고 있다. 필담이 진행된 상황을 보면 필담과 시의 창수가 번갈아 이루어진 것이 분명하지만 앞부분에 필담을, 그리고 뒷부분에 시를 따로 모아서 기재하였던 것이다. 「망양록」이나 「곡정필담」과 같은 전형적인 필담에는 아예 시에 대한 기록을 찾아볼 수 없다.

이와 같은 작성방식은 연암의 의도를 명확히 반영하고 있다. 연암은 연행을 자신의 학문과 인생에서의 기회로 간주하고 중국인에 대한 체험이나 학술적인 정보, 정치적인 정보를 더없이 소중하게 생각하였다. 따라서 의도적으로 시를 따로 편집한 것으로 보인다. 사실 필담을 텍스트로 삼고 문학으로 형상화한다고 할 때, 특정주제에 집중되기에 시의 역할은 약화되기 마련이다. 따라서 주제중심의 필담에서 시를 의도적으로 배제하고 편집한 것은 실로 현명한 선택이 아닐 수 없다. 이런 작성방식은 일본의 계미 통신사 사행문학에서도 확인할 수 있는데 조선인에 대한 체험이나 학술적인 정보를 중시하는 경우는 필담만으로 구성되었고 문사 교류에 중심을 두는 경우는 수창시만으로 편집이 되었다고 한다.101) 연암은 더없이 소중한 기회에 중국 문사를 만났다는 사실 자체를 중요하게 여겼고, 필담을 한 줄 더 나누는 것에 더 큰 의미를 두었던 것이다.

다음 변화로는 필담이 확대되고 날짜의 예속에서 벗어나 독립적으로 작품을 구성하기 시작한다는 점을 들 수 있다. 사행문학은 일기 형식으로 쓰인 것이 대부분이다. 이는 그동안 사행자들이 이국의 장기간 체험을 기술함에 있어 최적의 방식이라고 생각했기 때문이

---

101) 구지현, 『계미 통신사 사행문학 연구』, 2006.10, 219쪽.

다. 자신의 경험을 확실히 전달하고 상황을 잘 이해시킬 수 있도록, 하루에 일어난 여러 사건 가운데 중요한 사건을 선별하고 그 사건들을 재구성했던 것이다. 하지만 필담의 경우 한정된 시간 동안 문사를 만나 담화한 기록이므로, 보통 현장에서의 수창시와 함께 섞어 기록하는 방식이 선호된다. 그러나 연암은 이 방식을 완전히 타파하여 며칠에 거쳐 나눈 시와 필담을 선별하여 화제의 편의에 따라 편집되고 재정리하였다. 즉 독립적 텍스트의 필담에서 일기체 양식이 완전히 제거되었다는 것이다. 『곡정필담』을 보더라도 엿새 동안의 담화내용을 시간 순이 아닌 내용 순으로 자연스럽게 진술하고 있다.

이상 형식의 변환을 통하여, 우리는 연암이 『열하일기』를 구성함에 있어서 연행에 소요되었던 시간에 중요성을 두지 않았음을 확인할 수 있다. 이른바 연행과정에 펼쳐지는 모든 사건의 순서에 중요성을 둔 것이 아니라 반복성을 피하는 동시에 중요하다고 생각하는 내용만으로 작품을 구성한 것으로 보인다. 이점은 서울에서 의주(義州)까지 출발하는 과정과 돌아오는 과정을 의도적으로 생략한 사실만으로도 입증된다.[102] 연암은 필담에도 이와 같은 구성을 도입하여 전체작품을 효과적으로 이해할 수 있도록 배려하였다.

그렇다면 연암은 왜 이와 같이 필담을 중시하였던 것일까? 이는 연암의 연행목적과 관련되는 문제이다.

---

102) 김명호는 연암이 서울에서 의주의 일정을 생략한 것은 의도적으로 보면서 주제를 보다 효과적으로 부각시키기 위해 출발에서 귀환에 이르기까지의 일정을 그대로 적은 연행록의 상투적인 형식에서 과감히 탈피하고자 했다고 지적하였다. (김명호, 『熱河日記 연구』, 창작과 비평사, 1990.2, 21쪽.)

내가 한양을 떠나서 여드레 만에 황주에 도착하였을 때 말 위에서 스스로 생각해 보니, 학식이라곤 전혀 없는 내가 적수공권으로 중국에 들어갔다가 위대한 학자라도 만나면 무엇을 가지고 의견을 교환하고 질의를 할 것인가 생각하니 걱정이 되고 초조하였다. 그래서 예전에 들어서 아는 내용 중 지전설과 달의 세계 등을 찾아내 매양 말고삐를 잡고 안장에 앉은 채 졸면서 이리저리 생각을 풀어내었다. 무려 수십만 마디의 말이, 문자로 쓰지 못한 글자를 가슴속에 쓰고, 소리가 없는 문장을 허공에 썼으니, 그것이 매일 여러 권이나 되었다.103)

위 인용문은 「곡정필담」을 마무리하면서 기술한 내용이다. "마음 맞는 수재와 실컷 이야기 하고 싶었다."는 홍대용의 필담 동기와는 상반되게 사뭇 냉철하고 도전적이다. 물론 중국지식인들과의 우정이 귀국 후에도 지속되었고104) 반정균과 같이 친분이 있는 문인들을 계속 찾아다니는 장면도 여러 번 등장하지만, 홍대용처럼 친구를 만나 흉금을 털어놓는다든지 애절하게 그리워한 기록은 찾아볼 수 없다. 오히려 상당히 도전적인 자세를 취하고 있다. "가슴 속에 쓰고, 소리 없는 문장을 허공에 쓰면서" 중국지식인의 질문에 대비하였고 하지만 자신의 지식들을 총동원하여 화젯거리를 구상하였던

---

103) 朴趾源, 『燕巖集』卷之十四 別集 『熱河日記』, 「鵠汀筆談」, "余離我京八日, 至黃州, 仍於馬上, 自念學識固無藉手, 入中州者, 如逢中州大儒, 將何以扣質, 以此煩冤. 遂於舊聞中, 討出地轉月世等說, 每執轡據鞍, 和睡演繹, 果果數十萬言. 胸中不字之書, 空裏無音之文, 日可數卷."

104) 연행 과정에 사귄 문인들과의 서신교류는 귀국 후에도 계속되었다. 박종채의 『過庭錄』에는 중국에서 사귄 지식인들과 주고받은 필담이나 오고간 서한들을 모두 망실되어 전하지 않는다고 하였다.

것이다. 이러한 목적의식의 지배하에 연암은 중국지식인들의 처지
에 공감하는 동시에, 거리를 두고 냉정하게 토론을 이어갈 수 있었
던 것이다. 그는 필담의 진행 장소뿐만 아니라 지식인의 일거일동마
저도 빠짐없이 포착하면서 청조 지식인과 조선 문인사이의 미묘한
갈등을 계속 노출시켰으며 이런 과정을 통하여 천하대세를 점치고
있었다.

　　남의 나라에 들어가는 사람이 "나는 적국의 사정을 잘 엿보았다."
라고 말하기도 하고, "나는 그 나라 풍속을 잘 관찰했다."라고 말하
기도 하지만, 나는 그런 말들을 전혀 믿지 않는다. 남의 나라에 들
어간 사람이 어떻게 길가에 다니는 사람을 붙잡고 갑자기 물어보거
나 찾아갈 곳이 있겠는가. 이것이 첫째로 불가능한 일이다. 언어가
서로 달라 잠시 사이에는 하고 싶은 말을 충분히 다하지 못할 터이
니, 이것이 둘째로 불가능한 일이다. 그 나라 사람과 외국 사람은
이미 서로의 처지가 달라 아무래도 염탐을 한다는 혐의를 받게 될
것이다. 이것이 셋째로 불가능한 일이다. 말의 수준이 얕으면 실제
의 사정을 얻지 못할 것이요, 그렇다고 말이 너무 깊이 파고 들어가
면 그 나라에서 꺼리는 일을 범하기 쉬우니, 이것이 넷째로 불가능
한 일이다. 묻지 않아야 될 일을 물으면 무슨 정탐이나 하는 것처럼
될 터이니, 이것이 다섯째로 불가한 일이다. "그 직위에 있지 않으
면 그에 대한 정치를 꾀하지 말라."라는『논어』의 말은, 자기 나라
에서도 지켜야 할 도리이거늘, 하물며 타국에서랴. "그 나라에서 크
게 금지하는 것이 무엇인지 물어본 연후에 그 나라에 들어가 거처해
야 한다."고『예기』에서 말했으니, 하물며 대국에 대해서랴. 이것이
여섯째로 불가능한 일이다. … 옛날 사람들은 다른 이야기를 주고받

고, 문답하는 내용과 관계가 없는 데에서 항상 정보를 얻었다. 예컨
대 교량이나 시간의 제도를 통해 관리의 등급 같은 것을 알아맞히기
도 하였으며, 시와 음악을 감상하면서 시장 물가의 비싸고 헐한 것
을 증험해 맞출 수 있었다. 옛사람만 한 지혜와 재주도 없이 한갓
필담이나 이야기 자리에서 이런 정보를 얻으려고 한다면 역시 어려
운 일일 것이다. 더구나 세상이 넓고 커서 그 끝을 볼 수 없음에랴.
… 시장에서 파는 벼루 하나의 값이 백금을 넘지 않는 것이 없다.
아하! 천하가 소란할 때는 구슬과 옥이 굴러다녀도 거두어들이지
않더니, 나라 안이 태평할 때는 땅에 묻힌 기왓장과 벽돌 같은 것도
반드시 파내게 된다. … 그렇다면 한 조각 돌덩이로도 천하의 대세
를 엿볼 수 있을 터인데, 하물며 중국 사람들의 '괴로운' 심정이 돌
로 감상하는 사람의 '괴로움'보다 더 큰 문제가 있음에랴.[105]

위의 인용문은 『열하일기』 「황교문답」의 서언 부분인데, 연암의
필담목적이 그대로 드러나 있다. 연암은 이국의 실정파악의 어려움
을 여섯 가지, 즉 "길가에 다니는 사람을 붙잡고 갑자기 물어볼 수
없는 것(安有執塗之人)", "언어의 차이(言語相殊)", "그 나라 사람과 외

---

105) 朴趾源, 『燕巖集』卷之十三 別集「熱河日記」, 「黃敎問答」, "入他邦者, 曰我善覘
敵, 曰我善觀風, 吾必不信矣. 入人之國, 安有執塗之人, 而遽有所詢訪哉, 此一不
可也. 言語相殊, 造次之間, 無以達辭, 二不可也. 中外旣異, 自有形迹之嫌, 三不
可也. 語淺則無以得情, 語深則恐觸忌諱, 四不可也. 問所不問, 則跡涉窺偵, 五不
可也. 不在其位, 不謀其政, 此居其國之道也, 況他國乎. 問其大禁, 然後敢入, 居
他國之道也, 況大國乎, 此其不可者六也. … 彼古人者, 常得之言語問答之外, 如
橋梁更皷執玉高卑, 有所占矣. 如陳詩閱樂市價貴賤有所徵矣. 旣無古人之識慧才
智, 而徒欲得之於毫墨立談之間者, 其亦難矣. 又況四海廣大, 不見涯涘乎. … 市肆
所售, 一硯之值, 無不百金者. 噫天下有事, 則珠玉宛轉而不收, 海內昇平, 則瓦甎
埋沒而必採. … 然則一片之石, 足以占天下之大勢, 而況天下之苦, 有大於石者乎."

국인의 차이(中外旣異)", "혐의를 받게 될 두려움(恐觸忌諱)", "정탐이나 하는 것처럼 되는 것(跡涉窺偵)", "그 직위에 있지 않으면 그 정치를 꾀하지 않는 것(不在其位, 不謀其政)"106)으로 귀납하면서 고인들은 항상 "언어문답지외(言語問答之外)"에서 실정을 얻는다고 지적하였다. 여기서 "문답지외"가 바로 연암필담의 궁극적 목적, 즉 실정포착이며 "한 조각 돌덩이로 천하의 대세를 엿보는 것"이 바로 연암이 중국을 읽는 방식이었던 것이다. 그 구체적 실행으로서 필담이 가장 확실한 실천적 수단이었던 셈이다. 사회현실과 인간 삶의 진실을 탐구하여 작품 속에 충실하게 반영하는 것은 연암이 시종 추구하였던 문학론107)이기도 하다. 그는 「소완정기(素玩亭記)」에서 이서구와 독서론을 말하면서 "눈으로 보려고 하지 말고 마음으로 비추어보라(不以目視之, 以心照之)"108)고 일깨워준다. 즉 연암은 감성인식이 가지고 있는 한계와 그 현실적인 문제점을 절실하게 느끼고 이성 인식으로 극복, 지양할 것을 요망했던 것이다.109) 이는 인식론과 문학론에 입각한 발언이지만 연암의 연행방식과 태도를 반영하기도 한다. "한 조각돌로 천하의 대세를" 점치는 행위가 바로 "목시(目視)"에만 의거하지 말고 "마음으로 조명"해야 된다는 관념의 실천이라고 할 수 있다. 즉 이국의 문물이나 형상을 파악함에 있어 겉모습에 속지 말고

---

106) 朴趾源, 『燕巖集』卷之十三 別集「熱河日記」, 「黃敎問答」

107) 朴趾源, 『燕巖集』卷之三, 「孔雀館文稿自序」, "爲文者, 惟其眞而已矣."

108) 朴趾源, 『燕巖集』卷之三, 「孔雀館文稿·素玩亭記」

109) 임형택의 「朴趾源의 인식론과 미의식」, 『실사구시의 한국학』, 창작과 비평사, 1990, 311쪽.

주관적인 요소를 배척하여 철저히 객관적인 시선으로 현실을 파악하자는 주장이다.

결국 연암은 기존의 필담에서 보이는 복합적 서술양식을 타파하여 체험과 분위기를 극대화시킴으로써 필담이 문학적 수준을 획득하도록 하였다. 연암에게 있어서 필담은 청조의 현실을 인식할 수 있는 가장 효율적인 방도이자 『열하일기』의 주제를 극대화시키는 핵심적인 장치였던 것이다.

3. 인물중심의 필담과 연행록: 유득공, 박제가

홍대용과 박지원에 의해 시도되었던 필담 저술방식이 박제가와 유득공과 같은 후기 문인들에게 어떻게 계승되고 전변되었을까?

필담을 논의하면서 유득공과 박제가를 다루는 까닭은 유득공과 박제가가 "북학"이라는 기치를 높이 든 북학파의 중견세력으로서, 이희경과 함께 북학파 문인 중에 연경체험을 가장 많이 한 인물이기 때문이다. 유득공과 박제가에게서 특히 주목해야 할 것은 이 두 문인의 연행체험이 여러 가지 상사점을 가지고 있다는 사실이다. 두 사람은 북학파 문인 중 연경체험을 가장 많이 한 인물일 뿐만 아니라 연행시기도 거의 비슷하다. 이해를 돕기 위해서 두 사람의 연행체험의 시간과 경위를 정리해보기로 하자.

	시간	박제가	유득공
1	1778년(정조 2)	3월: 이덕무와 동행. 귀국 후에 『북학의』를 저술한다.	7월: 서장관 남학문(南鶴聞)의 수행원으로 심양을 다녀옴. 유득공은 이 기행을 계기로 『읍루여필(挹婁旅筆)』('읍루'는 심양의 옛이름)을 지었는데 서문만 보존됨.
2	1790년(정조 14)	5월: 이희경과 동행. 건륭제 팔순절 축하 사절로 연행에 다녀옴. 이때 유득공은 『열하기행시주』를 저술하고 박제가는 귀국 후 오언절구 「연경잡절」을 창작한다.	
3	1790년(정조 14)	10월: "검서관 박제가에게 군기사정(軍器寺正)의 직함을 임시로 주어 그것을 가지고 동지사 일행을 뒤따라 가라"는 황제의 특명을 받고 연경에 다시 들어감.	
4	1801년(순조 1)	2월: 주자서 선본(善本)을 구해오라는 어명을 받들어 사은사 일행과 연경에 다녀옴. 유득공은 귀국 후 『연대재유록』을 저술한다.	

　　박제가와 유득공은 두 번이나 연행을 동행하였고 나머지 연행체험의 연도도 1778년, 1790년으로 정확히 일치한다. 즉 연행의 사회적, 역사적 배경이 동일하다는 것이다. 따라서 두 사람의 작품에는 여러 공통점이 존재할 뿐만 아니라 서로의 자취를 찾아볼 수 있다는 특징이 존재한다. 두 사람은 모두 귀국 후 여러 편의 연행록을 남겼는데 유득공이 저술한 『열하기행시주』(1790)와 『연대재유록』(1801)이 바로 박제가와 연경에 동행했을 때 저술한 작품이다. 그리하여 유득공의 연행록에는 박제가와 함께 교유한 문인들의 행적이 고스란히 남겨져 있다. 따라서 연행의 횟수에 비해 상대적으로 연행기를 적게 남긴 박제가의 연행경위와 자취를 재발견하는 데 도움이 된다. 그리

고 두 번이나 연행에 동행하다보니 공동으로 만난 문인들이 많았고 함께 필담을 나누는 일도 적지 않은 것으로 보인다. 특히 유득공의 『연대재유록』과 박제가의 『초정전서』「호저집」에 수록된 기윤과의 필담내용은 거의 일치한다.110) 박제가는 1차 연행에 『북학의』를 저술한 후로는 「연경잡절」(1790년 연행 후 창작한 오언절구)만 남기고 더 이상 긴 편폭의 연행록을 남기지 않았으며 대신 수많은 회우시를 창작하였다. 청조지식인과의 교유내용은 그의 문집과 『북학의』, 『호저집』에 실려 있다. 박제가와 유득공의 가장 큰 공통점은 여러 차례의 연경체험을 통해 수많은 문인을 사귀었음에도 불구하고 연행록에 필담이 얼마 없다는 사실이다. 필담이 아닌 한어로 직접 교류를 시도했기에 이와 같은 결과를 초래한 것이 아닐까 하는 추측도 해볼 수 있다. 하지만 똑같이 한어를 배우고 연행체험을 한 홍대용의 경우, 엄청난 분량의 필담을 남긴 사실을 어떻게 해명할 것인가? 즉, 필담분량의 다소는 한어의 구사수준과는 별개의 문제라는 것이다. 두 문인을 함께 다룰 수 있는 또 하나의 이유는 바로 "북학"이라는 개념이 이 두 문인의 문장에서 처음으로 언급되고 있기 때문이다. 소위 오늘날의 "북학"은 바로 박제가의 『북학의』와 유득공의 「열하관에서 증치정시랑과」111)에서의 "사북학(思北學)"을 근거로 하여 나온 말이다.

---

110) 두 사람의 필담에서 기윤과의 질문과 대답이 일치하고 순서도 거의 변함이 없다. 「호저집」에서는 朴長馣이 先君(박제가)의 질문이라고 하고 『연대재유록』에서도 유득공이 질문한 것으로 나오지만 아마도 유득공의 질문이 아니었나 싶다. 「호저집」의 경우는 박장암이 박제가가 남긴 필담을 모아 별도로 가공없이 수록만 한 것이지만 『연대재유록』은 유득공이 귀국 후 스스로 저술한 것이기 때문이다.

111) 柳得恭, 『泠齋集』卷之四, 「熱河館中和贈冶亭侍郞」, "十季知己在, 來問古營州.

따라서 본서에서는 박제가와 유득공의 필담을 함께 묶어서 논의하려 한다. 두 문인이 저술한 연행록의 형식과 필담의 저술양상으로 우리는 기타 문인들과는 다소 상이한 그들만의 목적의식을 유추해 볼 수 있을 것이다.

우선, 유득공과 박제가의 연행록은 일정의 예속에서 완전히 벗어난다. 박지원의『열하일기』에서도 시간의 중요성을 크게 염두에 두지 않기는 하지만, 적어도 필담을 나눈 시간과 경위를 앞부분의 일기에서 상세히 명시해주어 여정의 전모를 제시하고 있다. 하지만 유득공과 박제가는 연행록을 작성한 형식부터 다른 북학파 문인들과 구별된다. 1차 연행경험을 바탕으로 창작한 박제가의『북학의』를 보더라도 전편 작품에 날짜가 아예 없다. 단지 「내편」, 「외편」, 「진북학의」편으로 나누어 항목별로 청조의 문물을 소개하고 자신의 견해를 피력할 뿐이다. 2차 연경체험을 시로 읊은 140수 연작시 「연경잡절」역시 노정, 인물112), 문물과 풍속, 이국에 대한 관심순으로 저술되었는데 오언절구의 형식을 빌었기에 시간이 개입될 수 있는 공간이 존재할 수 없다. 일정이 빠진 원인은 물론 여러 가지 있겠지만, 「연경잡절」의 경우는 창작시간에서도 그 원인을 찾아볼 수 있다. 「연경잡절」은 1790년 연행체험을 배경으로 하고 있지만 귀국 후 6, 7년 세월이 흐른 뒤에 창작한 것이다. 6, 7년 후라고 한 것은 시의 주에서

朔野停車騎, 秋河望女牛. 弱冠思北學, 匹馬又西游. 朗詠容臺作, 風流迥莫儔."
112)「燕京雜絕」21~37수까지 소개한 청나라 인물로는『紀昀, 翁方綱, 羅聘, 孫星衍, 洪亮吉, 鐵保, 伊秉綬, 陳崇本, 龔協, 王端光, 蔣和, 孫衡, 張問陶, 張道渥, 李鼎元, 吳照, 熊方受, 潘庭筠, 李調元, 潘有爲, 江德量."

기윤(1724~1805)의 나이를 73세라고 밝혔기 때문이다.113) 그러면 「연
경잡절」의 제작 시기는 1796년 즉, 3차 연행 6년이 지난 해였던 것이
다. 작품은 회억에 주력하여 창작한 것이기에 일정을 상세하게 밝히
기 어려웠다고 할 수 있다. 요컨대 박제가는 북학파 문인 중에서 연
행노정의 시간을 가장 염두에 두지 않았던 문인이다. 유득공은 그래
도 박제가에 비해서는 일정을 의식했던 것으로 보인다. 2차 연행 이
후 창작한 유득공의 『열하기행시주』는 시라는 형식을 취하고 있지
만 난해한 점들에 대해 이해의 편리를 위해 자세한 주를 부기하였다.
이 주에서 저자는 여행의 일정을 명시하기도 하는데 모든 주에 일정
을 밝히지는 않았다. 날짜가 기입된 주는 얼마 되지 않는다. 세 번째
연경체험을 저술한 『연대재유록』 역시 일정을 한 쪽 분량으로 간략
히 일괄하고는 더 이상 일정을 언급하지 않는다. 두 문인은 연행의
일정이나 노정보다는 청조의 문물, 풍속, 인물 자체에 더 큰 의미를
두었던 것이다. 즉 순간의 이미지와 형상으로만 구성된 앨범과 같은
성질을 가지고 있다고 할 수 있다.

다음, 유득공과 박세가의 연행록은 필담의 내용보다는 교유대상
에 주력한다.

먼저 유득공의 『연대재유록』의 형식을 보기로 하자. 이 연행록은
목록자체가 교유한 사람들의 이름만으로 작성된 것이 특징이다.114)

---

113) 『楚亭全書』上 「燕京雜絕」, "紀公名昀, 禮部尙書, 號曉嵐 … 今年七十三也."
114) 柳得恭, 『燕臺再遊錄』, "交友姓名 瀋陽書院諸生十三人 : 八十太, 明文, 雅隆阿,
   覺羅富坤, 于濼, 王開緖, 吳化鵬, 溫岱, 徐祥霖, 董理, 馮天良, 王潔儒, 金尙絅.
   燕中搢紳擧人孝廉布衣共四十一人 : 紀昀, 李鼎元, 彭蕙支, 王鬻, 普文甲, 奚大
   壯, 楊鼎才, 張智瑩, 張玉麒, 張問彤, 曹江, 唐晟, 陸慶勳, 沈剛, 康愷, 陳鱣,

『연대재유록』은 목록에 인물들이 58명이나 등장하지만 실제 내용에
는 개개인을 분류하여 구체적인 해설을 가하기보다는 필담을 나눈
인물 중심으로 저술되고 있다. 필담을 나누지 않았거나 별로 중요하
지 않다고 생각되는 인물은 몇 명을 동시에 소개하는 방식으로 지나
쳐버린다. 작품의 첫 쪽을 장식하는 심양서원 제생의 경우를 잠깐
보면 다음과 같다.

> 심양서원은 예전에 들러 노닐던 곳이라서 수레를 돌려서 찾아가
> 보니, 제생들이 많이 모였는데, 팔십태, 탄다포, 명문, 아융아는 만
> 주 사람이요, 각라부곤은 흥조 질황제의 후손이라 이르고, 우찬,
> 왕개서는 한군이요, 오화붕은 승덕현 사람이요, 온대, 서상림은 복
> 주사람이요, 동리, 풍천량, 왕결유는 영해현 사람이었다. 또 김상경
> 이란 사람이 있어 자는 미함인데, 나의 친구 입암 김과예의 종자로
> 서, 나이는 20세요 얼굴이 아름다우며 나에게 후생의 예를 극진히
> 한다. 그 백부의 안부를 물으니 대답하기를, "천성(川省)에 매인 사
> 홍현을 다스리고 계시는데 여기서 거리는 8000리가 됩니다." 한다.
> 그리고, "제생들은 이곳의 문소각을 올라다닐 수 있느냐?" 하고 물
> 으니, "금지가 되어 공명 있는 사람이 아니면 불가능하고, 6월 6일
> 책을 폭쇄(曝曬)할 때 학원 대인이 그 요속(僚屬)을 인솔하고서 비
> 로소 한 번 올라가 보게 됩니다." 한다.[115)]

錢東垣, 黃丕烈, 黃成, 盛學度, 吳紹泉, 顧晉采, 陳希濂, 夏文壽, 張寶蓮, 顧純,
湯錫智, 趙曾, 王寧埠, 王寧埏, 朱鎬, 裴鏞, 孫琪, 毛祖勝, 崔琦, 陶生, 陳森,
倉斯升, 莫瞻菉, 劉大觀, 劉大均. 琉球國使臣四人: 向必顯, 阮翼, 毛國棟, 鄭得
功."

115) 柳得恭, 『燕臺再遊錄』, "瀋陽書院, 舊所游也, 旋車歷造, 見諸生森集. 有曰八十
太, 曰呑多布, 曰明文, 曰雅隆阿, 滿洲人也. 曰覺羅富坤, 興祖質皇帝之後孫云.

목록의 소제목과는 달리 실제 내용에서는 여러 인물을 명확한 구분이 없이 묶어서 소개하고 있다. 심양서원의 제생 13명에 대한 소개 역시 이름을 간단히 언급하고 대화 두 마디로 끝나버린다. 만약 "김상경 백부의 안부"와 "문소각에 올라갈 수 있는지"에 대한 질문과 답변에 치중점을 둔 것이라면 굳이 13명 제생의 이름을 모두 소개할 필요까지는 없었을 것이다. 여기서 우리는 유득공이 중시한 것은 필담내용이 아닌 교유대상이었음을 확인할 수 있다. 하지만 유득공 역시 어디까지나 필담을 통하여 연행록을 정리하려고 애쓴 것으로 보인다. 이는 『연대재유록』의 텍스트가 필담과 교유시만으로 구성되었다는 사실만으로도 입증이 가능하다. 다만 필담의 내용보다 대상에 대한 소개에 치중하고 있을 뿐이다.

박제가는 연행록을 저술함에 있어 문물보다 지식인과의 만남을 더욱 중시한 것으로 보인다. 3차 연행체험을 읊은 연작시「연경잡절」을 보더라도 저자는 북경 유리창의 화려함보다는 중국 인물들과의 만남[116]을 먼저 기록하고 있다. 이런 경향은 박제가의 필담을 수록한 『호저집』에서 더욱 두드러지게 체현된다. 『호저집』(6권 2책)은 박제가의 셋째 아들 박장암이 1809년에 편찬한 것으로, 박제가와 교유한 청 지식인들의 소개와 함께 창수한 시문 및 척독을 실은 필사본이다.

于澤、王開緒, 漢軍也. 吳化鵬, 承德縣人也. 溫岱、徐祥霖, 復州人也. 董理、馮天良、王潔儒, 寧海縣人也. 有金尙絧者, 字美含, 舊交金科豫笠菴從子, 年二十, 美貌, 恭執後生之禮. 問其伯父安信, 答知射洪縣, 係川省, 距此八千里. 問諸生, 此處文溯閣可登否, 答禁地, 非有功名人, 不能也. 六月六日曬書, 學院大人奉僚屬, 始得一登."

116) 140수 중의 21수부터 37수까지가 청조지식인에 대한 소개이다.

박장암은 범례에서 초정이 교유한 인물을 모두 '백○십○명'이라고 하면서 그중 직접 만난 사람 102명, 풍모를 그리워했으나 못 만난 사람 4명(陸篠飮, 沈雲椒, 吳西林, 袁簡齋), 서신거래는 했으나 만나지 못한 사람 1명(郭東山), 명성을 듣고 그리워한 사람 2명(王椒畦, 劉澄齋), 시문을 주고받았으나 교제를 못한 사람 1명(嚴有堂)이라고 밝혔다.117) 『호저집』의 해제에서는 도합 172명으로 소개하고 있다.118) 이토록 많은 지식인 중에 필담이 수록되어 있는 인물은 고작 11명에 지나지 않는다. 이 11명의 필담은 모두 『호저집』의 「찬집(纂輯)」119)에 수록되었는데 지식인에 대한 소개와 인연, 그리고 회우시(동료나 중국 지식인의 시, 혹은 「연경잡절」에서 해당 인물을 언급한 시)와 함께 부기되어 있다.

『호저집』에 수록된 필담은 한마디로 가공을 거치지 않은 필담이다. 기타 문인의 필담처럼 어떠한 수식어도 없이 문답식으로만 설정되어 있다. 필담 수창자 본인이 재창작을 거친 작품이 아니다보니 담초가 그대로 필사된 것으로 보인다. 그 필담의 양이나 질 역시 홍대용, 박지원의 필담과는 비교가 되지 않는다. 심지어 이기원과의

---

117) 『楚亭全書』下, 「縞紵集」凡例, "凡一百十人之內, 除親見者外, 望風溯想者四, 折簡往復, 而未見其人者一, 聞聲相思者二, 詩筆相通, 而未得證交者一. 望風溯想者, 陸篠飮, 沈雲椒, 吳西林, 袁簡齋, 是也. 折簡往復, 而未見其人者, 郭東山, 是也. 聞聲相思者, 王椒畦, 劉澄齋, 是也. 詩筆相通, 而未得證交者, 嚴有堂是也.)"

118) 『楚亭全書』下, 「縞紵集」해제.

119) 「縞紵集」은 「纂輯」과 「編輯」으로 구분하여 상, 하책으로 작성되었는데 「纂輯」은 문인에 대한 소개, 즉 科甲, 名號, 爵里, 事實 등을 傳聞한 바에 의해 고찰하고 이것을 모아놓은 것이고 「編輯」은 주고받은 시문, 척독, 題評 등을 합쳐 인물별로 차례대로 엮은 것이다.

필담은 고작 한마디밖에 되지 않는다. "11세에 아버지를 여의고 어머니가 홀로 계시는데" "그 후로는 멀리 여행 한 번 못 다녔다"는 내용과 이기원의 "그대의 효가 천성임을 알겠다."는 것이 필담의 전부이다.[120] 여기에는 특별히 중요하거나 주목을 끌만한 내용도 없다. 그럼에도 불구하고 저자가 굳이 이 한마디까지 별도로 부기한 것을 보면 박제가의 필담이 얼마 없었던 것으로 보인다.

결국 박제가와 유득공은 학술과 문화의 상호교류를 통해 서로의 학문과 예술, 그리고 문화의 수준을 제고시켜보자는 목적의식을 지니고 필담이란 방식으로 지식인들과 활발한 교유를 유지했음에도 불구하고 수창한 필담은 상대적으로 적게 남기고 있다. 이는 두 문인의 연행목적이 필담수창의 내용에 있는 것이 아니라 교유대상에 있음을 말해주고 있다.

이상 북학파 문인의 연행록 형식의 변모과정으로 우리는 북학이 선언되는 역사적 현장을 목격하게 되었다. 홍대용이 선행한 필담의 전통은 문인의 성향에 따라, 그리고 시간이 흐름에 따라 점차 변화를 겪고 있었다. 독립석 텍스트의 필담 저술방식은 박지원의 『열하일기』에 와서는 주제를 극대화시키는 핵심적 장치로 되어 여러 편의 필담텍스트를 탄생시키고 있지만 유득공, 박제가와 같은 후기 문인들에게는 더 이상 전승되지 않고 단지 연행록이 이루어지는 수단으로만 되고 있다.

---

120) 『楚亭全書』下, 「縞紵集·李驥元」, "十一歲, 而先大夫棄世, 今有老母在堂, 年五十八, 此後漸難遠遊也. [先君]知君孝烝, 本天生[李]."

IV
필담의 내용과 표현방식

1. 필담의 화제와 서술양상

앞장에서 우리는 북학파 문인의 연행록에서 필담의 위상과 그 구
조, 형식적 특징에 대해서 살펴보았다. 이제 구체적으로 그들의 필
담창수가 어떤 양상으로 전개되고 있는지에 대해서 고찰해보려고
한다. 본 장에서는 필담의 서술양상에서 체현된 두 나라 지식인의
학문관, 인식론을 비교하고 그 주장 사이의 거리를 따져봄으로써 그
들이 펼쳤던 현실인이 필담에서 어떻게 체현되는지를 살펴볼 것이
다. 양국 문사들이 나눈 필담은 그 내용이 풍부하고 다양하여 논하지
않는 화제가 없다고 할 정도이다. 그중에서 비교적 중요하게 다루었
거나 반복적으로 제기되는 화제들을 도표로 정리하면 다음과 같다.

필담의 화제	
황교, 반선	군사제도
불교	과거제도

도교	의복제도
유학	지리
주자학, 양명학	상업
경서	풍속
천문학	개가, 전족
악률, 악기	혼인제도
역사와 문물	상례, 무덤제도
역사인물	희극
금서, 서적	봉급
민심, 내란	서양종교, 서학
이민족	이국문물
서당교육	골동품

도표에서 보다시피 양국 지식인들이 관심을 가졌던 화제는 주로
학술, 종교, 청조현실, 서학에 관한 것이었다. 따라서 본 장에서는
필담화제의 중심이라고 할 수 있는 화이론적세계관의 문제, 정학이
단론, 청조현실의 문제를 중심으로 논의를 전개해보려고 한다.

1) 화이론적 세계관의 문제

화이관은 유가정치철학 핵심내용의 하나로서 중화의 강세와 문명
에 의거하여 화이관계를 규정하고 인위적으로 존비의 질서를 구축
시킨 개념으로서, 선진 이후 중국의 대외관계를 지배하는 중심사상
이었다. 중국 역사에서 '화이'의 관념은 일찍 상고 하상시기에서부
터 형성되기 시작한다. 하지만 이 시기 '이하(夷夏)'는 단지 지역과
민족을 구분하는 개념일 뿐 특정한 문화척도의 의미가 있지는 않았

다. 지역과 민족을 상징하는 '이하'의 개념이 존비를 가늠하는 중요
척도로 된 것은 춘추시기, 정치 문화적 의의가 부여되기 시작하면서
부터였다. 이때부터 화이관은 점차 봉건왕조가 민족과 외교사무를
처리하는 중요한 지도사상으로 되었으며, 원조가 중원을 차지하면
서 약간의 변화를 겪기는 하지만 명에 의해 교체되면서 의연히 명중
심의 천하질서를 유지하는 중요한 수단으로 작용하였다.[121] 이 시
기의 화이론은 중화문화에 대한 극단적 우월감과 주변 제민족에 대
한 배타심에 바탕을 두고 형성된 것이다. 한인에게 있어 중국은 한
인의 중국이고, '이'는 중국을 지배할 자격이 없었으며 '이'가 중국을
통치하려면 반드시 '화이지변'의 부정적 영향에서 벗어나야만 했다.
이 논리대로라면 '이'가 자신의 역사를 조작하여 요, 순, 우의 후대
라고 사칭해야만 중원을 통치할 명분이 서고, 또한 모든 방면에서
한문화를 받아들여야만 했다. 그렇지 않으면 무력으로 '화이지변'을
제어하고 정치적으로 '화이'의 구분을 없애야 했다. 말하자면, '이'가
중국을 통치함에 있어 가장 큰 심리장애는 바로 민족문제였던 것이
다. 이민족으로서의 청황제가 중국을 통치하려면 '화'와 '이' 사이에
서 평형점을 찾아 '화이지변'의 예속에서 벗어나야만 했다. 그리하
여 황태극은 "만한의 사람은 모두 일체"[122]라고 하면서 각 민족의
평등한 신민의식(臣民)을 전제로 화이를 통합하고 '대일통'을 내세웠
다. 이러한 '생민'과 '대일통' 사상으로 청황제는 이민족과의 투쟁을

---

121) 朱元璋이 몽골인의 통치를 물리치고 한인의 통치지위를 회복하면서 내세운 구호
　　가 바로 '華夷之辨'이다.
122)『淸太祖實錄』卷十八, 崇德元年十一月癸丑, "滿漢之人, 均屬一體."

합리화시키고 이족의 강렬한 독립의식을 잠재웠다.123) 하지만 청조
초기 한인의 강렬한 화이관은 쉽게 잠재울 수 없었으며 결국 '증정
(曾靜)의 모반사건'124)을 계기로 한인의 화이관에 대한 전면적인 비
판이 시작되었다. 옹정제는 우선 만주가 '이'임을 인정하였지만125)
'이'의 본질은 지역의 차이일 뿐 문화의 차이는 아니라고 하면서126)
천하통일에 있어 가장 중요한 것이 '덕'이라고 강조하였다. 즉 '화'와
'이'를 막론하고 '덕'이 있는 자라면 천하를 얻을 수 있다면서 청조집
권의 정당성을 피력하였다.127) 옹정제는 '이'를 인정하였지만 한인
의 '화이지변'을 완전히 받아들인 것이 아니라 '화'와 '이'를 동등한
위치에 놓으면서 각 민족의 평등의식을 강조하였던 것이다. 즉, 이
시기 '화이일가'라는 개념에는 더 이상 '화존이비'의 의미가 없었던
것이다. 건륭시기에 이르러 한인의 반청사상을 근본적으로 숙청하
고 중앙집권을 강화하기 위하여, 건륭제는 '화'와 '이'는 단지 지역의

---

123) 『淸聖祖實錄』卷六十九, 康熙十六年十月甲寅, "朕統禦寰區, 一切生民, 皆朕赤
子, 中外並無異視."

124) 曾靜(1679~1735)은 명말청초의 학자인 呂留良(1629~1683)의 화이론, 즉 "대개
화이의 구분은 군신지론보다 크다. '화'와 '이'는 사람과 물건의 경계와 같으며
가장 근본적인 의의(盖以華夷之分, 大於君臣之論. 華之與夷, 乃人與物之分界,
爲域中第一義.)"(中國社科院歷史硏究所淸史室編, 『淸史資料』第四期, 「大義覺
迷錄」卷一, 中華書局, 1983, 52쪽.)라는 논의를 내세워 1729년 모반을 꾀하였
다. 이를 계기로 雍正帝는 『大義覺迷錄』을 저작하고 曾靜의 대역죄행을 지적하
였으며 "華夷一家" 사상을 전면적으로 전파함으로써 통치자로서의 지위를 확고
히 하였다.

125) 中國社科院歷史硏究所淸史室編, 『淸史資料』第四期, 「大義覺迷錄」卷一, 中華
書局, 1983, 22쪽, "夷狄之名, 本朝所不諱."

126) 같은 책, 같은 쪽, "不知本朝之爲滿洲, 猶中國之有籍貫."

127) 같은 책, 5쪽, "舜爲東夷之人, 文王爲西夷之人, 曾何損于德乎."

구분이므로 진일보 명확히 하면서[128] 문자옥정책을 대대적으로 실시하였다. 또한 '화'와 '이'를 막론하고 '대일통'을 실현한 자라면 정통국가로 인정을 받아야 한다고 강조하였다.[129] 즉, '이'가 중화를 제패하고 대일통을 실현하였다면 '화'로 인정을 받아야 된다는 논리였다.

하지만 조선의 화이론 체계를 보면 '화'와 '이'를 구분하는 가장 중요한 척도는 누가 중원을 장악하고 있느냐 하는 점, 즉 한족이 중원을 잡고 있으면 '화'이며 오랑캐가 중원을 장악하고 있으면 '이'라는 것이었다. 중화주의는 17세기 이래의 변화된 동아시아 질서와 관련하여 조선에서 기묘하게도 소중화 의식이라는 변형과 복제를 만들어냈고, 18세기의 조선 사회가 내면적으로 넘어서지 않으면 안 되는 가장 어려운 사상적 과제의 하나로 되었다. 조선과 청이 화친을 맺은 지 백여 년이 지난 시기임에도 불구하고, 소중화 의식은 노론계 문인들을 중심으로 지속적으로 이어졌다. 특히 연행길에 올랐던 조선의 지식인들은 19세기까지도 조선만이 주자를 높이며 옛날의 의관제도를 고수하고 있다는 사실에 대한 자부심을 가지고 있었다. 한편 청국에 대해서는 힘으로는 마지못해 복종하고 있지만 내심으로는 오랑캐로 멸시하는 감정을 강하게 지니고 있었다. 소중화로서

---

128) 慶桂等編, 『國朝宮史續編』 卷八十九, 北京古籍出版社, 1994년판, 869쪽, "至於東夷、西戎、南蠻、北狄, 因地得名, 與江南、河北、山左、關右何異 … 如孟子稱舜東夷之人, 文王西夷之人, 此無可諱, 亦不必諱."

129) 慶桂等編, 같은 책, 같은 쪽, "大一統而斥偏安, 內中華而外夷狄, 此天地之常經, 古今之通義. 是故夷狄而中華, 則中華之, 中華而夷狄, 則夷狄之. 此亦『春秋』之法, 司馬光、朱子所爲亟亟也."

의 자부심과 청에 대한 멸시는 조선 후기 지식인들의 지배적인 대청관이었다.130) 당시 홍대용의 부친인 홍력(洪櫟) 역시 홍대용의 사행 길을 바래주면서 지금 청조는 오랑캐의 나라이니 대보단(大報壇)과 만동묘(萬東廟)를 세운 명조의 의리를 잊지 말라고 강조할 정도였다.131) 이른바 조선의 중화의식은 양국 간의 소통의 부재를 야기하는 동시에 조선이 본국 및 청조의 변화를 감지하고 유연한 관계를 수립해가는 데에 장애가 되었다.

북학파 문인들은 연행 체험을 통해 조선에 굳어져 있던 청에 대한 인상을 반성하고 자신과 세계에 대한 새로운 사유 양식을 정형화해 나갔다. 중화문명에 대한 북학파 문인들의 긍정은 화이론적 세계관을 극복하기 위한 관건적인 문제의 하나였다. 북학파 문인들이 주목한 것은 화이론이 초래하는 폐해였다. 그들은 우수한 문화를 받아들이고 선진기술을 배워야 사회와 체제가 발전한다는 지극히 당연한 사실을 화이론이 가로막고 있음을 간파하였다. 조선사회 내부를 깊이 관찰하여 사회경제의 낙후를 목격하였고, 이러한 결과를 초래한 본질과 인인은 화이론에 있음을 인식하였다. 이제 한중 두 나라 지식인의 화이론적 세계관이 필담에서는 어떻게 체현되는지를 논의해 보려고 한다.

필담에서의 화이론적 세계관의 문제는 복식에 관한 화제로 확인할 수 있다. 이 시기 조선양반들에게 있어, 의관제도와 상투를 지키

---

130) 朴性淳, 「조선후기 대청인식과 북벌론의 의미」, 『사학지』 31, 단국사학회, 1998, 177~183쪽.
131) 홍대용 저, 소재영 외 주해, 『주해 을병연행록』, 태학사, 1997, 20~23쪽.

고 있다는 것은 중화의 전통을 이어가고 있다는 중요한 근거의 하나
로 자부되었다. 따라서 사행에 참석한 일행들은 연로 곳곳에서 중국
인들에게 의관에 대한 생각을 물어보며 중국이 변발과 호복풍습으
로 변한 것을 비꼬며 조선의 자부심을 유지하려고 한다. 연행사들의
의관 자랑은 많은 연행록에 아주 빈번하게 나타난다. 김창업(1658~
1721)의 『연행일기』에서는 중국인들에게 조선의관이 진정한 의관이
라는 칭찬을 듣고 싶어 하는 모습과 조선의복을 보면서 명 문화를
회고하고 청 의관을 입은 모습을 부끄러워하는 한인들의 모습을 확
인할 수 있으며 최덕중(崔德中)의 『연행록』에도 삭발한 한인의 모습
과 호복에 대하여 개탄하는 장면이 등장한다.132) 이들은 조선 의복
의 자랑을 통하여 한족들의 향수를 지나치게 부풀려 받아들이면서
감상적 복고주의에 빠져서 허우적대고 있었다. 심지어 조선의 마부
들이나 역졸들까지 자신의 의복이 남루한 줄 알면서도 청인의 의복
을 업신여기지 않는 자가 없으니, '존화양이(尊華攘夷)'의 대의가 보
통 백성에게도 뿌리 깊게 박힌 상황이었다.133) 북학파 문인들은 역
시 중국인들이 조선인의 의복을 물으면 명조의 유제라고는 하지만
어떠한 자랑거리로 이어지지는 않는다. 홍대용과 박지원의 필담에

---

132) 두 사람의 연행록에 체현된 복식관에 대하여서는 전혜숙의 「18세기 초 〈燕行錄〉
    에 기록된 朝鮮知識人의 服飾觀에 관한 연구—金昌業·崔德中의 〈燕行錄〉을 중
    심으로」(『복식문화』 제8집, 2005)에서 구체적으로 분석하였다.

133) 朴趾源, 『燕巖集』 卷之十四 別集, 『熱河日記』, 「黃圖紀畧·武英殿」, "甲申三月,
    流寇破皇城, 是年五月, 多爾袞入皇城, 是時明亡僅閱月, 而我國從人見武英殿龍
    墀, 只有蝙蝠矢, 相視流涕. 今駎卒刷驅, 充斥殿庭, 恣意遊觀, 雖不識當時光景,
    亦莫不侮紅帽而羞蹄袖, 自視衣袴鶉結, 而猶與錦繡者排突, 小無愧沮. 豈非吾東
    尊攘之義, 亦根於皁隷之賤, 而秉彝之所同得, 有不可誣也耶."

등장하는 복식화제는 극히 중요한 의미를 지니고 있다.

1) 내가 "중국 의관이 변한 지 이미 백여 년이다. 지금 천하에서 오직 우리 동방이 대략 구제를 보존하고 있다. 중국에 들어오면 무식한 무리들이 웃지 않음이 없으니 슬프다. 그 근본을 잊음이여! 모대를 보면 장희(場戲)와 같다 이르고 두발을 보면 부인과 같다 이르고 큰 소매 옷을 보면 중과 같다 이르니 어찌 통석하지 않겠는 가?" 역암이 웃으며 "중과 같다는 것은 진실로 그렇다. 모대도 또한 중과 같은가? 중국의 중은 여름에 많이 갓을 쓴다." 하고, 인하여 갓을 그리니 모양이 우리들 쓰는 전립과 같았다.[134]

2) 그 두 사람은 비록 오랑캐의 조정에 몸을 굽혔지만 우리의 의관에 관심을 가진 것은 반드시 이유가 있었을 것이다. 그리하여 한번 찾아보고 싶었으나, 그들의 사는 곳을 몰랐다. 그리하여 한 번 찾아보고 싶었으나, 그들의 사는 곳을 몰랐다. 관의 서쪽에 서길사관(庶吉士館)이 있기에, 마두 세팔(世八)을 시켜 탐문케 하였다.[135]

3) "고금의 변천, 만족·한족의 구별, 길흉의 분간, 노소의 차등과 평상시와 제사 때의 차이, 한미한 사람과 귀족층의 차이, 속인과 예문가의 차이, 미혼자·기혼자·과부·계집종·사역자 등의 옷에 이

---

134) 洪大容, 『湛軒書』外集 卷二, 「乾淨衕筆談」, "余曰, 中國衣冠之變, 已百餘年矣. 今天下惟吾東方, 略存舊制, 而其入中國也, 無識之輩莫不笑之. 嗚呼, 其忘本也. 見帽帶則謂之類場戲, 見頭髮則謂之類婦人, 見大袖衣則謂之類和尙, 豈不痛惜乎. 力闇笑曰, 類僧誠然, 帽帶亦類僧耶. 中國之僧, 夏天多戴笠子, 仍畫笠形, 如我們所戴戰笠."

135) 洪大容, 『湛軒書』外集 卷七 『燕記』, 「吳彭問答」, "念兩人雖屈身胡庭, 喜見我輩衣冠, 必有所由也. 欲一往訪, 未詳其居, 館西有庶吉士館, 使馬頭世八探問焉."

르기까지 반드시 각각 그 제도가 있을 것이니, 위로는 머리 묶고 상투 짜는 것으로부터 아래로 신발과 버선에 이르기까지 될 수 있는 데까지 상세하게 설명해 주시되, 문자로 될 수 없는 것은 그림으로 밝히고 그림으로 밝힐 수 없는 것은 한 치 지름의 얇은 종이로 조그맣게 모형을 만들어 접어서 그 아래 붙여 주면 더욱 좋겠습니다."[136)

4) "(곡정) … 호좌건(虎坐巾)이란 망건은 앞이 높고 뒤가 낮은 것을 말하는데 마치 범이 쭈그리고 앉아 있는 모습과 같아서 붙여진 이름이며, 또 죄수의 망건과 같다고 해서 수건(囚巾)이라고도 하는데 그 당시에도 이를 업신여겨 놀리는 사람이 있었습니다. 천하 사람들의 머리를 죄다 그물 속에 가두었다고 말했으니 아마도 너무 불편하게 여기는 사람이 많다는 뜻입니다." 하고는 붓으로 내 이마를 가리키며, "이게 머리에 가해진 재액이지요." 한다. 내가 웃으면서 그의 이마를 가리키며, "이 번들번들 빛나는 머리는 또한 무슨 재액인가요?" 하니 곡정은 참혹하고 괴로운 듯 머리를 끄덕이며 '천하 사람들의 머리를' 하는 대목부터 그 이하의 글자를 모두 지워 버린다.[137)

중국의 의복제도가 변한지도 백여 년이 지난 이 시기, 청에 대한

---

136) 洪大容, 『湛軒書』外集 卷二, 『杭傳尺牘』, 「與鐵橋書」, "古今之變, 滿漢之別, 吉凶之分, 老少之異, 常着之於嫁祭, 寒門之於貴族, 俗人之於禮家, 未嫁者已嫁者守寡者丫頭役使者必各有其制, 上自束髻, 下至鞋韤, 務其詳細言之. 文之所不及則畵以明之, 畵之所不明者, 徑寸薄紙, 製出小樣, 摺疊而附其下, 尤妙."

137) 『燕巖集』卷之十二 別集 『熱河日記』, 「太學留館錄」, "名虎坐巾, 謂其前高後低, 如虎蹲踞, 又名囚巾, 當時亦有譏之者. 謂天下頭額, 盡入網羅, 蓋多不便之矣. 筆指余額曰, 這是頭厄. 余笑指其額曰, 這個光光, 且是何厄. 鵠汀慘然點頭, 卽深抹天下頭額以下字."

멸시와 조선의 자부심을 연결하는 고리였던 두발과 복식은 중국인
들의 웃음거리에 지나지 않았다. 1)글 꽤나 읽었다는 중국지식인들
까지 조선 사신들의 "모대를 보면 장희와 같다 이르고 두발을 보면
부인과 같다 이르고 큰 소매 옷을 보면 중과 같다 이르니" 조선 사신
들에게 있어 통석할 일이 아닐 수 없었다. 홍대용이 조선의복 화제
를 제기한 것은 단순한 숭명사상의 확인이 아니라, 중국지식인과의
연대감을 형성하려는 의도였을 것이다. 홍대용은 더 이상 의복제도
를 자랑거리로 삼지 않고 2)연대감을 형성하여 소통의 가능성을 더
욱 확대시킬 수 있는 방식으로 사용하고자 하였다. 그는 조선의 의
관에 관심을 가진 지식인들은 꼭 이유가 있을 것이라며 소통의 가능
성을 인식하고 주동적으로 대화를 시도하였다. 3)그리고 의복제도
에 대하여 더욱 상세한 설명을 듣기를 원했으며 서로 다른 풍속과
문화를 확인하려고 한다. 4)박지원은 여기에 한발 더 다가서서 필담
을 통하여 머리를 구속하는 망건이나 한족의 변발은 모두 두액이라
는 결론에 이르기도 한다. 당시 조선 사람들은 변발을 오랑캐의 습
속이라고 모멸하며 한족들의 향수를 지나치게 부풀려 받아들였다.
그리고 중국인들 역시 자신의 변발과 의복제도를 부끄럽게 생각하
리라고 믿어 의심치 않았다. 하지만 이 시기 청조는 이미 변발이 풍
속을 이룬 지 백여 년이나 되었으며 백성들은 머리를 길러서 모자를
다시 쓴다면 오히려 불편하게 생각할 정도였다.138) 사실 청조가 조

---

138) 朴趾源, 『燕巖集』卷之十二. 別集 『熱河日記』, 「銅蘭涉筆」, "今中國人開剃, 金元
之所無. 若中國生出眞主如皇明太祖, 掃廓乾坤, 而愚民之習熟成俗者已百餘年之
久, 則亦或有以束髮加帽, 反爲煩癢而不便者."

선인의 상투를 보존시킨 것은 다른 내막이 있었다. 조선을 예의로 속박시키고 청조에게 불리한 풍속(말 타는 것과 활 쏘는 것.)은 전승시키지 않으려는 청태종의 계산된 정치적 수완이었던 것이다. 즉, 변발이나 상투나 모두 청조통치의 부산물이었던 것이다. 그리하여 연암은 상투를 보존한 것이 "우리나라의 처지에서 논해 본다면 더 큰 다행이 없을 터이고, 청조의 계산을 따져 본다면 다만 우리나라를 정신적으로나 신체적으로나 아주 문약하게 길들이려는 속셈"[139]이라고 지적한다.

하지만 의복에 관한 박제가의 인식은 외면의 유사성에도 불구하고 그 심층의식과 지향이 기타 북학파 문인과는 구별된다. 의복에 대해 그는 세상의 모든 제도에 결함이 있음을 인정하며 복식에서 "중국은 남자가 호복을, 여자가 고제를 고수하지만, 우리는 오히려 여자의 의복에 원(元)의 풍속이 남아 있으니 고법을 위해서는 중화의 본래 제도를 따라야 한다"[140]고 주장하였다. 세상 모든 제도의 결함을 인정하고 청과 우리를 객관화시켜 보긴 하였지만, 그에게 '고제'의 절대성은 당시 조선인들의 의복인식과 비슷하게 구현된다. 그것은 고제에 가깝거나 본래 정신을 살렸다는 이유로 선진(先進)이 절대화하고 그에 들지 못한 존재는 후진(後進)의 나락에 있다는 차별 논

---

139) 朴趾源,『燕巖集』卷之十五 別集,『熱河日記』,「銅蘭涉筆」, "清之初起, 俘獲漢人, 必隨得隨剃. 而丁丑之盟, 獨不令東人開剃. 蓋亦有由世傳. 清人多勸汗, 清太宗, 令剃我國, 汗黙然不應. 密謂諸貝勒曰, 朝鮮素號禮義, 愛其髮甚於其頭. 今若强拂其情, 則軍還之後, 必相反覆. 不如因其俗, 以禮義拘之, 彼若反習吾俗, 便於騎射, 非吾之利也. 遂止, 自我論之, 幸莫大矣. 由彼之計則特狃我以文弱矣."
140) 朴齊家,『北學議』內編,「女服」.

리가, 기존의 중화의식과 마찬가지로, 다만 기준만 바뀐 채 존재하는 것이었다.[141] 이는 '북학'을 강조하는 사고의 근저와 지향점의 차이가 초래한 결과이다. 박제가는 당대의 어느 인사보다 폭넓은 견문의 확대를 주장하고 조선의 폐단을 예리하게 비평하지만, 지나친 개방적 사고 때문에 현실성이 결여된 복식관을 보여주었던 것이다.

박지원이 제기한 지전설과 월세계의 학술화제는 중화주의의 극복이라는 사상사적 의미를 띠고 있다. 그는 중국 중심의 천하관에 대해 의심을 품으면서 중국지식인들에게 의도적인 질문을 하였다. 천문학지식으로 본다면 박지원이 홍대용을 따를 수가 없고, 박지원이 알고 있는 지식 또한 모두 홍대용한테서 들은 것이다. 문제는 이러한 지전설의 화제가 홍대용의 필담에서는 거의 찾아볼 수 없다는 사실이다. 홍대용은 중국지식인들에게 천문학 지식으로 골탕 먹이려는 생각은 없었던 것으로 보인다. 이러한 탈화이론은 필담에서보다 귀국 후에 저술한 『의산문답』에서 구체화 된다. 중국이 중심이라는 것은 어디까지나 중국의 입장이고, 중국 아닌 서양도 얼마든지 자신이 세계의 중심이라고 생각할 수 있다는 논리는 천문학의 지식에 바탕을 둔 것이었지만 중세 화이론의 공고한 논리체계를 일거에 허물었다는 의의를 가진다.[142] 홍대용이 모색한 탈화이론은 인간과 사물의 관계에 대한 그의 기본구상을 담고 있는 저 '인물균(人物均)'의

---

141) 이경구, 「조선후기 주변인식의 변화와 소통의 가능성」, 『개념과 소통』 제3호, 2009.6, 120쪽.

142) 洪大容, 『湛軒書』外集 卷四 補遺, 「毉山問答」, "滿天星宿, 無非界也. 自星界觀之, 地界亦星也. 無量之界, 散處空界, 惟此地界, 巧居正中, 無有是理, 是以無非界也. 無非轉也. 衆界之觀, 同於地觀, 各自謂中, 各星衆界.

사상과 대응된다고 할 수 있고, 이 사상을 민족간 혹은 국가간 관계에 적용한 것이 바로 그의 탈화이론이라고 말할 수 있다.[143] 하지만 박지원은 단순히 천문학 질문에만 그치지 않고 지전설이 담고 있는 사상적 의미를 명확히 이해하고 대일통의 논리를 그 근저에서 부정하고 있으며, 한발 더 나아가 중국지식인들의 인식에 충고하기를 서슴지 않았다.

> "지금 우리는 그 작은 별에 불과한 한 덩이의 물과 흙의 경계에 앉아서, 보는 시각도 넓지 못하고 깜냥도 한계가 있습니다. 그런데도 함부로 하늘의 별자리를 끌어다가 구주에 갈라서 짝을 지어 놓고 있습니다. 지금 구주라는 것이 이 세계에 있는 건 마치 사마귀 하나가 얼굴에 붙어 있는 정도의 크기이니, 『장자』에서 말한 이른바 큰 연못에 뚫린 작은 구멍 정도라는 말이 바로 이것입니다."[144]

중화사상에 빠져 시야를 넓히지 못하고 우물 안에 개구리마냥 자신들이 최고라는 망상을 품고 있던 청조지식인들에 대한 경종인 셈이다. 구주라는 것은 얼굴에 찍힌 검은 사마귀와 다름없는데 굳이 이족을 천시하고 서양을 과도하게 배척할 필요가 있느냐고 암시하고 있다. 이에 왕민호는 기이하고 통쾌한 이론이요, 예전 사람으로

---

143) 박희병, 「淺見絅齋와 洪大容－中華的 華夷論의 解體樣相과 그 意味」, 『大東文化研究』 40호, 2002, 403쪽.

144) 朴趾源, 『燕巖集』 卷之十四 別集 『熱河日記』, 「鵠汀筆談」, "今吾人者坐在一團水土之際. 眼界不曠, 情量有限, 則乃復妄把列宿, 分配九州. 今夫九州之在四海之內者, 何異黑子點面, 所謂大澤蟁空者是也."

서는 발견하지 못한 이론이라고 극구 칭찬을 한다. 그렇다고 해서 이족에 대한 천시와 중화의 자부심을 버린 것은 절대 아니었다. 「망양록」에서 왕민호는 양고기 노린 냄새가 못마땅하여 떡과 과일만 그저 집어먹는 연암을 보고 제나라와 노나라 같은 큰 나라를 즐기지 않느냐고 묻는다. 작은 나라에 나서 큰 나라 맛을 모른다고 놀려 주려고 한 말이다. 그러자 연암은 "큰 나라는 노린 냄새가 난다(大邦羶腥)"고 곡정을 무안하게 만들어버린다.

필담에서의 화이론적 문제는 주변국과의 소통의지에서도 엿볼 수 있다. 18세기 청조에는 직접통치 지역과 번부(藩部)라 불리는 간접통치 지역(몽골, 티베트, 신강. 18세기 후반에 완성)이 있었다. 그리고 그 밖에 외번이라는 형태의 조선, 유구, 안남, 버마, 타이의 예전 이름인 '시암[Siam]', 라오스(南掌), 필리핀(蘇祿) 및 서양(때로는 국가로 이탈리아, 포르투갈을 칭함), 러시아, 영국, 네덜란드(和蘭) 등이 있었다.[145] 청조의 정복지역인 번부는 비한족거주지역(周緣部)으로 군사로 직접 통치하였으며, 청조통치의 틀을 유지하는 중요한 기둥으로 중국 내지 통치의 울타리였다.[146] 번부는 일부 회교도를 제외하고는 대부분 라마교를 신봉하는 몽골계 종족이었고 이곳을 통할하는 기관은 이번원(理藩院)이었다. 또 번부의 각 요지에는 중앙에서 대신이나 장군, 군대가 파견되어 주재했으며 원주민의 수장은 청의 황제로부터 작위를 받고 정기적으로 조공을 바쳐야 했다.[147]

---

145) 최소자, 「18세기 金昌業, 洪大容, 朴趾源의 중국인식」, 『명청사연구』 제32집, 2009, 7쪽.

146) 최소자, 「淸朝의 對新疆政策」, 『梨大史苑』 28, 1995, 5~6쪽.

북학파 문인들은 주변국 이민족의 의복과 인상착의에 각별히 주목하여 자세하게 묘사를 하는가 하면, 또한 중국인과의 필담 과정에서도 이민족의 풍속, 복장, 서적, 문화, 정치, 재산에 이르기까지 수많은 질문을 던졌다. 홍대용은 서반인 부가(夫哥)에게 중국에 조공국가가 몇이나 되는지, 몇 년에 한번 씩 조공을 하는지에 대해 궁금증을 가지고 자세하게 질문하기도 하였다.[148)

북학파 문인들은 다양한 민족과의 직접적인 교류를 소망하여 필담을 제의한다. 나와 타자의 존재성에 대한 진지한 물음을 동반하지 않는다면 선입견으로 인하여 본질을 포착할 수 없기 때문이었다. 하지만 이민족과의 소통이 그렇게 순조로울 수는 없었다. 유구 사람을 제외한 서양인과 몽골인, 회회인 등은 조선 사신들과의 소통을 달갑지 않았던 것으로 보인다. 특히 몽골인과 회회인은 문화적 소양이 낮아서 조선 사신들과 필담을 나눌 수 있는 자가 적고 또한 가까이 다가가기 어려운 흉물스러운 대상으로 묘사되었다. 홍대용은 몽골 추장의 침소에까지 들어가 대화를 시도하였으나 추장의 무례함에 결국 만족스러운 담화를 나누지 못한 채 나오게 되어 "무례함이 금수에 못지않았다."고 하였으며[149) 회회인 포로(回子之被擄者)들이 있는

---

147) 최소자, 「조선 후기 진보적 지식인들의 중국방문과 교유」, 『명청사연구』 23집, 2005, 5쪽.
148) 洪大容, 『을병연행록』, 1766년 1월 6일자. 『湛軒書』外集 卷七 『燕記』, 「藩夷殊俗」. 두 곳에서 기록된 조공의 시기는 일치하지 않아 자료의 신빙성이 떨어진다. 『을병연행록』에서는 유구, 안남, 南掌(라오스), 紅毛(화란)은 3년에 한번, 5년에 한번이라고 하지만 「藩夷殊俗」에서는 유구는 2년에 한 번, 안남은 6년에 두 번, 暹羅는 3년에 한 번, 蘇祿(필리핀)은 5년에 한 번, 라오스는 10년에 한 번씩이라고 하고 緬甸은 일정한 시기가 없다고 한다.

묘당으로 들어가려다가 오히려 봉변당하는 일까지 있었으니 이들과 의 대화는 그 자체가 아예 불가능했다고 할 수 있다.[150] 박지원 또한 몽골인과 회회인들만 모여 있는 술집에서 술로 담을 자랑하고 돌아 오는 길에 왠지 그들이 따라올 것 같아서 두려움을 이기지 못했다는 기록이 있다.[151] 그 정도로 조선 사신들에게 있어서 몽골, 회회인은 흉물스러운 대상이었다. 하지만 "성품만은 솔직하다"고 한다.[152]

만주를 통과하는 조선 사행일행에게 있어서 몽골인과 회회인은 눈에 띄는 존재일 수밖에 없었다. 무엇보다 이들은 중국 경내에 거 주해 있으면서 청조의 가장 큰 위협세력이라는 측면에서 더욱 주목 을 받았다. 홍대용은 「번이수속(藩夷殊俗)」(『연기』)에서 몽골의 38부

---

149) 洪大容, 『湛軒書』外集 卷七 『燕記』, 「藩夷殊俗」, "其蠢蠢去禽獸不遠也."

150) 洪大容, 『湛軒書』外集 卷七 『燕記』, 「藩夷殊俗」, "向余言磕頭, 盖使余先拜龍牌 而後入廟也. 從傍促之, 尹姓亦勸余拜, 余始悔輕入, 倉卒無以應, 乃權辭謂尹姓 曰, 此非皇上龍牌乎. 尹姓曰然. 余曰, 我國法, 無官者不敢私謁於龍牌, 犯者罪當 死, 我不敢拜. 尹姓點頭微笑, 若領悟余意者, 錦衣者見余不肯拜, 怒目益兇猛, 與 其徒掖余雙袖, 拍余背連呼曰磕頭. 余佯笑曰不用忙, 目尹姓以示意, 尹姓向前勸 解之, 纔脫手, 余回身趍出, 恐諸胡追之, 使世八落後以拒之. 出門, 見平仲已伏車 中不敢出, 尹姓挽諸胡故與語, 量余已出然後始與諸胡出來, 余令世八以一扇給錦 衣者, 錦衣者有喜色, 諸胡競進索扇, 尹姓又挽止之, 余謂尹姓曰, 非公幾不免危 辱, 多謝厚意. 尹姓大笑, 附耳語曰, 他們不是人."

151) 朴趾源, 『燕巖集』卷之十二 別集 『熱河日記』, 「太學留館錄」, "余敎斟四兩, 酒傭 去湯, 余叫無用湯, 湯生酒秤來, 酒傭笑而斟來, 先把兩小盞, 鋪卓面, 余以烟竹, 掃倒其盞, 叫持大鍾來, 余都注一吸而盡, 群胡面面相顧, 莫不驚異, 盖壯余飲快 也. … 余叫斟生酒, 一吸四兩, 所以畏彼, 特大膽如是, 眞怯而非勇也. 吾叫生酒 時, 群胡已驚三分, 及見一吸, 乃大驚, 反似怕吾輩. 余囊出八葉錢, 計與酒傭, 方 起身, 群胡皆降椅頓首, 齊請更坐一坐, 一虜起, 自虛其椅, 扶余坐, 彼雖好意, 余 背已汗矣. … 回身一揖, 大步下梯, 毛髮淅淅然, 疑有來追也. 出立道中."

152) 洪大容, 『湛軒書』外集 卷七 『燕記』, 「藩夷殊俗」, "余試前進, 遽以華語問好, 擧手 揖之, 回子始驚顧施揖, 破顔開心, 虛懷無餘蘊, 古云戎狄性直, 非虛語也."

족 중에서 2부를 제외한 나머지 36부는 중국에서 대학입학, 경성 호
위 등을 책임질 수 있고 통혼도 할 수 있는데, 이는 몽골을 회유하여
사방을 태평하게 만든 근본 배경이었다고 보았다.[153] 연암 또한 청
조가 몽골을 회유하지 않으면 만주뿐만 아니라 신강지역의 서번까
지도 그 영향권 안으로 들어갈 수 있다고 파악하면서 몽골인과의 소
통을 적극적으로 시도하였다. 연암과 필담을 나눈 몽골인으로는 강
희제의 외손인 파로회회도(破老回回圖)와 경순미(敬旬彌) 두 사람인
데 모두 강관(講官)으로서 일정한 문화수양을 가지고 있는 사람들이
었다. 이 두 몽골인과의 화제는 주로 종교, 이단, 반선에 관한 질문
들이었다.

　　"이 세상에는 유불도 삼교가 있으니, 귀국에서는 어떤 종교를 가
장 숭상하는지요?" "중국처럼 큰 나라에 어찌 삼교만 있겠습니까?
자신의 도를 행한다면 모두 종교라 일컬을 수 있겠지요." "귀국인
몽골의 사정을 물은 것이지, 중국을 두고 말한 것이 아닙니다." "저
는 중국에서 태어나고 자라서 북쪽 사막에 대해서는 알지 못합니
다. 그러나 몽골 역시 중국의 끝에 있는 나라이니 의당 유교가 성하
겠지요. 귀국은 무릇 몇 개의 종교가 있습니까?" "단지 유교만이 있
을 뿐입니다." "사람 사는 것이 어디 유교 아닌 게 있겠습니까? 그러
나 유교라고만 말한다면 이미 구류(九流)의 대열로 밀려나게 됩니
다. 우리 유가의 광대하고 끝이 없는 도를 가지고 도리어 유불도

---

153) 洪大容, 『湛軒書』外集 卷七 『燕記』, 「藩夷殊俗」, "蒙古三十八部, 不服者二, 其三
十六部, 選士入學, 選兵入衛, 通關市婚姻, 商胡貿遷無限域, 駝馬交於關東, 則與
一統無甚異也."

삼교가운데에서 스스로를 협소하게 만드는 꼴이고, '유(儒)'라는 한 글자만 가지고서 전체를 아우르려고 하니 이것이 이단을 조장하는 까닭입니다."라고 한다. … "세속의 선비들은 이단이 우리 도의 한 부분임을 모르고 시끌벅적 그들을 공격만 해대니, 저들도 처음부터 머리를 꼿꼿이 쳐들고 우리 도와 맞먹으려고 버티게 됩니다. 양주(楊朱), 묵적, 노장, 장자에서 하는 말들은 모두 우리 유가에 있습니다. 심지어 불교의 인과응보와 같은 학설도 우리 유가에선 대단히 배척하는 말이긴 하지만, 사실은 우리 유가에서 그 이야기를 먼저 했답니다."라고 한다.[154)]

당시 몽골은 이미 대부분 청조에 예속된 번부였지만[155)] 박지원은 몽골을 별개의 나라로 파악하고 있다. 이점은 부재(孚齋)를 외국인으로 생각하고 몽골의 종교에 대해 묻는 대목에서 분명히 드러난다. 세상의 모든 이단을 유교의 한 끝으로 생각하면서 유교라 부르지 말고 오도(吾道)라고 해야 된다는 견해나, 불교의 인과설 또한 유교에서 기원하였다는 부재의 견해는 박지원이 알고 있는 상식과는 너무나도 다른 것이었다. 빈선을 "이름만 중이지 실상은 도교"[156)]라는

---

154) 洪大容, 『燕巖集』 卷之十三 別集 『熱河日記』, 「黃敎問答」, "貴國最崇何敎. 孚齋曰, 豈以中國之大, 而獨有三敎, 行其道者, 皆得稱敎. 余曰, 貴國是蒙古, 非中國之謂也. 孚齋曰, 弟生長中華, 不識沙漠, 然彼亦大國之餘, 吾道宜盛, 貴國凡有幾敎. 余曰, 只有儒敎. 孚齋曰, 人生何莫非儒也. 稱儒則已退居九流之列, 以吾道之廣大無外, 反自狹小於三敎之中, 以一儒字磨勘, 滋所以長異端也. …世儒不知異端, 卽吾道中一事, 紛紛然排擊之, 彼始昂然擧頭, 與吾道對峙矣. 楊墨老莊之言, 皆吾道所有, 至於佛氏因果之說, 吾道之所深斥, 而其實吾道先言之矣."

155) 최소자, 「18세기 金昌業, 洪大容, 朴趾源의 중국인식」, 17쪽.

156) 洪大容, 『燕巖集』 卷之十三 別集 『熱河日記』, 「班禪始末」, "本朝天聰時, 班禪 … 大約其敎僧名而道家實也. 其觀想運氣持咒, 與道家相類, 而其書之博深夸大,

경순미의 논리 또한 앞뒤가 맞지 않고 혼란스럽기만 하였다. 그렇지만 연암은 그들의 지식수준을 과소평가하지 않았다. 오히려 박식하여 서울의 명사들과 친분이 깊었던 유연(劉淵)[157]의 아들 총(聰)의 예를 들면서, 천하가 뒤흔들리면 이들의 박식이 가장 큰 위협이 될 것이라고 밝히기도 하였다.[158] 그리하여 연암은 몽골이 서번이나 회회국보다 사납지는 못하지만 중국을 대항할만한 문물과 법전이 있기 때문에 청조의 가장 큰 위협이라고 강조한다.[159] 북학파 문인들의 필담에서 회회인과의 대화는 거의 찾아볼 수 없지만 몽골인과의 필담이 가능했던 것도 몽골인의 박식 때문이었다.

연암과 두 몽골인과의 필담에서는 풍속이라든지 생활방식에 대한 질문은 찾아보기 어렵다. 여기에서 우리는 몽골인에 대한 담헌과 연암의 관심은 일종 문화적인 호기심보다는, 반선이나 황교가 살벌한 분위기를 조성하면서도 사회적 지위를 획득할 수 있었던 그 원리 즉, 청왕조의 통치술수에 있었음을 확인할 수 있다.

亦過道家. 此二人外, 又有胡圖克圖者, 皆其弟子也, 亦能投胎奪舍, 有五六世者多矣. 國王之師無神通, 但善言禪理. 又曰, 僧名道實之說, 卽此其爲說, 頗不分明, 與王晟所言, 大有異同."

157) 五胡의 前漢을 세운 흉노족 출신의 임금. 남흉노 單于의 자손으로 진나라를 섬겼으나, 내란을 틈타 군사를 일으키고 平陽에 도읍을 정하고 나라를 세웠다.

158) 朴趾源『燕巖集』卷之十三 別集『熱河日記』, 「黃教問答」, "昔劉淵之居塞內, 幽冀名士, 多往歸之. 淵之子聰, 博涉經史, 弱冠游京, 名士莫不與交. 噫, 天下一搖, 草動風起, 安知淵聰之徒, 不在其中乎. 是吾所目見者適然數人耳, 況乎吾所未得以見者, 未知有幾人哉."

159) 朴趾源, 『燕巖集』卷之十三 別集『熱河日記』, 「黃教問答」, "顧今天下之勢, 其所畏者, 恒在蒙古. 而不在他胡何也, 其强獷莫如西番回子, 而無典章文物可與中原相抗也. 獨蒙古壤地相接, 不百里而近, 自匈奴突厥, 沿至契丹, 皆大國之餘也."

북학파 문인들은 유구에 대하여 지대한 관심을 가졌다. 홍대용은 홍려사(鴻臚寺)에서 의식을 연습하는(演儀) 중에도 유구의 사행을 보게 되자 바로 필담을 시도하였다. 통관들 때문에 소원성취를 못하자[160] 이튿날 조참을 기다릴 적에 대화를 시도하였지만 겨우 나라의 위치와 문자, 왕의 성씨만을 확인할 수 있을 뿐이었다.[161] 연암역시 유구의 사행에 대해서 지대한 관심을 보였지만[162] 결국 만나지 못하여 몹시 아쉬워하였다.[163]

여러 이민족과의 소통을 가장 성공적으로 이룬 문인은 유득공이다. 그의 『열하기행시주』에는 이민족에 대한 관찰보다 그들과 소통하고자 하는 의지가 더욱 돋보였다. 그러한 노력의 결과로 유득공은 몽골과 회회의 제왕들과 친해져서 온갖 농담을 하며 못하는 말이 없게 되었고[164] 회회의 제왕 중에서도 합밀왕(哈密王)과 조십왕(鳥什

---

160) 洪大容, 『湛軒書』外集 卷七 『燕記』, 「藩夷殊俗」, "余引上使就席, 將畫地爲語, 通官數人惧其雜亂, 奮拳揮之, 余亦不得已退歸."

161) 洪大容, 『湛軒書』外集 卷七 『燕記』, 「藩夷殊俗」, "貴國越海幾千里而入中國地, 琉球人答日, 小弟等越海五千里, 至福建省下陸. 書未畢, 午門鍾鳴, 皇帝將出, 通官徐宗顯促使臣出, 副使堅坐不應, 宗顯見琉球人書字, 直入擠蹴之日, 將殺我乎. 琉球人大驚而走, 副使甚怒, 無如之何矣. … 余使一譯扣與語, 一人果能爲華語, 自云非通事, 到福建半年而入京, 沿路學習, 而然其國俱有中國書, 字同而音異, 其王姓尙云. 時朝參已罷, 不能長語."

162) 『熱河日記』의 「銅蘭涉筆」에는 유구의 사행이 1776년 산동에서 배를 타고 돌아갈 수 있게 해달라는 요청을 하였다는 내용을 기록하였고 「避暑錄」에서는 明의 天啓년간 倭가 유구의 임금을 사로잡아, 태자가 世寶를 싣고 아버지를 贖 하러 갔지만 풍파에 휩쓸려 제주에 이르렀고, 결국 濟州牧使에게 죽임을 당한 전설을 소개하고 있다.

163) 朴趾源, 『燕巖集』 卷之十三 別集 『熱河日記』, 「避暑錄」, "惜今行未遇海外諸使."

164) 柳得恭, 「熱河紀行詩注」, 『栖碧外史海外蒐佚本』 10, 아세아문화사, 1986, 418

王)과는 각별한 사이가 되었다.

　　열하에 온 자 중에 합밀왕과 조십왕이 있는데 나와 가장 친하였
다. … 그 왕은 한어, 몽골어, 청나라 말을 할 줄 알았다. 매일 만날
때마다 내가 우리나라 말을 하면 회회왕은 회회자로 번역하고, 회
회왕이 회회말을 하면 나는 우리나라 글자로 번역하였는데 한어로
질문하였다. 왕은 총명하여 한번 번역해주면 바로 외웠다.[165]

　유득공과 회회왕은 한자를 매개로 자기 나라의 글자와 언어를 설
명함과 동시에 상대방의 언어를 배우고 있었으며 그 과정에서 상대
방의 언어와 문화를 체험하게 된다. 유득공은 그 과정에서 배운 회
회 단어를 모두 「열하기행시주」에 수록하였는데 발음을 한자로 표
기하는 방식을 취하였다.[166] 그는 또한 미얀마사신과 필담을 나누
면서 그들의 언어문자에 대해 지대한 관심을 드러냈다. 동시에 각국

___

쪽, "余與次修, 且墨團領, 隨在朝房中, 或入觀戲而出, 蒙古回回諸王, 時時出憩,
故與之慣熟, 日久謔浪, 無所不至."

165) 柳得恭, 「熱河紀行詩注」, 『栖碧外史海外蒐佚本』10, 450~451쪽, "其來熱河者,
有曰哈密王·鳥什王, 與余最熟. … 其王能爲漢蒙淸話. 每日相遇, 余爲本國話, 則
回回王以回回字飜之, 回回王爲回回話, 則余以本國字翻之, 質以漢話. 其王甚聰
悟, 一翻輒誦."

166) 柳得恭, 「熱河紀行詩注」, 『栖碧外史海外蒐佚本』10, 452쪽, "回回語, 天曰阿思
[華音]曼, 地曰脂[華音]民, 日曰苦[華音], 雲月曰[爨], 國曰社兒[華音], 國王曰穊
[華音]社, 父曰阿陇, 母曰阿那, 兄曰握何, 弟曰郁何. 一曰飛[華音]乙, 二曰伊欺
[華音], 三曰由置, 四曰得[華音]歟, 五曰別[華音]氏, 六曰謁置, 七曰如置, 八曰朔
可[華音]思[華音], 九曰吐沃顆[華音]思[華音], 十曰溫. 坐曰兀吐, 請坐曰兀吐籠,
前來曰撅[華音]乙, 起來曰姑邑, 喫飯曰阿施阿, 睡覺曰于侯羅, 年紀多少曰干且
耶施多, 爾名甚麼曰阿稱欺[華音]任, 又曰阿稱尼麻, 好曰若施, 好麼曰若施無, 平
安曰眞置, 平安麼曰眞置無."

사람들의 원활한 소통을 위하여 다양한 각국의 언어를 배워야 한다
는 목적을 제시하였다.

　　대체로 만주, 몽골, 회회의 제왕들은 모두 각국의 말을 할 수 있
어 이야기하는 중에 아무 나라의 말을 물으면 아무 나라의 말로 대
답했는데 짧은 시간 내에 변환하고 순환하여 웃으며 즐거워하였다.
이것은 천하의 큰일이다. 우리나라 사람들은 이 일에 매우 어두워
회회, 몽골, 만주어는 물론이고 비록 한어라도 배우려 하지 않는다.
무식한 자들은 한어를 오랑캐의 말이라 하는데 오랑캐 말을 배우는
것이 또한 어찌 쓰일 때가 없겠는가?[167]

　유득공은 동아시아 여러 민족과의 소통에 각별한 의미를 두었던
것이다. 그는 각국의 원활한 소통을 위하여 다양한 언어를 배워야
한다는 목적을 제시하고 있다. 모든 언어가 각기 동등한 자격으로
상호 교섭을 해야 한다는 생각에까지 미치지는 못하였으나 동아시
아 주변국의 제 언어를 적극적으로 배워야 한다는 생각은 특기할 만
한 논의라 하겠다.[168] 하지만 이들의 대화는 언어문자와 같은 단순
한 대화에 그쳤을 뿐 더 이상 학술적인 대화에까지 이르지는 못한다.
　유득공의 『연대재유록』에 등장하는 해적에 관한 화제는 특히 주

---

167) 柳得恭, 「熱河紀行詩注」, 『栖碧外史海外蒐佚本』 10, 1986, 451~452쪽, "大抵
　　滿洲·蒙古·回回諸王, 率皆爲各國話, 談次, 以某國話問之, 則以某國話答之, 頃
　　刻變幻, 循環無窮, 以爲戲笑. 此天下之大務也. 東人於此, 甚鹵莽, 無論回回蒙
　　古滿州話, 雖漢話, 亦不肯學. 無識者, 以漢話, 謂之胡話, 學胡話, 亦豈無可用
　　之時乎."
168) 김용태, 「1790년 유득공이 만난 동아시아」, 『한문학보』 제20집, 2009, 165쪽.

목해야 될 화제이다.

　　천초(川楚)의 비적 난리에 대하여는, 중어(仲漁)가 도무지 숨기지
아니하며, 좌석에 다른 사람이 없을 적에는 글씨를 써서 보이기를,
"천하가 장차 크게 어지러울 것이오." 하기에 나는 말하기를, "나야
본시 해외 사람인데 내게 무슨 관계가 있겠소?"라고 하였더니 "절강
이 소란하면 귀국은 어떻게 되는지 아시오?"라고 하였다. "그거야
근심스러운 일이지요. 절성은 우리나라와 더불어 바다 하나가 가로
막혔을 뿐이거든요. 절성에도 역시 변란이 있었던가요?" "지난해에
해적이 장난을 했는데, 무대(撫臺) 완공(阮公)이 쳐서 깨뜨렸지요.
그러나 지금도 해면이 평안하지 못하여 각처의 바다 방비가 몹시
엄합니다." … "해적은 어떤 등속이었소?" "모두 어민이라오."[169]

　여기서 말하는 "해적"은 어민으로 구성된 반란군이지만 역시 조
선본토에 위협을 줄 수도 있는 세력이기도 했다. 유득공은 중어와의
대화를 통하여, 조선의 위기가 바다에서부터 닥칠 수도 있음을 직감
하고 있었던 것이다. 비록 이러한 위기가 조공질서의 세계 밖, 즉
서양이라는 이질적인 세계에서 올 것이라는 데까지는 그 생각이 미
치지는 못하지만, 적어도 유득공은 바다에서부터 닥칠 위기에 대하
여 각별히 주목하고 있었다.

　이와 같이 주변국이나 이민족에 대한 적극적인 대화 의지를 통하

---

169) 柳得恭, 『燕臺再遊錄』, "川楚匪亂, 仲魚却不諱, 座無他人時, 書示曰天下將大亂
　　矣. 余曰, 吾是海外人, 於我何關. 仲魚曰, 浙省亂, 則貴處何如. 余曰, 此則可憂,
　　浙與我隔一海故耳. 未知浙省亦有變否. 仲魚曰, 去年, 海寇作梗, 撫臺阮公擊破
　　之, 然至今海面未靖, 各處海防甚嚴. … 余曰, 海寇是何等寇. 仲魚曰, 皆漁戶也."

여, 우리는 북학파 문인들이 간주하고 있는 화이의 구분이 결코 인종의 구분이 아니었음을 알 수 있다. 하지만 북학파 문인들이 필담을 통하여 화이론을 근본적으로 극복하였느냐는 질문에는 명쾌한 결론을 내리기 어렵다. 문화론적 차원에서 바라볼 때, 의연히 화이관에서 벗어나지 못하고 있기 때문이다. 그들은 의연히 조선만이 주자가례와 유교를 숭상하고 있음에 대해 자부심을 가지고 있으며, 중국의 선진 문물을 적극적으로 배우고 수용하자는 자세를 보이고 있기 때문이다. 여전히 한족이 남긴 한자 문명 특히 유교 지식과 소양을 바탕으로 세계를 인식하고 자신의 정체성을 확립하고 있기에 결코 화이론을 근본적으로 극복하였다고 보기는 어렵다.

북학파 문인들은 동아시아 제 민족들의 다양한 문화에 대해 열린 마음을 지니고 있었고 소통의 가능성도 제시하였지만 가치 판단의 준거에 있어서 선입견이 없지 않다. 즉, 모종의 우월감을 전제로 하고 있다는 것이다. 이는 여러 민족에 대한 흉물스러운 묘사로도 드러나겠지만, 이민족의 한문 수준을 '문명'의 척도로 보고 있다는 데서도 구현된다. 동아시아의 제 언어는 순전히 소통을 위한 목적에서 그 학습이 논의되고 있는데 반해, 보편언어라 할 수 있는 한문의 경우에는 그 수준에 따라 '문명의 정도'를 가늠하는 척도가 되었던 것이다.[170] 북학파 문인들 역시 필담을 나눌 수 없었던 이민족들에 대하여 무지하고 아둔하게 생각한 일면이 없지 않다. 이러한 선입견은 서양인을 보는 시선에서도 구현된다. 북학파 문인들은 서양의 과학

---

170) 김용태, 같은 책, 166쪽.

과 종교에 대하여 지대한 관심을 가지고 서양인과의 강렬한 소통의
지를 보인다. 서양인과 처음 필담을 나눈 홍대용의 경우를 보더라도
필담의 첫 질문이 서양의 종교에 관한 것이었고[171] 박지원 역시 중
국지식인들과 서양인의 만남을 주선해달라고 부탁하기도 하였
다.[172] 하지만 이들은 서양의 기술과 종교를 분리해서 받아들이는
경향을 보이고 있다. 즉 그들의 기술에 대해서는 찬사를 아끼지 않지
만, 천주교에 대해서는 단지 유교의 아류로 인식하고 유교본위의 이
치로 서학을 분석하고 있는 것이다. 이와 같은 견해는 중국지식인의
경우도 다름이 없었다. 「곡정필담」(『열하일기』)에서 우리는 예수(耶
蘇)의 생애와 야소교의 계명, 이마두(利瑪竇) 등 선교사에 대한 곡정
의 견해를 확인할 수 있다. 왕민호는 "서양기술이 중국으로 들어온
후는 중국의 천문 기계는 아주 멍터구리가 되어버렸(西術之來中國,
儀器盡屬笨伯)"음을 승인하지만 한편 "서양 학술은 보잘 것 없이 천박
하고 비속하여 우습다(其學術淺陋可笑)"고 비하한다. 그리고 "비록 불
교는 반대하지마는 윤회설은 독실하게 믿는(雖闢佛, 篤信輪回)" 야소
교는 "본디부터 막연하게나마 불교 이론의 찌꺼기를 빌렸는데 (本依

---

171) 洪大容,『湛軒書』外集 卷七「劉鮑問答」, "余曰, 凡人之幼學壯行, 以君親爲尊, 聞
西人捨其所尊, 另有所尊云, 是何學也. 答曰, 我國之學, 理甚奇奧, 不知尊駕欲知
何端. 余曰, 儒尙五倫, 佛尙空寂, 老尙淸淨, 願聞貴方所尙. 答曰, 我國之學, 敎
人愛尊天, 萬有之上, 愛人如己. 余曰愛之云者, 指何耶, 抑別有其人耶. 答曰, 乃
孔子所云郊祀之禮, 所以事上帝也, 並非道家所講玉皇上帝. 又曰, 詩經註不言上
帝天之主宰耶."

172) 朴趾源,『燕巖集』卷之十四 別集『熱河日記』,「鵠汀筆談」, "…今聞西人從, 駕亦
在是中云. 願蒙指敎, 或有相識, 幸爲紹介. 鵠汀曰, 此等元係監中奉勅, 道不同不
相爲謀. 且駐蹕之地, 摠是日下, 人山人海, 尋覓自難, 不必枉勞.

侔得釋氏糟粕)” 중국에서 불교를 배척하는 것을 보고 본떠 “중국 문헌 중에서 상제니 주재니 하는 말들을 따서(中國文書中, 討出上帝主宰等 語)” 스스로 유교에 붙었으니 “유교로 본다면 이차적인 데 떨어졌(已 落在吾儒第二義)”다고 한다. 연암 역시 “지금 야소교에서는 이(理)로 기수(氣數)를 삼고 있다(今耶蘇之敎, 以理爲氣數)”고 지적하였다.[173] 이와 같이 ‘동양식 발상’의 서양인식은 당시 동방지식인들의 공동현 상이라고 할 수 있다. 이는 서구문명에 대한 동방지식인들의 인식이 단지 호기심의 차원에 머물러 있었던 시대적 한계라고 할 수 있겠다.

요컨대 북학파 문인들은 중국과 주변국과의 소통과정에서 화이론 적 세계관에 대하여 새롭게 인식하고 있다. 그들은 천문학의 화제를 통하여 중국지식인의 중화의식을 가늠하고 있었으며 그 폐단을 충 고하는 경우도 있다. 또한 필담에 등장하는 의복화제는 더 이상 자 랑거리가 아니라, 중국인과의 연대감을 이루는 화제가 되어 상당한 의미를 부여하고 있다. 그들은 주변국의 다양한 문화를 인정하고 열 린 마음으로 대화를 시도하였지만 문화수준의 차이로 인하여 학술 적인 대화까지는 이어지지 못한다. 이들은 화이론의 폐해를 인식하 고 필담을 통해 화이론적 문제에 대하여서도 다양하게 논의하고 있 지만 결코 문화론적으로는 철저하게 화이관을 극복하지 못한다.

2) 정학이단론의 문제

한중 두 나라 문인 학술토론의 핵심적인 화제 중 하나는 정학에

---

173) 朴趾源, 『燕巖集』 卷之十四 別集 『熱河日記』, 「鵠汀筆談」.

관한 문제이다. 북학파 문인들이 중국지식인과 필담을 나누면서 받은 가장 큰 충격은 바로 중국지식인들이 주자학에 대한 비판이었다. 본 소절에서는 그들이 필담을 통해 펼친 정학이단론을 고찰하려고 한다. 이 문제는 한중문인의 필담에서 절대 소홀히 해서는 안 될 화제이다. 그 이유인즉, 정학이단론은 한중문인들의 학문적 정체성을 고찰할 수 있는 단서이자 그들이 학문적 타자를 어떻게 대했는지 알아볼 수 있는 소재이기 때문이다.

조선은 숙종대 이후 송시열을 중심으로 한 노론이 가장 우세한 정치집단으로 등장하면서 이들이 표방하던 주자절대화의 강고한 학문적 입장이 심성론이나 예론에서 주자 이외의 학문적 입장을 용납하지 않는 주자주의적 입장을 공고히 하게 되었다.[174] 따라서 당시 조선을 보면 중국에 육왕학(陸王學)이 성행해서 사설(邪說)이 그치지 않는다는 말만 들으면 본말을 따져보지 않고 화부터 내는 분위기였다. 왜냐하면 "사문난적에 대한 성토가 비록 멀리 중국에까지 미치지 못할지라도, 이단을 용납한 과오를 범했다가는 실로 사림에서 용서받기 힘들"[175]기 때문이었다. 사실 주자학은 조선왕조에 들어와서 역사적으로 긍정적 실질적 구실이 하강되었다. 그 추세는 두 가지로 볼 수 있는데 조선왕조 봉건사회의 해체 과정에 따른 주자학 자체의 상대적인 비현실성화 측면과, 정치권력에 결부되고 봉건체제의 이완을 저지하기 위한 수용이나 운용에서 교조적 권위주의 구

---

174) 유봉학, 『연암일파 북학사상 연구』, 일지사, 87쪽.

175) 朴趾源, 『燕巖集』卷之十四 別集 『熱河日記』, 「審勢編」, "斯文亂賊之討, 雖莫遠施於中土, 容黙異端之過, 固難見恕於士林."

축 측면이 그것이다.176) 다시 말해 주자학은 이미 현실대응력에서 한계를 드러내고 있었다. 북학파 문인들은 주자를 공박하는 사람일수록 비상한 선비라고 생각하고 이단이라 배척하는 대신에 적극적인 대화를 시도하였다. 홍대용의 연행을 계기로 북학파 문인들과 친분을 맺게 된 엄성, 육비와 반정균 역시 '이단'에 심취한 학자들이었다. 육비는 양명학을 절대적으로 고수하면서 주자학을 비판하기에 앞섰고 엄성 역시 불교를 숭상하였으며 반정균 또한 주자학을 기초로 하면서도 불교와 양명학을 두루 섭렵한 학자였다. 어느 한 사람도 조선학자들의 견지에서 보면 철저한 "이단"논자177)였다. 그럼에도 불구하고 그들은 서로 열린 마음으로 상대방의 사상을 인정하면서 우정을 나누게 된다. 이러한 진취적이고 적극적인 태도가 바로 청조 학술의 새로운 동향을 이해할 수 있게 해주는 한 원동력이 되었던 것이다. 그렇다고 하여 결코 북학파 문인들이 주자학적 화이론과 학문관에서 탈피하였다는 것은 아니다. 그들은 필담 과정에서 항상 주자학을 정학으로 존숭했을 뿐 아니라 양명학, 불교, 도교 등을 이단으로 판정하고 비판하였으며 이런 비판은 모두 주자학의 이기심성론에 기반을 두고 진행한 것이었다.

북학파 문인은 유학 이외의 사상을 이단으로 지목하면서 유학 내에서도 주자학 이외의 학문을 이단에 물든 것으로 규정하여 중국지

---

176) 이동환, 「연암사상의 이념적 범주와 반주자주의성」, 『실학시대의 사상과 문학』, 지식산업사, 2006.5.

177) 세 사람이 양명학에 관심을 가지게 된 것은 그들의 出身地와도 관련된다. 세 문인은 모두 왕양명의 고향인 浙江省 출신이었기 때문에 관심이 더 컸을 것이다.

식인들과 의견을 달리한다. 그들은 양명학이나 불교에 심취한 학자
들을 볼 때마다 꼭 주자학의 정당성을 피력한다. 하지만 주자학을
화제로 제기한 북학파 문인들 개개인의 목적의식이 다소 부동하게
표현된 것으로 판단된다. 결코 모두 주자학을 옹호하고 이단을 비판
하기 위한 목적의식에서 출발한 필담은 아니었다고 할 수 있다.

　홍대용의 필담은 정학 이단론에 대한 견해의 변모과정을 살피기
에 가장 적합한 텍스트라고 할 수 있다.

　　내가 "귀처의 학자는 어느 분을 따르는가?" 난공 "모두 주자를
높인다." 내가 "양명을 따르는 자도 있는가?" 난공이 "양명은 대유
로서 공묘에 배향되었다. 특히 그 양지(良知)를 강함이 주자와 다르
므로 학자가 좋지 않고 간간이 한두 사람이 따르고 있으나 또한
그다지 현저하지 않다." 내가 "양명은 간세의 호걸의 선비이고, 문
장 사업이 실로 전조의 거벽이다. 다만 그 문로는 진실로 난공의
말과 같다." 역암이 "귀처에서도 육(陸)을 배척하는가?" 내가 "그렇
다." 역암이 "육자정(陸子靜)은 천자가 심히 높고 양명은 공이 천하
를 덮으니, 곧 강학하지 않아도 또 그 큰 인물이 됨에 장애되지 않는
다. 주육(朱陸)이 본래 이동이 없는데 학자가 스스로 분별을 만들었
다. 또 길은 달라도 돌아가는 곳은 같다." 내가 "동귀(同歸)란 말은
감히 그대로 받아들이지 못하겠다." 평중이 "공이 비록 천하를 덮으
나 양지의 병론이 주와 다르다." 난공이 "사업은 모름지기 성의와
정심에서부터 해야 하는 것이니, 양명의 격물치지(格物致知)가 오
히려 여감이 있을 뿐이다." 내가 "양명의 학이 진실로 여감이 있으
나, 다만 후세의 기송의 학에 비하면 어찌 하늘과 땅의 차이가 아니
겠는가?" 난공이 어찌 하늘과 땅의 차이가 아니겠는가[豈非霄壤]란

네 글자에 권점을 치면서 "극히 좋다." 하였다.[178]

  홍대용이 건정동에서 세 선비와 나눈 정학에 관한 필담의 내용이
다. 이 대목은 세 문인과의 첫 대면(4일 1차 필담)에서 나눈 필담으로
서 심각한 내용은 담고 있지 않다. 홍대용이 양명을 따르는 자도 있
는지를 묻는 이유는 양명학을 창시한 왕수인(王守仁)의 고향이 세 문
인들의 고향과 같은 항주였기 때문이다. 세 사람은 모두 정주이학이
아닌 양명학과 불교에 각별한 관심을 가지고 있는 학자로서 홍대용
의 질문에 조심스럽게 답한다. 정주이학을 존숭하지 않는 것을 합리
화시키기 위하여 "주, 육은 본래 이동이 없는데 학자가 분별을 만들
었다"고 한다. 하지만 홍대용은 "동귀"라는 말은 탐탁지 않게 생각되
었던 것이다. 여기에서 주목할 것은 홍대용이 처음부터 양명학에 대
하여 부분적으로 인정한다는 사실이다. 즉 덕성을 키우는데 있어 양
명학이 일정한 정도로 도움이 된다는 주장이었다. 주, 육은 "이동"이
없다는 태도는 훗날 불교에 대한 세 선비의 변론에서도 계속되는데
"심(心)을 논한데 있어서는" 불교와 오도(吾道) 역시 별로 분별이 없

---

178) 洪大容, 『湛軒書』外集 卷二, 「乾淨衕筆談」, "余曰, 貴處學者遵何人, 蘭公曰, 皆
尊朱子. 余曰, 遵陽明者亦有之乎, 蘭公曰, 陽明大儒, 配享孔廟, 特其講良知與朱
子異, 故學者勿宗, 間有一二人, 亦不甚著. 余曰, 陽明間世豪傑之士也, 文章事
業, 實爲前朝巨璧, 但其門路誠如蘭公之言. 力闇曰, 貴處亦闢陸耶. 余曰, 然. 力
闇曰, 陸子靜天資甚高, 陽明功盖天下, 卽不講學, 亦不碍其爲大人物也. 朱陸本
無異同, 學者自生分別耳. 又曰, 殊塗同歸. 余曰, 同歸之說, 不敢聞命. 平仲曰,
功雖盖天下, 良知之刱論, 與朱岐異. 蘭公曰, 事業須從誠意正心做來, 陽明格物
致知, 尙有餘憾耳. 余曰, 陽明之學, 儘有餘憾, 但比諸後世記誦之學, 豈非霄壤
乎. 蘭公卽打圈于豈非霄壤四字曰極好."

다고 한다.[179] "이동"이 없다 하여 진정 구별이 없다고 생각하는 것
은 아니다. "양명의 격물치지가 오히려 여감이 있을 뿐이"라는 견해
가 이것을 설명해주고 있다. 즉, "이동"이 없다는 것은 양명학이나
불교를 "이단"이 아닌 지극히 정당성이 있는 이론으로 정당화하기
위한 발언이라고 할 수 있다.

만남이 거듭되면서 세 선비는 자신이 견지했던 사상과 이념적 태
도를 숨김없이 피력하게 된다. 양명학에 관한 논의는 육비가 등장하
면서 더욱 팽팽하게 맞서게 된다. 그는 주자를 종주로 삼는 학파의
의론이 모두 감정적이어서 육씨의 뒤를 이은 양명은 그 사업과 공덕
이 결코 공허한 일이 아닌데도 사람들이 헐뜯어 선(禪)으로 만들어
버린다고 안타까워하면서 양지도 다 그른(非) 것은 아니라고 양명학
을 대변한다.[180] 이에 대해 홍대용은 왕수인의 공덕이 높음을 인정
하는 한편 도문학(道問學)을 무시하고 존덕성(尊德性)만 중시했다는
세간의 평가가 과장된 것은 동의하지만[181] 양명학이 주자학과 이동
이 없는 같은 취지의 학문이라는 의견은 동의하지 않았다.

---

179) 洪大容, 『湛軒書』外集 卷二, 「乾淨衕筆談」, "力闇曰, 此經(楞嚴經), 卽弟亦喜觀
之, 以之治心最好, 其論心之處, 原與吾道無大分別, 而竟至大分別者, 墮于空耳."

180) 洪大容, 『湛軒書』外集 卷三, 「乾淨衕筆談」, "看後世宗朱宗陸, 紛紛議論, 全是血
氣, 而陸之後爲陽明, 其事功炫赫, 絕非空虛之事而人必詆之爲禪. 其不爲禪者,
乃絕無所表見, 以外之事功而驗中之所得, 良知亦未可盡非也."

181) 洪大容, 『湛軒書』外集 卷三, 「乾淨衕筆談」, "陽明, 間世豪傑之士也. 愚嘗讀其
書, 心服其人, 以爲九原可作, 必爲之執鞭矣. 其良知之學, 亦是窮高極深, 卓有實
得, 非後世能言之士所可彷彿也. 且陽明, 何嘗無道問學之功哉. 求道而不道學問,
是目不識丁者, 靜坐攝心, 可以爲聖爲賢, 豈有是理, 責陽明以專尊德性, 亦非原
情定罪之論矣. 惟其言太高功太簡, 自窩自喜, 簸弄光景, 怳惚如空中之樓閣, 可
望而不可親, 可喜而不可學."

정학에 관한 화제에서 양국 지식인의 가장 큰 대립은 『시경』 소
서(小序)의 폐기가 과연 정당한지에 관한 문제였다. 홍대용과 필담
을 나눈 세 지식인들은 자신의 학술을 대변하는 동시에 주자를 심하
게 공박하는데 비판의 가장 큰 이유는 바로 『시경』의 소서를 없앤
사실이었다.

> 1) 역암이 "… 소서는 절대로 폐할 수 없는 것이니 주자의 시경주
> 석은 실로 혼잡되어 맞지 않는 것이 많음으로 감히 그대로 따를 수
> 는 없습니다." … 기잠이 "노제가 주자를 존숭함은 지극히 옳으나,
> 소서를 폐한 것은 억지로 변해할 것이 없습니다." 난공이 "바로 가
> 령 백구(白駒)의 시 같은 것을 보더라도 주자의 주석에서 이르기를
> '가객은 소요하는 것과 같다.'고 하였으니, 주자의 주석에 이와 같은
> 것이 대단히 많은데 과연 옳다는 것인가요?" 내가 "훈고는 진실로
> 유감이 있다고 하겠으나 그 대체의 훌륭한 것을 덮을 수는 없을 것
> 입니다." … 내가 "이 문제는 말만으로 논변할 것이 못되니, 청컨대
> 돌아가서 제형들의 가르쳐 주신 말씀을 자세히 살펴보고 혹 제의
> 망령된 의견이 있게 된다면 마땅히 회답해 드리겠습니다."
>
> 2) (홍대용) "… 오직 소서에 있어서만은 내가 진실로 비천하게
> 여겨 외면한 것 입니다. 나는 생각하기를, 주자의 경전 해석이 어느
> 것이고 훌륭하지 않은 것이 없지만, 그중에서도 오직 역(易)을 점서
> (占筮)의 글로 단정한 것과 시에서 소서를 제거한 것은 그 가장 득의
> 한 곳으로서 크게 성인의 문에 유공한 것이라고 보았던 것입니다.
> 이제 형들의 의론을 들으니 망연자실함을 금할 수 없습니다." 다
> 읽어 보고 나서, 난공이 "소서는 원래 폐기할 수 없는 것이며, 시경
> 의 주석을 문인의 수필이 아니라고 하는 것은 주자를 보호하려다가
> 도리어 주자를 욕되게 하는 것이 됩니다."[182)]

소서에 관한 의견대립은 마지막 만남의 필담에까지 계속되지만 결코 서로에게 설복당하지 않으며 끝까지 자신의 주장을 견지한다. 1) 23일 6차 필담에서 홍대용이 주자가 소서를 없앤 정당성을 변호하자 중국지식인들은 이를 변명이라고 간주하고 "억지로 변해할 것이 없다."고 하는가 하면 "주자를 존중하려는 것이 오히려 주자에게 누를 끼치는 것이 된다."면서 맹목적인 주자존승을 지목하고 비판한다. 중국지식인들에게 있어 홍대용의 변론은 주자를 옹호하기 위한 구실로 보였던 것이다. 홍대용은 훈고에 있어 오류가 있다는 것은 인정하지만 "그 훌륭함은 덮을 수 없다."면서 주자를 높인다. 하지만 중국지식인들의 견해가 확고하다는 것을 인식한 홍대용은 "돌아가서 제형들의 가르쳐 주신 말씀을 자세히 살펴보고" 다시 회답하겠다면서 더 이상 설복을 하지 않고 반론을 미룬다. 2) 그러나 홍대용은 결코 자신의 주장을 굽히지 않았고 24일에 바로 답신을 보내 시경에 있어 "주자의 공이 가장 크다"는 주장을 펼쳤으며[183] 이어 26일 7차 필담(마지막 모임)에서는 중국지식인들이 제시한 근거를 조목조목 따

---

182) 洪大容, 『湛軒書』外集 卷三, 「乾淨衕筆談」, "小序決不可廢, 朱子於詩注, 實多踳駁, 不敢從同也. … 起潛曰, 老弟宗朱極是, 然廢小序, 必不能强解也. 蘭公曰, 卽如白駒之詩, 朱子注云嘉客猶逍遙也, 朱子注如此類極多, 果是耶. 余曰, 訓詁諒有餘憾, 終不掩其大體之好. … 余曰, 此不可以口舌爭, 請歸而詳覽諸敎, 或有妄見, 當以奉復也."惟於小序, 則愚誠鄙外之. 以爲朱子之釋經, 何莫非善, 而惟易之斷以筮占, 詩之掃去小序, 爲其最得意處而大有功於聖門矣. 及聞兄輩之論, 不覺爽然而自失矣. 看畢, 蘭公曰, 小序, 原不可廢, 若以詩注, 謂非門人手筆, 則欲護朱子而反以累朱子也."

183) 洪大容, 『湛軒書』外集 卷三, 「乾淨衕筆談」, "小序之去古未遠, 似有所本, 愚見始亦如是, 及其得小序而讀之. 則適見其附會穿鑿, 全沒意義, 然後乃以爲朱子之功, 於詩最大也."

지면서 반론을 이어갔다. 즉, 소서에 관한 쌍방의 주장은 흔들림이 없었으며 끝까지 서로에게 설복당하지 않았다.

홍대용은 시종일관 이단을 비판하면서 중국지식인의 주자공박을 반박하였는데 이런 입장은 서학에 대한 태도에서도 마찬가지였다. 그는 하늘과 역법을 논함에는 서법이 매우 높아서 전인 미개의 것을 개척했다 할 수 있으나 종교에 대해서는 상제의 호를 절취하여 불가의 윤회의 설로 장식하였다면서 가소롭다고 비난하였다.[184] 서양의 기술과 문물에 그토록 흥취를 가지고 있으면서도 종교에 대해서 하찮게 평가한 것은 홍대용이 서양기술과 종교를 분리하여 받아들이고 있음을 말해준다.

홍대용의 이단에 대한 견해는 당시 기타 조선 문인들과 내용면에서 크게 다르지 않았던 것으로 보인다. 그는 학문에 있어 방법의 선택이 정밀하지 못하면 인의를 잘못 배우게 되어, 애비도 없고 임금도 없는 상태에 이르게 되니, 옛 사람들이 학문에 있어서 자세히 묻고 밝게 분변한 것이라 보았다. 그렇기 때문에 역대의 선비 중에 노불에 빠졌던 사람들을 예로 들면서 더욱 정밀하게 살펴야 한다고 주장하였다. 그리고 도교, 불교, 서학을 이단으로 지목하면서 풍수설의 허구성을 비판하였고 노불에 빠진 사량좌(謝良佐), 불교에 가까운 논리를 펼친 육구연(陸九淵), 그리고 양명학을 선도한 왕수인을 비판하였다.[185] 또한 양명학의 높은 기운은 장주(莊周)에 견줄 수 있지만

---

184) 洪大容, 『湛軒書』外集 卷二, 「乾淨衕筆談」, "余曰, 論天及歷法, 西法甚高, 可謂發前未發. 但其學則竊吾儒上帝之號, 裝之以佛家輪廻之語, 淺陋可笑."
185) 洪大容, 『湛軒書』外集 卷一, 「與鐵橋書」.

학술의 차이는 이단으로 돌아갈 수밖에 없다고 자신의 입장을 분명
히 하였다.186) 그러나 만남이 거듭되면서 홍대용은 자신이 견지했
던 사상과 이념적 태도를 되돌아보게 된 것 같다. 또한 항주 선비들
의 사상적 활달함에 호감을 갖게 되면서 양명학과 불교 등 다른 이
단 사상에 대하여 이전에 비해 좀 더 유연한 태도를 취하게 된다.
하지만 시종 세 선비에게 정학에 힘쓸 것을 권유하면서 설사 이단에
빠지더라도 순여(醇如)에 돌아오기만 하면 된다고 설복한다.187) 동
시에 필담을 마무리 하면서(「건정동후어」) 조선의 학자들이 주자에
대해서 맹목적인 존숭만 할 뿐 경전 해석 중 논란이 되는 문제에 대
해서 한결같이 엄호만하고 있다면서 당시의 학술경향을 맹렬히 비
난하기도 하였다.188) 또한 귀국 후 저술한 「의산문답」에서는 실용
의 입을 통하여 교조적인 주자학의 폐단을 비판하면서 공자, 주자
이후의 제유들이 맹목적인 숭상에 빠져 그 '진'을 잊고 그 말을 익히
면서 본의를 잃어 긍심(矜心), 승심(勝心), 권심(權心), 이심(利心)으로
말미암아 천하가 '허'로 치닫고 있다고 규탄하였다.189) 그리고 만년

---

186) 洪大容, 『湛軒書』外集 卷一, "與篠飮書 則竊以爲陽明之高, 可比莊周. 而學術之
差, 同歸於異端矣."
187) 洪大容, 『湛軒書』外集 卷二, 「乾淨衕筆談」, "余曰, 晩逃佛老, 何傷於終歸醇如
也. 幸勿往而不返."
188) 洪大容, 『湛軒書』外集 「乾淨衕後語」, "東儒之崇奉朱子, 實非中國之所及. 雖然,
惟知崇奉之爲貴, 而其於經義之可疑可議. 望風雷同, 一味掩護, 思以箝一世之口
焉. 是以鄕原之心, 望朱子也. 余竊嘗病之, 及聞浙人之論, 亦其過則過矣. 惟一洗
東人之陋習, 則令人胸次灑然也."
189) 洪大容, 『湛軒書』內集 補遺 「毉山問答」, "吾固知爾有道術之惑, 嗚呼哀哉, 道術
之亡久矣. 孔子之喪, 諸子亂之, 朱門之末, 諸儒汨之, 崇其業而忘其眞, 習其言而
失其意. 正學之扶, 實由矜心, 邪說之斥, 實由勝心, 救世之仁, 實由權心, 保身之

(1780)에는 드디어 설복을 그만두고 자신의 입장을 고수한 것을 반성하고 유교나 불교를 가리지 말고 자기가 좋아하는 것을 따르면 된다고 강조하면서 이런 생각은 "연래의 세상 경험(年來閱歷世故)"에서 비롯되었으며 다만 공적으로 도피하는데 이르지만 않으면 된다고 하였다.[190] 요컨대, 홍대용은 당시 이기심성론을 기준으로 편을 가르고 주자학에 대한 지식으로 등급을 매기던 조선의 현실에 염증을 느끼다가 연행을 계기로 중국지식인들과 필담을 나누면서 상대의 처지를 인정하고 보편적 진리를 논하였다. 그렇다고 하여 홍대용이 스스로 성리학을 벗어나려고 한 것은 아니다. 오히려 필담 과정에서 주자학을 존숭하고 옹호하기에 최선을 다하였다. 다만 이성적 대화를 계기로 동시대 기타 문인에 비해 타자에 대해 더욱 관용적인 태도를 취하게 되었으며, 그 관용의 이면에는 교조적인 조선 학풍에 대한 불만과 비판이 자리잡고 있었던 것이다.

박지원 역시 「동란섭필(銅蘭涉筆)」에서 주자가 제멋대로 「소서」를 없애버린 것을 비판한 주이존(朱彝尊)의 『경의고(經義考)』의 대목을 소개하고 나서 주자를 심하게 배격했던 주이존의 학설에 대하여 중국 현지인들의 생각은 어떠한지 알아보려고 한림 초팽령(初彭齡)과

哲, 實由利心. 四心相仍, 眞意日亡, 天下滔滔, 日趍於虛."
190) 洪大容, 『湛軒書』外集 卷一, 「杭傳尺牘」, 「與嚴九峰書」, "夫儒釋之爭, 自來紛紛, 弟與鐵橋, 亦嘗略費論辨, 時蒙印可, 而以今思之, 客氣好勝, 猶是講學窠臼. 卽弟年來閱歷世故, 頗有悟解, 盖各從所好, 要歸於澄心而救世, 則勿論儒釋, 俱不害爲賢豪君子, 惟不至於絕倫逃空, 則是亦聖人之徒也." 이 편지에서 철교가 작고한지 13년(鐵橋之亡, 條已十三歲)이라고 하였으니 1780년, 즉 홍대용이 별세하기 3년 전인 셈이다.

고역생(高域生)에게 자신의 견해를 피력한다.

"『시경』 삼백 편이라는 것은 당시 여항 사이에서 불렸던 노래에
불과할 것입니다. 기쁘고 즐거우며, 화가 나고 아프며, 희로애락
하는 사이에 부득불 이런 노랫소리를 내지 않을 수 없었을 터이
니,… 각 지방의 풍속을 살피는 자가 민요를 채집하여 문자로 정리
하고 시의 구절로 만들어서 이를 학교에서 책으로 만들고 악기에
올려 연주하였습니다. 이것이 이른바 열국들의 노래인 국풍이니,
시라는 명칭도 여기에서 생겨난 것이지요. 그러니 어디에서 그 시
를 지은 사람을 찾을 수가 있겠습니까? 그런데도 '소서'에서는 시를
설명하면서 반드시 시를 지은 사람이 모두 있다고 말하며 '이 시는
누구누구가 지은 것이다'라고 말해서, 마치 후세에 『전당시』에 수
록된 시의 저자를 말하는 것처럼 하고 있으니, 이는 견강부회해서
억지로 하는 말입니다."191)

청나라문인들의 "소서불가폐론"에 대하여 연암 역시 주자의 견해
를 대변하는 입장을 취한다. 하지만 연암의 이러한 주장에 여러 사
람들이 모두 잠자코 있으면서 별로 찬성하지 않는 듯하였다. 이에
연암은 "대개 소서를 종주로 삼아 소중하게 여긴 것은 송나라 소철
(蘇轍)에게서 시작되었고, '소서'를 공격한 것은 송나라 학자 협제(夾
漈) 정초(鄭樵, 1104~1162)에게서 시작되었으며, 주자의 주석을 반박

---

191) 朴趾源, 『燕巖集』 卷十五 別集 『熱河日記』, 「銅蘭涉筆」, "詩三百, 不過當時閭巷
間風謠, 歡愉疾痛喜怒哀樂之際, 不得不有此聲觀 … 風者採其謠而字而句而列之
學校, 被之管絃, 是所謂列國之風, 而詩之名所由立也, 何從得作者姓名哉. 小序
說詩, 必皆有作詩之人曰, 此某某之作, 如後世之 『全唐詩』, 則斷可見其傅會."

하기로는 송나라의 마단림(馬端臨, 1254~1323), 청나라의 모기령(毛奇齡, 1623~1716), 주이존 등이 극심했고, 근세에 와서는 여론으로 풍미하게 되었다."192)고 지적한다. 즉 주자에 대한 문인들의 공박은 이 정도로 맹목적이었으며 모기령이나 주이존의 고증학적 영향이라고 하기보다는 주자를 꺼렸던 당시 문인들의 속사정과도 관련된다고 보았던 것이다.

연암은 당시 청조 학계에서 일어나고 있던 주자학 비판에 각별히 주목하면서 당시 중국의 학풍을 매도하는 광사 추사시의 충격적인 발언을 소개하였다.

지금의 학자들은 죽어도 자기 영역을 벗어나지 낳고, 한번 학문이라는 영역을 싸잡아 쥐면 더욱 육경이라는 벽돌을 쌓아서, 보루를 견고하게 만들어 놓고는 때때로 여러 사람의 말을 바꿔치기해서 자신의 깃발을 새 것처럼 꾸밉니다. 절반은 주자의 학문을 따르고, 절반은 그 반대 학파인 육상산의 학문을 따르면서 모두가 한 학파에 숨어들어서 머리를 내밀었다가 숨었다가 하는 모습이 마치 호숫가 갈대숲의 도처에 숨어서 출몰하는 도적놈과 같습니다. 책의 좀벌레나 뒤지던 사람을 양성해서 성이나 사직에 붙어사는 쥐새끼나 여우처럼 만들어서는 고증학이란 학문을 가지고 붙어살게 합니다. 반면에 잘 달리는 준마를 억눌러서 느러터진 둔마를 만들어 놓고는 훈고학이라는 학문을 가지고 그 입에 재갈을 채워 찍소리 못하게 만듭니

---

192) 朴趾源, 『燕巖集』卷十五 別集 『熱河日記』, 「銅蘭涉筆」, "諸人皆黙然, 貌似不然之. 蓋宗小序, 始于蘇子由, 而攻小序, 始于鄭夾漈. 駁朱註極于馬端臨, 毛奇齡, 朱彝尊, 而近世靡然爲時義."

다. 혹 여기에 반발하여 단단히 무장하고 깊숙이 쳐들어가 공격을
하다가는 도리어 공격과 겁탈을 당하여, 그 형세가 결국에는 말에
서 내려 결박을 당하고 두 무릎을 땅에 꿇을 수밖에 없습니다. 지금
의 유학자라는 사람은 아주 두렵습니다. 겁이 납니다. 겁이 나요.
저는 평생 유학을 배우기를 원하지 않습니다.[193)

　당시의 학자들은 이기(理氣)니 성명(性命)이니 하는 따위만 강론할
뿐 실사 실무에는 전혀 무능한 이학선생이거나 고루하기 짝이 없는
도학군자이고, 그것도 아니라면 반쯤은 주자학 반쯤은 육상산을 빙
자하되 실은 경전에 대한 고증을 무기 삼아 이설을 강변하고 남의
학설을 공격하기에 능란한 자들이란 것이다. 성격이 과격하고 감정
적인 추사시가 연암마저 무안해할 정도로 당시의 유학자들을 비판했
다면 왕민호는 훨씬 합리적이고 은폐적으로 주자의 경전을 해석하고
주로 고증에 불철저한 점을 들어서 비판한다. 예컨대, 주자는『시집
전(詩集傳)』에서『시경』의「정풍」,「위풍」을 모두 음란한 시로 간주하
면서, 이러한 판단의 근거로『논어』「위령공」편 중의 '방정성(放鄭聲)'
이란 구절을 들고 있다. 그러나 공자의 이 말은 정나라의 음란한 음악
을 금하라는 뜻이지 그 시의 내용을 가리켜 한 말은 결코 아니라고
지적한다.[194) 또한 주자가 소동파를 비롯한 촉당(蜀黨)의 인사들을

---

193) 朴趾源,『燕巖集』卷之十三 別集,「熱河日記」,「黃敎問答」, "今之儒者, 亡不出
　　境, 兜攬采地, 盆築六經, 以堅其壁壘, 時換群言, 以新其旌旗, 半朱半陸. 俱爲逋
　　主, 頭沒頭出, 遍是水泊. 養蠱魚爲狐鼠, 則攺證爲其城社, 抑騏驥爲駑駘, 則訓誥
　　爲其鉗橜. 或有懸軍深入, 反遭攻刦, 其勢不得不下馬受縛, 雙膝以跪. 今之儒者,
　　絕可畏也, 怕也, 怕也. 敝平生, 不願學儒也."
194) 朴趾源,『燕巖集』卷之十三 別集,『熱河日記』,「忘羊錄」.

혹독하게 비방한 것을 들어 "군자로서도 불편부당(不偏不黨)하기란 어렵다"면서 주자의 당파성을 비난하였다. 그러다가 연암과 친숙해 지자 드디어 주자와 같은 당이면 용감한 남아가 못된다면서 한족 남 아가 문약해진 것은 주자가 책임을 져야 한다고까지 말한다.[195]

　홍대용과 박지원의 필담에서는 모두 중국지식인들의 주자공박 문 제에 주목하여 그것을 의미 있고도 심각하게 다루고 있다. 하지만 박지원은 홍대용에 비해 중국지식인의 주자에 대한 반발을 정세와 많이 결부시키고 있다. 홍대용이 필담에서 주자학에 대해 언급한 것 은 제대로 된 주자학을 존숭할 것을 밝히기 위해서이다. 이는 홍대 용이 여러 차례에 걸쳐 중국지식인들에게 이단을 멀리하고 정학을 존숭할 것을 권유하고 있는 대목에서도 엿볼 수 있다. 하지만 박지 원의 경우 이러한 설복이나 권유를 찾아보기 어렵다. 박지원의 주자 에 대한 절대적인 극찬은 주자를 높이려는 목적이라고 하기보다는, 중국지식인들의 본심을 떠보기 위한 의도적인 장치로 많이 사용되 고 있다.

　　내가, "이 천지에 꽉 찬 만 가지 일과 만 가지 사물이 주자가 살펴 서 평가하지 않으면 곧 가짜 같다는 말이겠지요." 하니 곡정이 한참 동안 나를 물끄러미 쳐다보다가 대답했다. "주자 뒤에 태어난 사람 들은 모두 흙과 나무로 만든 빈껍데기랍니까? 주자 역시 친구인 진

---

195) 朴趾源, 『燕巖集』 卷之十三 別集, 『熱河日記』, 「忘羊錄」, "鵠汀曰, 黨同朱子, 漢 兒希世. 漢兒文弱, 朱子分過. 余曰, 朱子千古義理主人, 義理勝處, 天下莫强, 何 憂文弱. 鵠汀裂漢兒希世, 投爐中日, 不必索言, 自當理會."

량(陣亮)의 말만 듣고는 당중우(唐仲友)란 사람을 탄핵하여 혹독하
게 상처를 입혔으며, 주돈이가 지은 『통서(通書)』를 잘못 이해하여
역사를 편찬하는 기관에 편지까지 보내서 흡사 남을 무고하듯 했습
니다. 『통서』에 나오는 이른바 무극(無極)이 태극(太極)을 낳았다는
말은 도무지 무슨 뜻인지 알 수가 없으니, 붓으로 선을 그어서 지워
버리는 것이 옳을 것이라고 했답니다."[196]

여기에서 주자에 대한 절대적인 극찬은 지극히 소극적인 왕민호
의 은폐된 진심을 시험해보려는 연암의 술수로 보인다. "주자 뒤에
태어난 사람들은 모두 흙과 나무로 만든 빈껍데기랍니까?"는 대목
에서 박지원은 이미 곡정의 반발심을 읽어냈으며 진일보 주자에 대
한 비판까지 들을 수 있었다. 이런 경우 홍대용의 필담에서는 보통
주자에 대한 변호가 뒤따르지만 박지원의 필담에서는 어떠한 설복
도 행하지 않는 것이 특징이다. 이로서 우리는 박지원의 주자화제는
존주의리를 위한 것이 아니라 현실인식을 위한 방도였음을 확인할
수 있다. 이런 경향은 「심세편」에서 가장 두드러지게 나타나는데 박
지원은 중국땅 선비들이 때로는 주자를 반박해서 기탄없이 주자를
반박한 모기령을 두고 "주자의 충신이라 말하는 자도 있고, 더러는
유가의 도를 지킨 공적이 있다고 말하는 자도 있으며, 혹자는 은혜
있는 집에 대해 원한을 맺었다고도 말한다"면서 이런 평가들을 통해

---

196) 朴趾源, 『燕巖集』卷之十四 別集 『熱河日記』, 「鵠汀筆談」, "余日, 盈天地間萬事
   萬物, 非朱子勘定, 便似贗本. 鵠汀熟視余良久日, 後朱子而生者, 皆土木形骸否,
   偏聽陳亮, 則按唐仲友恐傷於刻, 誤解通書, 則抵史局書, 似涉於誣. 所謂無極而
   太極, 不知怎地話, 一筆句之可也."

"중국 선비들의 미묘한 뜻을 충분히 엿볼 수 있다."197)고 지적하였
다. 여기서 연암은 고증학파를 빙자한 청황제에 대한 비판을 "미묘
한 뜻"으로 완곡하게 표현하였다. 실제로 당시 청황제는 주자학으로
지식인을 회유하는 전술을 쓰고 있었다. 한족 문인을 통치하려면 정
권상에서 절대적 강세를 유지해야 될 뿐만 아니라 반드시 그들의 의
식형태를 파악하여 저항심을 와해시키고 정신과 의식을 붕괴시켜야
만 된다는 것을 너무 명백히 알고 있기 때문이다. 그런 목적을 이루
는 유일한 방법은 한족정권 통치 때 고유한 사상의식 형태와 제도를
이용하는 것이었다. 하여 과거제도와 박학홍사과(博學鴻詞科)를 회
복하고 주자를 존숭하여 주자학에 매몰시키는 작전으로 지식인의
마음을 무마하고 청나라 정치에 굴복하도록 회유를 하였다. 연암은
이와 같은 현실을 직시하고 청지식인과 화제를 완곡하게 이끌어나
갔다. 결국은 "본 조정의 문무의 훌륭함은 앞 시대보다 훨씬 뛰어납
니다. 유학의 학술을 존숭하고 나라 안에 퍼지게 해서 호걸들의 선
량치 못한 마음을 몰래 녹여 버리고, … 백성에게 일을 시키되 그
일을 만들 뿐이지 그 까닭을 알게 해서는 안 된다고 하였으니, 이는
요순의 생각이고, 공자가 부연설명한 것이며, 진나라 사람이 써먹은
방법"198)이라고 자신의 울분을 토로하기에 이른다. 청조 문인들이

---

197) 朴趾源, 『燕巖集』卷十四 別集 『熱河日記』, 「審世篇」, "中土之士, 往往駁朱而不
　　少顧憚. 如毛奇齡者, 或有謂之朱子之忠臣, 或又謂之有衛道之功, 或有謂之恩家
　　作怨. 此等皆足以見其微意也."
198) 朴趾源, 『燕巖集』卷之十四 別集 『熱河日記』, 「鵠汀筆談」, "本朝文謨武烈遠過前
　　代, 尊尙儒術, 專界中土, 陰銷豪傑不逞之心. …民可使由之, 不可使知之, 此堯,
　　舜之意, 而孔子述之, 而秦人用之也."

주자를 배척하는 의도를 정확하게 파악한 연암은 결국 "뒷날 중국을
유람하는 사람으로 하여금 주자를 반박하는 사람을 만나더라도 그
를 범상치 않은 선비로 알아야 하고 이단이라 함부로 배척하지 말
며, 외교적 언사를 잘하여 점차로 그 본질까지 찾아내는 데 효과가
있도록 하였다."199) 연암의 필담 전편에 흐르는 섬세한 관찰과 사유
의 핵심은 지식인의 반발심에 있었고 그 귀결은 정학의 강구가 아니
라 청조 현실에 대한 강렬한 인식욕에 맞추어져 있었던 것이다.200)
박지원은 필담을 통해 오랑캐의 치하에 살면서 주자학에 반항하는
유학자들을 만나 자기 주체를 잃지 않고 타자를 관용하며 소통하는
법을 배웠으며 냉정하게 현실의 청조를 보게 되었다.

  연행 전부터 이미 청조의 학술과 문예에 대해 상당한 식견을 갖추
고 있던 연암은 북경과 열하에서 사귀게 된 중국 사대부들을 통해서
이를 더욱 심화시킬 수 있었지만 반정균 등 중국의 우인들과 연락이
닿지 않는데다가 북경체류 기간도 더욱 짧아져 고도로 발달한 건륭
시대의 최신 고증학풍을 충분히 접할 수 없었다. 하지만 그 당시 청

---

199) 朴趾源, 『燕巖集』卷之十四 別集 『熱河日記』, 「審勢編」, "使後之遊中國者, 如逢
    肆然駁朱者, 知其爲非常之士, 而毋徒斥以異端. 善其辭令, 徵質有漸."
200) 朴趾源, 『燕巖集』卷之十四 別集 『熱河日記』, 「審勢編」, "及淸人入主中國, 陰察
    學術宗主之所在, 與夫當時趨向之衆寡. 於是, 從衆而力主之. 陸享朱子於十哲之
    列, 而號於天下, 曰朱子之道, 卽吾帝室之家學也. 遂天下洽然, 悅服者有之, 緣飾
    希世者有之. 所謂陸氏之學, 幾乎絶矣. 嗚呼! 彼豈眞識朱子之學而得其正也. 抑
    以天子之尊, 陽浮慕之, 此其意, 徒審中國之大勢, 而先據之, 鉗天下之口, 而莫敢
    號我以夷狄也… 朱子集註群書, 則皇帝集天下之士, 徵海內之書, 爲圖書集成, 四
    庫全書. 率天下而唱之日, 此紫陽之緒言, 而考亭之遺旨也. 其所以動遵朱子者,
    非他也. 騎天下士大夫之項, 扼其咽而撫其背. 天下之士大夫, 率被其愚脅, 區區
    自泥於儀文節目之中而莫之能覺也."

조 학계에 성행하는 고증학풍에 각별히 주목한 것만은 사실이다. 연암은 『열하일기』에서 조선에 관한 기록이라든지, 틀리게 기록된 역사의 수정에 관한 견해 등에서 이들의 저작들을 논의했고 또 이들의 학설이 이 시기 얼마나 유행했는지에 대해서도 관심을 기울였다. 그는 「피서록」에서 고증학은 이미 그 시대를 풍미한 보편적 방법론으로 되었으며 정확하게 고증할 수 있는 문인들도 상당히 많았음을 보여주면서201) 이 시기 문인들 사이 고증학의 성행을 소개하고 있다.

유득공도 이러한 학술풍기를 유의하면서 정주학술을 뒷전으로 하는 청조학술의 현황을 아주 근심스럽게 생각하고 있었다.

> (유득공) "저는 『주자전서』를 구입하기 위하여 왔습니다. 대략 『어류』·『유편』 등이거니와, 이 밖에 『독서기』 같은 것도 『간명서목』에 실려 있으니, 이번 걸음에 얻어 볼 수 있겠습니까?" (기윤) "이는 다 유행하는 책인데, 요즘 와서 풍기가 차츰 『이아(爾雅)』 『설문(說文)』의 일파로 치닫는 까닭에 이러한 서적이 마침내 항간에 없게 되었지요. 오래 전에 귀국 부사를 위해 사방으로 사람을 시켜서 구입하도록 하였으니, 아마 소식이 있을 것입니다." … 요즘 풍조가 이아 설문 일파에 치닫는다는 것은 시류를 가리킨 것 같지만, 실상 한학이니 송학이니 고고가이니 강학가이니 하는 등의 표목은 반드시 효람으로부터 제창된 것이 아닌 것도 아니니 간명서목의 논을 보면 단정코 알 수 있다.202)

---

201) 朴趾源, 『燕巖集』卷之十四 別集 『熱河日記』, 「避暑錄」, "高句麗起非在鴻嘉, 乃漢元帝建昭二年. 成帝鴻嘉三年, 百濟太祖高溫祚都稷山. 先祖偶失點檢. 而兪式韓 『毬堂錄』, 引 『日知錄』 用東史所證書大傳, 以辨此詩鴻嘉之誤. 中州之士, 勤於考據辨析. 以爲博雅類多如是."

위의 인용문은 청나라의 학문적 경향을 엿볼 수 있는 가장 전형적인 내용이다. 기윤은 당시 『사고전서』를 편찬하는 총책임을 맡았던 사람으로 청나라 소장 서적에 대해 정통한 문인이었다. 이 당시 기윤은 예부상서직을 맡으면서 많은 조선 사신을 접견했고 뜻이 맞는 사신들을 자신의 저택으로 초청하여 아무리 힘들어도 친히 필담을 나누었다.[203] 유득공이 말한 『어류(語類)』와 『유편(類編)』은 모두 주자의 사상을 연구할 수 있는 중요한 지침서로서 『주자전서』 구입을 목적으로 온 그에게 있어서 실로 중요한 자료라고 할 수 있다. 하지만 당시 청조 학계에서는 고증학풍이 가장 극에 달하던 시기여서 경전의 주석이나 고증 연구에 몰두하다보니 주자학은 자연히 주류 사상에서 밀리고 있었다. 따라서 『이아』와 『설문해자』와 같이 고증학 연구에 필요한 책들만 많고 『어류』와 『유편』은 마침내 항간에서 사라지게 되었다고 한다. 유득공은 기윤이 말하는 의미와 청조 학풍 경향을 정확히 짚어내고 있었다. 기윤과 유득공 사이에 견해차이가 있다고 보이지만 실로 이들은 각자 자기 국가의 학풍 취향을 대변한 것이다. 유득공은 이와 같은 학술경향을 근심하여 "남방 제자들은 구심하는 것이 육서요, 존모하는 것은 정강성(鄭康成)이며, 서로 예

---

202) 柳得恭, 『燕臺再遊錄』, "生爲購朱子書而來, 大約語類, 類編等帙, 外此如讀書紀, 載在簡明書目, 此來可見否. 曉嵐曰, 此皆通行之書, 而邇來風氣趨爾雅, 說文一派, 此等書逢爲坊間所無久, 爲貴副使, 四處託人購之." "紀公所云邇來風氣趨爾雅, 說文一派者, 似指時流. 而其實漢學, 宋學, 考古家, 講學家等標目, 未必非自曉嵐倡之也. 見簡明書目論斷, 可知也."

203) 柳得恭, 『燕臺再遊錄』, "(紀昀)久坐不安, 請退與令郎, 令孫話. 曉嵐曰, 此皆豚犬, 不足仰扳大賢也."

찬하려면 반드시 통유(通儒), 또는 통인(通人)이라 칭하니, 정주(程朱)
의 서적은 강론하지 않은 지가 이미 오래인 것 같았다. 중국 학술이
이와 같으니 진실로 한탄스러운 일"204)이라면서 정주학이 쇠퇴한
중국의 학술경향을 가슴 아프게 생각하였다.

하지만 박제가는 기타 문인들과 달리 중국인과 너무나도 솔직하
고 대범한 태도로 필담을 나눈다. 기타 북학파 문인에 비해 중국인
에 대한 경계도 상당히 약화된 것으로 보인다.

> "선생과 양봉(兩峯)은 모두 불교를 믿는데 오늘 이 자리를 빌어서
> 그 자초지종을 들어보는 것이 어떻습니까?[선생] 이 한 자는 유가에
> 서도 서로 공경합니다. 따라서 이 글자를 "도(諂)" 자로 보지는 않습
> 니다. 따라서 스스로 "불녕(不佞)"이라고 합니다. 동방에서는 선학
> 이 흥행하는지요?[반정균] 모두 집이 없는 자들이 자취를 감추기
> 위한 것이지 머리 자르는 사대부는 없습니다. 소위 사대부는 송유
> 의 소주에서 두출두몰하고 있습니다. 제가 이곳에 와서야 시름이
> 놓입니다."205)

그는 정주학의 쇠퇴를 한탄한 유득공, 정학에 몰두할 것을 권유한
홍대용, 그리고 청 현실을 폭로한 박지원과 달리 너무나도 솔직하게

---

204) 柳得恭,『燕臺再遊錄』, "多見南方諸子, 所究心者六書, 所尊慕者鄭康成, 相譽必
日通儒. 日通人, 程朱之書不講, 似已久矣. 中國學術之如此, 良可嘆也."
205)『楚亭全書』下,「縞紵集·潘庭筠」, "先生與兩峯皆佞佛, 今日借一席談因果何如
[先生]. 此一字卽是儒家我相重, 故此字未必如"諂"字看, 故自稱不佞. 東方禪學
盛不[潘]. 都是无室無家人遯迹, 無士大夫削髮者. 所謂士大夫, 亦頭出頭沒於宋
儒小註中, 我到此方能一出口氣.", 44쪽.

"중국에 오니 시름이 놓인다고" 한다. 아무리 조선의 실정이 답답하고 사대부들의 학술경향이 마음에 안 든다고 할지라도 이토록 중국 지식인과 솔직하게 필담을 나눈 문인은 거의 없었을 것이다. 그렇다면 우리는 초정의 이와 같은 태도를 어떻게 보아야 할 것인가? 단순히 조선에 대한 비판으로 이해할 문제 같지는 않다. 비록 북학파 중에서 가장 "북학"을 강렬하게 지향했던 사람이지만 위의 대화는 조선에 대한 비판으로만 이해하면 안 될 것이다. "이곳에 와서야 시름이 놓인다"는 것은 송유의 소주(小注)시비에서 벗어났기 때문이지 조선을 떠나서 시름이 놓인다는 말은 아니다. 즉 학파의 논쟁이나 시비에 대한 비판이었다고 할 수 있다. 정주학은 중국에서는 단지 학문의 일부에 지나지 않았다. 그러나 조선에서는 그것이 전부가 되어 있다는 점을 비판한다. 결국 조선에 이단이 없었던 것은 정주학 이외의 학문을 하면 사대부 사회에서 추방당하고 가계를 유지할 수 없게 되기 때문이었다. 그는 이러한 사회풍기에 대해서 항상 비판해왔는데 "성리학의 당파들이 동서로 사단칠정(四端七情)을 논변하고 호락(湖洛)으로 인물성을 논쟁하는" 것에 대해서 심각하게 규탄한 적이 있다.206) 또한 "중국에는 참으로 육왕의 학이 있지만 주자의 적전(嫡傳)은 스스로 존재한다."고 하면서 당시 조선조사회에 서 주자학에 대립된다고 하여 이단시하고 있었던 양명학에 대해서 새롭게 인식하고 있었다.207) 즉 정통주자학의 관념에 따른 문화이론으로 인해

206) 朴齊家, 『貞蕤閣集』初集, 「詩·哭張儌幼輔」, "吾東性理學, 門路爭毫末, 東西辨四七, 西湖論人物."
207) 朴齊家, 『北學議』外編, 「北學」辨, "中國固有陸王之學, 而朱子之, 嫡傳自在也,

교조적으로 주자철학을 고수하면서 육학이나 양명학 등의 학술을 철저히 배척하고 있는 조선조 당시의 사회적 분위기를 비판하였다. 박제가는 확실히 주자학에서 벗어난 경향이 있다. 물론 주자학의 이론자체를 전면적으로 부정하거나 조선에서 주자학이 행해지고 있는 것 자체를 부정한 것은 아니다. 오히려 주자학 자체는 인정하지만 그것이 "잉(理)의 효율추구" 일변도(一邊倒)로 될 것을 인정하지 않았다.[208] 박제가는 중국지식인의 의견에 맞서 자신의 주장을 내세운 기록은 찾아볼 수 없다. 하지만 박제가는 당시 실학자들과 비교해 볼 때 이기설의 관심이 다소 회피된 모습을 보이고 있으며, 이기의 경향은 "주기(主氣)"로 "약"하게 표현되고 있다. 초정이 이토록 자유롭게 중국인과 조선의 당파성을 비난하고 이기론에 대해서도 언급하지 않은 것은 그의 관심이 "이용후생"이라든가 정치, 경제적 실천에 있었기 때문으로 판단된다.

그렇다면 북학파 문인들이 정학이단론의 화제를 통해 얻은 주체적 반성은 무엇일까? 북학파 문인들이 중국지식인들과의 팽팽한 대립과 설복과정에서 터득한 가장 큰 성과는 바로 교조적인 주자학과 경직된 학술풍기에 대한 반성이었을 것이다. 물론 연행이전에도 이런 폐단을 느끼고는 있지만 궁극적으로는 연행을 계기로 관념이 아닌 현실의 청조를 실감하고 중국지식인과의 논쟁과 상호교섭 중에서 사상의 전환이 이루어지게 된다. 북학파 문인들은 기존의 절대화

我國人說程朱, 國無異端, 士大夫不敢爲江西餘姚之說者"
208) 小倉雅紀, 「朴齊家의 北學思想과 性理學」, 『韓國文化』 18집, 1996, 272쪽.

된 주자학과 주자주의를 비판하고 중국과 같이 주자학 이외의 학문
도 인정되는 그러한 학문 풍토를 선망하였다.209) 이러한 주장은「의
산문답」에서 더욱 구체화되어, 실옹의 입을 통하여 교조적인 주자
학의 폐단을 비판하면서 공자·주자이후의 제유들이 맹목적인 숭상
에 빠져 그 진을 잊고 그 말을 익히면서 본의를 잃어 긍심, 승심,
권심, 이심으로 말미암아 천하가 허로 치닫고 있다고 규탄하였
다.210) 박지원 또한 주자학의 문제를 정치와 연결하여 파악하고 있
는 동시에 양명학과 고증학 등 새로운 학술경향을 폭넓게 소개하고
있었다.211) 하지만 청조 지식인들의 학술경향을 오랑캐통치의 결과
라고 확신하는 연암은 주자에 대한 지식인들의 비판에 대해서도 정
치와 결부시켜 바라보는 경향이 짙다. 박제가 역시 이단시하고 있던
양명학을 새롭게 인식하려고 하면서 조선학문의 당파성을 강렬하게
비난하였다.212) 이들은 모두 양명학이나 불교, 서학 등 "이단"을 폭
넓게 언급하고는 있지만 결코 모두 존숭하려는 목적에서 기인한 것
은 아니었다. 요컨대 양명학뿐만 아니라 기타 여러 학술에 대해서도

---

209) 洪大容,『湛軒書』附錄「從兄湛軒先生遺事」, "嘗謂我東中葉以後, 偏論出而是非
不公, 野史無足觀矣. 雖以斯文事言之, 中原則背馳朱子, 尊崇陸王之學者滔滔皆
是, 而未嘗聞得罪於斯文. 盖其範圍博大, 能有以公觀並受, 不若拘墟之偏見也."
210) 洪大容,『湛軒書』內集 補遺「毉山問答」, "吾固知爾有道術之惑, 嗚呼哀哉, 道術
之亡久矣. 孔子之喪, 諸子亂之, 朱門之末, 諸儒汩之, 崇其業而忘其眞, 習其言而
失其意. 正學之扶, 實由矜心, 邪說之斥, 實由勝心, 救世之仁, 實由權心, 保身之
哲, 實由利心. 四心相仍, 眞意日亡, 天下滔滔, 日趨於虛."
211) 새로운 학문경향에 대한 소개는 김명호의『熱河日記 연구』(창작과 비평사, 1990)
에서 다각적으로 고찰하였다.
212) 朴齊家,『北學議』外編,「北學」辨.

대범하게 긍정하고, 성리학에 대해서도 조금 더 융통성있게 재편하고 학습할 것을 선망하였을 뿐이다. 북학파 문인들이 중국을 상대적, 객관적으로 바라보면서 볼 수 있었던 것은 무엇보다 '자아'에 입각해서 사고했기 때문에 가능했던 것이다.[213] 이들이 제창하였던 '북학' 역시 이단의 객관적 인식과 관용, 정학에 대한 주체적 반성을 토대로 하였기에 가능했던 것이다.

3) 청조의 정치현실과 민심의 향배

북학파 문인들이 연행체험을 통하여 청나라 현실을 인식하고 북학을 제창하게 되었다는 것은 이미 주지하는 사실이다. 그리고 그 현실인식에 있어 동원된 방식이 세밀한 관찰과 소통이었다는 사실에 대해서도 더 설명할 필요가 없다. 현실인식에 있어 현지인과의 소통이 필요했던 것은 자신들이 눈으로 보고 느낀 청나라 실정에 대한 재확인의 필요성 때문이었을 것이다. 그렇다면 그들이 현지인과의 담론을 통하여 꼭 확인하고 싶었던 '현실문제'는 무엇이며 이를 위하여 어떤 화제를 제기하고 있었던 것일까? 필자는 이 "현실문제"가 바로 청 조정의 위기, 즉 장구성 여부의 문제라고 보고 있다. 북학파 문인들은 청나라를 배움의 대상으로도 생각하고 있는 한편 위기를 앞둔 조정으로 파악하고 있었다. 또한 이러한 위기는 중국 내부의 문제만이 아니라 조선의 안위와도 관련되는 중대한 문제로 간주하고 있었다.

---

213) 임형택, 『실사구시의 한국학』, 창작과 비평사, 183쪽.

북학파 문인들의 현실인식을 가장 극명적으로 보여준 필담의 화
제는 '민심'에 관한 문제였다. '민심'이라는 화제는 중국지식인들에
게 있어서 결코 실토하기 쉬운 화제가 아니었다. 따라서 북학파 문
인들은 지식인과 다각적으로 민심의 화제를 시도하는 동시에 상인
들과도 실정을 거듭 탐문하였다. "민심"의 문제는 일찍 홍대용의 필
담에서부터 제기된다. 그는 천고의 우의를 맺은 항주선비들과 민심
의 문제를 물었지만 결코 만족스러운 답은 얻지 못한다. 그들은 민
심에 있어서 모두 감사하게 생각하고 떠받지 아니함이 없다면서 자
주 조세를 감면해주고 하사해 주는 것은 모두 국은을 입은 까닭이라
면서 황제를 치하하기에 여념이 없었다.214) 필담으로 형제지의를
느끼는 것과 달리 국가의 위기는 양국 선비들이 함께 담론할 수 없
기 때문이다. 더 이상 솔직한 해답은 얻을 수 없다고 판단한 홍대용
은 그 후에 세 지식인과 민심에 관해서는 묻지 않는다. 사실 홍대용
의 연행록에서 대부분 정치적 화제는 상당히 회유적이다. 그렇다고
해서 정치문제에 관심이 적은 것은 아니었다. 그는 「연기」에서 옹정
제의 즉위가 십사아가(十四阿哥)에서 사아가(四阿哥)로 바뀐 점215),

---

214) 洪大容, 『湛軒書』外集 卷二, 「乾淨衕筆談」, "余曰, 聞說中國多災異, 民心多動,
未知實狀如何. 力闇曰, 此說實在無之. 蘭公曰, 並無此事. … 至于民心, 則普天之
下, 無不感戴. 並獻騷動之說, 江浙尤甚, 屢蒙蠲租賜復之恩故也."

215) 洪大容, 『湛軒書』外集 卷八 『燕記』, 「京城記略」에 의하면 강희제가 병세가 위독
하자 十四阿哥 光穎에게 傳位한다는 遺詔를 내렸는데 광진이 군사를 거느리고
변방에 나가 있어서 신하들이 다른 사람으로 바꾸기로 모의하여 "十"자 위에
한 획을 더 긋고 끝을 꼬부려 "于"자로 만들고 광진을 允禛(雍正帝)으로 고쳤다
고 한다. 글자의 획이 비슷했기 때문이다. 옹정이 황제가 된 뒤에 광진이 변방으
로부터 奔喪하여 와서 신하의 예로써 옹정을 뵈려 하지 않았으므로 옹정제가 그

옹화관(雍和官), 정조조참, 심양의 관제, 조선관의 황폐, 만군의 체제 및 과거시험제도, 번이들의 조공과 몽골 38부에 대한 정책과 회흘인, 러시아에 대한 인상 및 라마교에 대한 소개 등 다각적으로 현실문제를 거론하고 있다.

「건정동필담」에는 홍대용이 세 선비와 여만촌(呂晚村, 1629~1683)에 대한 화제를 제기하는 장면이 자주 등장한다. 여만촌은 절강사람으로서 옹정제에 의하여 "대역"으로 지목되어 죽은 지 몇십 년 뒤에 다시 육시(戮屍)된 청조반항지식인이다. 그는 강희연간에 과거시험에 응하지 않고 두 번이나 징벽(徵辟)에 응하지 않았으며 출가하여 스님으로 된 지식인으로서 그의 저서인 『여만촌선생문집』이나 『동장음고(東庄吟稿)』에 반청사상이 많이 담겨있다. 홍대용은 필담 중에서 『여만촌문집』과 명나라가 멸망한 뒤 중국 남쪽에 일시 잔존했던 남명 정권의 역사를 기록한 책을 찾기도 하지만 별 소득은 없었다.216) 이와 같은 반청지식인을 필담 중에 자주 언급하는 것은 무엇 때문이었을까? 이 역시 중국지식인들의 반청의식을 가늠해보려는 홍대용의 저의로 보인다. 그는 비록 청조를 오랑캐로 멸시하는 사대부들의 옹졸한 소견이 유발하는 폐해를 심각하게 비판한 사람이지만217) 청나라의 현실문제에 대한 우려가 많았던 것 같다. 또한 "청

를 감금시켰는데, 건륭제 때에 와서야 작위를 복구했다고 한다.

216) 洪大容, 『湛軒書』外集 卷二, 「乾淨衕筆談」, "余曰, 呂晚村文集及弘光南渡後事蹟欲得之, 而此非付遠之物矣. 蘭公急塗抹余語而書于其上曰, 此等沒有. 余曰, 讀禮通攷續篇, 亦欲得之. 蘭公曰, 此徐乾學所纂, 皆記喪禮, 續編, 未見. 呂晚村所選之文有之, 自己集亦未見.

217) 『주해 을병연행록』(태학사, 1997.10, 576쪽), "동방이 쪼흔 고휼ᄒᆞ물 닙어 죠공

은 중국이 아니다"라는 말은 쓰고 있지 않지만 문명으로서의 중국과
현존하는 청나라 집정의 구별을 시도한 모습을 확인할 수 있다. 그
는『당보(塘報)』를 통하여 중국의 정치와 현실문제에 항상 유의하였
으며 "민심"에 주목하여 청조의 앞날을 우려하였다.[218] 이윽고 궁실
내부 갈등에 대해서도 묻는 대담한 행위를 취하기도 한다.

> 내가 따로 소지에 쓰기를 "최근에 들으니 궁중에 대사가 있어 온
> 조정이 파탕한다 하니 형들도 들었는가?" 난공이 실색하며 "어찌
> 아는가?" 내가 "어찌 들을 수 없겠는가?" 난공이 "아조의 가법에는
> 폐립하는 일이 없고 또 황태후가 성덕이 있으므로 그 덕분에 일이
> 없었거니와, 만인 아영아(阿永阿)가 극간하다가 거의 죽을 뻔했고,
> 한인은 한 사람도 감히 말하는 자가 없었으니 부끄러운 일이다."
> 이때 난공이 쓰는 즉시 찢으며 거조가 황망하였다. 내가 "망령되이
> 권애를 믿고 가벼이 이 말을 발했다. 형의 경동이 이와 같으니 다시
> 감히 말하지 않겠다." 난공이 "국조의 법령이 심히 엄하여 이 말이
> 한 번 나면 반드시 죽는다. 제가 죽음이 무서우니 부지중 절로 이같
> 이 되었다." 내가 "그렇지 않다. 같은 중국 사람이니 이런 수작도
> 무방하지 않은가? 다만 제가 형들과 비록 교분이 친밀하나 그 중외
> 의 구별은 스스로 있는 것이며, 형의 경동함이 또 이상할 것이 없
> 다." 이때 역암이 난공과 뭐라 하는데 서로 다투는 것 같았으나 알아

ᄒᄂᆞᆫ 방물과 주청ᄒᆞᆫ 수정이 슌편티 아닌 곳이 업ᄉᆞ디, 오직 의관을 변ᄒᆞ야 즁국
의 고가디족이 다 파임의 풍쇽을 면치 못ᄒᆞ니 이러므로 듕국 사ᄅᆞᆷ을 위ᄒᆞ야 슬허
ᄒᆞ물 마디 아니ᄒᆞ고, 그 듕 무지ᄒᆞᆫ 하졸들은 근본 듕국을 싱각디 아니ᄒᆞ고 다만
오랑캐라 일ᄏᆞ라 죠곰도 고쟈ᄒᆞ미 업ᄂᆞ니라."

218) 洪大容,『湛軒書』外集 卷八『燕記』,「京城記略」, "塘報者, 我國朝報也. 皆印本,
時得見之, 多是四方獄案, 若朝野政令, 無所考也."

들을 수 없었다. 난공이 "그렇지 않다. 중외의 구별을 함이 아니다. 제가 평생 죽기를 무서워하는 사람이기 때문에 벼슬하기를 원치 않고 전간에 돌아가 늙겠다." 역암이 분연히 "하늘이 알고 땅이 알고 자네가 알고 내가 아는데 노형이 무엇을 두려워 이런 꾸며대는 소리를 하는가? 담헌은 독실한 군자인데 너는 그를 어떻게 보는 것인가?" 하고, 또 난공을 향해 큰소리를 치니, 난공이 변색하고 황급해하며 "암형이 자못 성을 내는군."[219]

  홍대용은 기휘하는 궁실내부 갈등문제를 두고 황급해하는 중국지식인의 태도를 아주 생생하게 그려내고 있다. 조정의 기밀은 아무리 각별한 사이여도 절대 발설해서는 안 될 문제이다. 죽음이 무섭다면서 황망히 종이를 찢는 반정균의 모습에서 홍대용은 사실의 진모는 들을 수 없었지만 대신 중국법령의 엄격함과 중국지식인들의 공포를 읽어냈다. 사실 홍대용은 정치적인 화제를 아주 조심스럽게 다룬 편이다. 위와 같이 직접 별지에 따로 써서 궁실사건을 묻는 경우는 극히 드물다.

---

219) 洪大容, 『湛軒書』外集 卷二, 「乾淨衕筆談」, "余別以小紙書問曰, 近聞宮中有大事, 舉朝波蕩云, 兄輩亦聞之乎. 蘭公失色曰, 何以知之. 余曰, 豈無所聞乎. 蘭公曰, 我朝家法, 無廢立事, 且皇太后有聖德, 故賴以無事, 滿人阿永阿極諫幾死, 漢人無一人敢言者, 可愧. 此時, 蘭公隨書隨裂, 舉措慌忙. 余曰, 妄恃眷愛, 輕發此言, 兄之驚動如是, 請勿復敢言. 蘭公曰, 國朝法令甚嚴, 此言一出必死, 弟怕死故自不覺如此, 余曰, 不然, 同是中國之人, 則此等酬酢, 亦何妨乎. 但弟於兄輩, 雖曰密交, 其中外之別自在也. 兄之驚動, 亦無足怪也. 此時, 力闇與蘭公語若相競者而不可解聽. 蘭公曰, 不然, 非爲中外之別也. 弟平生怕死之人, 是以不願爲官而歸老田間也. 力闇奮然曰, 天知地知, 子知我知, 老兄何畏而有此粧撰. 湛軒篤實君子, 汝以渠爲何等人耶, 又向蘭公大言之. 蘭公變色着急曰闇兄殊競氣."

홍대용은 또한 필담을 통하여 중국 내 여러 민족사이의 미묘한 갈등과 내란을 확인하면서 이를 위한 조선의 대비도 미리 생각하고 있었다.

"회회인의 풍속이 어떠하던가? 그리고 전진에 임하여 용감함과 비겁함이 중국과 비교해서 어떠하던가?" "회회인들은 사람이라 할 수 없습니다. 예법이란 전혀 없어 남녀가 서로 피하지 않고 대소변을 하며, 전진에 임해서는 흉악하고 사나워서 시석(矢石)을 두려워하지 않습니다. 이 때문에 우리 군사도 여러 번 패전하였으며, 더구나 어두운 밤에 혼전할 적에 거의 전 군사를 잃을 뻔하였습니다. 다행히 그들은 용감은 하지마는 꾀가 없고 행진할 적에 법도가 없기 때문에 끝내 쳐부수어 항복받았습니다." "회회인들은 전쟁에 어떠한 병기를 잘 쓰던가? 그리고 중국에서 끝내 제어하여 이긴 것은 어떠한 병기를 썼기 때문인가?" "회회인들도 궁시(弓矢)를 사용하며 그 밖의 병기도 모두 있었습니다. 다만 그들이 가장 무서워하는 것은 중국의 방창입니다." "말 위에서 방창을 할 수 있는지, 당신도 방창을 할 줄 아는가?" "말 위에서 방창하는 것은 우리들의 장기지요." 하고 곧 팔을 벌리어 방창하는 형상을 하였다. 이어서 묻기를 "두 편의 말이 서로 맞붙을 적에 단병접전을 하게 되면 어떤 방법으로 막아야 하는가?" 하니, 가정은 곧 주먹을 움켜쥐고 날뛰어 격자(擊刺)하는 형상을 짓는데, 극히 날쌔고 씩씩하여 무섭게 보였다. 눈을 부릅뜨고 고함을 치니 구경하는 이들이 모두 크게 웃었다. 묻기를 "그대가 3만여 리를 종군하여 만 번 죽을 고비를 넘기고 억센 오랑캐를 무찌르고도 아직 남의 가정을 면하지 못하고 있으니, 어찌된 일인가?" "신분이 장령이 아닌데 어찌 벼슬하기를 바라겠소. 오직 상금으로 은 5백 냥을 받아서 우리 집을 넉넉하게 함으로써 만족합니다."220)

10년 전 회회인의 난을 평정하는 전쟁에 참여한 만주인 오씨의 입에서 내란에 대한 상황과 회회인의 풍속을 엿듣게 된다. 회회인은 "사람도 아니라"는 만주인의 태도에서 홍대용은 이민족사이의 갈등을 확인하게 되었으며 화제에 심입하여 회회인을 제어하는 방법까지 묻게 된다. 여기서 홍대용의 질문을 잠깐 보면 모두 방어에 관한 것, 즉 "어떤 병기를 쓰는지", "말 위에서 방창이 가능한지", 그리고 "적을 어떻게 막아야 되는 건지"에 대한 궁금증이다. 계속되는 내란 속에 앞으로 중원을 차지할 이족은 누구일지 장담할 수 없는 법, 홍대용은 불확실한 중국의 앞날을 우려하여 미리 적을 대비할 조치에 귀를 기울이고 있었던 것이다. 이는 홍대용이 중국의 내란을 중국자체의 문제로 생각하지 않고 조선의 안위와도 관련된 문제로 파악하고 있음을 말해준다.

청의 현실을 가장 다각적으로 예리하게 포착한 북학파 문인은 단연 박지원이라고 해야 하겠다. 그는 이르는 곳마다 날카로운 질문으

---

220) 洪大容, 『湛軒書』外集 卷七, 『燕記』, 「十三山」, "問曰, 回子風俗何如. 臨陣勇㤼, 比中國亦何如. 家丁曰, 回子非人類也. 全無禮法, 男女不避溲便, 惟臨陣凶猛, 不怕矢石. 以此我兵亦累敗, 嘗黑夜混戰, 幾喪全師. 幸其勇而無謀, 行陣無法, 卒破降之. 問曰, 回子慣用何兵, 中國所以制之, 亦以何兵. 家丁曰, 回子亦用弓矢, 其他兵器俱有, 但最怕中國放鎗. 問曰, 馬上亦能放鎗, 你亦解放乎. 家丁曰, 馬上放鎗, 我輩之長技, 仍攘臂爲放鎗之狀. 仍問曰, 兩馬相交, 短兵相接, 則將何以禦之. 家丁卽奮拳踴躍, 爲擊刺狀, 極驍健可畏, 張目發喊, 觀者皆大笑. 問曰, 你從軍三萬里, 出萬死滅强胡, 尙不免爲人家丁, 何也. 家丁曰, 身非將領, 安敢望爲官, 惟得賞賜銀五百兩, 以富吾家, 足矣."

로 문인들을 골탕먹였으며 그들의 태도로부터 복잡한 청의 국내정
세를 점쳤다. 이미 앞장에서도 논했지만 연암필담의 궁극적 목적은
청조실정 포착이며 "한 덩어리 돌로 천하의 대세를 알아맞히는 것"
이 바로 연암이 중국을 읽는 코드였다. 연암이 굳이 필담에서 「반선
시말」과 「황교문답」을 따로 묶은 것은 별도의 의미가 있었을 것이
다. 황교와 활불에 대한 화제는 박지원의 연행록에서 처음 등장하기
시작한다. 연행록에 활불과 황교가 등장한 것은, 연암이 배청의식을
최대한 극복하고 비로소 청을 냉정하게 살펴본 대표적인 사례이기
도 하다. 왜냐면 당시 조선은 물론이고 중국에서도 활불을 본다는
것은 체면과 명분에 어긋나는 일이기 때문이다. 따라서 조선 사신들
은 서번의 성승, 즉 활불을 만나보라는 황제의 명을 듣고 "참으로
고약하다"면서 "꼭 망할 것"이라고 노발대발하였다. 역관이 "춘추대
의를 따질 자리가 아니"라고 귀띔해줄 정도였으니[221] 활불을 만나
는 사건이 사신들에게 있어 얼마나 이목을 더럽히는 일이었는지 짐
작할 만하다. 사신들은 활불을 찾아보자고 하니 명분에 어긋나는 일
이요, 거역을 하자니 자신의 안위가 걱정되어 죽을 지경이었다. 하
지만 연암은 좋은 기회라고 하면서 구경에 신났다. 그는 만일 사신
들이 귀양을 가게 되면, 의리를 봐서라도 자기도 달갑게 귀양을 갈
것이며 그렇게 되면 더 즐거운 구경거리가 생겼다면서 은근히 즐거
움을 감추지 못한다.[222] 활불과 황교에 대한 연암의 관심은 중국지

---

221) 朴趾源, 『燕巖集』 卷之十二. 別集 『熱河日記』, 「太學留館錄」, "神將輩公然發怒
曰, 皇帝事怪惡矣. 必亡必亡, 兀良哈事也. 大明時, 豈有是也. 首譯百忙中, 向裨
將而言曰, 春秋大義, 非其處所."

식인과의 필담에서도 계속 이어졌다.

> "(기풍액) 그 활불이란 중의 생김새가 어떻던가요?"라고 묻는다.
> 내가 "석가여래의 상을 닮았습니다."라고 답하니 여천은, "응당 살
> 이 쪘겠지." 하고는 탐욕스럽다는 탐(貪) 자를 크게 쓰면서, "구하지
> 않는 게 없고 긁어모으지 않는 게 없답니다."라고 하기에 나는, "출
> 가한 승려 같지도 않던데 뭐 그리 계율을 지키겠습니까?"라고 하니
> 여천은, "즐겨 먹지 않는 게 없답니다. 말, 소, 낙타, 양, 개, 돼지,
> 거위, 오리 등 모두 먹어치운답니다. 당나귀를 통째로 먹기 때문에
> 살이 찐다고 합니다."라고 하기에 내가, "여색도 탐하는지요?"라고
> 물으니, "그것 하나만은 범하지 않는다고 합니다."라고 한다.223)

연암이 멀리서 활불인 반선을 보았다는 사실을 힐난하면서 야유
를 던지는 기풍액의 필담이다. 기풍액의 이 지극한 독설과 야유를
통해 연암은 중국지식인들이 청 황제가 서번의 반선을 우대하는 정
책에 대해 얼마나 반발하고 있는가 하는 것을 보여준 동시, 청조붕
괴의 조짐을 읽어냈다. 청 황제가 시번의 라마교와 승왕을 우대하는

---

222) 朴趾源, 『燕巖集』卷之十二 別集 『熱河日記』, 「太學留館錄」, "是時余腹裏暗自稱
奇曰, 此好機會也. 又以指尖圈空曰, 好題目也. 是時使臣, 若復呈一疏, 則義聲動
天下, 大光國矣. 又自語曰, 加兵乎, 曰, 此使臣之罪也, 豈可移怒於其國乎. 使臣
滇黔雲貴不可已也, 吾義不可獨還蜀, 江南地吾其踐兮, 江南近矣, 交廣距燕京萬
餘里, 吾遊事, 豈不爛漫矣乎也哉. 余暗喜不自勝, 直走出外, 立東廂下, 呼二同
[乾糧馬頭名], 曰, 趣買沽酒來, 爾無慳錢, 從此與爾別矣."

223) 朴趾源, 『燕巖集』卷之十三 別集 『熱河日記』, 「黃敎問答」, "彼僧狀貌何如. 余曰
類如來尊者像也. 麗川曰當肥也. 大書貪字. 曰無不求無不取, 余曰不像出家, 不甚
持戒否. 麗川曰無不嗜者, 馬牛駝羊狗豬鵞鴨都喫能喫全驢, 故肥也. 問貪色否.
曰此一字, 竟不犯."

것은 몽골보다 강성한 그들을 종교로 통치하려는 천자의 고육지책
이었다. 청 황제가 서번의 승왕인 반선을 스승으로 삼고 황금전각을
지어서 왕으로 모시는 굴욕적 태도를 취하는 것은 그를 황금전각 속
에 가두어 중국을 안정시키려는 목적이었다. 연암은 이와 같이 중국
지식인을 자극하는 방식으로 해마다 피서를 빙자하여 몽골의 접경
으로 가서 목구멍을 틀어막아야만 하는 황제의 불안을 읽어냈으
며224) 나아가 청 조정의 앞날을 읽어냈다.

　"활불이 양련(楊璉)의 후생의 몸이라는 것에 대해서, 지금 장군
께서 무슨 까닭으로 그렇게 깊이 꺼리십니까?"라고 물으니 지정은,
"그것은 미치광이 추생 때문입니다. 그는 다른 사람을 끌어들여 활
불을 욕보이려 하고 있습니다."라고 하기에 내가 계속해서, "양련이
라는 것이 무슨 욕이라도 됩니까?" 하고 물으니 지정은 침통한 표정
을 지으며, "차마 말할 수도, 들을 수도 없는 말입니다."라고 한다.
내가 "예를 들어 '왕바(王八)'나 '마박륙(馬泊六)'같은 아주 몹쓸 욕
입니까?"라고 물으니 지정은 손을 내저으며, "아닙니다. 양련은 서
번의 중으로 원나라 때 중국에 들어온 인물입니다. 그는 송나라 왕
릉을 모두 도굴하여 전쟁으로 인한 화보다도 더 악독하게 파헤치고
보물과 옥을 산더미처럼 쌓아 놓았답니다. 비밀스러운 술책과 산을
가르는 보검을 가지고 있어서 주문을 외우며 한번 내리치면 남산
아래 깊숙하게 매장된, 제아무리 견고한 석관이라 하더라도 즉각
열리지 않는 법이 없으며, 물오리 모양이의 금과 물고기 모양의 옥
부장품들이 땅을 치면 절로 튀어나오고, 구슬로 꾸민 옷과 옥으로

---

224) 『熱河日記』의 「黃敎問答」, 「班禪始末」에서 이러한 모습을 자세히 설명하였다.

된 궤짝이 어지럽게 흩어진답니다. 심지어 송장을 매달아 놓고 수
은을 짜내며, 시신의 **뺨**을 때려서 반함(飯含)으로 넣은 진주를 빼내
기도 했답니다. 그래서 강남 사람들은 서로 저주를 퍼부을 때 '쌀밥
을 해서 곰보딱지 양련에게 갖다 바칠 놈'이라는 욕까지 한답니다.
지금 활불이 서번 사람이기 때문에 양련을 끌어들여 욕을 하려는
것이지, 활불이 양련의 후생의 몸이라는 건 아닙니다."라고 한다.
… 내가 이어서 "활불이 진짜 그런 행실을 했습니까?"라고 물으니,
지정이 묻는다. "무슨 행실 말인가요?"내가 양(楊)이라는 글자를 써
보이니 지정은 손을 내저으며, "아닙니다. 그는 정말 신통력이 있는
사람입니다."라고 말하고는 이어서 내게, "삼가 다시는 추사시를 찾
아가지 마시기 바랍니다."라고 부탁을 하는데, 그는 추사시를 위험
하고 망령된 사람이라고 생각하는 것 같다.[225]

  양련진가(楊璉眞珈)가 다시 세상에 태어났다고 하는 추사시의 필
담을 단서로 연암은 중국지식인들과 활불에 관하여 짓궂게 캐묻기
시작하였다. 추사시가 활불을 그토록 배척하는 데에는 필시 원인이
있을 것이라고 믿었기 때문이다. 결국 지정한테서 양련에 관한 자초
지종을 듣게 되었고 이는 활불을 우대하는 정책에 대한 지식인들의

---

225) 朴趾源, 『燕巖集』卷之十三 別集「熱河日記」,「黃敎問答」, "活佛係是楊璉後身,
   今將軍何故深諱也. 志亭曰, 這是鄒生狂也. 借他辱他, 余謬問楊璉是何等辱也.
   志亭慘然曰, 不忍言, 不忍聞. 余曰, 如王八馬泊六等最狠耶. 志亭搖手曰, 否也,
   楊是番僧, 元時入中國, 都發宋朝陵寢, 毒於兵禍, 積聚寶玉如邱山. 他有秘術, 有
   開山寶釰, 念咒一擊, 雖南山石槨下錮三泉, 無不立開, 金鳧玉魚, 托地自跳, 珠襦
   玉匣, 狼藉開剝, 甚至懸屍瀝汞, 批頰探珠, 江南人相詛盟, 稱粲獻麻楊. 今活佛番
   人, 故所以借他一罵, 非爲後身也. … 余因問活佛眞有是行否. 志亭曰, 甚麽行. 余
   書楊字, 志亭搖手曰, 否也, 他眞切神通 且囑曰, 愼毋再訪他. 意鄒是危妄人也,
   余對以領戒.

불만임을 확인하게 된다. 즉, 연암이 진정으로 관심을 가졌던 것은
활불의 신통력이 아니라 청조의 통치정책에 어떻게 개입되어 있는
지의 여부였던 것이다.

> "… 성인께서 이단이 유가의 인의의 사상을 가로막는 것을 비록
> 염려하기는 했으나, 만약 지금 법왕이 남의 몸을 빌려서 태어나는
> 그런 신비한 술법으로 천하 국가를 다스리게 한다면 도리어 우리
> 유가의 도에 귀속이 되고, 인의예악 사이에서 활동하며, 백성과 사
> 물의 올바른 법칙 안에서 행하고 설 수 있을 것입니다. 요컨대 요순
> 의 도에 들어가게 만들 수도 있지 않겠습니까?"라고 반문하였다.
> 형산은 한참 동안 눈을 감고 입으로는 마치 염불을 하듯 중얼중얼
> 하더니 한참 만에 눈을 뜨고 미소를 지으며, "선생의 말씀이 아주
> 옳습니다. 이단과 우리 유가의 관계를 따져 보면 비록 바르고 바르
> 지 못한 차이라든지, 또는 순수하고 잡스런 구별은 있지만, 이익을
> 일으키고 어짊을 행하며, 잔인한 것을 제거하고 살육을 없애려 하는
> 마음 씀씀이는 처음부터 같지 않은 게 없습니다."라고 답한다.[226]

연암이 중국지식인과 황교에 관한 필담을 나누면서 황교를 새롭
게 인식하고 있음을 확인할 수 있다. 이단 역시 나라에 도움이 된다
는 주장이다. 하지만 결코 황교를 긍정하는 것은 아닌 것 같다. 필담

---

226) 朴趾源, 『燕巖集』卷之十三 別集 『熱河日記』, 「黃教問答」, "聖人雖憂異端充塞仁
義, 然使今法王投胎之術, 爲之天下國家, 則還將依附吾道, 旋于仁義禮樂之間,
立乎民彝物則之內, 要之不可與入於堯舜之道也. 亨山暝目良久, 口中邑邑若念佛
者, 久乃開眼微笑日, 先生言之極是, 異端之於吾道, 雖有邪正粹駁之別, 其設心
以爲興利行仁, 除殘去殺, 未始不同也."

의 관심 대상이 황교자체가 아니라 중국으로 되어있기 때문이다. 다시 말해 연암이 궁극적으로 관심을 가졌던 것은 청조의 통치정책에 황교가 어떻게 이용되었는지에 관한 문제였던 것이다. 연암은 비록 청나라의 선진적인 문물을 적극적으로 배우려고 했으나 황교와 활불을 통해서 볼 때 명분은 어디까지나 배청에 두고 있었다고 할 수 있다. 이는 황교와 활불의 화제를 많이 언급한 것은 어디까지나 이단을 경계하고 청나라의 정치수단을 폭로하여 오랑캐로 확인시키려는 의도라고 할 수 있다. 즉, 선진기술국으로서의 중국과 명분으로서의 청나라를 분리하여 인식하고 있음을 말해준다.

북학파 문인의 필담 중 민심의 주제를 가장 많이 다루고 있는 사람은 유득공이었다. 물론 기타 사람들도 민심에 관해서 많이 언급하고 있지만 연행록 전체의 분량에서 민심의 화제가 차지하는 비율은 유득공이 최다라고 할 수가 있다. 즉 유득공의『연대재유록』에서 청나라 내란과 민심의 문제는 핵심적인 화제였던 것이다. 작품은 짧은 편폭에 천초비란에 관한 화제가 여섯 번이나 거듭 등장하고 있으며 작품의 맨 마지막에는 난에 대한 각 지방마다의 태도, 토벌자와 처형당한 자 이름, 피해를 입은 지명까지 상세하게 기록하고 있다.

> 천초의 비적 난리에 대해, 나는 심양 지방을 지나갈 적에 누차 농담을 써 가며 물어보았더니 만주 장정은 말하기를 "무엇이 두렵겠소?" 하며 몸을 솟구치고 뛰곤 하여 공격하고 찌르고 활을 쏘고 조총을 터뜨리는 온갖 시늉을 하며, 또 부채를 펴서 비적의 패 쓰는 시늉을 하면서 하는 말이 "용이하지요. 내가 출정할 적에는 단정코

공명을 세울 것이오." 하므로 나는 말하기를 "너는 어찌하여 출정하지 않았느냐?" 하자 그의 대답이 "출정한 것은 모두 부도통 병대인걸요. 나는 당시에 장군아문의 표하에 있었답니다." 한다. 그리고 산동, 산서의 객상들은 말하기를 "대단히 무섭고말고요. 그들은 하나의 인의대왕이 있다오. 출정병은 다 죽었다오. 죽지 않은 자는 어깨가 부러지고 다리가 부러지거나 상처를 입고 돌아왔답니다." 한다. 영원주(寧遠州) 사람에게 물어본즉 대답이 "우리 고을에서는 병정 20명을 뽑아 갔고 관내의 풍윤(豊潤), 옥전현(玉田縣) 역시 5, 6명씩을 뽑아 갔지요."라고 하니 길에서 들은 말들이라 다 준신할 것은 못 된다. 연경에 당도하여 당보를 보고, 또 여러 교유한 이들의 말을 종합해 보면, 비적은 건륭 말년부터 일어났으며, '오비(敖匪)'라 이르지만 그 실은 明 나라 말엽의 유구(流寇)이다. 10년을 두고 평정하지 못했는데, 지난해에는 가장 소란하여 천성(川省)으로부터 감숙을 침범하고자 하다가, 만주병이 신속히 달려가 역격하는 바람에 밀려서 천중으로 들어갔다. 그래서 천중으로부터 섬(陝)으로 들어갔다가 섬으로부터 천중으로 나오곤 하여 검각(劍閣), 가릉강(嘉陵江)이 그들의 요충이 되어 있다는 것이다. 비적이 지나간 곳에는, 성읍을 깨뜨리기만 하고 차지해 있지는 아니하며, 단지 죽이고 약탈하는 것을 일삼으면서 험산에 은거하는데, 대군이 포위하고 섬멸하여 거의 소탕되었다고는 하나, 초성(楚省)이 또 어지러워 양양(襄陽), 한구(漢口) 사이에서 혼전을 벌이고 있는 상태이다. 지금 그 여당이 하남 경계를 넘어 남양 노씨산(盧氏山)을 점거하니, 태학사 9경이 회의하여, 호북에 제독을 더 설치하고, 호광(湖廣)의 제독을 고치어 호남 제독으로 삼았다. 그 신설한 호북 제독은 양양에 주차하고, 원래 양양에 주둔해 있던 양양 총병은 운양(鄖陽)으로 이주하였다.227)

"천초비란"은 오늘 중국에서 말하는 "천초교란", "천초백련교기의"를 가리키는데 1795년부터 1804년 사이 청조가경 연간에 사천, 섬서, 하남 및 호북 변경지역에서 백련교 신도들이 일으킨 무장반항 봉기이다. 유득공이 연경에 다녀온 1801년에는 이 소란이 아직 평정되지 못한 시기였다. 이 기의는 1804년(가경 9)에야 완전하게 진압되었는데 청 조정은 이 대규모의 봉기로 인하여 대량의 군비와 군력이 허비되었다. 통계에 따르면 은 2억 냥을 투입하였는데 이는 청조재정의 4년간의 전년수입으로서 봉기가 끝나자 국고가 텅 비게 되었다고 한다.[228] 이렇듯 천초교란은 청조가 쇄락의 길을 걷기 시작했음을 상징하는 사건이었다고 할 수 있다. 유득공은 중국의 위기를 감지하고 연행도중 필담을 할 때마다 지식인들과 천초비란에 관하여 탐문하였다. 그는 만주장정, 산동, 산서 객상, 영원(寧遠)사람 등 부동한 지방과 계층의 인물들과의 탐문결과를 비교하면서 다각적으로

---

227) 柳得恭, 『燕臺再遊錄』, "川楚匪亂, 余過瀋陽地方時, 多以戲語問之. 滿洲健兒則曰, 怕甚麼, 踴躍作擊刺抨弓放鳥槍狀, 又展扇作匪用牌狀曰, 容易, 我出征時, 定有功名. 余曰, 爾怎不出征. 答曰, 出征都是副都統兵, 我是將軍衙門標下. 山東、山西客商則曰, 根利害, 他有簡仁義大王出征兵都死了, 不死了, 折臂閃腿, 被創回來. 問諸寧遠州人, 則云抽州兵二十, 關內之豐潤、玉田等縣, 亦抽五六名, 道聽之說, 皆未可準. 到燕中見塘報, 又參以諸交游者之言, 匪自乾隆季年起, 謂之敎匪, 而其實猶明季之流寇也. 十年未平, 去歲最擾, 自川省欲犯甘肅, 滿洲兵迅奔逆擊之, 蹙入川中. 自川入陝, 自陝入川, 劍閣、嘉陵江爲其衝要. 匪所過, 破城邑而不守, 只以殺掠爲事, 竄據山險, 大兵圍剿, 幾乎掃蕩云. 而楚省又亂, 滾戰襄漢間, 今其餘股溢出河南界, 入據南陽之盧氏山, 大學士九卿會議, 添設湖北提督, 而湖廣提督, 改爲湖南提督. 其新設湖北提督, 駐箚襄陽, 原駐襄陽總兵, 移駐鄖陽."

228) 趙爾巽 等撰, 『清史稿』, 中華書局, 1977.8.

중국실정을 알아내려고 애썼다. 교란에 대한 만인과 한인의 비교는 참으로 흥미롭다. 만인은 두려울 것이 무엇이냐면서 당당하게 공격하는 포즈를 취하였으며 반면에 산동, 산서의 객상은 반란군들에게 "인의대왕"이 있다면서 두려움에 떨고 있다. 공적을 세울 기회라면서 전쟁터로 앞장서는 만인들의 태도와는 사뭇 대조적이다. "인"은 공자사상의 핵심으로서 중국전통사회에 "인의"는 최고의 도덕표준이자 도덕경계로 간주되어왔는데[229] 역적에게 이 단어를 쓰고 있다는 것은 참으로 아이러니하다. 이는 역적에 대한 한인의 시선문제이다. 즉 일부 한인들에게 있어 역적은 공포의 대상이기는 하지만 동시에 만인의 통치를 엎어버릴 수 있는 존재이기도 하기 때문이다. 역적문제에 대한 중국인들의 태도는 각양각색이다. 전혀 기휘가 없는 사람이 있는가 하면 통렬히 비난하는 사람도 있고 그런가 하면 대부분은 실태를 감추기에 급급했다.[230] 심지어 사실대로 말하려는 사람에게 눈을 흘기면서 조선 선비들에게 변란을 숨기는 태도를 보이기까지 한다.[231] 유득공은 이와 같이 다양한 인물들의 태도와 시선차이를 빠짐없이 기록하였다.

유득공은 또한 중국에서 성행하는 관직 매매에 대해서도 각별히

---

229) 孟子, 『孟子·梁惠王章句』上, "王何必曰利, 亦有仁義而已矣. …仁者, 心之德, 愛之理. 義者, 心之制, 事之宜也."

230) 柳得恭, 『燕臺再遊錄』, "川楚匪亂, 仲魚却不諱. 座無他人時, 書示曰天下將大亂矣." "川楚匪亂, 彼中士大夫緘口不言, 便成時諱. 崔, 陶兩生時時痛言之, 似是市井中人無所忌憚而然耳."

231) 柳得恭, 『燕臺再遊錄』, "有一四川擧人曰, 鄙鄉尙未太平, 坐中人有眽眼禁之者, 其人負手而去."

주목한다. 그는 벼슬을 파는 지경에 이른 책임을 조정의 군흥에서 찾고 있었다. 이른바 조정의 군량이 부족하여 토벌하는 지방에 책임을 지우고 "독무(督撫) 이하가 얼마 안 되는 녹봉을 덜어 내어 군량을 판출하고" "또 민간 상인에게 돈을 바치고 서품(叙品)토록 한 것이" 악정이 되어서 벼슬매매로 이어져갔다고 보고 있다. 그리고 동팔참(東八站)은 특히 이르는 곳마다 방(榜)을 걸고 있으니 그 재정 고갈 상태를 엿볼 수 있다"고 하였다.[232] 하지만 박제가의 얼마 되지 않는 필담에는 청에 대한 경계심을 찾아볼 수 없다. 그의 『북학의』역시 비록 청나라의 문물을 배워 조선을 개혁하고자 하는 의지는 높이 살만한 것이라 할지라도 '북학론'을 단순화한 혐의가 없지 않다.[233] 하지만 3차 연행 이후 저술한 『연경잡절』에서는 청나라에 대한 인식이 조금 더 비판적인 모습을 확인할 수 있다.[234]

이와 같이 북학파 문인들은 민심과 반란, 종교와 같은 청조의 정

---

232) 柳得恭, 『燕臺再遊錄』, "川楚善後籌備事例一卷. 坊中刻買, 蓋鬻官定例也. 內而郎中以下, 外而道員以下, 價高者銀萬有餘兩, 詳問於書肆中人, 則云若以擧人補知縣者, 先補納銀者四員, 然後補不納銀者一員, 他皆類是. 然而納銀有先後, 以次補員, 候缺甚苦. 余曰, 果有萬兩銀, 何不買田宅, 買此好書籍以終老乎. 其人笑曰, 雖然, 亦有所不然者耳. 余見中國軍興以後, 犒餉不給, 專責剿賊, 地方督撫以下捐廉辦餉, 又許民商納資議敍, 此已秕政, 而遂至於鬻官矣. 燕中人或曰, 焉用買官爲哉, 易失銀, 莫如納若干銀兩敍品, 戴金頂子好矣. 彼中帽上有頂子, 然後有軆面, 可以行世故也. 東八站自是大山深谷, 旗地民耕, 有若我東所謂量外加耕者, 處處揭榜, 使之自首, 本年以前地稅勿令追賠, 開其自首之路, 可見其財竭."

233) 박희병, 『연암을 읽는다』, 돌베개, 147쪽.

234) 「연경잡절」에서 청조에 대한 박제가의 객관적 인식은 박종훈의 「楚亭 朴齊家의 「燕京雜絶」一考」(『漢文學論集』, 27집, 2008)에서 이미 상세히 고찰되었다. 이 글의 논의중점은 필담이므로 더 이상 논의하지 않는다.

치문제를 단순히 중국 내부의 위기로만 파악하지 않았다. 반란 세력의 확대로 인해 장차 조선에 어떠한 영향을 끼칠까 우려하였고 사전에 준비하려는 의도에서 청조의 정치 변화와 군사 이동에 각별히 신경을 쓴 것으로 보인다. 그런 의미에서 청조의 내란을 강 건너 불구경하듯이 바라봐서는 안 되는 문제였다.

이렇듯 북학파 문인들의 필담에는 청 조정의 위기, 즉 장구성의 문제가 많이 거론되어 있다. 이를 위하여 자주 제기되는 화제가 바로 민심, 내란의 문제였다. 북학파 문인들은 청나라를 배움의 대상으로도 생각하고 있는 한편 위기를 앞둔 조정으로 파악하고 있었다. 중원이 현존하는 문명적 실체라는 것은 인정하면서도 권력을 제도화한 오랑캐와는 분리하여 인식하고 있었다. 현실인식에 관한 필담 화제는 주로 청왕조의 위기를 겨냥한 정치적 지향성을 지니고 있으며 그 원인으로 기타 이민족의 내란을 꼽고 있다는 데에서 알 수 있다. 연암은 만주족이 한인과 다름없이 문약해졌다면서 아예 가장 큰 위협으로 몽골을 지목하고 장차 일어날 큰 위기를 예시하고 있다.235) 유득공의 「열하기행시주」에서 "열하"에 관하여 읊은 시 역시 박지원의 견해와 같은 맥락이다.236) 북학파 문인들은 또한 이러한

---

235) 朴趾源, 『燕巖集』 卷之十三 別集 「熱河日記」, 「黃敎問答」, "蓋滿洲雖蕃息, 不能半天下, 其入中原, 已百餘年, 所以胞養水土, 培習風氣, 無異漢人, 淸汰粹雅, 已自文弱. …顧今天下之勢, 其所畏者, 恒在蒙古, 而不在他胡何也. 其强獷莫如西番回子, 而無典章文物可與中原相抗也, 獨蒙古壤地相接, 不百里而近, 自匈奴突厥, 沿至契丹, 皆大國之餘也. …然不出三十年, 有能憂天下之憂者, 當復思吾今日之言也."

236) 柳得恭, 『泠齋集』 卷四, 「熱河紀行詩·熱河」, "紅石嶺西灤水陽, 山川鬱鬱萬家藏, 大家微意知何在, 明白題來避暑莊.[康熙中建行宮, 號避暑山莊, 其實則撫慰

위기가 중국 내부의 문제만이 아니라 조선의 안위와도 관련되는 중대한 문제로 간주하고 대비책을 묻기도 하였다.

4) 중국지식인의 형상

지식인은 한 사회계층의 정신적 면모를 대변하는 동시 역사문화의 특성을 반영하기도 한다. 중국사에서 문화와 사상의 전승과 발전은 시종 문인들의 중심과제였다. 따라서 문인의 의식과 교류의 연구는 역사와 사회연구의 중심이기도 하다. 북학파 문인에게 있어 중국지식인은 우의를 나눌 수 있는 존재이기도 했지만 동시에 현실인식으로 대상화된 존재이기도 했다. 중국지식인을 철저하게 대상화시킨 경우는 연암 박지원의 필담이 가장 전형적이다. 그에게 있어 중국지식인은 우의를 나눌 수 있는 존재라기보다는 현실인식의 수단으로 철저히 대상화된 존재라고 할 수 있다. 교유와 우정을 우선시했던 홍대용이나 유득공, 박제가의 필담과는 사뭇 다른 모습이다.

박시원의 필담에는 그의 연행의도가 담겨져 있는가 하면 청조 지식인들의 본심을 간파한 박지원의 예리한 통찰력도 드러나 있다. 요컨대 『열하일기』에 나타난 각계각층 인사들에 대한 동태적 파악과 다양한 형상의 부각은 작가의 역사관의 문학적 표출인 것이다.[237] 문학형상학에서 연구하는 모든 형상은 삼중의의를 가진다. 이 삼중형상이란 이국의 형상, 한 민족(사회, 문화)에서 기인한 형상,

---

蒙古也]"

237) 임형택, 『실사구시의 한국학』, 창작과 비평사, 162쪽.

그리고 마지막은 작가의 특별한 감수에 의해 창출된 형상이다.238) 이 세 형상에서 어느 부분에 치중점을 두고 연구하느냐에 따라 그 결과도 판이하게 달라진다. 『열하일기』 필담에 참여한 중국지식인들은 이국의 형상인 동시에 연암의 관점이 기탁되어 창출된 형상이기도 하다.239)

① 시대를 잘못 만난 사인(士人)

연암과 필담을 나눈 지식인들은 거의 모두가 학식이 깊고 현명하며 겉으로 보기에는 현실에 안주하여 낙천적으로 사는 것 같지만 사실은 청나라에 대한 반발을 속으로 삭이면서 지냈던 인물들이다. 왕민호(별호 곡정, 강소사람, 54세)는 과거를 포기한 거인이지만 장수태학(藏修太學)의 자격을 가진 사람으로서 항상 수심기가 있어 보이고 한숨을 쉬는 것이 습관이 되어버린 전형적인 청조 지식인이었다. 4월의 과거에는 참가하지 않았고 8월에는 황제의 칠순 경사가 있어 이에 특별히 조정에서 명을 내려 다시 과거를 보게 하였으나 역시 가지 않았다. 무엇 때문에 과거를 보지 않느냐는 연암의 질문에 왕민호는 나이 많은 탓이라고 하면서 "흰머리로 과거를 본다는 것은 선비의 수치(白頭荊圍 士之恥也)"라고 하였지만 사실은 청조 체제에 반항하는 은사로서의 굳은 지조를 지키려 한 것으로 보인다.

---

238) 孟華, 『比較文學形象學』, 北京大學出版社, 25쪽.
239) 리상호는 「鵠汀筆談」을 소개하면서 곡정이란 인물은 박지원이 의식적으로 형상화한 흔적이 많은 인물이라고 하였다.(리상호 역 『熱河日記』(중), 보리, 2004.11, 348쪽.)

경전을 읽다가도 세 번 탄식하고, 세상걱정을 하다가도 탄식하고, 뜻대로 되지 않음에 한탄한다는[240] 왕민호의 말에서도 과거를 포기한 진정한 이유를 짐작할 수 있다. 세상이 두려워 감히 바른 말을 하지 못하는 곡정에게 연암은 항상 짓궂게 질문을 했으며 그 자극에 못 이겨 곡정은 불쑥 속심 말을 해버리고 말았다. 하지만 바로 필담내용을 찢어버리지 않으면 불에 태워버리고 화제를 돌렸다.

한족여인들의 전족문제를 둘러싸고 진행된 두 문인의 필담은 실로 흥미롭다. 연암은 한인 여자들이 전족한 발은 차마 볼 수 없다면서 발뒤꿈치로 걸음을 걷는 모양은 흡사 보리 종자를 심는 것 같기도 하고 이리 기우뚱 저리 기우뚱하여 바람도 없는데 흔들리는 꼴이란 보기 흉하더라고 은근히 곡정을 자극한다. "보기도 흉하고 걷기도 불편할 텐데 대관절 무슨 까닭"인가는 연암의 질문에 곡정은 저도 모르게 "만주족 여자와 구분 없이 함께 섞이는 것을 수치로 여기기 때문에 그럴 것"이라고 하고는 이내 글자를 다시 지워 버리면서 "죽더라도 안 바꾼다."고 말한다. 연암이 한술을 더 떠서 "제 생각으로는 도리어 만주족 여자보다도 훨씬 못해 보이더군요."라고 대방을 자극하자 곡정은 "그 때문에 삼액의 하나지요."[241]라고 대답한다.

---

240) 朴趾源, 『燕巖集』卷之十四 別集 『熱河日記』, 「鵠汀筆談」, "余問先生平居, 何頻發嘆也. 鵠汀曰, 此吾痞證噫氣, 遂成長喟也. 平生讀書, 千古不如意者, 十常八九, 安得不成此痞患. … 頭厄已發, 志士萬太息. 鵠汀色變, 已而色定, 裂頭厄投鑪中."

241) 朴趾源, 卷之十二 別集 『熱河日記』, 「太學留舘錄」, "漢女彎鞋, 不忍見矣. 以跟踏地, 行如種麥, 左搖右斜, 不風而靡, 是何貌樣. … 貌樣不雅, 行步不便, 何故若是. 鵠汀曰耻混韃女, 卽抹去. 又曰抵死不變也. … 以愚所見, 還不如韃女遠甚. 鵠汀曰故是三厄."

그리하여 연암은 삼액(족액, 두액, 구액)에 대한 이야기를 들을 수 있었다. 두 사람의 대화는 항상 이런 식으로 연암의 짓궂은 질문에 의해 진행되었다.

추사시를 위험인물로 간주하면서 견제하기를 권하였던 왕민호도 필담의 차수가 늘어나면서 점차 유교에 대한 자신의 견해를 피력하기 시작한다. 조선은 유교만 숭상한다는 말에 이단의 폐해는 심지어 사람을 서로 잡아먹는다고 하면서 조선을 천하에 다시없이 좋은 나라라고 하였던 왕민호였지만 「곡정필담」에서는 박지원과 유교를 둘러싸고 팽팽한 대립을 보이고 있다.

> 내가 "선생께서는 황로 사상을 귀중하게 여기고, 유교의 경술을 천시하며, 나라의 역적(왕망)이 성인을 독실하게 믿었다고 말하고, 왕안석을 숭배하여 범중엄보다 훌륭하다고 하시니, 사람에 대한 평가가 너무 지나치신 것 같습니다. 게다가 유교의 경술이 천하를 파괴하는 도구라고까지 말씀하시니, 애오라지 이 사람을 한번 떠보려고 하시는 말씀입니까?" 하니 곡정은 … "천하에는 거스르는 것과 순종하는 차이, 즉 밀고 당기는 차이는 있어도 어느 쪽이 옳다든지 어느 쪽이 틀렸다든지 하는 것은 없습니다. 그러나 분명하게 승패의 자취가 갈리게 되면 거스르거나 순종한다는 뜻의 역순이라는 두 글자는 도리어 등불 뒤의 어두운 곳에서 귀엣말로 소곤거리는 말이 되고 맙니다." … 내가 "유가의 경술이 나라를 파괴한다는데 그것이 어찌 경술 탓이겠습니까? 비루한 선비들이 단지 경술의 이름만 도적질한 것이니, 천하를 어지럽히는 것은 모두 경술의 빈껍데기일 뿐입니다." … "선생께서는 정말 제가 대담하게 경술을 배척한다고 여기십니까? 옛날부터 말을 하는 사람이라고 해서 반드시 그런 마

음을 가지고 있다고 할 수 있는 것은 아니며, 행동을 하는 사람이라고 해서 반드시 말을 먼저 하는 것은 아닙니다. … 선생이 하시는 말씀은 도리어 단학(丹學)을 하는 사람들의 상투적인 말입니다. … '문성장군(文成將軍)은 말의 간을 먹다가 죽었다'는 격입니다."[242]

역사를 평하거나 세상의 이치를 말할 때 흔히 유교 본위인 경술로 말하지만 세월의 흐름에 따라 유교 경술을 융통성 없이 맹목적으로 고집하다가는 시대에 낙오하여 악과를 보게 된다는 주장이다. 세상이 변하였어도 의리는 제자리에 있겠는데 이것을 찾지 않을 뿐이지 않느냐는 연암의 질문에 왕민호는 의리고 무엇이고 "먼저 관중에 들어가는 자가 임금이 되는 것(先入定關中者王之)"이라고 한다. 청 정부의 강력한 사상통제로 하여 더 이상 역량을 과시할 수 없었던 지식인들의 처절한 현실을 보여 주는 대목이다. "문성장군은 말의 간을 먹고 죽었다"[243]는 것은 무엇을 의미하고 있을까? 간을 잘라내어

---

242) 趾源,『燕巖集』卷之十四 別集『熱河日記』,「鵠汀筆談」, "先生貴黃老而賤經術, 縱國賊爲篤信聖人, 推王介甫賢於范文正. 抑揚太過. 經術爲壞天下之具, 聊試鄙人否 … 天下有逆順而無是非, 旣有皎然成敗之跡, 則逆順二字, 還爲燈後耳語. 凡談道者, 如烏藏肉 … 經術壞國, 豈經術之罪也. 陋儒只盜經術之名 … 先生眞個認僕大膽斥經術否. 古來言者, 未必有其心. … 先生所言還是丹家一套語 … 文成將軍, 食馬肝而死."

243) 이 이야기는 명나라 馮夢龍의『古今笑史』,「專愚部」에 실려 있다. 말의 간이 독이 있어 한무제가 "문성장군이 말의 간을 먹고 죽었다"는 말에 한 손님이 반발하여 "말의 간이 말의 배 안에 있는데 왜 말은 죽지 않는가"고 한다. 그러자 어떤 사람이 "말은 종래로 백년을 넘겨 산 적이 없는데 이는 간에 독이 있는 원인"이라고 한다. 이 말을 들은 손님은 집에서 기르는 말을 죽여 간을 빼버리고는 탄식하였다. "과연 독이 있음을 믿게 되는구나. 간을 빼도 살지 못하는데 하물며 남겼으면 더 어떠했을고"라고 한다. 문성장군이 말간을 먹고 죽었다는 이야기는 『史記』

말을 죽여 버리고도 간에 독이 있어 죽은 줄로 믿고 "간을 잘랐음에
도 죽었는데 남겼으면 더욱 어떠하겠는가(去之尙不可活, 況留肝乎)"라
고 하는 어리석은 자의 행위를 유교 배척과 연관 지어 한 말이다.
이는 유학이 수많은 폐단을 초래하고 있음에도 불구하고 결코 철저
하게 배척할 수 없음을 지적한 것으로 보여진다.

② 거침없이 행동하는 광사

연암과 필담을 나눈 지식인 중에는 정부의 강권체제에 순응하는
문인들이 있었는가 하면 또한 거침없이 악담을 하는 광사(狂士)들도
존재한다. 사실 문인의 광사 인격은 중국전통사회 중에 항상 존재하
였으며 그들은 전통유학에서 완전히 배제되지 않았다. 공자가 이르
기를 "중도의 사람을 얻어서 함께할 수 없다면 반드시 광견한 사람
이라도 가르쳐 보리라. 광한 자는 진취할 재능이 있고, 견한 자는
하지 않는 바가 있다244)"고 하였으니 광사는 중국 문인사에서 아주
독특한 풍경을 이루었다. 위진시대의 광사는 주로 명사의 풍류를 보

「封禪書」에도 기재되어 있다. 漢武帝가 신에게 제사를 지내고 神仙을 좋아했는
데 少翁을 文成將軍으로 임명하여 방술을 하도록 하였다. 1년 남짓하게 지나도
효력을 일으키지 못하자 문성장군은 비단에 글을 써서 소를 먹이고는 소배에 이
상한 물건이 있어서 영험하지 못했다고 한다. 한무제가 소를 죽여 배를 갈라보니
실로 帛書가 있었지만 문성장군의 필적임을 알아차리고 사형에 처하도록 한다.
그 후 어떤 方士에게 신선술을 맡기려 했지만, 죽음이 두려워 엄두를 못 내자
한무제가 문성장군은 말의 간을 먹고 죽은 것이라 변명한다. 왕곡정이 연암에게
문성왕이 말간을 먹고 죽었다고 한 말은 『古今笑史』「專愚部」의 소화를 빌어 농
을 건 것 같다.
244) 『論語』「子路」, "不得中行而與之, 必也狂狷乎. 狂者進取, 狷者有所不爲也."

여주는 사인의 상층에 국한되었다면 명조 중, 후기의 광사들은 주로 실의한 하층사인에서 그 모습을 찾아 볼 수 있었으며 이미 한 사림 풍기로 되어 사회 및 철학적 기초를 가지고 있었다.[245] 이런 광사는 청조시기에도 꽤 있었는데 중앙의 강권정책과 자신의 불우한 처지로 하여 점차 분노를 못 이기고 광사로 전락하였던 것이다. 이들은 사회에 대한 일정한 식견을 가지고 있지만 실의를 느끼고 사회모순과 문제에 대해 폭로를 하는데 욕설을 자주 하고 극단적인 모습을 보이고 있다.[246]

『열하일기』에도 뱃속에 울분이 꽉 차서 남과 이야기할 때 좀처럼 양보를 하지 않고 욕질을 하기 일쑤인 문인 추사시가 등장한다. 추사시(산동 사람)는 과거를 포기한 거인이지만 장수태학의 자격을 가진 사람으로서 거인들 중에서도 신분과 성취가 높은 인물이다. 조선은 유교만을 숭상하고 있다는 연암의 말에 추사시는 평생 유학을 배우고 싶지 않다면서 칭찬하는 듯 조롱하는 듯 교묘하게도 연암을 깔보고 농을 건다. 광사 추사시는 심지어 오늘의 유학자들이야말로 참말 무섭다고까지 한다. 똑같은 전통유교라는 화제지만 개인성향에 따라 문인의 비판방식도 판이하다. 왕민호가 문성장군의 이야기로 완곡적으로 표현했다면 추사시는 아예 광적으로 부정해버린다.

---

245) 徐 林, 『明代中晚期江南士人社會交往硏究』, 上海古籍出版社, 2006.6, 95쪽.

246) 王進駒(「從文字獄檔案看淸代"盛世"中下層文人的病態心理」, 『北方論叢』, 2002 第6期)는 청나라 시기 病態心理를 가진 두 부류의 문인들을 소개하고 있다. 그중 한 부류가 이 경우다.

"지금의 학자들은 … 절반은 주자의 학문을 따르고, 절반은 그 반대 학파인 육상산의 학문을 따르면서 모두가 한 학파에 숨어들어서 머리를 내밀었다가 숨었다가 하는 모습이 마치 호숫가 갈대숲의 도처에 숨어서 출몰하는 도적놈과 같습니다. … 훈고학이라는 학문을 가지고 그 입에 재갈을 채워 찍소리 못하게 만듭니다. 혹 여기에 반발하여 단단히 무장하고 깊숙이 쳐들어가 공격을 하다가는 도리어 공격과 겁탈을 당하여, 그 형세가 결국에는 말에서 내려 결박을 당하고 두 무릎을 땅에 꿇을 수밖에 없습니다. 지금의 유학자라는 사람은 아주 두렵습니다. 겁이 납니다, 겁이 나요. 저는 평생 유학을 배우기를 원하지 않습니다. 눈을 부릅뜨고 입을 열어서 능히 이단의 학문을 제창하는 사람이 있다면 저는 불원천리하고 먹을 양식을 싸 가지고 가서 그를 스승으로 섬길 것입니다. 지금 선생님의 논의를 들으니 확고하게 정도를 지키는 말씀이라 도리어 소인으로 하여금 한편 기쁘게 하고 한편 슬프게 만듭니다."[247]

당시의 학자들은 이기 따위만 강론할 뿐 실사 실무에는 전혀 무능한 이학선생이거나 고루하기 짝이 없는 도학군자고, 그것도 아니라면 반쯤은 주자학 반쯤은 육상산을 빙자하였는데 실은 경전에 대한 고증을 무기삼아 이설을 강변하고 남의 학설을 공격하기에 능란한 자들이란 것이다. 조선은 유교만을 숭상한 나라고 불교나 도교를 비롯한 이단은 절대 없다면서 그동안 고수하여 온 전통사상에 대하여

---

247) 『燕巖集』卷之十三 別集「熱河日記」,「黃敎問答」, "今之儒者 … 半朱半陸, 俱爲連主, 頭沒頭出. 遍是水泊. … 則訓詁爲其鉗橛, 或有懸軍深入, 反遭攻刦, 其勢不得不下馬受縛, 雙膝以跪. 今之儒者, 絶可畏也, 怕也怕也. 敝平生, 不願學儒也. 有能張目開口, 倡爲異端之學者, 敝將不遠千里贏粮往師. 今見先生之論, 確然守正, 還令小人之腹, 一喜而一悵."

자부심을 갖고 자랑을 했던 연암이었지만 유학에 관한 추사시의 주
장에 심한 충격을 받았다. 이에 연암은 선비를 조롱하는 것이 아무
래도 멀리 온 사람을 좋게 대하는 도리가 아닌 줄로 생각한다면서
먼저 물러가겠다고 자리를 피한다. 조선시대 지식인에게 있어서 동
양전통사상의 종주국인 중국의 지식인들이 이런 주장을 하고 있다
는 사실이 놀랍기만 했다.

하지만 흥미로운 것은 평생에 유학을 배우고 싶지 않다는 광언이
『양반전』 중 부자의 발언248)과 너무 흡사하다는 것이다. 다르다면
『양반전』은 몰락해가는 양반의 위선적인 생활 모습을 비판했고 광사
의 경우는 그 비판의 예봉을 대담하게도 직접 유교로 향했던 것이다.

추사시의 공격은 유학에 그치지 않는다. 그는 연암을 보고 이번에
와서 담인(噉人 활불에 대한 반감)이 무섭지 않느냐면서 참혹한 수법으
로 무덤을 헤쳐 재물을 모았던 양련진가249)가 다시 세상에 태어났

---

248) 朴趾源, 『放璚閣外傳』, 「兩班傳」, "已之已之, 孟浪哉. 將使我爲盜耶, 掉頭而去,
　　　 終身不復言兩班之事."
249) 朴趾源, 『燕巖集』 卷之十三 別集 「熱河日記」, 「黃敎問答」, "先生此來不畏噉人
　　　 乎. 余問甚麼噉人. 鄒生曰楊璉眞珈, 復生於世."
　　　 양련에 관한 이야기는 志亭한테서 들을 수 있었다. 양련은 원래 서번 중인데 원
　　　 나라 시절에 중국에 들어와 송조 왕릉들을 참혹한 병화보다 심하게 파헤쳐 보물
　　　 을 산더미처럼 끌어 모았다. 그는 술법을 쓰고 산을 쪼개는 보검을 가졌는데 주문
　　　 을 외우면서 한번 치면 비록 남산에 묻힌 석관이든지 땅속 깊이 채워 둔 것이라도
　　　 단번에 안 열리는 것이 없어 금은 보물이 땅을 차면서 절로 뛰어나오고 별별 보물
　　　 궤짝이 열려졌는데 심지어 시체를 달아매고는 수은을 받고 시체의 뺨을 후려갈
　　　 기고 구슬을 찾아냈다. 그리하여 강남 사람들은 곰보 양련의 얼굴을 싹 쓸듯이
　　　 빡빡 쓸어서 제물로 바치겠다고 이를 갈고 맹세하였다. 지금의 활불은 서번 사람
　　　 이므로 그를 빌려 욕한 것이지 양련의 후신이란 것이 아니다.

다고까지 한다. 즉, 활불을 양련에 빗대어 하는 말이었다. 이에 곡정은 얼굴빛이 변하면서 추생을 나무라고 연암을 보고 미치광이 말을 듣지 말라고 위안한다. 추사시가 유학자들을 욕하는 것에 대해서 학성에게 묻자 "그 미치광이는(추사시) 하늘의 천둥소리도 겁내지 않고, 법왕도 두려워하지 않습니다. 공자에게도 욕을 퍼붓고 부처에게도 욕을 해대며, 오직 자기 뜻대로 하고 싶은 욕을 실컷 하고 나서야 치밀었던 분기가 문득 후련해지는가 본다."[250]고 말한다. 활불은 청왕조가 티베트를 다스림에 있어서 극히 중요한 역할을 하였을 뿐만 아니라 나라의 주권을 지키고 외적의 침략을 막는 데도 지대한 역할을 하고 있었다. 앞서 언급했듯이 청 황제가 서번의 승왕인 반선을 스승으로 삼고 황금전각을 지어서 왕으로 모시는 굴욕적 태도를 취하는 것은 청나라 통치를 안정시키려는 목적이다. 청조통치체제에 불만을 품고 있는 중국지식인들에게 있어 활불은 아주 민감한 문제로 떠오를 수밖에 없었다. 그리하여 중국의 점잖은 인사들은 이목을 더럽히지 않으려고 반선을 만나지 않았다.[251] 하지만 입을 함부로 놀리기 무서운 세월에 활불을 대놓고 욕하는 것은 청조정치에 대한 반항으로 보일 수밖에 없었으므로 겉으로는 그 신통함을 칭찬하기만 하였다. 추사시의 막말을 수습하기 위해 학성은 연암에게 활불의 신통함을 지루하게 늘어놓았는데 연암은 그 허튼수작을 눈치챈다.

---

250) 『燕巖集』 卷之十三 別集 「熱河日記」, 「黃敎問答」, "這狂也. 不怕天雷, 不畏王法, 罵聖罵佛, 惟意所欲. 痛罵一頓, 便下頂氣."

251) 朴趾源, 『燕巖集』 卷之十三 別集, 『熱河日記』, 「札什倫布」, "中原士大夫, 未有得見班禪者, 還向我人問其何狀. 此其意不欲塗人耳目."

추사시는 도교에 대해서도 비판한다. 건륭 연간에 황교가 국교로 제정되면서 유교는 중국지식인 통치의 편리를 위해 치국에 이용되었지만 도교는 조정과 연계를 맺지 못하고 그 지위가 전례 없이 하락하였다. 추사시는 산중에 사람 잡아먹는 도사가 있다는 소문이 돌고 있다면서 밤에는 애를 잃을 가봐 궤짝 속에 숨겨두기까지 한다고 했다. 그는 또 은밀한 뒷방 속에서 하는 술법이든지 더러운 병에 쓴다는 야릇한 처방들도 곯아떨어진 도사들이 만든 것이니 참으로 허탄하기 짝이 없다고 하였다.252) 해괴한 소문은 고찰하기 어려우나 어디까지나 도교의 지위하락과 관련이 있지 않은가 싶다.

필담에 등장하는 광사의 의미에 대해 규명해 볼 필요가 있다. 정상적인 의사소통이 부재하고 진실한 행동이 통하지 않는 시대에서 불만과 욕설로 가득 찬 추사시의 광기는 진정한 자아를 찾으려는 몸부림으로 보인다. 광사는 뜻이 있는 자이기에 '도'에 가까우나 그 마음이 너무 강렬하여 행함이 지나쳐서 유교사회에서는 이단적인 성격을 띠었지만 어느 정도 긍정적 의미는 있다. 추사시는 세상의 부귀와 명리에 뜻이 없고 언행에 아무 거리낌이 없으며 만사에 두려울 것이 없는 광사다. 언론자유를 잃은 시대에서 일상의 틀에 묶였던 자아를 버리고 미쳐버려 욕설을 일삼는 추사시를 통해 연암은 청조 통치의 현실로 인해 한족 지식인들이 입은 피해를 보여주었다.

---

252) 朴趾源, 『燕巖集』 卷之十三 別集 「熱河日記」, 「黃敎問答」, "今山中往往有吃人道士, 養小兒尤艱. 純陽童子最好蒸啖, 至有夜藏櫃中, 猶患失之. 所在省府, 另行逐捕, 焚毁道觀, 則乃反竄名僧籍, 庇身佛寮. 而至於房中秘術, 惡瘡奇方, 皆貧道士所製."

③ 현실에 순응하는 사대부

청조 시기에는 과거 보는 것이 유행하여 학자들은 십중팔구가 과 거를 통해 출세의 길을 마련하였다. 비록 부산(傅山), 고염무(顧炎 武), 황종의(黃宗羲) 등 지사들은 끝까지 조정의 부름을 거절하였지 만 사람의 처세태도란 "찬란한 학문법칙에 말미암아 변하는 것이 아 니라 자기생존의 본능에 의해 실현"253)되는 것이기에 "부귀가 마음 을 방탕하게 하지 못하고 빈천이 뜻을 옮기지 못하고 위엄과 무력이 굽히지 못하게"254) 한다는 것은 모든 사람에게 있어서 실천 불가능 한 일이었다. 문자옥의 위협과 물질적 유혹 하에 생존의 갈망으로 하여 청조 문인들은 더 이상 다른 길을 선택할 수가 없었다. 대부분 지식인들은 점차 현명한 문인들을 유혹하는 함정에 빠져들어 이 길 이 세간의 유일한 통로인 줄로 착각하게 되었다.

청의 체제에서 지식인들의 심적 갈등은 한마디로 단정 지을 수 없다. 갈등에 대한 고려가 없으면 특정인에 대한 온전한 평가를 내릴 수 없는데 대표적 경우가 윤가전에 대한 평이다.255) 윤가전에 대한

---

253) 林語堂, 『吾國與吾民』, 世界文摘出版社, 民國43(1954), 55쪽, "並不緣于燦爛的 學理, 而緣于自存之本能而實現."

254) 『孟子』 「滕文公下」, "富貴不能淫, 貧賤不能移, 威武不能屈."

255) 尹嘉銓(號 亨山, 直隷博野사람, 70歲)은 通奉大夫, 大理寺卿, 翰林으로 詩畵에 능통했고 『大淸會典』의 編修에 翰林編修官으로 참여하였는데 황제와 동갑이자 平生詩友로서 그가 지은 「九如頌」은 皇帝七十壽宴 公演의 첫 대본으로 지정받았 다. 尹嘉銓에 관한 기록은 魯迅의 잡문 「買 "小學大全" 記」, 그리고 河北省 『博野 縣志』에서 확인할 수 있는데 尹嘉銓이 처형된 사건과 심문과정까지 상세하게 기 록되어 있다. 그는 詩와 畵에 모두 뛰어났으며 『正聲詩刪』에 詩가 다수 실려 있 었다. 1781년(건륭 46)에 벼슬을 그만두고 고향에 돌아갔으나, 그해 3월에 건륭 제가 山西省의 保定을 지나갈 때 아들을 시켜서 상주문을 올려, 그의 부친에게

중국학자들의 평은 별로 좋지 못했다. 이른바 허영심에 찬 도학선생(道學先生)이라는 평가가 바로 그것이다. 장향천(張向天)은 「독매소학대전기여기(讀買小學大全記餘記)」[256]에서 『열하일기』 「태학유관록」에서 연암이 윤가전을 처음 대면한 기록, 「경개록」에서 연암이 윤가전의 사람됨과 이력을 기록한 내용, 「곡정필담」에서 윤가전이 건륭제에게 흠사 받은 물품을 자랑하는 모습을 적은 부분, 「망양록」에서 윤가전이 연암에게 작은 부채에 시를 적어준 일 등 많은 내용을 인용하면서 "명유이자 효자"라는 윤가전이 실은 추악하고 허위에 차 있었으며 음험하고 악독한 인물이었다고 평가하고, 노신이 그를 허위에 찬 도학선생의 전형으로 제시한 것은 지당하다고 결론 내렸다.

사실 노신의 「매 "소학대전"기」에서 비판하려는 대상은 결코 윤가전이 아니다. 노신의 집필목적은 악랄한 청나라 정치의 폭로와 한민족의 노예적 근성에 있다.[257] 윤가전의 "추행(醜行)"이라는 글자에

시호를 내려달라고 청하였다. 그런데 뜻밖에도 건륭제는 시호를 내리는 것은 국가의 定法이 있는데 어찌 함부로 구할 수 있겠는가고 거절하였다. 그런데 윤가전은 다시 상주문을 올려서 청조의 명신 湯斌, 范文程, 李光地, 顧八代, 張伯行 등을 공자묘에 合祀해달라고 하고, 자기 부친은 효행으로 어제시를 받을 정도였으므로 당연히 합사해야 하겠지만 감히 자기편에서 청하지는 못할 따름이라고 하였다. 그러자 3월 18일, 건륭제는 마침내 狂吠를 저질렀으니, 용서할 수 없다면서 사형에 처한다. 건륭제는 尹嘉銓을 즉시 絞首형에 처하였지만 가족의 연좌는 면해주었다.(河北省『博野縣志』612쪽.)

256) 張向天, 『魯迅作品學習札記』, 上海書局出版, 1975, 참조.

257) 이 책에 수록한 魯迅의 잡문 36편은 1934년에 집필한 것으로서 1937년 7월에 上海三閑書屋에서 初版을 간행했다. 「買"小學大全"記」는 1934년 8월 5일『新語林』半月刊第三期에 등재한 것을 다시 옮겨놓은 것이다. 문장의 결말에 덧붙인 평가를 보면 魯迅의 집필목적이 아주 명확하다. "『東華錄』, 『御批通鑒輯覽』, 『上諭八旗』, 『雍正朱批諭旨』… 등 책들은 묻는 사람들이 없어 다른 책(명나라 소품

따옴표를 붙인 것만으로도 노신의 저의를 알 수 있다. 장향천은 자신의 논조를 정당화하기 위해서 연암과 노신이 청조를 바라보는 시각에 대해 전혀 고려하지 않고 『열하일기』와 「매 "소학대전"기」를 편향적으로 해석하였던 것이다.

연암의 필담에 그려진 윤가전은 출중한 학문적 소양을 갖추고 있었으며 높은 벼슬에 있으면서도 불안과 조심성을 잃지 않는 학자였다. 물론 허영심을 보여주는 대목도 있기는 하지만 연암은 그것보다 긍정적 측면에 주목하였다.

윤가전은 조선에서 온 학자 연암을 존중해주고 푸짐한 상을 차려 열정적으로 대접하는가 하면 헤어지면서도 그것이 아쉬워 눈물을 흘리기도 했다. 연암이 중국에 기재되지 않았거나 잘못된 조선의 문제를 말했을 때 윤가전은 "빠진 것은 꼭 보충해야 한다(當補闕遺)"고 하면서 적극적으로 정정해주려고 했다. 윤가전이 몸소 연암을 찾은 기록에서도 윤가전의 인간성을 엿볼 수 있다. 연행사들은 일부러 찾아온 70세 노인 윤가전을 중국인이라 무시하여 밖에 우두커니 서 있게 했었다. 연암이 민망스러워 바삐 나와 날을 바꿔 인사드리겠다고 하자 윤공은 즉석에서 옳은 말씀이라면서 허리를 굽실하고 나간다. 으리으리한 가마를 타고 호화로운 복장을 하고 하인 십여 명이 옹위하여 가는 70세 윤가전의 권세라면 응당 그러한 처사에 화를

이나 청나라 禁書)들과 비교하면 저렴하게 팔리고 있다. 만약 의향이 있는 사람이 수집을 하고 하나하나 살펴보고 그중에서 漢人을 부리고 문화를 비평하고 文藝를 이용한 것들을 비교해서 책으로 만든다면 그 策略의 풍부함과 악랄함을 보아낼 수 있을 뿐만 아니라 우리가 어떻게 異族에 의해서 길들여졌는지를 알 수 있고 또한 오늘까지 물려받은 노예적 근성의 유래에 대해서도 알 수가 있다."

냈을 법도 했지만 약간 어색해하기만 했을 뿐이었다.[258] 연암이 윤
가전과 다시 만났을 때는 언제 그런 일이 있었냐는 듯이 "아까 매우
바빠서 이야기를 끝내지 못했는데『명시종』에 빠지고 잘못된 데를
말씀해 주신다면 선배들이 소홀히 해 놓은 것을 보충할까 한다"[259]
고 말했다. 그리하여 연암은 윤가전을 "낙천적인 좋은 사람(愷悌樂易
人也)"이라고 평가하였다. 당시 정세를 충분히 고려해본다면 윤가전
은 허위에 차 있는 음험하고 악독한 인물이라고 하기보다는 단지 현
실에 순응하는 사대부라고 평가함이 더욱 알맞다고 본다.

④ 아부를 일삼는 문인

연암이 만난 지식인들은 대부분 학식이 깊고 겸손하며 예의를 지
키는 선비들이었다. 하지만 그중 아부를 일삼으며 타인의 실수만을
따지기 즐기는 자도 있었으니 기풍액(자 여천, 37세, 조선인 4세, 귀주안
찰사)이 바로 그런 사람이다. 기풍액은 만주사람으로서 근본은 조선
인데 중국에 들어간 지 4대째 되었고 선조의 근본을 몰랐다. 위인이
교만하고 안하무인이며 화신[260]에게 붙어서 안찰사 자리를 얻게 되

---

258) 朴趾源,『燕巖集』卷之十二 別集,『熱河日記』,「太學留舘錄」, "且我東大夫, 生貴
甚矣. 見大國人, 無滿漢, 一例以胡虜視之. 驕倨自重, 本自鄕俗然也. 當不察彼是
何許胡人, 何等官階, 而必無款接之理. 雖相接, 必以犬羊待之, 亦必以我爲不緊
矣. 尹公佳躅而庭立, 事甚難處. 余入告正使, 正使曰事不當獨見, 將若之何. 余甚
悶久庭立老客, 出而辭曰大人晝夜原隰, 不勝撼頓. 有失恭接, 改日謹當躬造候
謝. 尹公卽曰是也. 一揖而出. 察其色, 似憮然者."
259) 朴趾源,『燕巖集』卷之十二 別集,『熱河日記』,「太學留舘錄」, "俄刻甚忙, 未畢
麈談. 願聞詩綜闕謬, 以補先輩遺略."
260) 和珅(1750~1799): 淸나라 때 乾隆帝의 총애를 받아 주요 관직을 독점하고 백성

었다는 소문도 있다.[261] 그는 교만하기 그지없고 한인 지식인들을
깔보기 일쑤였다. 그는 활불을 만나기 꺼리면서 일부러 늦게 찾아간
조선 사신들 때문에 예부의 여러 대관들이 황제에게 혼날 뻔했다면
서, 연암에게 조선은 응당 대국에 바치는 정성을 한결 가다듬어야
한다[262]고 큰소리를 치기까지 하였다.

기풍액은 윤가전을 깔보는 눈치가 현저하였지만 윤가전은 짐짓
모르는 척하고 말이나 태도에서 겸손하게 굴었다. 윤가전은 여천보
다도 스무 살이 위고 지위도 역시 높지만 한인들이 이미 타족에게
몸을 굽혀 벼슬하고 있는 이상 형세로 보아 어쩔 수 없는 노릇이었
다. 기풍액은 웃으면서 뒤통수에 대고 손가락질을 하는가 하면 윤가
전 역시 "올빼미 눈이 언제나 사람이 될는지(鳩眼未化)"라고 욕한다.
그 후 관내 중원 땅으로 돌아와 기풍액을 물었으나 모두들 모른다
했고 풍승건은 분개해서 되놈을 알 것이 무엇이냐고 하였다. 윤가전
을 물을 때는 사람마다 흔연히 낙천가로서 일류 인물이라고 하였다.

하지만 기풍액은 박학하고 글을 잘 짓고 우스개를 잘하며 불교를
배척하기는 아주 준엄하여 주장하는 이론이 꽤 정당하였다. 연암이
만난 지식인과 관리들이 많았지만 기풍액같이 철저히 불교를 배척

들을 억압한 것으로 악명이 높다.

261) 朴趾源, 『燕巖集』 卷之十三 別集, 『熱河日記』, 「傾蓋錄」, "或云豊額附和珅, 發
海明而代之."

262) 조선 사신들은 활불을 만나고 싶지 않았지만 황제의 제의이기에 방법 없이 활불
을 늦게 찾아갔는데 이로 인해 사신들은 황제에게 나무람을 당할 뻔하고 예부의
여러 대관들도 혼날 뻔 했었다. 그리하여 奇豊額은 박지원을 보고 조선은 응당
대국에 바치는 정성을 한결 가다듬어야 한다고 말한다. 『熱河日記』, 「黃敎問答」,
"高麗當益堅事大之誠."

해서 말하는 자는 없었다. 연암이 활불을 바라보기만(望見) 했다는 말을 듣고도 바라본다는 것은 활불에게 아첨한다는 뜻이니 분부를 받지도 않았는데 버선발로 뛰어 나설 필요가 없지 않느냐면서 연암을 무안하게 하였다.263) 하지만 흥미로운 것은 기풍액의 전신이 원래 중이었다는 사실이다.

> "저의 전신도 본래는 중이었습니다. 그 뒤로 한 번도…."라고 하는데, '한 번도' 밑으로 뭐라고 쓴 수십 자는 먹물이 마른 붓으로 급히 써 내려가서 분명치 않다. 마침 내가 촛불에 나아가 담배에 불을 붙이느라고 자세히 보지 못했다가 다시 자세히 보려고 하니, 그가 이미 촛불을 댕겨서 필담 종이를 태워 아궁이에 던져 넣었다. …"저는 선비의 옷을 입고 선비의 모자를 쓴 사람으로 평생 흙으로 빚은 부처에게도 절을 한 적이 없는데, 어찌 육신이 살아 있는 가짜 부처에게 절을 할 수 있겠습니까?"라고 한다. …내가 그에게 "공은 스스로 유가의 선비라고 하면서도 말끝마나 늙은 중이니, 머리를 기른 중이니 하는 까닭은 무엇입니까? 남에게는 부처에게 아첨했다고 책망하더니, 이제 보니 공이야말로 가싸 부서의 제자라고 말할 수 있으니 힘써 부처를 배우시지요."라고 하였다.264)

---

263) 朴趾源,『燕巖集』卷之十三 別集「熱河日記」,「黃敎問答」, "麗川指望見二字曰, 望見已是佞佛. 尊兄旣非被旨, 則何必顚倒衣裳, 余不覺媿服."

264) 朴趾源,『燕巖集』卷之十三 別集「熱河日記」,「黃敎問答」, "弟前身固僧也, 後未嘗一題下, 云云數十字, 焦黑疾書, 語未了了. 余適就燭爇烟, 未及諦視, 方欲再見, 已引燭焚之投炕下. …我是衣儒冠儒矣, 平生不拜泥身古佛, 何乃肉身假佛乎. …公自言儒者, 又言言稱老比邱有髮僧何也. 責人佞佛, 而以吾觀之. 公可謂假佛弟子, 勉强學佛."

기풍액은 만주사람으로서 오랑캐가 통치하는 왕조에 대한 반항으로서 불교를 배척하는 한족지식인과는 입장이 사뭇 다르겠지만 누구보다도 철저하게 불교를 배척했다. 자신은 원래 머리 안 깎은 중이라고 하면서도 타인의 불교신앙 여부에 대해 자주 떠보곤 했다. 한 번은 연암의 호주머니에 든 갓끈을 불교에서 쓰는 연주인 줄로 알고 유학자가 가질 물건이 못 된다고 장난을 치기도 했다. 그동안 선행연구에서는 기풍액의 독설과 야유를 들어 중국지식인들이 청 황제가 서번의 반선을 우대하는 정책에 반발하는 전형으로 들고 있는데265) 만주인으로서의 기풍액의 반발은 한인들의 입장과 다르게 볼 필요가 있다. "덕즉무덕, 부덕즉유덕(德則無德, 不德則有德)"266)이라고 기풍액은 타인의 아첨을 지적하여 비웃지만 정작 자기는 화신에게 빌붙어 벼슬자리를 얻은 가불제자(假佛弟子)였다. 기풍액은 청 정부의 불교정책에 당당하게 맞설 위인이 못 된다. 그렇다면 무슨 저의로 그토록 불교를 철저하게 비판했던 것일까? 불교를 비판하는 지식인들의 분위기 속에 전신이 중이었다는 난감한 처지 때문은 아니었을까? "저의 전신도 본래는 중이었습니다. 그 뒤로 한 번도…"라고 변명하는 모습을 보더라도 그의 갈등을 짐작할 수 있다. 불교를 철저히 비판함으로써 자신이 전에 중이었다는 사실을 잊으려 하고 타인이 아첨하는 행위를 지적하여 자신이 아부하여 권세를 얻은 사실을 감추려는 저의가 아닐까? 또한 어쩌면 만인이 통치하는 중국에

---

265) 김혈조, 「燕巖 朴趾源의 淸 현실 이해」, 『국제한국학 연구』, 2003, 144쪽.
266) 『韓非子』「解老」, "德則無德, 不德則有德."

더 이상 두려울 것이 없는데 한갓 활불을 그렇게 공경하는 황제의
행위에 대한 반발이었을지도 모른다. 기풍액의 사람됨을 꿰뚫어 본
연암은 드디어 "공이야말로 가짜 부처의 제자라고 말할 수 있으니
힘써 부처를 배우시지."라고 조롱한다. 기풍액은 부귀와 명리를 위
해 신앙까지 바꿔가며 안일한 삶을 선택한 비겁한 문인의 형상이라
할 수 있다.

연암의 시선에 포착된 청조 지식인의 형상으로부터 우리는 청조
지식인들에 대한 연암의 관심사가 무엇인지를 읽어낼 수 있다. 연암
이 청조 지식인들에게 제기하는 짓궂은 질문공세는 거의 모두 청나
라가 안고 있던 갈등과 당시 정세에 관한 것이었다. 그는 중국 중심
의 세계가 안고 있는 정치, 인종, 문화적 갈등을 둘러싸고 중국지식
인들과 담화를 나누면서 태평성세를 구가하는 청 왕조의 위기를 읽
어낸다.

하지만 연암의 시각은 다분히 정치적인 색채가 농후하다. 같은 시
기 청나라 문인들과 진솔한 대화를 나눴던 홍대용의 『건정동필담』
과 비교해 보아도 연암의 필담 화제는 청조현실에 많이 주목하고 있
음을 확인할 수 있다. 연암이 청조 지식인들의 갈등에만 주목을 많
이 한 것은 청나라를 오랑캐로 생각하는 숭명 사상에서 기인된 결과
라고 할 수 있다. 연암이 연경을 떠난 1780년은 건륭제가 문자옥의
서막을 연지 29년이 지난 뒤였고 『사고전서』를 개관(1773년)하고 금
서유지를 내린지(1774년) 6년이 지난 해였다. 청조가 금서 조치를 내
려 한인들의 비판적인 언론과 사상을 탄압해 온 사실은 조선에도 익
히 알려진 사실이다. 문자옥이 지식인들에게 준 피해를 미리 짐작하

고 있으면서도 필담을 통해 그것을 재차 확인하려는 연암의 태도만 보더라도 청조 지식인들에 대한 연암의 관심은 청 정부와의 갈등이라는 것을 확인할 수 있다.

청조 지식인들의 고민을 정확히 알고 있는 연암이었지만 아이러니하게도 「심세편」에서는 중국 사인의 첫째 어려움을 장악해야 할 지식267)으로 꼽고 있다. 하지만 과거시험을 거절하는 곡정이나 광사 추사시와의 필담을 보더라도 거인으로서 풍부한 지식을 장악해야 한다는 어려움에 대해서는 언급한 바가 없다. 게다가 조선의 경우도 학자라면 풍부한 지식을 전제로 해야 하지 않았을까? 연암이 중원사인의 세 가지 어려움에서 지식소양을 든 것은 조선 지식인들에게 이후 연행 중 청조 지식인을 보면 섣불리 예민한 문제를 묻지 말고 역대 사실을 들어서 겸손하게 배움을 청할 것을 바라는 경고로 보인다.

북경의 유리창 책방주인들은 학자들의 뜻을 존중하여 어느 서점이고 한군데를 들어가면 하루 종일 책을 읽을 수 있었으니 북경의 사대부에게 일종의 공공도서관 노릇을 했을 뿐 아니라(능정감(淩廷堪)은 서점에서 일하면서 학자가 되었다) 일반의 학자들에게도 편의를 제공하였다. 외임학차(外任學差)나 강리(疆吏)는 그 지방의 훌륭한 학자를 뽑아서 관리에 임명하였다. …이렇게 하여 유명해진 학자들 중에 관직을 싫어하여 관리가 되지 않은 사람들도 도처에서

---

267) 朴趾源, 『燕巖集』 卷之十三 別集 『熱河日記』, 「審勢編」, "中州之士有三難. 一爲擧人則全史全經, 隨事辨證, 百家九流, 略涉源委, 酬答如響. 不如是, 未足以爲士也, 此其一難也."

환영을 받았는데 서원의 산장(山長)이 되기도 하고 각 성, 부, 주,
현의지지(地志)나 족보를 편찬하기도 하였고 유력자가 책을 간각할
때에 그것을 감수하기도 하는 일들을 직업으로 삼았다. 이런 일들
은 상당한 보수가 생겼으며 또 학업에도 유익하였으므로 학자들은
항상 즐거이 일에 종사하였다.…나라의 문화가 발전하기 위해서는
사회가 학자에 대해서 경례를 표해야 하며, 학자는 학문만 하면서
도 경제적으로 보장되어야 여유 있게 학문에 종사하여 보다 깊이
연구함으로써 학문을 발전시킬 수 있는 것이다.[268]

청 정부가 문자옥과 같은 강경정책을 쓰기는 했지만 학문연구를
위해 여건을 많이 창조해준 것은 긍정적으로 보아야 한다. 청조시기
빈한한 학자들은 소박한 생활 속에서 학문으로 일생을 마감하였고
관리들은 종일 책을 읽으면서 뜻이 맞는 자들과 학문을 토론하기도
하였다. 이른바 청조시기 이룬 학술성과는 평화시대를 구가하면서
문화정치에 대해 심혈을 기울인 청조 체제와 갈라놓을 수 없다. 연
암은 청 정부에 대해 찬사를 하는 지식인들의 행위에 대해 몹시 고
깝게 여기면서 맹목적인 아부라고 생각한다. 물론 문자옥 등 강권정
책에 대한 청조 지식인들의 불만은 부정할 수 없지만 문인들에게 학
문에 전념할 수 있는 여건을 마련해준 사실은 부정할 수 없다.

---

268) 梁啓超, 이기동·최일범 역, 『淸代學術槪論』, 驪江出版社, 1987.9, 76쪽.

2. 필담의 표현방식

필담의 설정은 소설에서의 인물 간 대화처럼 작가의 의도를 사건의 흐름에 따라 서술하는 것과는 차이가 있다. 필담의 문맥이 작가의 의도만 반영한 것이 아니고 상대방 생각에 의해 지배되기도 하기에 전반 텍스트의 구조도 신경을 써야 할 뿐만 아니라 대화의 순서와 진입방식에도 작자의 천재적 구상을 전제로 하게 된다. 따라서 북학파 문인들은 필담의 사상성과 문학성을 보장하기 위하여 내용을 논리적으로 재정리하는 데 큰 공력을 들였다. 특히 독립적 문학 텍스트를 구성한 홍대용과 박지원의 필담을 보면, 화제의 목적에 도달하기 위해 유도, 칭찬, 농담, 복선, 암시 등 수많은 장치를 도입하였다. 독립적 텍스트로서의 필담체에는 이러한 화제방식도 일종 표현수법을 넘어서서 작품의 구성을 이루는 핵심적 장치라고 할 수 있겠다.

1) 유도와 우회

중국지식인의 본심을 파악하려면 반드시 그들의 입장을 이해하고 존중해야만 했다. 따라서 화자는 자신의 시각을 여과 없이 말하기보다는 반어적으로 상황이나 인물을 비틀어서 표현하고 우회나 유도의 방식을 통해 대화를 전개함으로써 그들의 사상을 보여주어야 했다. 대개 이런 수법은 청조 문인들과의 교유 초기에 많이 사용한 방식이다. 중국문인들과 관계가 두텁지 않은 상황에서 시휘에 저촉되는 문제들을 직설적으로 묻게 되면 낭패를 보게 되므로[269] 북학파

문인들은 농담을 섞어서 우회와 유도의 담화법으로 세심한 관찰과
논리적인 분석을 통해 문외지의를 포착하였다.

　　난공이 "여기 와서 무대극을 보았는가?" 내가 "보았다." 난공이
"무대극이 무슨 좋은 데가 있는가?" 내가 "비록 떳떳하지 않은 놀음
이지만 나는 그윽이 取함이 있다." 난공이 "무엇을 취하는가?" 물었
는데, 나는 웃고 대답하지 않았다. 난공이 "어찌 다시 한관의 위의
를 본 것이 아닌가?" 하고 곧 지워버렸다. 내가 웃으면서 끄덕거렸
다. 또 내가 "중국에 들어와 보니 지방의 크기와 풍물의 성함은 일마
다 기쁘고 건마다 정묘하나 유독 머리깎는 법은 보기에 사람으로
하여금 어색하게 하였다. 우리들은 해외의 작은 나라에 살아서 우
물에 앉아 하늘 보는 격이라, 그 생활이 즐거움이 없고 그 일이 슬프
기는 하나, 다만 두발을 보존하고 있으니 크게 즐거운 일이 된다."
하니, 양생이 서로 돌아보며 말이 없었다. 내가 "내가 두 분에게 진
실로 정분이 없으면 어찌 감히 이런 말을 하겠는가?" 하니, 모두
끄덕였다.270)

269) 洪大容,『湛軒書』外集 卷二「乾淨衕筆談」,"潘生首尾執筆, 朝廷、官方、西湖故
蹟, 其他數千里外事, 下筆成文, 無有不會. 語及衣冠及前朝事, 副使故爲迫問, 多
犯時諱, 難於應酬而不慌不忙, 言言贊揚本朝而間以戲笑, 無半點齟漏, 而言外之
意, 自不可掩. 則其事理當然, 而頃刻立談之間, 周旋盖覆之狀, 亦奇才也."
270) 洪大容,『湛軒書』外集 卷二「乾淨衕筆談」,"蘭公曰, 來此見場戲乎. 余曰, 見之.
蘭公曰, 場戲有何好處. 余曰, 雖是不經之戲, 余則竊有取焉. 蘭公曰, 取何事. 余
笑而不答. 蘭公曰, 豈非復見漢官威儀耶, 卽塗抹之. 余笑而頷之. 又余入入中國,
地方之大, 風物之盛, 事事可喜, 件件精好, 獨剃頭之法, 看來令人抑塞. 吾輩居在
海外小邦, 坐井觀天, 其生靡樂, 其事可哀, 惟保存頭髮, 爲大快樂事. 兩生相顧無
語. 余曰, 吾於兩位, 苟無情分, 豈敢爲此言乎. 皆頷之."

　반정균이 먼저 시작한 화제지만 담헌에게 유도되어 결국 "한관의 위의를 본 것이 아닌가"는 말까지 하고 만다. 만일 담헌이 "그윽이 취함이 있다"는 모호한 태도가 없이 직설적으로 대답했다면 반정균은 아마 바로 화제를 돌렸을지도 모른다. 만주통치의 정세 하에 "한관의 위의"라는 말은 상당히 위험한 발언이므로 반정균은 실수를 감지하고 곧 지워버린다. 이 기회를 놓칠세라 담헌은 화제를 한층 진입하여 은근슬쩍 머리를 깎는 제도에 대한 화제를 끌어낸다. 하지만 이미 한번 실수를 저지른 반정균으로서는 대답을 할리 만무하다. 청조 문인들이 기휘하는 화제를 더 이상 담론할 수 없음을 눈치 챈 담헌은 "정분이 없으면 어찌 감히 이런 말을 하겠느냐?"면서 분위기를 수습하고 화제를 바꾸었다.

　청조 문인들과의 대화의 전개에 있어 칭찬과 배려는 필수적이다. 정세파악을 위해서 담헌은 청의 체제를 찬양하는가 하면 한편 조선의 입장을 먼저 내세우기도 하였다. 이런 방법은 비단 청조 문인들의 비위를 건드리지 않을 뿐만 아니라 그들의 호기심을 자극하여 더욱 진솔한 대화를 진행할 수 있게 하였다.

　　내가 "들으니 중국에 재이가 많고 민심이 많이 동한다 하는데 실상은 어떠한가?" 역암이 "이런 말은 실지로 없다." … "민심에 있어서는 普天의 아래가 감사하여 받들고 아울러 떠받지 아니함이 없다. 소동의 설은 강절이 더욱 심하니, 자주 조세를 감해 주고 하사해 주는 국은을 입은 까닭이다." 내가 "우리나라도 고휼함을 입어 공헌하고 주청하는 일이 일마다 편의하다." 역암이 "본조에서 동방에 고휼한 것이 무슨 일인가?" 내가 "강희로부터 대하기를 다른 번

방과는 크게 달리하여 청함이 있으면 될수록 들어준다. 명조 때에는 태감이 용사하고 흠차가 한 번 나오면 국내가 진동하였다. 비록 그러나 어찌 감히 이로써 부모의 나라를 원망하겠는가?"271)

위의 인용문은 홍대용이 세 중국인사들과 나눈 세 번째 필담(12일)의 일부인데 세 번째 만남에서 민심에 대해 물은 것은 다소 경솔한 일면도 없지 않다. 하지만 이내 조선에도 고휼함을 입어 일마다 편하다고 하자 엄성은 화제에 관심을 보이면서 공미, 마공, 사신의 상사(賞賜)에 대해서도 이야기를 나눌 수 있었다. 비록 그러나 차마 부모의 나라를 원망하지 못한다는 말은 중국지식인과의 연대감을 불러일으키는 진심어린 발언이었다. 이는 담헌뿐만 아니라 만주족의 회유정책에 길들여지는 한인지식인들의 목소리라고 해도 과언이 아니다.

유도와 우회적 수법이 필담 초기 화제전개의 가장 중요한 방식이었다면 농담의 삽입 또한 분위기를 바꿔 주는 데 가장 적합한 장치였다. 외집 3권에서 육비가 담헌이 주자학을 종지로 삼는 것을 알고 자기는 육학을 한다면서 난감해 하자 담헌은 재치있게 "육선생의 학문이 육학이 아니고 무엇이겠습니까."라고 농담하여272) 초면의 거

271) 洪大容, 『湛軒書』外集 卷二 「乾淨衕筆談」, "余日, 聞說中國多災異, 民心多動, 未知實狀如何. 力闇日, 此說實在無之.…至于民心, 則普天之下, 無不感戴. 並獻騷動之說, 江浙尤甚, 屢蒙蠲租賜復之恩故也. 余日, 我東亦被顧恤, 貢獻奏請, 事事便宜. 力闇日, 本朝顧恤東方者何事. 余日, 自康熙以來, 待之逈異他藩, 有請曲徇. 前明時, 則太監用事, 欽差一出, 國內震撓. 雖然, 豈敢以此怨父母之國哉."
272) 洪大容, 『湛軒書』外集 卷三 「乾淨衕筆談」, "余日, 陸先生之學, 非陸學而何."

리감을 단축시켰다. 뿐만 아니라 때로는 정세와 연관된 민감한 화제
임에도 불구하고 문인들은 농담으로 분위기를 반전시키곤 하였다.

> 역암이 "본조의 입국은 매우 정당하다. 대적을 멸하고 대의를 펴
> 니, 중원에 주인이 없는 때를 탄 것이요, 천하를 탐하여 한 것은
> 아니다." 내가 웃으며 "천하를 탐함이 아니라 한 것은 나는 감히 알
> 지 못하겠으나, 입관한 이후엔 어찌할 수 없었던 것이다." 역암이
> "강외에 '주는 떡을 왜 안 받겠는가?' 하는 기담이 있다." 내가 "오삼
> 계가 준 것이지." 하니, 모두 크게 웃었다.

위의 인용문 역시 세 번째 필담(12일)의 일부인데 이때부터는 두
나라 문인들은 정세를 가지고도 스스럼없이 농담을 할 수 있을 정도
로 가까워졌음을 확인할 수 있다. 이처럼 농담의 삽입은 엄숙한 분
위기를 일신할 수 있을 뿐만 아니라 독자들의 흥미를 유발하고 이해
를 돕는 데 있어도 효과가 탁월하였다.

유도와 우회적 수법은 『열하일기』의 필담에서 가장 중요한 표현
방식의 하나이다. 필담에서 사용하고 있는 우회적 수법은 중국인사
들의 진심을 밝히고 주제를 극대화하는 가장 효과적인 방법의 하나
였다. 중국인과의 필담방식에 관하여 언급한 「심세편」의 인용문을
잠깐 보기로 하자.

> 나는 열하에서 중국의 많은 사대부들과 교유했다. 평범한 내용의
> 토론을 통해 내가 알지 못하던 지식을 매일 알게 되기는 했으나,
> 당시 정치의 잘잘못과 민심의 향배에 대해서는 도무지 알아낼 방법

이 없었다. … 그들의 환심을 사려 한다면 반드시 대국의 명성과 교화를 곡진하게 찬미함으로서 먼저 그들의 마음을 푸근하게 만들고, 중국과 외국이 한 몸이나 다름없음을 부지런히 보여주어 혐의를 받지 않도록 힘써야 한다. 한편으로 예법이나 음악의 문제에 뜻을 두어서 스스로 전아하게 보이도록 하고, 또 한편으로는 역대의 역사 사실을 거론하되 최근 사정에 대해서는 다그치지 말아야 한다. 겸손한 마음으로 배움을 청하여 마음 놓고 이야기를 터놓도록 유도하고, 겉으로는 잘 모르는 것처럼 가장해서 그들의 마음을 답답하게 만든다면, 그들의 눈썹 한 번 움직이는 데서도 참과 거짓을 볼 수 있을 것이요, 웃고 이야기하는 동안에도 실정을 능히 탐지해낼 수 있을 것이다. 이것이 내가 종이와 먹을 떠나서 그들의 정보와 소식을 대략이나마 얻을 수 있었던 방법이다.[273)]

연암의 필담의도와 방식을 파악할 수 있는 핵심적인 대목이다. 그는 중국인과의 필담에서 공손히 배우기를 청하는 태도로 겉으로는 모르는 척하면서 화제를 의도적으로 유도하고 보면 "미첩 사이에는 진실인지 허위인지가 저절로 나타날 것이며 보통 웃고 지껄이는 사이에 그의 정실을 탐지할 수 있"다고 한다. 이것이 바로 문외지의를 파악할 수 있는 가장 효율적인 방도이자 필담의 표현수법이었던 것이다. 왕민호와 나눈 전족에 관한 화제를 잠깐 보기로 하자.

---

273) 朴趾源, 『燕巖集』卷之十四 別集 『熱河日記』, 「審勢編」, "余在熱河, 與中州士大夫遊者多矣. 尋常談討, 雖日知其所不識, 而至若時政之得失, 民情之向背, 無術而可識. …故將要得其歡心, 必曲贊大國之聲敎, 先安其心, 勤示中外之一體, 務遠其嫌, 一則寄意禮樂, 自附典雅, 一則揚扢歷代, 毋逼近境, 遜志願學, 導之縱談, 陽若未曉, 使鬱其心, 則眉睫之間, 誠僞可見, 談笑之際, 情實可探. 此余所以畧得其影響於紙墨之外也."

"귀국 부인네들의 의복이나 모자의 제도는 어떻습니까?"… 곡정
은 또, "귀국의 부인들도 전족을 합니까?" 하고 물어서 나는, "아닙
니다. 한족 여자들이 궁혜를 신은 모습은 차마 눈뜨고 볼 수가 없습
니다. 발꿈치로 땅을 밟고 걸어가는 것을 보면 마치 보리를 심는
사람처럼 왼쪽으로 흔들고 오른쪽으로 기우뚱하면서 가는데, 바람
이 안 불어도 넘어질 것 같으니 그게 무슨 꼴이란 말입니까?"라고
하니 곡정은, "시신의 목을 잘라서 경관을 만든 꼴이니, 세상이 돌
아갈 운세를 짐작할 수 있습니다. 앞 왕조인 명나라에서는 전족을
시키는 부모를 처벌하기도 하고, 지금 왕조에서는 법령으로 아주
엄하게 금하고 있사오나, 끝내 그것을 금하지 못하고 있습니다. 대
개 한족 남자들은 청나라 법에 순종하고, 여자들은 순종하지 않은
탓일 겁니다." 내가 "모양이 우아한 것도 아니고 그렇다고 걷기에
편한 것도 아닌데, 무슨 까닭으로 그렇게 하는 겁니까?" 하고 물으
니, 곡정은 "한족 여자가 만주족 여자와 구분 없이 함께 섞이는 것을
수치로 여기기 때문입니다."라고 하더니 그 부분을 즉시 붓으로 지
워 버린다. 또 "죽더라도 안 바꿉니다."라고 한다.274)

삼액에 관한 화제는 청조 문인들이 기휘하는 화제이지만 이를 통
하여 그들의 숭명의식을 우회적으로 알아보기에 가장 적당한 방법
중의 하나로 된 것으로 보인다. 연암의 필담뿐이 아니라 그 이전의
홍대용의 「건정동필담」, 그리고 19세기 초기 이조원(李肇源)과 청 문

---

274) 朴趾源, 『燕巖集』 卷之十二. 別集 『熱河日記』, 「太學留館錄」, "貴國婦人衣冠之制
如何. …貴國婦人, 亦纏脚否. 曰, 否也. 漢女彎鞋, 不忍見矣. 以跟踏地, 行如種
麥, 左搖右斜, 不風而靡, 是何貌樣. 鵠汀曰, 獻賊京觀, 可徵世運, 前明時, 至罪
其父母, 本朝禁令至嚴, 終禁他不得, 蓋男順而女不順也. 余曰, 貌樣不雅, 行步不
便, 何故若是. 鵠汀曰, 恥混韃女卽抹去. 又曰, 抵死不變也."

사 주달(周達)의 필담[275])에서도 전족문제는 항상 화젯거리로 되었
다. 전족에 관한 화제는 왕곡정이 먼저 제기하였지만 결국 박지원에
게 유도되어 "(전족은) 오랑캐 여자들과 분간 없이 섞이기가 부끄럽
다하여 그럴 것"이라고 말하기에 이른다. 이미 「건정동필담」을 통하
여 전족문제에 대한 중국인사들의 견해를 알고 있었던 연암은 중국
인사를 일부러 울적하게 만들어 화제를 더욱 심각하게 끌어간다.

> "삼하와 통주 사이에서 머리가 허옇게 센 여자 거지가 머리에 꽃
> 을 잔뜩 꽂고 발에는 전족을 한 채 말을 따라오면서 구걸을 합디다.
> 실컷 먹은 오리처럼 배가 **빵빵**해가지고 휘청휘청하며 열 번 넘어지
> 고 아홉 번 엎어지는데, 제 생각으로는 도리어 만주족 여자보다도
> 훨씬 못해 보이더군요."라고 하니 곡정은, "그 때문에 세 가지 재액
> 이라고 하지요." … 하고는 붓으로 내 이마를 가리키며, "이게 머리
> 에 가해진 재액이지요." 한다. 내가 웃으면서 그의 이마를 가리키
> 며, "이 번들번들 빛나는 머리는 또한 무슨 재액인가요?" 하니 곡정
> 은 참혹하고 괴로운 듯 머리를 끄덕이며 '천하 사람들의 머리를' 하
> 는 내목부터 그 이하의 글자를 모두 지워 버린다.[276])

---

275) 1821년(순조 21) 조선 사신 李肇源과 청 문사 周達이 북경에서 나눈 필담수창집
    『菊壺筆話』에서도 여성의 전족문제에 관하여 담화를 한다. 『菊壺筆話』의 필담에
    대하여서는 박현규의 「조선과 청조 인사의 참된 우정과 필담록: ≪菊壺筆話≫」
    (『동북아시아문화학회 국제학술대회 발표자료집』, 2004)에서 고찰하였다.

276) 朴趾源, 『燕巖集』卷之十二 別集 『熱河日記』, 「太學留館錄」, "余曰, 三河通州之
    間, 白頭丐女, 滿髻揷花, 猶自纏脚, 隨馬行丐, 如鴨飽食, 十顚九仆, 以愚所見,
    還不如韃女遠甚. 鵠汀曰, 故是三厄. … 筆指余額曰, 這是頭厄. 余笑指其額曰, 這
    個光光, 且是何厄. 鵠汀慘然點頭, 卽深抹天下頭額以下字."

연암이 묘사하고 있는 늙은 거지 여인의 형상은 왕곡정을 자극하기에 충분하였다. 아름다운 여인을 예로 들었다면 상황이 달라졌을지도 모르지만, 연암은 굳이 늙은 거지를 예로 들어 만주 여자와 비교하면서 왕곡정을 울적하게 만든다. 그리하여 연암은 삼액277)에 대한 이야기를 들을 수 있었다. 박지원의 망건을 가리켜 '두액'이라고 하는 왕곡정의 조롱에, 박지원 역시 질세라 "번쩍번쩍 하는 것은 무슨 액이냐"고 반격을 가한다. 왕곡정은 박지원에 유도되어 자신이 제기한 화제에 스스로 휘말려들어간 셈이다. 왕곡정의 변발 망건이 마찬가지로 '두액'이라는 상호 일치된 결론을 통해서 두 지식인 사이에는 세계인식이 심화되면서 공감대를 형성하고 있었다.278)

2) 비교와 재확인

사실 외국의 실태를 제대로 파악하기란 여간 어려운 일이 아니다. 대다수 인사들은 민심에 관해서 자세하게 언급하기를 기피했고 특히 한족 관리들은 정치적으로 민감한 화제를 함부로 올리기 부담스러워했다. 하지만 시중의 상인의 경우는 꺼릴 것이 없이 비교적 자유롭게 말을 할 수 있었다. 그리하여 북학파 문인들의 필담에는 시

---

277) 왕곡정은 여성들의 발을 구속하는 전족을 '足厄'이라 하고 머리를 구속하는 網巾은 '頭厄'이며, 입에 뜸질을 하는 담배는 '口厄'이라고 한다.

278) 임형택은 "변발이 청의 중국지배의 상징물인 데 대해서 망건은 청의 조선에 대한 기미정책의 잔류품"이라고 하면서 두 지식인은 이런 필담을 통해 서로 세계인식이 심화되면서 공감대를 형성하였다고 하였다.(임형택, 「박지원의 주체의식과 세계인식－『熱河日記』 분석의 시각」, 『실사구시의 한국학』, 창작과 비평사, 157쪽.)

중의 상인이나 문화수준이 낮은 사람들도 제법 등장하게 된다. 즉, 문화수준이 낮은 사람들이 필담에 등장하고 있다는 것은 북학파 문인들의 교유가 단순한 지식교류나 학술정보의 범주가 아님을 역설해준다. 하지만 문화수준이 낮은 사람들의 말은 허튼소리가 많은지라 모두 믿을 것은 못 되었다. 또한 기휘하는 화제가 아니면 문제될 것은 없으나, 중국인들은 발설하기를 꺼리는 문제에 봉착하면 곧바로 화제를 전이시켜 본심을 파악하는 것이 실로 어려웠다. 이토록 필담으로 현실을 제대로 파악하기에 제한이 많이 따랐다. 그리하여 북학파 문인들이 동원한 방식이 바로 비교와 재확인의 수법이었다. 즉, 대상의 이중적 속성을 중국인의 위치에서 추출하되 어느 한 가지를 선택하지 않고 상대적으로 논의를 병치시킴으로써 객관적인 판단을 가하는 것이다. 따라서 그들은 아무리 교제가 깊더라도 특정인을 절대적으로 신뢰하지 않고 동일한 질문을 여러 사람들에게 거듭하고 비교를 통해서 마음으로 판단함으로써, 한 개인의 특성을 중시하기보다 여러 사람과의 비교와 재확인을 하는 데 역점을 두었다.

비교와 재확인의 방식에 있어서는 『당보』와 필담의 대조, 문화수준이 높은 지식인과 상인과의 비교, 각 지방의 부동한 태도의 비교, 그리고 동일인과의 재차 확인 등 여러 가지방식으로 표현된다. 주제별로 필담을 정리한 박지원의 『열하일기』에는 이런 방식이 가장 선명하게 드러난다. 즉, 특정주제에 대한 여러 사람들의 견해를 집중적으로 비교하여 화제의 핵심을 예리하게 파헤쳤다는 것이 특징이다. 「황교문답」, 「반선시말」과 같은 황교에 관한 화제는 모두 부동한 사람들의 견해를 비교하고 장황한 변명을 꿰뚫어서 파악한 필담이다.

1) (왕성) 반선 액이덕니는 서번 오사장의 대보법왕입니다. 서번
은 사천·운남의 국경 밖에 있으며, 오사장은 청해성 밖에 있다.……
명의 중엽에 특이한 중이 있어 종객파라고 했는데, 그 말제자는 달
뢰라마요, 다음은 반선 액이덕니라 합니다.

2) 몽골인 경순미가 내게 이런 이야기를 해주었다. "서번은 옛날
삼위 땅입니다. 『서경』에 순임금이 삼묘를 삼위로 쫓아냈다고 한
바로 그 땅입니다. 거기에는 세 나라가 있는데, 첫째가 위나라로
달뢰라마가 사는 곳으로 옛날의 오사(烏斯)입니다. 또 하나는 '장'
이라는 나라인데, 반선라마가 사는 곳이며 옛날에도 역시 '장'이라
고 했습니다. 또 한 나라는 객목(喀木)인데, 다시 서쪽으로 더 가서
있으며 여기에는 대라마는 없고 옛날에는 강국(康國)이라고 불렀습
니다. 그 땅은 사천과 마호(馬湖)의 서쪽에 있으며, 남으로는 운남
과 통하고 북으로는 감숙과 통합니다. … 대체로 그 종교는 명분상
은 불교라고 하지만 실체는 도가입니다. 마음으로 세상을 보려는
유심법이나, 술법과 주문이 도가와 서로 닮았습니다.

3) 열하에서 돌아오는 길에 장성에 들렀을 때, 한 손님과 장성
아래에서 이야기를 하다가 그에게 서번에 관해 물었다. 그는 이렇
게 답했다. "서번은 옛 토번 땅입니다. 장교를 떠받드는데, 황교라
고도 부릅니다. 본래부터 그 국가의 풍속이 그렇습니다. 특별히 중
이라는 이름을 붙인 건 아니건만 중국 사람들이 그를 승려라고 부르
는데, 실상은 불교와는 크게 다르답니다. 지금 중국에는 불교가 폐
한 지 오래되었습니다."[279]

「반선시말」을 보더라도 연암은 반선에 관하여 왕성, 경순미, (이름 모를)일객, 유황포(俞黃圃), 진립제(陳立齋) 등 여러 사람의 견해와 태도를 소개하면서 왕성만큼 서번의 내력을 자세히 아는 자는 없다고 덧붙였다. 왕성의 필담이 가장 참고할 가치가 있음을 제시해 준 것이다. 그는 특히 왕성과 경순미의 견해를 주로 소개하였는데 두 사람은 서번의 위치에 대한 견해부터 달랐다. 1)왕성은 서번이 사천과 운남 밖 지방이라 하였고, 종객파(宗喀巴)는 뛰어난 중으로서 달뢰라마와 반선액이더니 두 제자를 양성하였다고 하였다. 2)하지만 경순미는 서번이 옛날 삼위의 땅으로서 "순임금이 삼묘를 삼위로 쫓아냈다고"는 데가 바로 이 땅이라고 하였다. 그리고 종객파를 명나라 중엽 뛰어난 중으로서 두 제자를 양성하였고 이들의 교는 이름은 중이라 했지만 실상은 도교라고 하였다. 하지만 왕성의 말과 비해 분명하지 못한 것이 많았다. 두 사람의 견해로서는 파악하기 힘들자 연암은 또 3)한 손님의 견해, 즉 서번은 옛날 토번의 땅이며 장교를 숭상하는데 또한 황교라고도 하는데 실상은 불교와 판이하게 다르고 중국의 불교는 없어진지 오래다는 발설을 더 보충하였다. 또한

---

279) 朴趾源, 『燕巖集』卷之十三 別集 『熱河日記』, 「班禪始末」, "(王晟)班禪額尒德尼, 西番烏斯藏大寶法王. 西番在四川雲南徼外, … 明之中葉, 有異僧曰宗喀巴, 其弟子長曰達賴喇嘛, 次曰班禪額尒德尼. … 蒙古人敬旬彌爲余言, 西番古三危地, 舜竄三苗于三危, 乃其地也. 其國有三, 一曰衛, 達賴喇嘛所居, 古之烏斯也. 一曰藏, 班禪喇嘛所居, 古亦曰藏. 一曰喀木更, 在西無大喇嘛, 古曰康國, 其地在四川馬湖之西, 南通雲南, 東北通甘肅 … 大約其敎僧名而道家實也, 其觀想運氣持咒, 與道家相類. … 還入塞時, 與一客語長城下, 詢西番事, 客對曰, 西番故吐蕃地也, 奉藏敎, 亦名黃敎, 本自其國俗然也, 非另立僧名, 而中國人謂之僧, 其實大異佛敎, 目今中國佛敎廢久矣."

유황포와 진입재는 날마다 교유했음에도 불구하고 반선에 대답을 회피하였다고 하였다면서 한참 후에야 반선에 관한 화제가 "살을 벗겨 죽이는"[280] 죄목에 해당하는 엄중한 사건임을 알고 다시는 묻지 않았다고 하였다. 두 지식인과 반선에 관하여 필담을 나누지 못했음에도 불구하고 굳이 그들을 내세운 것은 반선의 화제가 얼마나 엄중한 문제인지를 분명히 밝히기 위한 의도였다. 여러 사람의 견해 중 어느 것이 진짜인지는 알 수 없다. 하지만 연암이 진정 관심을 가진 것은 반선의 출신이나 황교 그 자체가 아니었다. 황교 자체보다는 반선에 대한 관심이 더 컸고 지식인을 만날 때마다 질문은 했지만 이는 반선의 시말에 관한 것이었지 황교의 본질에 대해서는 별로 묻지 않았다. 그리하여 황교를 불교의 한 계파로 알고 있는 정도이고, 이름은 중인데 실상은 도교라고 하는 경순미를 만나서는 혼란에 빠지기도 한다(大有異同).[281] 연암이 진정으로 관심을 가졌던 것은 반선이나 황교의 구분이 아니라 청조가 살벌한 분위기와 사회적 지위를 획득한 원인과 그 지배적 원리, 즉 청왕조의 통치술수에 있었던 것이다. 따라서 연암은 청왕조의 이런 정치수단은 "중국을 비참하게 하고, 지존의 체모를 깎으며, 선대의 성인을 추하게 만들고, 참스승인 공자를 억누르는"[282] 비루한 짓이라고 여지없이 폭로하고 비판

---

280) 朴趾源,『燕巖集』卷之十三 別集『熱河日記』,「班禪始末」, "久之聞山西布衣, 有以七條上疏者, 其一盛論班禪, 帝大怒命剮之, 我東驛夫多見之宣武門外云. 自是不敢復詢班禪事. … 或曰, 上疏者, 擧人張自如云."
281) 辛泰洙,「"熱河日記"에 나타난 연암의 황교관과 세계인식」,『한국의 철학』제17호, 1989, 180쪽 참조.
282) 朴趾源,『燕巖集』卷之十三 別集『熱河日記』,「班禪始末」, "自不覺其卑中國而貶

하기에 이른다.

여러 인사와의 필담을 비교하여 재확인하는 방식은 기타 북학파 문인들에게도 자주 사용되었다. 홍대용은 세 항주 선비에게서 민심과 내란에 대하여 만족스러운 답을 얻지 못하자 십삼산(十三山)의 만주관인에게서 재차 확인하여 회회인의 풍속과 무장세력에 관한 정보까지 얻을 수 있었다.[283] 또한 앞서 이미 논하다시피 유득공의 필담에서 자주 등장하는 천초비적 문제 역시 연행 도중 수많은 사람들의 견해를 모아서 얻어낸 성과물이다.

3) 복선과 암시

복선과 암시는 독립적 텍스트의 필담에서 극히 중요한 표현방식이다. 특정인과의 중복되는 화제가 자주 등장하는 홍대용의 「건정동필담」이나, 주제별로 묶은 박지원의 필담에서나, 이 방식은 필담 전체의 흐름에서 극히 중요한 역할을 한다. 우선 「건정동필담」에서의 암시와 복선의 전개방식을 보기로 하자. 필담 초기에 유도와 우회적 수법으로 해결하지 못했던 민감한 화제들은 두 나라 문인들의 정분이 두터워지면서 다시 화제로 되는 경우가 있다. 이런 경우, 앞

至尊, 醜先聖而抑眞師, 其立國之始, 所以訓敎子弟者, 又何其陋也."

[283] 洪大容, 『湛軒書』卷七, 『燕記』, 「十三山」, "問曰, 回子風俗何如, 臨陣勇㥘, 比中國亦何如. 家丁曰, 回子非人類也. 全無禮法, 男女不避混便, 惟臨陣凶猛, 不怕矢石. 以此我兵亦累敗, 嘗黑夜混戰, 幾喪全師. 幸其勇而無謀, 行陣無法, 卒破降之. 問曰, 回子慣用何兵, 中國所以制之, 亦以何兵. 家丁曰, 回子亦用弓矢, 其他兵器俱有, 但最怕中國放鎗. 問曰, 馬上亦能放鎗, 你亦解放乎. 家丁曰, 馬上放鎗, 我輩之長技, 仍攘臂爲放鎗之狀."

의 필담은 뒤의 화제에 복선으로 되는 역할을 한다.

> 역암이 "절강에 가소로운 말이 있다. 이발점에 붙였는데, 쓰기를 성세의 기쁜 일이라 했다." 내가 "강남 사람이니 이런 말투가 있지, 북방은 감히 이렇지 못하리라." 내가 "망건은 비록 전조의 제도이나 실은 좋지 않다." … 역암이 "그러면 왜 버리지 않는가?" 내가 "옛부터 하던 것이기에 편히 여기고, 또 차마 명제를 잊지 못해서이다." 내가 "또 부인의 조그만 신은" … "대단히 좋지 않다. 내가 일찍 이르기를, 망건과 전족은 중국 액운의 증조라고 하였다." 역암이 끄덕였다. 난공이 "내가 일찍이 배우의 망건을 취하여 써보았는데, 매우 불편하였다." 내가 희롱하며 "월인은 장보(章甫: 은나라의 예관 이름)가 쓸데없다." 하니, 양생이 모두 크게 웃으면서 또한 부끄러운 빛이 있었다. 난공이 강남에 한 친구가 일찍 장난삼아 배우의 모대를 하고 궤배하는 모양을 하니, 온 좌중이 모두 너털웃음이 터졌다. 내가 또 희롱하며 "흑선풍이 정사 본다." 했더니, 양생이 모두 절도하였다. 또 "10년 전에 관동의 한 지현이 동국의 사신을 만나 내당에 인도한 뒤, 모대를 빌어 입고 그 처와 마주보며 울었다고, 동국에서 지금까지 전하면서 슬퍼한다." 역암이 머리를 드리우고 묵묵하였다. 난공이 탄식하며 "좋은 지현이다." 또 "진실로 그 마음을 가졌다면 어찌 관을 버리고 가지 않았는가?" 내가 또 "이 또한 그다지 쉽지 않다. 우리들의 하지 못하는 일인데 어찌 감히 남을 책하리오." 하니, 모두 추연하여 한동안 침묵에 잠겼다.[284]

---

284) 洪大容, 『湛軒書』外集 卷二 「乾淨衕筆談」, "力闇曰, 浙江有可笑語, 剃頭店有牌號書曰盛世樂事. 余曰, 江南人乃有此口氣, 北方恐不敢爲此. 余曰, 網巾雖是前明之制, 實在不好. … 力闇曰, 然則何不去之. 余曰, 安於故常, 且不忍忘明制耳. 余又曰, 婦人小鞋 … 甚不好. 余嘗云網頭纏足, 乃中國厄運之先見者. 力闇頷之.

첫 대면에서 기휘하던 화제가 세 번째 만남(12일)에 다시 등장하면서 비로소 농담까지 해가며 체두(剃頭), 망건, 전족에 이르기까지 솔직하게 대화를 진행할 수 있었다. 이런 민감한 화제를 놓고도 반정균이 모대를 하고 궤배하는 모양을 하고 좌중을 웃기는가 하면 담헌은 "흑선풍이 정사 본다"하여 두 문인을 모두 절도하게까지 하며 분위기가 자못 화기애애하였다. 하지만 관동의 지현이 모대를 빌어 입고 그 처와 마주보며 울었다는 이야기를 하면서 다시 "우리들이 하지 못하는 일인데 어찌 감히 남을 책하리오." 하며 탄식을 하는 대목에서 그 시기 한문화권 문인들의 숭명의식을 확인할 수 있다.

「건정동필담」은 일기체 필담이지 주제별 필담이 아니기 때문에 이와 같이 작성과정에 중복되는 화제들이 꽤 많다. 필담내용에는 주자가 『시경』의 주석을 작성함에 있어 소서를 없앤 것이 정당한지 아닌지에 관한 논변으로부터 시작하여 주학, 양명학, 육상산의 학설에 대한 논의가 자주 등장하는데 이런 경우, 담헌은 미리 앞에서 장차 진행할 화제를 암시하곤 하였다. 예를 들어 3일의 일기에는 "역암은 미소할 뿐이다. 대개 그는 평일에 배운 바가 왕육에 자못 깊었던 까닭"[285]이라고 하면서 장차 엄성이 왕육학설의 논의에서 펼치게 될

蘭公曰, 余嘗取優人網巾戱着之, 甚不便. 余戱之曰, 越人無用章甫. 兩生皆大笑, 亦有愧色. 蘭公曰, 江外有一友, 嘗戱着優人帽帶, 爲拜跪狀, 一坐爲之鬨堂. 余又戱云黑旋風喬坐衙, 兩生皆絶倒. 又曰, 十年前, 關東一知縣遇東使, 引入內堂, 借着帽帶, 與其妻相對卽泣, 東國至今傳而悲之. 力闇垂首黙然. 蘭公歎曰, 好箇知縣. 又曰, 苟有此心, 何不棄官去. 又曰, 此亦甚不易, 吾輩所不能, 何敢責人, 皆愀然良久."

285) 洪大容,『湛軒書』外集 卷二「乾淨衕筆談」, "力闇微笑而已, 盖其平日所學於王陸頗深也."

활약을 암시해 주었다. 또한 기휘하는 화제에 대해 청조 문인들이
답변을 회피하게 되면 "반드시 즉각 논하여 보여 달라는 것이 아니
라 두 형의 글을 얻어서 돌아간 뒤에 그것에 의하여 동방사우에게
들려주려고 한다."286)면서 화제의 재론을 암시해 주었는가 하면 26
일 주자의 소서문제 논의에서는 중국문인들과 팽팽한 대립을 이루
자 담헌은 "충분히 읽고서, 만일 새로 깨닫는 것이 있으면 삼가 서면
으로 만들어서 다시 회답"287)하겠다고 하여 뒤에 서신에서 화제가
재등장할 것을 미리 암시하였다.

박지원의『열하일기』에서도 화제의 암시는 없어서는 안 될 필수
장치였다. 주제별로 필담을 묶으면 물론 중복화제에 대한 혼란은 피
면할 수 있지만, 필담전개의 전후 상황이라든지 분위기에 대하여 모
두 상세하게 밝히지는 못한다. 게다가 필담만으로 구성된 텍스트에
는 날짜가 없다보니 필담의 전개를 제시하지 않으면 혼란스러울 수
도 있다. 따라서 박지원은 「도강록」, 「성경잡식」, 「태학유관록」과
같은 일기 부분에서 청나라 사람들과 만난 인연, 시간과 장소, 필담
상대방의 신분 등 기본적 자료를 미리 제시함으로써 독자들에게 필
담을 접할 심리적 준비와 흥미를 불러일으켰다. 또한 필담 후의 여
행 기록과도 유기적으로 연결시키기 위하여 다방면으로 노력을 기
울인 것으로 보인다. 「황교문답」, 「망양록」, 「곡정필담」같이 필담만

---

286) 洪大容,『湛軒書』外集 卷二「乾淨衕筆談」, "不必卽刻論示, 欲得二兄書, 歸後籍
以聞於東方師友間."
287) 洪大容,『湛軒書』外集 卷三「乾淨衕筆談」, "當於歸後更熟看之, 如有新得, 謹當
筆之於書, 以俟反覆也."

으로 구성된 작품은 특정주제에 집중시키기 위하여 앞부분의 일기
와 필담을 결합시키는 방식을 취하였다. 그중에 특정주제에 한해서
따로 묶어 필담을 작성하였다.

> 서장 사람들의 의관은 모두 황색인데, 몽골도 이를 본받아 역시
> 황색을 숭상한다. 지금 황제가 시기심이 많고 폭력적인 성향을 가
> 지고 있으면서도 어찌하여 유독 황색의 꽃을 노래한 참요는 꺼리지
> 아니하는가? 액이덕니는 서번 승려의 이름도 아니고 서번의 땅 이
> 름도 아니다. 그런데 이것을 사람의 별호로 사용하니 괴상망측하고
> 황당하여 도통 그 요령을 얻기 어렵다. 사신은 비록 황제의 명령
> 때문에 억지로 나아가서 서번의 승려를 만나는 보았지만 마음속으
> 로 불평을 했을 터이고, 역관들은 오히려 무슨 일이나 나지 않을까
> 두려워하면서 어물쩍하며 눈가림으로 대충 꾸며대는 것을 다행으
> 로 여겼을 것이다. 하인들은 마음속으로 서번 승려의 목을 베었을
> 것이고, 뱃속으로는 황제를 비방하며 황제가 세계만방의 진정한 천
> 자가 되려면 자신의 한가지 행동조차 신중하게 하지 않으면 안 된다
> 고 했을 것이다. 태학관에 돌아오니 중국의 사대부들은 모두 내가
> 반선을 만난 것을 영광으로 여겨서 부러워하지 않는 사람이 없었
> 다. 한편 반선의 도술이 신통하다고 입에 침이 마르도록 극구 찬미
> 하지 않는 사람이 없었다. 속된 세상에 구차하게 영합하고 아첨하
> 는 풍조가 이와 같다. 대저 예로부터 세상의 도가 올라갈지 내려갈
> 지와, 사람들의 심보가 착할지 간사할지는 모두 윗사람이 어떻게
> 인도하느냐에 달려 있다. 지정의 처소에서 술을 약간 마셨다. 이날
> 밤에 달빛이 더욱 밝았다. (이때 주고받은 이야기는 '황교문답'편에
> 싣는다.)[288]

「태학유관록」11일 정사(丁巳) 하루의 일기를 보더라도 이날에는
수많은 일과 화젯거리가 생긴다. 몽골인과 회회인들을 목격한 이야
기, 그들 앞에서 술로 담을 자랑하고 나서 공포에 떨었다는 내용,
그리고 반선을 만나보게 된 경위 등 여러 가지 흥미로운 사건들이
발생한다. 하지만 연암은 일기에서 그 내용을 모두 기록하지 않고
황제가 티베트의 수령을 이토록 존중하는 원인에 대해 의문을 제기
하고, 이를 주제로 하여 중국의 사대부들과 나눈 필담이 「황교문답」
에 기재되었음을 제시하였다. 이와 같이 필담이 여행일기와 유기적
으로 통일되도록 장치를 설정하였던 것이다. 이날 미리 제시한 작품
만 해도 세 편(「찰십륜포(札什倫布)」, 「반선시말」, 「황교간답」)이나 된다.
이 중에 「반선시말」, 「황교간답」은 모두 필담 위주의 작품이다. 또
한 「속재필담」과 같은 기타 필담 텍스트에 대해서도 「성경잡식」의
일기에서 자연스럽게 제시해준다.289)

작품 전반에 걸쳐 독립적인 텍스트의 전개뿐만 아니라, 특정화제
의 전개에 대해서도 연암은 미리 암시를 해주었다. 연암은 천문학에

---

288) 朴趾源, 『燕巖集』卷之十二 別集 『熱河日記』, 「太學留館錄」, "西藏之人, 冠服皆
黃, 蒙古效之, 而亦尙黃. 則以皇帝之猜暴, 何獨不忌此黃花之謠耶. 額爾德尼, 非
西僧之名, 西番之地, 亦有此號, 鬼怪荒唐, 難得要領矣. 使臣雖勉强就見, 內懷不
平, 任譯則猶恐生事, 以急急彌縫爲幸, 下隸則莫不心誅番僧, 腹誹皇帝, 爲萬邦
共主, 弗可不愼其一擧措也. 及還舘中, 中原士大夫, 皆以余得見班禪, 莫不榮羨,
亦莫不極口贊美, 其道術神通, 其希世傅會之風如是. 夫終古世道之汚隆, 人心之
淑慝, 莫不由上導之也. 小飮郝志亭所, 是夜月益明, 話載 「黃教問答」.
289) 朴趾源, 『燕巖集』卷之十一 別集, 『熱河日記』, 「盛京雜識」, "入一收賣古董舖子,
舖名藝粟齋, 有秀才五人, 伴居開舖, 皆年少美姿容, 約更來齋中夜話, 俱載藝粟
筆談."

관한 화제를 도입하기 위하여 「태학유관록」의 일기에서 이미 여러
번 암시를 한 것으로 보인다.

    1) 8월 9일 을묘: 그때 달빛은 뜰에 그득하고 담장 맞은편의 장군
부에서는 초경 사점을 친다. …이렇게 달 밝은 밤에 술을 마시지
않는다면 무얼 하겠는가?
    …
    담방 밖에서는 또 삼경 이점을 친다. 애석하구나. 이렇게 아름다
운 밤, 이렇게 좋은 달빛에 함께 놀 사람이 없다니.
    1) 8월 10일 병진: 기공이 내 손을 이끌고 밖으로 나와 함께 달구
경을 했다. 그때 달빛이 대낮처럼 밝았다. 내가 "달에도 또 하나의
세계가 있다면, 달에서 우리 지구를 바라보는 사람이 있어 난간 아
래에 서서 우리처럼 달에 그득한 지구의 빛을 감상하겠지요."라고
하니, 기공은 손으로 난간을 치면서 기이한 말이라고 칭찬한다.
    2) 8월 11일 정사: 지정의 처소에서 술을 약간 마셨다. 이날 밤에
달빛이 더욱 밝았다.
    3) 8월 12일 무오: 저녁에는 약간 흐려서 달빛이 없었다.[290]
    4) 8월 14일 경신: 잔을 잡아 달을 가리키면서, "저 달 아래에서
서로 이별을 하게 됩니다. 다음에 서로 생각이 날 때, 만 리 밖에서
라도 저 달을 보게 되면 선생을 본 듯 여길 것이외다. …"

---

290) 朴趾源, 『燕巖集』卷之十二 別集, 『熱河日記』, 「太學留館錄」, "(乙卯)時月色滿
庭, 隔墙將軍府, 已打初更四點. … 可惜良宵好月, 無人共翫."" (丙辰)奇公携余
出, 同看月, 時月色如晝. 余曰, 月中若有一世界, 自月而望地者, 倚立欄干下, 同
賞地光滿月邪, 奇公拍欄稱奇語."" (丁巳)小飲郝志亭所, 是夜月益明."" (戊午)夕
小陰無月色."" (庚申)把杯指月曰, 月下相別, 他日相思, 萬里見月, 如見先生也."

위의 인용문은「태학유관록」일기의 마무리 부분이다. 흥미롭게
도 연암은 모든 일기에서 달이야기를 펼치고 있으며 13일을 제외한
나머지 일기는 달이야기로 마무리를 짓고 있다. 13일 일기에는 또한
연암이 알고 있는 천문학지식과 달의 화제를 아주 상세하게 기록하
기도 하였다. 태학관에 체류한 시기라면 바로 왕민호를 비롯한 중국
지식인들과 달세계 이야기에 대해서 필담을 나눴던 시기였다. 따라
서「태학유관록」일기의 결말에서 진행한 달의 묘사는 결코 우연이
아닌 것으로 보인다. 즉 뒤의「곡정필담」에서 전개될 달세계의 이야
기에 대한 암시로 보인다. 연암이 펼친 의미심장한 달세계 논리는
기풍액에게 호기심과 충격을 안겨주었으며 결국 중국지식인들의 호
기심으로 인해 달세계 이야기가 필담의 화제로 떠오르게 된다. 연암
은 이와 같이 의도적으로 중국지식인들의 호기심을 촉발시키고 나
중에 자연스럽게 천문학 화제를 이어갔던 것이다.

이와 같이 북학파 문인들은 필담의 사상성과 문학성을 보장하기
위하여 유도, 우회, 재확인, 복선, 암시 등 수많은 장치를 도입하였
다. 이런 표현수법으로 하여 필담의 문학성을 한층 높일 수 있었을
뿐만 아니라 필담 주제의 이해에도 도움이 되었고, 독자로 하여금
흥미롭게 필담에 주목하도록 하였다. 북학파 문인들의 필담이 정
치, 경의, 성리, 역사 등 진지하고 무거운 내용을 담고 있으면서도
전혀 따분함이 들지 않고 오히려 독자들의 긴장감 불러일으킬 수
있는 원인도 바로 이러한 표현수법을 성공적으로 도입하였기 때문
이다.

V

결론

　본서는 고도의 문학성을 지닌 홍대용과 박지원의 필담을 중심으로, 동시기 연행에 오른 박제가와 유득공을 아우르는 북학파 필담에 주목하여 그 저술방식과 창작동기, 및 화제의 담론양상을 고찰하는 데 목적을 두었다. 필담은 언어가 다른 나라에서 상호소통을 염원하는 지식인들이 문자로 진행한 의사소통방식으로서, 홍대용과 박지원 등 문인들에 의하여 단순한 기록적 성격을 벗어나 고도의 문학성을 보여주는 독립적 텍스트로 재창작된다. 특정 작가, 특정 작품을 중심으로 자료적 측면에서 주로 주목되었던 연행록이, 여행과 체험의 문학적 텍스트로 주목을 받기 시작한 것은 1980년대에 들어와서의 일이다. 최근 연행록에 대한 다양한 연구가 이루어지면서 연행록에 소재한 필담에 대해서도 새롭게 인식을 하게 되었다. 선행연구에서는 필담의 중요성은 인식하였지만, 연행록 전체에 대한 연구이기에 범위가 넓어서 세부적인 천착은 상대적으로 부족하였다고 생각된다. 따라서 본 연구에서는 그동안 구체적으로 해명되지 않은 필담의 형식적 특징과 저술특징을 중점적으로 고찰하였다. 이제 연구 내용을 요약하면서 정리하면 다음과 같다.

우선, Ⅱ장에서는 18세기 한중문인들의 필담이 성립될 수 있는 배경과 성격, 그리고 필담에 참여한 중국인 계층에 대해 고찰해 보았다. 필담이 성립할 수 있는 배경을 역사적, 사회적 맥락에서 보다 명확히 고찰하기 위하여 필담의 참석자를 제의자와 참여자로 나누어 한중 두 나라의 역사적 상황과 문인의 입장을 대비하고 그 연대감을 발견함으로써 필담이 성립할 수 있는 근본원인을 짚어보았다. 필담의 제의자, 즉 북학파 문인들은 이 시기 특유의 문제의식과 지적 호기심을 안고 농, 공, 상의 이익을 옹호하기에 앞섰으며 남다른 학술 수용자세로 필담에 대비하여 철저한 준비를 하고 있었다. 필담의 참여자인 중국인의 경우, 지식인들은 그리움과 상실감으로 하여 북학파 문인들에게서 연대감을 느끼고 필담에 참여한 것으로 보이며, 상인과 같은 하층백성들은 신분상의 제약이 없다보니 북학파 문인들의 질문에 상대적으로 자유롭게 대답을 할 수 있었다.

필담의 성격을 고찰함에 있어서, 특정한 문체나 범주에 국한시키기 어려운 필담의 특성을 고려하여 문학개념의 외연을 확장하여 필담의 문학성을 조명해 보았고 그 존재방식, 창작기법, 소재의 특징과 같은 총체적 성격에 대하여 초보적인 규명함으로써 문학으로서의 필담 연구의 가능성을 재차 확인하게 되었다. 필담에 참여한 인물을 고찰하기 위하여 필담에 참여한 핵심 인물에 초점을 맞추어 그 인적사항을 정리함과 동시에 조선문인들의 인물평도 함께 고찰해 보았다. 정리 작업을 통하여 필담에 참여한 중국의 인사들이 한 조선 문인과의 친분을 계기로 기타 북학파 문인들의 필담에 공동으로 등장하는 경우가 많다는 것과 필담에는 다양한 계층과 민족이 등장하고 있지만 이민족에 대한 시선에는 일종 선입견을 동반하고 있다는 사실을 확인할 수 있었다.

Ⅲ장에서는 문학텍스트로서의 연행록 소재 필담의 성립과 그 창작의도에 대하여 구체적으로 살펴보았다. 필담 텍스트의 형식적 특징에 초점을 맞추어 인물별로 그 형식적 변모를 추적해 보았는데 홍대용은 처음으로 독립적 텍스트로서의 필담을 저술한 문인으로서 필담의 구성방식에 각별히 신경을 쓴 것으로 보인다. 「건정동필담」은 일기체 작품의 통일성을 확보하기 위해 필담 기록과 편지를 삽입하는 날짜를 아주 적합하게 설정하고 있었으며 동시에 서신배치에 있어서도 규칙성을 띠고 있었다. 앞부분에 평균 필담 한차례에 서신 내왕 3일을 주기적으로 배치하다가 시일이 지나면서 점차 그 규칙성이 깨지게 되었으며 필담과 서찰의 내용 역시 점차 다양성을 띠게 되었다. 교유인물의 이름으로 표제를 설정한 「연기」의 경우, 전통 일기체사행문학 형식에 대한 도전이라는 의미에서, 그리고 관심대상의 전변이라는 의미에서 아주 혁신적인 의의를 갖게 된다. 즉 인물명 표제의 형식적 변환은 조선 문인들의 관심이 점차 문물로부터 인간으로 집중되어가고 있음을 입증해주는 단서라고 할 수 있다. 홍대용은 필담을 구성함에 있어 항상 시간의 중요성을 의식하였다. 「연기」 역시 항목에 따라 효율적으로 구성하고 있지만 매 항목에 대한 구체적 서술에 있어서는 의연히 전통 연행록의 일기체 형식을 취하고 있었다. 요컨대 홍대용은 연행의 체험과 분위기를 극대화시킴으로써 처음으로 필담으로 구성된 연행록이 문학적 수준을 획득하는

데 큰 기여를 하였다.

박지원의『열하일기』는 기존 연행록에 비해 필담이 존재하는 양식, 소통하는 방식 및 전달하려는 메시지 등 총체적인 변화가 일어난다. 그는 미리 일기 부분에서 청나라 지식인들과 만나는 인연, 장소, 시간, 그리고 상대의 인적사항을 모두 제시하여 필담의 전개를 미리 제시한다. 그리고나서 중요한 화제를 담은 필담은 따로 독립적인 장을 설치하여 순수한 필담 중심의 문학을 창작하려고 시도하였다. 그리고 필담을 구성함에 있어서도 홍대용처럼 사적인 감정을 중시하기보다는 필담의 내용 즉, 주제에 치중점을 두었다. 그의 필담의 가장 큰 형식적 전환은 시(詩)와 필담의 분리 즉, 순수한 필담 텍스트의 완성에서 찾아볼 수 있다. 연암이 시를 따로 편집한 것은 특정주제에 화제를 집중시키기 위한 의도적인 배치라고 할 수 있다. 연암의 필담 텍스트는 또한 날짜의 예속에서 자유로워지는 모습을 보인다. 다시 말해 연암에게 있어서 필담은 청조 현실을 인식할 수 있는 효율적인 방식이자『열하일기』의 주제를 극대화시키는 핵심적 장치였다고 할 수 있다.

유득공과 박제가의 연행록은 일정의 예속에서 완전히 벗어난다. 1차 연행경험을 바탕으로 창작한 박제가의『북학의』를 보더라도 전편 작품에 날짜를 찾아볼 수 없다. 즉 두 문인은 연행의 일정이나 노정보다는 청조의 문물, 풍속, 인물 자체에 더 큰 의미를 두었던 것이다. 유득공과 박제가의 연행록은 또한 필담의 내용보다 교유대상에 주력한다. 유득공의『연대재유록』에는 58명의 인물명을 목록으로 작성하고 있지만 구체적 서술에 있어서는 명확한 구분이 없이

여러 인물을 묶어서 소개하고 있다. 박제가의 『호저집』 역시 172명
의 중국인을 소개하고 있지만 필담은 고작 11편 뿐이고 필담 내용
역시 문학적 가공을 거치지 않았다. 이런 형식적 특징을 미루어 볼
때, 두 문인의 연행목적은 필담수창의 내용기록에 있는 것이 아니라
교유대상의 친분에 더욱 주목하고 있다는 결론을 얻어내게 되었다.

Ⅳ장에서는 우선 필담의 서술양상에서 체현된 두 나라 지식인의
학문관, 인식론을 비교하고 그 주장 사이의 거리를 따져봄으로써 그
들이 펼쳤던 현실인식이 필담에서 어떻게 체현되고 어떠한 전변을
겪고 있는지를 살펴보았다. 양국 문사들이 나눈 다양한 화제 중에서
가장 자주 등장하는 대표적인 담론, 즉 화이론적 세계관의 문제, 정
학이단론, 청조현실의 동향과 민심의 향배를 중심으로 고찰해 보았
다. 또한 『열하일기』의 필담에서 중국지식인을 철저하게 타자로 대
상화시키고 그 형상을 성공적으로 부각하고 있다는 점을 주목하여,
중국지식인들에 대한 형상연구를 진행함으로써, 필담을 제의한 의
도와 목적의식을 좀 더 다양하게 논의해보았다.

중화문명에 대한 북학파 문인들의 긍정은 화이론적 세계관을 극
복하기 위한 관건적인 문제의 하나였다. 그들은 연행 체험을 통해
청에 대한 선입견을 전복하고 자신과 세계에 대한 새로운 사유 양식
을 정형화해 나갔다. 북학파 문인들은 필담이라는 방식으로 화이론
적 세계관의 극복을 실천하고 있었으며, 그 인식의 변화는 의복제
도, 천문학지식, 주변국과의 대화 의지에서 두드러지게 나타나고 있
다. 그들은 더 이상 자신들의 의복을 자랑거리로 삼으려 하지 않고
오히려 중국인과의 연대감을 형성하는 화제라 생각하면서 상당한

의미를 부여하고 있었다. 또한 천문학의 화제를 통하여 중국지식인의 중화의식을 가늠하고 있었으며 충고를 주는 경우도 있었다. 북학파 문인들의 화이론적 세계관에 대한 인식은 주변국과 제 민족들과의 소통의지에서도 그 모습을 찾아볼 수 있다. 그들은 다양한 문화를 인정하고 열린 마음으로 대화를 시도하였지만 문화수준의 차이로 인하여 학술적인 대화까지는 이어지지 못한다. 이들은 화이론의 폐해를 인식하고 필담을 통해 화이론적 문제에 대하여서도 다양하게 논의하고 있지만 결코 문화론적으로는 근본적인 화이관 극복에 이르지 못한다.

　한중 두 나라 문인 학술토론의 핵심적인 화제 중 하나는 정학에 관한 문제였다. 이 문제는 한중문인의 필담에서 절대 소홀히해서는 안 될 화제이다. 그 이유인즉, 정학이단론은 한중문인들의 학문적 정체성을 고찰할 수 있는 단서이자 그들이 학문적 타자를 어떻게 대했는지 알아볼 수 있는 소재이기 때문이다. 홍대용의 필담은 정학이단론에 대한 견해의 변모과정을 살피기에 가장 적합한 텍스트라고 할 수 있다. 홍대용은 필담초기에 이단을 비판하면서 중국지식인의 주자공박을 조목조목 반박하고 있었지만 필담차수가 늘면서 점차 이단에 대해 관용적인 태도를 취하면서 필담을 마무리하면서 교조적인 주자학존숭을 맹렬히 비판하였다. 하지만 박지원의 경우 이러한 설복이나 권유는 찾아보기 어렵다. 박지원에게 있어 주자에 대한 절대적인 고수와 극찬은 주자를 높이려는 목적이라고 하기보다는 중국지식인들의 본심을 떠보기 위한 의도적 장치로 사용되었음을 확인할 수 있다. 유득공은 정주학술을 뒷전으로 하는 청조학술의 현황을 아주 근심스럽게 생각하면서 정주학이 쇠퇴한 중국의 학술 경향을 가슴 아프게 생각하였다. 하지만 박제가의 필담에는 중국인에 대한 경계가 상당히 약화된 모습을 보인다. 이들은 중국지식인과의 논쟁과 교섭 중에서 점차 사상의 전환을 이루게 되었으며 기존의 절대화된 주자학과 주자주의를 비판하고 더욱 자유로운 학문적 풍토를 선망하였다.

북학파문인들이 가장 주목하고 있는 현실문제는 청 조정의 위기, 즉 장구성에 있다고 보인다. 이 문제를 가장 극명적으로 보여준 필담의 화제는 바로 민심, 즉 내란의 문제였다. 북학파 문인들은 청나라를 배움의 대상으로도 생각하고 있는 한편, 위기를 앞둔 조정으로 파악하고 있었다. 중국은 현존하는 문명적 실체라는 것은 인정하지만 권력을 제도화한 오랑캐와는 분리하여 인식하고 있다. 즉, 현실인식에 관한 필담화제는 주로 청왕조의 위기를 겨냥한 정치적 지향성을 지니고 있으며 그 초래 원인으로 기타 이민족의 내란을 꼽고 있다. 연암은 만주족이 한인과 다름없이 문약해졌다면서 아예 가장 큰 위협으로 몽골을 지목하고 그들로 인해 장차 일어날 큰 위기를 예시하고 있다. 북학파 문인들은 또한 이러한 위기가 중국 내부의 문제만이 아니라 조선의 안위와도 관련되는 중대한 문제로 간주하고 대비의 책략을 묻기도 하였다. 연암의 시선에 포착된 청조 지식인의 형상으로부터 우리는 청조 지식인들에 대한 연암의 관심사가 무엇인지를 읽어낼 수 있다. 연암이 청조 지식인들에게 제기하는 짓궂은 질문공세는 청나라가 안고 있던 갈등과 당시 정세에 관한 것이 많았고, 연암은 질문에 대한 중국지식인들의 대처방식을 **빠짐없**

이 묘사하여, 시대의 아픔을 겪고 있는 지식인의 형상을 생동하게 부각하였다.

다음으로 필담의 표현수법을 세 가지, 즉 유도와 우회, 비교와 재확인, 복선과 암시로 분류하여 자세한 분석을 시도하였다. 북학파 문인들은 필담의 사상성과 문학성을 보장하기 위하여 내용을 논리적으로 재정리하는 데 큰 공력을 들였다. 특히 독립적 문학텍스트를 구성한 홍대용과 박지원의 필담을 보면, 화제의 목적에 도달하기 위해 유도, 칭찬, 농담, 복선, 암시 등 수많은 장치를 도입하였다. 독립적 텍스트로서의 필담체에는 이러한 화제방식도 일종 표현수법을 넘어서서 작품의 구성을 이루는 핵심적 장치라고 할 수 있겠다. 이런 표현수법으로 하여 필담의 문학성을 한층 높일 수 있었을 뿐만 아니라 필담 주체의 이해에도 도움이 되었고, 독자로 하여금 흥미롭게 필담에 주목하도록 하였다. 북학파 문인들의 필담이 정치, 경의, 성리, 역사 등 진지하고 무거운 내용을 담고 있으면서도 전혀 따분함이 들지 않고 오히려 독자들의 긴장감 불러일으킬 수 있는 원인도 바로 이러한 표현수법을 성공적으로 도입하였기 때문이다.

홍대용, 박지원이 시도한 독립적 텍스트의 필담은 고도의 사상성과 문학성을 이룬 문학텍스트이자 한중사회의 시대적 추이를 날카롭게 감지하고 이에 조응하기 위한 철학사상적 방편을 모색한 텍스트라고 할 수 있겠다. 그만큼 필담의 저술 방면에서 전대 연행록에서 보지 못한 혁신을 이룩하였다. 또한 그들이 시도한 필담의 창작방식은 「의산문답」과 같은 후기 문답체 산문[291]의 창작에도 지대한 영향을 준 것으로 보인다. 이와 같이 홍대용과 박지원이 시도한 독

립적 텍스트로서의 필담 저술방식이 이후의 산문창작에 대해 어떤
영향을 주었는지, 이들의 필담이 동시기, 혹은 그 전시기 기타 연행
록 소재 필담과 어떤 상관성이 있는지에 대한 비교, 그리고 중국지
식인의 문헌에서 필담을 찾는 작업도 앞으로 진행되어야 할 남은 과
제다. 또한 본서에서 미처 다루지 못했던『열하일기』「망양록」의 음
악원리와 음악의 정치적 문학적 의의에 관한 한중 지식인의 필담연
구도 이후의 작업으로 미룬다.

---

291) 문답체산문에 대하여 주목할한 성과로는 강동엽, 「문답체 산문의 서술자개입 양
    상과 서사화」(『한국한문학연구』 19집, 1996), 박희병의 「홍대용의 생태적 세계
    관」(『한국의 생태사상』, 돌베개, 1999), 그리고 김명호의『熱河日記 연구』(창작
    과 비평, 1990) 등이 있다.

필담을 통해본 한중 문화인식 비교

-박지원과 홍대용의 경우-

1. 서론

　필담은 문인들의 교류양상과 사상적 동향을 가장 극명적으로 보여준 문학적 성과물이다. 따라서 한중 양국의 사상적 전통과 문화를 비교하려면 두 나라 지식인들이 실제로 나눈 필담에 주목하지 않을 수 없다. 박지원과 홍대용의 필담은 내용이 풍부하고 화제가 다양하여 학술, 종교, 정치, 과학, 풍속, 업종 등 수많은 논의를 포함하고 있다. 그들은 여행에서 마주치는 모든 사람에게 관심을 갖고 사람의 신분과 취향에 따라 소재를 선택하여 화제를 찾았다. 대개 이질적이고 생소한 두 문명이 접촉하면 충돌과 갈등을 동반하기 마련이다. 이러한 충돌은 필담과정에서 더욱 두드러지게 체현되며 부동한 문화의 인식과정에서 자아의 정체성을 찾게 되고 자아와 연계된 타자를 새롭게 인식하게 된다.

　본 연구는 한중 문화교류란 측면에서 연행록 소재 필담에 나타난

한중 문화의 차이를 점검하고 18세기 문인들의 문화적 인식과 특성
을 검토하는 데 목적이 있다. 박지원과 홍대용의 중국 학문교류에
관한 논제는 이미 학계의 광범위한 논의를 거친 것이어서 학술문화,
유교문화에 관한 연구는 많이 이루어진 편이다.[1] 하지만 필담에 체
현된 한중문인의 여성인식, 풍속문화 인식, 사농공상(士農工商)의 생
업관 등 문제는 논의가 적었고 연구의 중심이 조선 문인들의 사상적
전환 모색에 치중되어 중국문인과의 인식차이와 비교에 관해서는
집중적인 고찰이 부족했다. 따라서 본 연구에서는 박지원과 홍대용
필담의 문화담론에 주목하여 18세기 한중 지식인의 문화인식 차이
와 사상적 전변을 고찰하려고 한다.

　이를 위하여 본 연구는 여성인식, 관혼상제(冠婚喪祭)의 문화, 사
민의 생업관 등 세 부분으로 나누어 필담에서의 한중 문화차이를 논
의하려고 한다. 여성담론은 당대 한중지식인들이 가지고 있었던 여
성인식차이와 유교문화차이를 엿볼 수 있는 중요한 단서이고, 관혼
상제 문화담론은 이국풍속의 관련성 속에서 자국의 풍속을 인식하
는 자기정체성 문제와 관련된 중요한 주제이며, 사민의 생업관은 지
식인의 실천적 학문과 연관된 핵심적인 문제이기 때문이다. 이러한
인식비교로부터 한중 간의 사상적 차이에 관한 실증을 보아낼 수 있

---

1) 林燨澤, 「박지원의 주체의식과 세계인식」, 제3회 동양학 국제학술회의 논문집,
　　1985.
　　林燨澤, 「박지원의 인식론과 미의식」, 『한국 한문학연구』 제11집(『실사구시의 한
　　국학』[창작과 비평사, 2000]에 재수록).
　　金明昊, 『熱河日記연구』, 창작과 비평사, 1990.
　　金柄珉, 『朝鮮實學派文學與中國之關聯研究』, 延邊大學出版社, 2007.12.

으며 이러한 실증을 통하여 한국과 중국 문화 사상의 특징을 보다 뚜렷이 이해하는 데 기여할 수 있으리라고 여겨진다.

2. 여성인식 차이

필담에 등장하는 여성담론은 당대 한중지식인들이 가지고 있었던 여성인식차이와 문화차이를 엿볼 수 있는 중요한 단서일 뿐만 아니라 조선 연행사들의 유교문화인식을 확인할 수 있는 중요한 문제라고 여겨진다. 홍대용과 박지원의 연행록에는 중국여성의 의복과 장식에 대한 기록들이 꽤 많은 편이다. 하지만 올바른 의관과 행실로 명나라의 유제를 보존한 환상적인 한녀(漢女)들은 실상 찾아보기 어렵고 흉물스러운 전족에 구걸까지 하는 씁쓸한 존재였다. 연행도중의 외적관찰이 단지 일차적인 인상이었다면 필담을 통한 여성담론은 새로운 문물에 대한 재인식의 실천과정이다.

여성에 대한 한중문인의 인식차이는 필담의 질문방식에서부터 차이가 드러난다.

① 이 대인이, "부인(婦人)들도 글을 압니까?" 하기에 내가 "부인들이 다른 글을 알지 못하고 오직 언문만을 압니다."[2]
② 난공(潘庭筠)이 "동방의 부인도 능히 시하는 이가 있는가?" 내

---

2) 洪大容, 『湛軒書』外集 卷七, 「燕記·吳彭問答」, "李曰, 婦人亦念書乎. 余曰, 婦人不會書, 只解諺文."

가 "우리나라 부인은 오직 언문으로 편지나 하고 일찍 독서를 시키지 않았으며 더욱 시는 부인에게 마땅한 것이 아니니 혹 하는 사람이 있어도 안으로 하고 밖에 내놓지 않는다." 난공이 "중국에도 역시 적다. 혹 있다면 우러러 보기를 경성(慶星)이나 경운(景雲)같이 한다." 역암이 "저분의 부인이 시에 능하다."3)

③ 내가 "개가함을 그르다 하지 않는가?" 난공이 "사대부 집에서는 개가하지 않으나 가난하고 자식 없으면 개가해도 마땅하다. 송유(宋儒)에 정자 같은 이도 집에 재실(再室)의 여가 있었다."…내가 "이는 중인(衆人)으로서 사람에게 바라는 뜻이다. 그 실은 일부종사가 어찌 부인의 의리가 아니겠는가?" 난공이 "가난하여 돌아갈 데가 없고, 그 사람이 능히 견인(堅忍)한 사람이 아니라면 개가하여도 무방하다. 왕왕 대가문에서 소년 과부된 자가 개가를 할 수 없어서, 그 일이 이보다 심한 적이 많았다." 내가 "반드시 금하지도 말고 또 반드시 권하지도 말고 맡길 수밖에 없다."4)

④ (내가) "만주인과 한인(漢人)간에 통혼(通婚)을 합니까?" 물었더니 팽관이 "통혼을 하지 않습니다. 경성에서 남쪽 지방은 서민(庶民)들도 통혼하지 않지만 관동 지방에는 혹 통혼하는 이가 아마 있는 것 같습니다."5)

---

3) 洪大容, 『湛軒書』外集 卷二, 「乾淨衕筆談」, "蘭公曰, 東方婦人有能詩乎. 余曰, 我國婦人, 惟以諺文通訊, 未嘗使之讀書, 況詩非婦人之所宜, 雖或有之, 內而不出. 蘭公曰, 中國亦少而或有之, 仰之若慶星景雲. 力闇曰, 他之夫人能詩."

4) 洪大容, 『湛軒書』外集 卷二, 「乾淨衕筆談」, "余曰, 改嫁不以爲非耶. 蘭公曰, 士大夫家不改嫁. 然貧而無子, 改嫁亦宜. 宋儒如程子, 卽家有再室之女.…余曰, 此以衆人望人之義, 其實事一而終, 豈非婦人之義. 蘭公曰, 貧無所歸而其人非能堅忍之人, 則再適亦無害, 往往大族少寡者, 旣不得改嫁而其事有甚於此者多矣. 余曰, 不必禁之, 亦不必勸之, 任之而已."

5) 洪大容, 『湛軒書』外集 卷七, 「燕記·吳彭問答」, "余問滿漢通婚乎. 彭曰, 不通. 自京以南, 庶民亦不通, 關東想或有之."

한중지식인의 질문의 핵심과 관심의 차이가 확인되는 대목이다. 여성의 재질에 관한 호기심은 대개 중국문인들이 먼저 제기하고 있으며 중국여성에 대한 홍대용의 관심사는 대개 혼인문제가 많았다. 여기서 주목해야 될 것은 홍대용이 조선여인의 재질을 감추는 반면에 중국문인들은 간혹 있는 재녀(才女)에 대해서 우러러 보기를 경성이나 경운같이 한다는 사실이다. 홍대용은 여성의 재질을 치하하는 중국문화에 이의를 제기하면서 "경성과 경운에 비하는 것은 지나치다"고 한다. 이어『중국시선(中國詩選)』에 시가 실린 허난설헌에 대해서도 "침자일을 하고 나머지에 곁으로 서사를 통하고 여계(女誡)를 복습하며 행실이 규범을 지키는 것이 부녀의 일이고 문조를 수식하고 시로써 이름을 얻는 것은 아무래도 정도는 아니다."[6]라면서 반정균의 말을 아예 무시해버린다. 사실 반정균의 부인 상부인(湘夫人)은 글에 조예가 있는 편인지라 한편 자랑삼아 꺼낸 말일 것이다. 하지만 홍대용의 이와 같은 태도에 무안하여 더 이상 아내의 시문에 대해서는 말을 잇지 못하고 "차상부인운(次湘夫人詩韻)"만 보여 준다. 그들이 가지고 있는 문화와 품성 인식의 정신적인 기준차이는 여성 재질담론의 연장을 무산시키고 말았던 것이다.

허난설헌의 문재에 대한 견해는 박지원도 홍대용과 일치한다.『명시종(明詩綜)』의 오류를 수정해주겠다는 윤가전(尹嘉銓)의 제의에 박지원은 이정구(李廷龜)의 호가 잘못된 것과 함께 허난설헌의 기록에 대해서 주로 언급한다.

---

6) 洪大容,『湛軒書』外集 卷二,「乾淨衕筆談」, "余曰, 女紅之餘, 傍通書史, 服習女誡, 行修閨範, 是乃婦女事. 若修飾文藻以詩得名, 終非正道."

허봉의 누이동생 허씨는 호가 난설헌(蘭雪軒)인데 그 소전(小傳)
에는 여관(女冠)이라 하였으니 우리나라에는 본디 '도관(道觀)'이니
'여관'이니 하는 것이 없으며 또 그의 호를 경번당(景樊堂)이라 하였
으나 이는 더욱 잘못된 일입니다. 허씨가 김성립(金誠立)에게 시집
갔었는데, 김성립의 얼굴이 오종종하게 못생겼으므로 그 벗들이 그
를 놀리어 그 아내가 두번천(杜樊川)을 연모한다 하여 조롱한 것입
니다. 대개 규중의 음영이 본시 아름답지 못한 일인데, 더욱이 두번
천을 연모한다고 유전하였으니 어찌 원통하지 않으리까."7)

  유교를 신봉하는 나라에 여도사가 존재한다는 오해가 두려운 것
이 아니라 그보다는 두목을 연모하고 시를 짓는 여인의 그릇된 '덕
행'이 이웃나라의 『명시종』에 기록되었다는 사실이 수치스럽다는
것이다. '부덕'이라는 기준을 잣대로 적용하여 일개 여성이 재력으
로 이웃나라에 알려지는 것은 명예로운 일이 아니라는 비난이다.
여성의 재질에 대한 강한 부정과 의도적인 외면이다. 이는 유교문
화를 존숭했던 조선의 풍토와 맞지 않고 '부덕'에 어긋나는 행위이
기 때문이다. 연암은 조선의 아름다움에 대해 듣고 싶다는 왕민호
(王民皥)의 청에 네 가지를 들고 있는데 첫 째가 "풍속이 유교를 숭
상함"이고 넷째가 "여자가 두 지아비를 섬기지 않는다."는 것이라고
자랑한다.8) 네 가지 아름다움에서 두 가지가 유교문화와 관련된다

---

7) 朴趾源, 『燕巖集』卷之十二 別集 『熱河日記』, 「太學留館錄」, "許筠之妹許氏, 號
  蘭雪軒, 其小傳以爲女冠, 敝邦元無道觀女冠, 又錄其號曰景樊堂, 此尤謬也. 許氏
  嫁金誠立, 而誠立貌寢, 其友謔誠立, 其妻景樊川也. 閨中吟咏, 元非美事, 而以景
  樊流傳, 豈不冤哉."
8) 朴趾源, 『燕巖集』卷之十二 別集 『熱河日記』, 「太學留館錄」, "余曰, 弊邦雖僻居

는 사실을 볼 때 연암은 분명 유교문화적 우월감을 느끼고 있었다
고 해도 과언이 아니다. 중국 지식인들은 이러한 동방예의지국을
"좋은 나라"라고 칭찬하지만 여성 개가의 문제에 있어서만은 이의
를 제기한다.

① 지정은 "여자가 지아비를 바꾸지 않는다니, 온 나라가 모두
그럴 수야 있겠습니까." 한다. 나는 "온 나라의 미천한 농사백성이
나 하인들까지 모두 그러하다는 것은 아닙니다. 명색이 사족(士族)
이라 하면 비록 아무리 가난하고 또 삼종(三從)의 길이 이미 끊어졌
다 하더라도, 평생 과부의 절개를 지켜 변하지 아니하며 이러한 기
품이 비복, 하천에게까지도 미쳐 저절로 풍속을 이룬 지 4백 년이
되었습니다." 하였더니 지정은 "금령(禁令)이 마련되어 있습니까."
하기에 나는 "별로 드러난 금령은 없습니다." 하였다.[9]

② 난공이 "귀처(貴處)에 개가하지 않은 자를 정표(旌表)하는 법
전도 있는가?" 내가 "우리나라는 개가하지 않는 것이 보통이므로
정표하는 일이 없다." 역암이 "결혼 아니하고 수절하는 자의 표상은
율에 그 글이 실려 있지 않으니 이는 그것이 권에 가까운 때문이다."
난공이 "일찍이 과부되어 수절하는 자가 실행(失行)의 폐가 없는
가?" 내가 "비록 혹 있어도 천백 명 가운데 하나나 있을 것이다. 한
번 발각만 되면 반드시 죽고 그 부형과 근족(近族)이 모두 벼슬을

海隅, 亦有四佳. 俗尙儒敎, 一佳也, 地無河患, 二佳也, 魚鹽不藉他國, 三佳也, 女
子不更二夫, 四佳也."

9) 朴趾源, 『燕巖集』卷之十二 別集 『熱河日記』, 「太學留館錄」, "志亭曰, 女不更夫,
豈得通國盡然. 余曰, 非謂擧國, 下賤氓隷, 盡能若是, 名爲士族, 則雖甚貧窮, 三從
旣絕, 而守寡終身, 以至婢僕皂隷之賤, 自然成俗者四百年. 志亭曰, 有禁否. 余曰,
無著令."

못하게 된다." 난공이 "부형까지 해를 당함은 무슨 까닭인가?" 역암이 "청의(淸議)에 용납되지 못하기 때문일 것이다." 내가 "그렇다." 난공이 "너무 지나치다. 부형이 무슨 죄인가?" 내가 "역시 한쪽 가에 처해 있는 나라이고, 이런 일에도 한쪽에 치우침이 심하다. 그러나 역시 그대로 무방하다." 역암이 "그런가 역시 귀국의 예교(禮敎)가 엄함을 알겠다.10)"

조선의 여인들은 재가를 하지 않을뿐더러 납폐만 해도 혼인한 것으로 간주하여 수절을 하므로 절개는 풍속으로 되어서 금령이나 정표가 없이도 저절로 이루어지고 있다면서 실절하는 경우 부형까지도 벌을 준다는 내용이다. 사실 조선시대 여성의 개가금지는 전 시대에 비해서 적처(嫡妻)의 지위를 더욱 보장하며 적통의 계승을 통해서 가정과 사회, 국가의 예화(禮化)가 계속 이어진다고 생각했다는 점에서 유교 성속(聖俗)체계가 취할 수밖에 없는 선택이었다고 할 수 있다.11) 벌을 준다는 사실에 "무방하다"고 생각하는 홍대용과 달리 철저하게 지켜지는 정절문화에 대하여 중국문인들은 지나치다는 것이 보편적인 견해이다. 홍대용이 "개가함을 그르다 하지 않는가"고

---

10) 洪大容, 『湛軒書』外集 卷二, 「乾淨衕筆談」, "貴處不改嫁者, 亦有旌表之典耶. 余曰, 我國不改嫁是常事, 故無旌表之事. 力闇曰, 未婚守節之褒, 律不載其文, 以其隣于勸之也. 蘭公曰, 早寡守節者, 能無失行之弊耶. 余曰, 雖或有之, 千百中一, 見覺則必死, 其父兄近族, 皆見枳仕路. 蘭公曰, 父兄之見枳何也. 力闇曰, 爲淸議所不容. 余曰, 然. 蘭公曰, 太過, 父兄奚罪焉. 余曰, 終係偏邦, 故於此甚偏, 亦自不妨. 力闇曰, 然. 亦足見貴國禮敎之嚴矣.

11) 이은선, 「조선후기 여성성리학자의 생애와 학문에 나타난 유교 종교성 탐구」, 성균관대학교 박사학위논문, 2007, 60쪽.

묻는 대신 중국문인들은 "온 나라가 그럴 수 있는지", "금령"이 있는 지, "정표하는 법전"이 있는지, "실행의 폐"가 없는지 부단히 의혹을 제기하면서 중국에서도 고질이 된 이 풍속의 폐해를 지적한다. 질문 자체에서도 한중 문인들의 차별화된 태도를 엿볼 수 있다. 홍대용이 유교예의의 견지에서 질문을 이끌고 있다고 한다면 중국문인들은 다소 믿음이 가지 않는다는 식으로 거듭 재확인한다. 결국 역암은 "귀국의 예교가 엄함을 알겠다."면서 과분한 수절양상에 대한 비난 은 삼가고 부동한 문화의 차이를 인정하게 된다.

만주인과 한인의 통혼문제에 대한 홍대용의 질문 역시 중국인을 갈라서 생각하던 연행사들의 정신적 면모를 보여주는 것이면서, 오 랑캐에게 정복당한 중화의 상황이라는 고정된 선입견의 발로였다. 조선 문인들이 유교문화의 우위성에서 여성들을 평가하고 있는 대 신에 중국문인들은 상대적으로 관대한 마음으로 여성들의 개가와 재질을 받아들이고 있다는 것은 전통관습의 극복이라는 사상사적 의미를 띠고 있다. 그러나 중국문인들의 여성인식이 근대적 지향성 을 띠고 있느냐는 질문에는 경쾌한 대답을 하기 어렵다. 중국문인들 이 조선의 유교 전통의 실행과 역할을 긍정적으로 받아들이고 명제 를 그리워하며 조선을 동방예의지국으로 높이 칭송하고 있는 사실 만으로도 근대성이라는 말은 어울리지 않는다.

그렇다고 이들의 여성인식이 절대적인 차별을 갖고 있는 것은 결 코 아니다. "효"와 견주어 지나친 정절관을 비판하고 있는 연암의 필담에서 우리는 한중문인의 여성인식의 동질성을 발견할 수 있다.

나는 "『유계외전』에 보면, 효자가 간을 내어서 그 어버이의 병을 낫게 한 일이 있으며 조희건(趙希乾)은 가슴을 뻐개고 염통을 꺼내다가 잘못 그 창자에 한 자 남짓 생채기를 내면서 이를 끊어 삶아서 그 어머니의 병을 고쳤으나 나중에 그 상처가 아물어 아무런 일이 없었다 하니 이를 본다면 손가락을 끊었다든지 똥을 맛보았다 함은 오히려 대단하지 않은 일이었으며, 눈 속에서 죽순을 캐내었다거나 얼음 구멍에서 잉어를 잡았다거나 하는 일들도 어리석은 사람이라 생각됩니다." 하였더니 혹정은 "이런 일이 많습죠." 하고 지정은 "최근에도 산서에서 어떤 효자의 정문을 세웠다는데 그 일인즉 이상하더군요." 하고 혹정은 또 "눈 속에서 죽순을 캐고 얼음 구멍에서 잉어를 잡은 일이 진실이라면 이는 천지의 기운이 온통 문란해진 것이지요." 하고는 서로 한바탕 크게 웃었다. …나는 "…이런 것을 만일 깊이 꼬집고 캐어 말한다면, 절의를 배척하는 의론이 세상에 다시 일고 말 것입니다." 하였더니 혹정은 또 "그렇습니다.…" … "귀국 부인도 역시 발을 묶습니까?" 하고 묻기에 나는 "아뇨, 중국 여자들의 활굽정이처럼 생긴 신은 차마 볼 수 없더군요. 휘뚱거리며 땅을 디디고 가는 꼴이 마치 보리씨를 뿌리는 것처럼 외로 흔들고 오른쪽으로 기우뚱거려 바람도 없는데 저질로 쓰러지곤 하니 이게 무슨 꼴이어요." 하였더니 혹정은 "이로 인하여 도륙을 당하였음은 가히 세운을 짐작할 수 있으리라. 전조 명대엔 그 죄가 부모에게 미쳤고 본조에 와서도 이에 대한 금령이 몹시 엄격하였으나 끝끝내 이를 막을 수 없음은 대개 남자는 따르지만 여자는 따르지 말라는 때문이어요."12)

---

12) 朴趾源, 『燕巖集』卷之十二 別集 『熱河日記』, 「太學留館錄」, "余曰, 留溪外傳, 所有孝子, 至有割肝療親, 趙希乾之刳胸探心, 誤傷其腸尺餘, 烹而療母, 瘡合無恙. 由是觀之, 斷指嘗糞, 儘是踈節, 氷筍凍魚, 乃爲笨伯. 鵠汀曰, 如此者多. 志亭曰,

조선여성의 개가문제나 한인여성의 전족문제는 효자의 단지(斷指)나 눈 속에서 죽순을 구하는 일과도 같은 극단적인 이념의 고수라고 할 수 있다. 여성의 개가문제는 유교윤리도덕과 관련된 덕행의 문제이고 전족은 청나라 여인들과 구별하려는 한인여성들 나름의 자존심의 발로였다. 물론 이런 악습의 폐해는 적지 않지만 한중 양국의 여성들은 서로 자신만의 방식으로 '전통'을 수호하고 있으며 숙명으로 받아들이고 자부심으로 느끼고 있었던 것이다. 일단 구축된 의식이 이념으로 굳어지면 그 자체로서 생명력을 갖게 되고 동요되기 어려운 법이다.

조선문인들의 입장에서 확인된 청나라의 여성이 살아가는 환경은 예의가 없는 것이지만 반대로 조선의 지나친 법규는 청나라 문인들에게 있어 "미풍"을 초월한 불편함이었다. 그들은 이러한 풍습이 자국의 현실에 맞지 않는 일임을 상대편에게 인식시킨다. 결국 한중 문인들의 여성인식은 자국의 문화에 기반을 둔 주관적이고 대내적인 인식이며 필담의 진행은 점차 차별화된 상대의 문화에 대한 새로운 인식과정인 것이다. 하지만 아이러니하게 처벌로 이어지는 지나친 정절과 혐오스러운 전족이라는 부동한 문화 속에서 한중지식인들은 여성인식에 대한 동질성을 발견한다. 즉 각기 부동한 문화풍토에서 여성들은 서로 다른 방식으로 '전통'을 고집하고 있으며 이런

即今山西孝子旌鄕事可異也. 鵠汀曰, 氷箚凍魚, 已是天地之氣, 一番澆漓也. 相與大笑. …余曰, …此等若素言深論, 排節義論, 復作於世矣. 鵠汀曰, 是也. …又曰, 貴國婦人, 亦纏脚否. 曰, 否也. 漢女彎鞋, 不忍見矣. 以跟踏地, 行如種麥, 左搖右斜, 不風而靡, 是何貌樣. 鵠汀曰, 獻賊京觀, 可徵世運, 前明時, 至罪其父母, 本朝禁令至嚴, 終禁他不得, 蓋男順而女不順也."

전통은 이념으로 되어 한중여성들의 가치관을 지배하고 있다는 사실이다. 하여 연암은 "세상에 다시 절의를 배척하는 의론이 생길" 것이라는 결론을 얻기에 이른다. 또한 이 동질감의 연장으로 연암은 삼액(三厄)에 관한 화제에까지 필담을 이끌 수 있었다.

이와 같이 한중 양 나라 지식인들은 여성의 재질과 부덕에 대해 서로 엇갈린 입장을 취하고 있으며 과부의 재가에 대해서도 청나라 문인은 강하게 긍정하는 반면에 조선 문인들은 찬동에까지는 이어가지 않는다. 이는 문화와 품성 인식의 정신적인 기준차이이며 부동한 사회환경이 초래한 결과라고 여겨진다. 필담에서도 보여지듯 중국에는 전족에 대한 금령도 있지만 조선은 여성의 실행에 대해서는 부형까지 처벌을 주는 분위기였다. 이러한 문화풍토가 문인들의 이질적인 문화관을 산생시킨다. 청나라로서는 끝없는 교화정책과 다문화의 풍토에서 문약해진 지식인들의 무의식적인 사상적 전변이 일어난 것이고 조선으로서는 유교문화를 계승한 조선문화에 대한 자존의식이 고조되던 시기에 거부할 수 없는 시대적 이념의 작용이 아니었나 싶다.

3. 관혼상제의 문화

이국풍속의 관련성 속에서 어떻게 자국의 풍속을 인식하는가 하는 문제는 양 나라 지식인들의 자기정체성 문제와 관련된 중요한 주제이다. 그런 의미에서 필담의 풍속담론과 이국인식의 문제는 극히 중요한 화제라고 할 수 있다. 연행사들은 민족 혹은 문화를 상징하는 의례와 풍속습관에 대한 실제적인 관찰, 그리고 필담 방식을 통하여 청대와 그 이전시대인 명대를 대표하는 중화문화의 상이한 부분을 찾으려고 노력하였으며 이와 동시에 청대 사회와 서로 비교하고 대조하는 과정에서 예의 원칙을 엄격히 준수했던 조선사회의 특성을 분명히 인식하게 된다.

관혼상제(冠婚喪祭) 풍속담론의 필담에는 『주자가례(朱子家禮)』가 자주 언급된다. 『주자가례』는 예의 기본논리인 사회질서와 기강을 위한 관혼상제의 의장을 제정하고 그 내면의 정신을 생활 속에서 유지하여 실천을 강조한 책으로서 중국에서는 별로 중시를 받지 못하였지만 조선에서는 절대적인 예의 지침서라고 할 수 있다. 유교입국(立國)을 표방한 조선은 고려시대의 불교의식에서 벗어나 유교의 례를 정착시켜 사회의 윤리화와 예속화를 이루는 것이 과제였으며 이를 위해 주목한 것이 성리학의 수용과 함께 도입된 『주자가례』였다. 조선시대는 성리학에 대한 사대부들의 학문적 열정과 사회경제적 여건의 변화에 따라 예학의 연구열풍이 일어났다. 신식(申湜)의 『가례언해(家禮諺解)』, 조호익(曺好益)의 『가례고증(家禮考證)』, 김장생(金長生)의 『가례집람(家禮輯覽)』, 유계(俞棨)의 『가례원류(家禮源流)』, 이의조(李宜朝)의 『가례증해(家禮增解)』, 이종후(李鍾厚)의 『가례집고(家禮集考)와 『가례편람(家禮便覽)』 등 수많은 예학서들이 나왔고[13] 『주자가례』는 점차 학문적으로 심화되었다. 17~18세기에

---

13) 朱雲影, 『中國文化對日韓越的影響』, 廣西師範大學出版社, 40쪽.

이르러서는 유학사상 '예학시대'라고 설정할 수 있을 정도로 수많은 예학자들이 배출되어 학파를 수립하였고 '예숭상'의 정도를 넘어 예를 절대시하는, 거의 종교적인 경향마저 띠게 된다.[14] 조선 사대부들은 『가례』를 지킴에 있어 조금도 흐트러짐이 없었으며 민간층에까지 보편화되면서 『주자가례』는 조선예학의 근간으로 확고하게 자리를 잡게 되었다.

당시 조선연행사들은 『주자가례』와 명의 의관제도를 고수하고 있는 것에 대해 자부심을 감추지 못하면서 중국에서 『주자가례』를 지키지 않음을 비난하거나 연로(沿路) 곳곳에서 중국인들에게 의관에 대한 생각을 물어보며 중국이 변발과 호복풍습으로 변한 것을 비꼬며 조선의 자부심을 유지하려고 하였는가 하면[15] 또한 중국인들이 조선 사행의 복장이 배우나 걸승(乞僧) 또는 도사(道士)의 복장과 흡사하다고 조소하는 실정에 서글픔을 금치 못하였다.[16] 홍대용과 박지원은 『주자가례』가 당시 중국에서 이행되고 있는 상황을 절실하게 이해하고 싶었기에 친분을 맺은 문인들에게 자주 문의를 하곤 하

---

14) 최영성, 『한국유학사상사3』, 아세아문화사, 1996, 147쪽 참조.

15) 金昌業, 『燕行日記』. 崔德中, 『燕行錄』. 두 사람의 연행록에 체현된 복식관에 대하여서는 전혜숙의 「18세기 초 〈燕行錄〉에 기록된 朝鮮知識人의 服飾觀에 관한 연구-金昌業·崔德中의 〈燕行錄〉을 중심으로」(『복식문화』 제8집, 2005)에서 구체적으로 분석하였다.

16) 洪大容, 『湛軒書』外集卷二, 「乾淨衕筆談」, "余曰, 中國衣冠之變, 已百餘年矣. 今天下惟吾東方, 略存舊制, 而其入中國也, 無識之輩莫不笑之. 嗚呼, 其忘本也. 見帽帶則謂之類場戲, 見頭髮則謂之類婦人, 見大袖衣則謂之類和尙, 豈不痛惜乎. 力闇笑曰, 類僧誠然, 帽帶亦類僧耶. 中國之僧, 夏天多戴笠子, 仍畫笠形, 如我們所戴戰笠."

였다. 그들은 중국의 왕조교체가 중국 문화 속에 존재하는 원래의
요소를 어떻게 변화시켰는지의 여부에 관심을 갖고 있었던 것이다.
사실 중국은 현실사회관계의 변화로 인하여 『가례』가 시대의 요구
에 맞지 않게 되자 새로 편성하여 일반가정의 수요에 맞게 수정하는
단계를 겪게 되는데, 수정을 거친 『주자가례』는 명청시기 생활에 거
대한 영향을 주게 된다.[17] 하지만 연암과 담헌의 필담에서는 중국에
서의 『가례』 성행을 찾아볼 수 없으며 오히려 주자가 완성하지 못한
책이라 하여 중국문인들은 절대적인 지침서로 삶지 않고 있었다.[18]
　조선의 관혼상제 풍속을 묻는 질문에서 연암과 담헌은 항상 『주
자가례』를 내세우고 있었으며 조선에서 『가례』를 준수한다는 사실
은 일종 자부심으로 작용하게 되었다.

　　① 풍속은 본국 이후에 예법을 엄하게 지키고 학교를 독실히 숭
　　상하며 3년의 상은 왕가로부터 서민에 달하여 맹서(氓庶)와 천품(賤
　　品)일지라도 조금 자호(自好)코자 하는 자는 개가하는 법이 없으며
　　내외의 분별이 심히 엄하고 가사는 반드시 궁을 깊이하고 문을 굳게
　　닫고 부녀가 외출하면 모두 교를 타고 장막을 드리우며 하인의 처라
　　도 모두 그 낯을 가리고 다닌다. 사례는 많이 『가례』를 따르고 불교
　　를 일삼지 아니하며 명분이 극히 엄격하다.[19]

---

17) 郭嵩燾, 『校訂朱子禮本序』, "二千餘年天下相爲法守, 獨康成鄭氏及朱子之書."
　　(張李軍, 成雲雷, 「禮: 德的制度化與傳統德治秩序建構」, 『船山學刊』, 2010年 第4
　　期, 115쪽 참조.)
18) 朴趾源, 『燕巖集』卷之十二 別集 『熱河日記』, 「太學留館錄」, "又問婚嫁之典. 余曰,
　　冠婚喪祭, 皆遵朱文公家禮. 鵠汀曰, 家禮乃朱夫子未定之書, 中國未必專傚家禮."
19) 洪大容, 『湛軒書』外集 卷二, 「乾淨衕筆談」, "風俗則本國以後謹守禮法, 敦尙學

② 내가 "사례는 어느 의범(儀範)을 준행합니까?" 하니 팽관이 "주자가례를 준행합니다." 하기에 내가 "관례의 삼가(三加)도 역시 가례를 준행합니까?" 하였더니 팽관이 손을 저으면서 부끄러운 얼굴빛으로 "본조의 예법을 준행합니다." 하였다. 내가 "상가에서 음악을 잡히는 것은 어느 예법에서 나온 것입니까?" 팽관은 "이는 무지한 어리석은 백성들이 행하는 것이고 선비들은 모두 사용하지 않습니다." 하였다.[20]

①은 담헌이 엄성과 반정균에게 보낸 「동국기략(東國記略)」의 내용이고 ②는 담헌이 한림출신 팽씨와의 사례(四禮)에 관한 필담이다. 예법을 엄하게 지키고 학교를 독실히 숭상하며 상례의 기본인 3년 상은 서민에 이르기까지 지킨다는 사실은 『가계』를 명분으로만 내세우고 실제는 속례나 청나라 예법을 따르는 중국의 현실과 현저한 대비를 이룬다. 담헌은 관례의 삼가(三加)는 청나라의 예법을 준수한다는 팽관의 "부끄러운 얼굴빛(愧色)"에 주목한다. 중화의 전통을 고수하지 못하여 자괴감에 빠져있는 한인 지식인의 처지를 목격하면서 담헌은 『가례』의 전통이 준수되고 있는 조선의 현실에 일말의 위로를 느꼈을 지도 모른다. 팽관의 "부끄러운 얼굴빛"으로부터 담헌은 중국의 전통상실은 왕조교체와 관련이 된다는 사실을 확인하게

教, 三年之喪, 自王家達于庶人, 雖民庶賤品, 稍欲自好者, 無改嫁之法, 內外之分甚嚴, 家舍必深宮固門, 婦女出門, 皆乘轎垂帷, 輿儓之妻, 皆擁蔽其面而後行. 四禮多遵家禮, 不事浮屠, 名分截嚴."

20) 洪大容, 『湛軒書』外集 卷七, 「燕記·吳彭問答」, "余曰, 四禮從何儀. 彭曰, 遵朱子家禮. 余曰, 冠禮三加, 亦遵家禮乎. 彭搖手有愧色曰, 遵本朝禮. 余曰, 喪家動樂, 此出何禮. 彭曰, 此直隷愚民無知者, 士人皆不用."

되었던 것이다.

중국의 혼례 풍속도 지역과 민족에 따라 상이한 모습을 보이고 있으며 전 시기에 비해 절차도 많이 간소화되었다.

　① 내가 혼례 때의 절하는 법을 물었다. 난공이 "한인은 사배한다." 또 "이 절은 부부가 서로 절함이 아니라 같이 천지와 조선(祖先)에게 절하는 것이다." 내가 "천지에 절함은 아마 주자의 예가 아닐 것이다." 역암이 "가례는 준행하는 자가 적다. 이는 모두 속례이다." 난공이 "사당에 참배한 뒤에 구고(舅姑)를 보고 팔배례(八拜禮)를 행한 연후에 부부가 같이 절하는 데 각각 재배를 한다. 이것은 항주 풍속이며 다른 곳은 다 그렇지 않다." 내가 "전안례(奠鴈禮)가 있는가?" 역암이 "항주에서 유독 이 예를 폐하니 가소롭다." 또 농담으로 말하기를 "친영(親迎)을 하지 않아도 처를 얻을 수 있다는 것이다." 내가 "혼인 때에 남자가 여자에 먼저 가는가?" 난공이 "남가(男家)에서 먼저 채여(彩轝)와 명첩을 갖추어 왕영(往迎)하나 다만 신랑은 친영하지 않는다."[21]

　② 길 가는 도중에 왕문거의 말을 들으면, 시골 사람들이 시집을 가고 장가를 갈 때면 부자는 천금을 쓰고, 가난한 사람도 50금 이하는 쓰지 않는다고 했다. 한군(漢軍)인 가정에서는 사위될 사람이 (신부의 집에 가지 않고) 자기 집에 있으면서 다만 명첩만을 신부집

21) 洪大容, 『湛軒書』外集 卷二, 「乾淨衕筆談」, "余問婚禮拜法. 蘭公曰, 漢人四拜. 又曰, 此拜非夫婦相拜, 乃同拜天地祖先耳. 余曰, 拜天地, 恐非朱子之禮. 力闇曰, 家禮遵行者少, 此皆俗禮. 蘭公曰, 廟見後見舅姑, 行八拜禮, 然後夫婦同拜各再拜, 此杭俗也. 他處不盡然也. 余曰, 有奠鴈禮耶. 力闇曰, 杭州獨廢此禮, 可笑. 又戲曰, 不親迎, 竟得妻. 余曰, 婚時, 男先於女耶. 蘭公曰, 男家先備彩轝名帖往迎, 特新郎不親迎耳."

에 보내면, 신부가 수레를 타고 신랑집으로 와서 서로 절하며 예를 행한 다음 그대로 신랑 집에서 자게 되고, 만주 사람들의 가정에서는 사위가 반드시 직접 신부집에 가서 신부를 맞이하여 집으로 데리고 와서 예를 행하는데, 다만 신랑이 신부집으로 맞이하러 갈 때, 혹 말을 타기도 하고 혹은 평시와 같이 걸어가기도 한다고 했다. 내가 우리나라 풍속과 옛날 예법에 있어서는 반드시 대부(大夫)의 품복(品服)과 거마를 갖춘다고 하였더니, 문거가 놀라며 웃고 곧이 듣지 않았다.22)

『주자가례』가 당시 중국에서 이행되고 있는 상황을 절실하게 이해하고 싶었기에 홍대용은 혼례의 절하는 법과 절차에 대해서도『가례』에 준거하여 묻는다. 하지만 중국은 지역에 따라 이미 "전안례"나 "친영"과 같은 절차가 유실되었으며 절하는 법도 속례에 따라 천지(天地)에 절하는 새로운 풍속이 생겼다. 엄성은 항주만이 전안례를 폐지했다고 하지만 왕문거의 고향인 북방에도 이미 친영의 습속이 유실되었던 것이다. 왕조의 교체는 규칙들을 변화시켰고 그 속에서 살아가는 한족 역시 이러한 풍조에 습관적으로 물들었으며 습관과 풍속이 점점 변화되어 가면서23) 예악을 대표하는 문화 역시 함께

---

22) 洪大容, 『湛軒書』外集 卷八, 「燕記·沿路紀略」, "路上聞王文擧言, 村人嫁娶, 富者費千金, 貧者亦不下五十金, 其成禮也, 漢軍家. 婿在其家, 只送名帖于婦, 婦乘車至婿家, 相拜行禮而仍宿于婿家. 滿洲家. 婿必親往迎婦而亦成禮于婿家, 但婿往, 或騎馬或步行, 如平時云. 余語以東國俗及古禮, 必具大夫品服車馬. 文擧驚笑而不信也."

23) 심지어 일부 지역에는 만한통혼도 자연스럽게 진행되고 있었는데 1747년 李喆輔의 『丁巳燕行日記』에 기재된 왕수재(王秀才)와의 대화내용을 보면 왕수재가 사는 심양 근교에는 만한통혼이 제법 자연스러운 곳으로 아무런 심리적인 고민도 보이

유실되어 갔던 것이다. 심지어 왕문거(王文擧)처럼 무지한 백성들은 『가례』에 따라 혼례를 치르는 조선의 풍속을 의아하게 생각하고 믿으려고 하지 않는다.

주자학을 염두에 두고 이를 조선과 중국의 지역적 구분 없이 적용하려는 생각은 장례 및 무덤제도와 관련된 필담 속에서 더욱 명확하게 나타나고 있다.

> ① 서울 밖에서는 부모의 삼년상을 입는 사람이 거의 드물어 무식한 백성들은 다만 흰 베옷만을 입고 머리도 깎지 않고 있다가 백날이 되면 상을 벗는다. 남자들의 손가락이나 팔에는 가끔 훈계가 새겨진 가락지를 끼고 있는 모습이 보이는데 이것은 아마도 주색을 조심하거나 언행을 삼가는 것과 같이 경계하여야 할 일이 있는 사람들이 그렇게 하고 다니는 것이다.24)
>
> ② 내가 "중국은 상가에서 음악을 하여 시(尸)를 즐겁게 한다 하는데 극히 해괴하다." 난공이 "이는 모두 습속이 고쳐져 그런 것이니 고례가 폐해진지 이미 오래다." 내가 "서림(西林) 선생 집에서도 이런 예를 쓰는가?" 난공이 "홀로 선생만은 그렇지 않다. 이 밖에 고례를 강(講)하는 자도 있다." 내가 "존댁에서도 서림의 예를 좇는가?" 난공이 "역시 세속 습관을 벗어나지 못하고 있다. 다만 그 중 예에 가까운 것을 택하여 행한다."25)

지 않는다. 李喆輔, 『丁巳燕行日記』(임기중 편 『연행록전집』 권37, 447쪽.)

24) 洪大容, 『湛軒書』外集 卷八, 「燕記·京城紀略」, "京外, 喪親三年者絕少, 愚民只衣白布不剃頭, 百日而除之. 男子指腕, 往往着戒指, 盖如節酒色愼言行, 凡有所戒者然也."

25) 洪大容, 『湛軒書』外集 卷二, 「乾淨衕筆談」, "余曰, 中國於喪家, 動樂娛尸, 極可驚駭. 蘭公曰, 此皆習俗相沿, 古禮廢已久矣. 余曰, 西林先生家, 亦用此耶. 蘭公曰,

③ 지정은 다시 "귀국의 침묘(寢墓) 제도는 어떠합니까." 하고 묻기에 나는 "비록 옛날 예법을 모방하지만 나라 풍속이 검소한 것을 숭상하여 보옥을 순장하지 않고 공경과 귀인으로부터 아래로 필부(匹夫) 서인에 이르기까지 상장(喪葬)의 제도는 모두 주자의 가례를 쓰고 있습니다. 또 땅이 궁벽한 한쪽에 있고 보니 병화도 자주 일어나지 않아 저절로 그러한 근심은 없습니다." 했다. 지정은 감탄하면서 "즐거운 나라 즐거운 땅에 즐겁게 나서 즐겁게 죽는 셈입니다. 주공(周公)이 예법을 만든 것은 만세에 도적질할 마음을 열어 준 것이지요. 필부의 시체가 무슨 죄리오. 구슬을 가진 것이 죄이지요.…" 한다.26)

상장의례는 사후 세계에 대한 종교관 및 내세관, 죽은 자와 산 자 사이의 관계성에서 모든 의례관계가 비롯된다. 따라서 민족마다 현실과 사후에 따른 가치관 및 죽은 자와의 관계성의 긴밀과 소원함이 달라진다. 상장의례는 가족제도와 사회제도를 모두 포함시켜 함축성있게 표현하기 때문에 그 민족 고유의 민족성에서 비롯된 모든 문화적 환경들을 잘 나타내고 있다. 따라서 예로부터 중국과 조선은 모두 상장의례를 중요시해 왔다. 하지만 필담에서 나타난 청나라 상장제도의 현실은 이미 문란하기 그지없었다. 무식한 백성들은 삼년

獨先生不然, 此外講古禮者亦有之. 余云尊家幷從西林之禮耶. 蘭公曰, 亦不能竟違俗尙, 擇其稍近禮者行之."

26) 朴趾源, 『燕巖集』卷之十三 別集 「熱河日記」, 「黃敎問答」, "志亭曰, 貴國寢墓之制何如. 余曰, 雖倣古禮, 國俗尙儉, 不殉寶玉, 自公卿貴人下至匹庶, 喪葬之制, 皆用文公家禮. 且壤地僻隅, 兵禍不頻, 自無此患. 志亭歎曰, 樂國樂土, 樂生樂死. 周公制禮, 啓萬世盜賊之心, 匹夫無罪, 懷璧是罪.…"

상은커녕 흰 베옷만을 입고 머리도 깎지 않고 있다가 백날이 지나면 상을 벗어버리고 언젠가부터 상가에는 해괴하게도 시체를 즐겁게 하는 음악까지 등장하였으며 심지어 무덤을 파서 보물을 취하여 파는 한심한 일들이 벌어지고 있었다. 또한 먹물을 먹은 지식인들마저 "다만 그 중 예에 가까운 것을 택하여 행한다."고 하니 중국에서의 예의는 이미 필수적인 규칙이 아니라 취사선택할 수 있는 사항으로 전락되었던 것이다. 중국 문인들은 주자학을 존숭하는 조선의 검소한 풍속을 감탄하며 "즐거운 나라 즐거운 땅에 즐겁게 나서 즐겁게 죽는 셈"이라고 부러움을 금치 못한다. 상장의례의 필담과정에서 연암과 담헌은 중국풍속을 새롭게 이해하게 되었고 반면에 중국문인들은 예의 원칙을 엄격히 준수했던 조선사회의 특성을 더욱 분명하게 인식하게 되었던 것이다.

필담을 통해 조선문인들은 이미 특정적인 기틀에서 벗어난 상대적으로 자유롭고 간결화된 중국문화의 전변현장을 목격하게 된다. 청나라의 문화는 어쩌면 무질서 속에 재편된 새 질서라고 할 수 있겠다. 전래의 질서가 깨지고 각 민족과의 소통과 화합 속에서 자기화하면서 청조는 새로운 전통을 형성하고 발전해 가고 있었다. 이제 홍대용과 박지원이 이미 '문란해진' 중국문화를 어떻게 인식하였는지 분석해볼 필요가 있다. 이는 부정이나 긍정으로 가볍게 넘어갈 문제는 아니라고 여겨진다. 홍대용과 박지원은 동방예의지국의 문인으로서 중국인과의 필담과정에서 예의의 상대적 우월감을 느꼈던 것만은 부인할 수 없다. 그렇다고 해서 '문란해진' 중국의 예의풍속에 대하여 강렬한 비판을 안겼던 것도 아니다. 오히려 길가에서 말

똥줍는 모습, 간솔한 행차, 말 키우는 법, 서당에서 주필로 표시하여 학생들의 외출을 경고하는 법, 변소에서 돈을 받는 방식 등 조선에는 없는 많은 풍속을 자세히 소개하면서 중국 풍속의 알뜰함과 치밀함, 그리고 실용성과 간결화에 대해서 높이 칭찬을 한다. 심지어 연암은 사신들이 "호신불(護身佛)"(반선이 내린 물품)을 역관에게 주고 역관 역시 더럽다고 마두에게 나눠주는 행위를 보고 "결백하다고 할 수 있으나 다른 나라 풍속으로서 본다면 고루한 티는 면치 못할 것"[27]이라고까지 한다. 부처와 인연을 갖게 되면 평생 누가 되는 조선현실에서 반선이 내린 호신불까지 받는다는 것은 이목을 더럽히는 일이 아닐 수 없다. 하지만 연암은 이러한 사신들을 고루하다고 비판하면서 자국의 문화에 기반을 둔 대내적 인식을 거부하고 이국 풍속을 자연스럽게 인정하고 있다.

요컨대, 홍대용과 박지원은 연행과정에서 인식한 새로운 사실을 조선에 소개하면서 냉정하게 중국의 현실을 받아들이고 있으며 중화의 전통만 절대적 기준으로 만들어 놓고 여타 문화를 무시했던 기존의 비문화적 태도를 거부하고 문화의 상대성과 고유성을 자각하였던 것이다. 이국문화에 대한 배타성이 제거되고 자국 문화와의 비교 속에서 동질성을 찾고 반성을 하면서 새로운 대화의 가능성을 열

---

27) 朴趾源, 『燕巖集』卷之十三 別集 『熱河日記』, 「行在雜錄」, "所謂銅佛高尺餘, 此護身佛也. 中國例相贈遺遠遊者, 必持此朝夕供養. 藏俗年例進貢, 首以佛一尊爲方物. 今此銅佛, 乃法王所以爲我使祈祝行李之上幣也. 然而吾東一事涉佛, 必爲終身之累, 況此所授者, 乃番僧乎. 使臣旣還北京, 以其幣物盡給譯官, 諸譯亦視同糞穢, 若將浼焉. 售銀九十兩, 散之一行馬頭輩, 而不以此銀, 沽飮一盃酒. 潔則潔矣. 以他俗視之, 則未免鄕闇."

어놓은 셈이다.

4. 사민(四民)의 생업관

조선시기의 사농공상(士農工商)은 단순한 직업구분이 아닌 신분층의 상징으로서 상하, 귀천의 구별이 현저하고 그 중에서도 상(商)은 가장 말엽에 속했다. 사(士)는 지배계층으로서 유리한 교육 조건을 갖추어 관직에 나아갈 수 있었지만 공상은 명목뿐이고 그 실질은 매우 빈약했으며 사민은 주어진 자신의 직업을 철저하게 지키는 것이 원칙이었다. 비록 16~18세기에 걸쳐 조선에 장시(場市)망이 형성되고 조선후기에 들어와 상업발전이 시작되었지만 중국과 비교하면 많이 뒤처진 상태였다. 장시에는 행상이 대부분이고 상설 점포로는 서울의 시전(市廛)상인뿐이었으며 화폐도 발달하지 못한 상태였다. 상업의 부진은 국가의 소극적인 정책이 가장 큰 이유였다.[28] 따라서 확실한 상인계층을 이루지 못하고 있었는데 더욱이 새로운 시대의 지배계층인 재지양반층은 상업으로 진출하여 새로운 상업의 발달을 도모하기는커녕 말업관(末業觀)을 극복하지 못함으로써 상공업의 발전을 저지하고 있었다.[29] 그러나 시대적 대세는 상공업의 발

---

28) 상업에 대한 소극적인 정책은 중국이나 일본과의 무역에 대한 태도에 잘 나타난다. 특히 16세기에 동아시아가 은 유통권에 편입되었을 때 조선 정부는 은과 국내 경제와의 관계를 끊으려 했다. 원래 금, 은이 풍부하지만 도리어 그 채굴을 금지하면서까지 경제 자급자족을 고수하려고 한 것이다.(기시모토 미오, 미야지마 히로시, 『조선과 중국 근세 오백년을 가다』, 역사비평사, 2003.9, 263쪽.)

달을 강력하게 요청하고 있었으며 상업이 없이는 유민과 빈곤의 문제를 극복할 수가 없는 실정이었다. 사대부들이 상공업으로 전업하기 위해서는 어떻게 하든 말업관이 극복되지 않으면 안 되었다. 실학자들은 이 말업관을 극복하고 "이용후생"과 "부국"의 목적으로 중국을 여행하면서 중국의 상업문화에 농후한 흥취를 가졌으며 연행록에도 중국의 상업문화를 구체적으로 소개하였다. 그들은 상업경영종류와 방식, 상업유통경로부터 시작하여 상인의 지위와 상인의 문화소양, 그리고 그들의 생업관(生業觀)과 신앙까지 모두 자세히 기록하였다. 그들은 번화한 도시의 발전과 상업문화를 직접 보면서 감탄을 하였으며 필담을 통해 상인의 지위와 생업관에 대해서도 새롭게 인식하게 되었다.

연암은 청나라 사농공상의 사회적 지위와 역할, 그리고 생업관을 알아보기 위하여 전사가(田仕可), 오복(吳復), 이구몽(李龜蒙), 비치(費穉), 배관(裵寬) 등과 같은 상인들과 직접 필담을 나누면서 사업의 고락과 직업인식, 사민간의 통혼문제, 사회지위의 변화 등을 깊이 있게 이해하였다. 이런 내용들은 이용후생 학파가 가장 중요시하는 명농(明農), 통상(通商), 혜농(惠農) 등 실천적 학문과 직접적인 연관이 있다.

우선, 연암이 필담을 통해서 발견한 것은 청나라에서는 조선과 달리 사업이 나름대로 다 존중되고 있어 꼭 과거출세하지 않고 농공상업에 종사해도 다 자기의 직업을 즐길 수 있고 비교적 평등한 대우

---

29) 안병식, 「조선후기의 직업관」, 『경제논총37』, 1998, 199쪽 참조.

를 향유할 수 있다는 사실이다. 하지만 소위의 평등대우는 단지 생업에만 제한된 것이고 벼슬하는 집안과 장사치의 통혼은 금하고 있으며, 돈과 쌀을 바쳐서 생원(生員)이나 얻어 할 수 있다 하더라도 향공(鄕貢)을 거쳐서 거인(舉人)이 되지는 못한다.30) 이처럼 중국에서도 상인의 신분상승은 어려운 법이지만 반면에 조선과 같이 절대적인 것은 아니고 고향을 떠나면 생원으로 되어 벼슬까지 얻을 수 있었다.31)

다음으로, 연암이 주목한 것은 상인들의 학문적 소양과 문화수준이었다. 필담은 참여자의 학문적 수준을 가늠하는 척도가 될 수 있으므로 일정한 문화수준이 없으면 필담에 참여하기가 어렵다. 「상루필담(商樓筆談)」과 「속재필담(粟齋筆談)」에서 연암과 필담을 나눴던 상인들은 문화적 수준이 높은 편이었다. 골동품상인 전사가는 골동품의 내력을 잘 알고 사람과 잘 어울렸고(丰彩燁然, 多識古器來歷, 與人款洽.), 이구몽은 글 읽는 소리가 낭랑하고(面似傅粉, 朗然讀書, 聲出金石.), 비치는 서화에 능하고 조각을 잘하며 경의에 대해서도 잘 알고 있으며(工書畫, 善雕刻, 亦能談說經義, 而家貧好濟人, 爲其多子, 養福也.), 배관은 문장에 능하고 술을 잘 마시며 장자의 풍도가 있을

---

30) 朴趾源, 『燕巖集』卷之十一 別集 『熱河日記』, 「盛京雜識·商樓筆談」, "余曰, 中國四民, 雖各分業, 卻無貴賤, 婚嫁仕宦, 不相拘礙否. 東野曰, 我朝有禁, 仕宦家不得與商工通婚, 以淸仕路, 所以貴道賤利, 崇本抑末. 吾輩俱是家世做賣買的, 未得士家爲婚, 雖納貲輸米權補生員, 亦不許鄕貢爲擧人. 費生曰, 此法只施於本貫, 離鄕則未必然."

31) 朴趾源, 『燕巖集』卷之十一 別集 『熱河日記』, 「盛京雜識·商樓筆談」, "費生曰, 此法只施於本貫, 離鄕則未必然. 余曰, 一爲諸生, 則許以士類否. 李曰, 然. 諸生亦有許多名目, 有廩生監生貢生, 以生員陞補."

뿐만 아니라 스스로『과정집』2권,『청매시화』2권을 판각하였고 부인 두씨가 죽을 때『임상헌집』1권을 지었다고 한다.(身長七尺餘, 美鬚髥, 善飮酒, 筆翰如飛, 休休然有長者風. 自刻其薖亭集二卷, 又有靑梅詩話二卷. 妻杜氏十九卒, 有臨湘軒集一卷.)[32] 이토록 중국상인들은 남북을 오가면서 장사를 하다 보니 견식이 넓을 뿐만 아니라 학문에도 조예가 깊었다. 실제로 촉땅에서 올 때 잔도(棧道)[33]를 지났느냐는 연암의 질문에 답한 배관의 필담을 보면 상인이라고 믿기 어려울 정도로 문장솜씨가 훌륭했다.

> 배를 타니 때마침 늦은 봄철이이어서 양쪽 언덕에는 여러 가지 꽃이 한창으로 피었고 쓸쓸한 다북 창 속의 나그네 외론 밤 길기도 한데 소쩍새 피를 뿜고 원숭이 우지지며 학이 울고 매가 웃으니 이것은 고요한 강물 위의 달 밝은 경치였고 낭떠러지 위의 큰 바위가 무너져 강에 떨어지자 두 돌이 서로 부딪혀서 번갯불이 번쩍하고 일어나니 이것이 여름 장마 때의 경치입니다. 이 길을 걸어서 비록 황금덩이와 비단이 바리로 많이 생기다손 치더라도 머리칼이 세고 가슴이 타는 이 고생을 어찌 하겠습니까.[34]

상인으로서 배관은 아무리 황금덩이와 비단이 많더라도 일단 고

---

32) 朴趾源,『燕巖集』卷之十一 別集『熱河日記』,「盛京雜識·粟齋筆談」.

33) 중국의 사천 지방 험준한 절벽 산길에 나무로 시렁을 만들어 길을 낸 곳.

34) 朴趾源,『燕巖集』卷之十一 別集『熱河日記』,「盛京雜識·粟齋筆談」,"舟中時值季春天氣, 兩岸花樹, 最是蓬窓旅榻, 獨夜難曉, 鵑啼猿鳴, 鶴唳鵰笑, 此江空月明時景也. 崖上大石, 崩落江中, 兩石相觸, 自生電火, 此夏天霖雨時景也. 雖百鎰黃金, 錦繡千純, 爭奈頭白心灰."

향을 떠나 험한 장삿길에 오르면 밀려오는 고독과 고생은 이루 말할 수 없다면서 장사일의 어려움과 고통을 절실하게 표현하고 있는데 즉석에서 이루어진 필담에서도 배관의 훌륭한 문장솜씨가 그대로 체현되고 있다.

연암이 만난 상인들은 문장에 조예가 깊을뿐더러 흥취가 다양하고 신통한 재주도 많았다. 연암은 상인들의 이러한 문화소양에 감탄하며 골동품상 전시가에게 서화, 옛 그릇, 자기, 동기 등 각종 골동품 진위를 구분할 수 있도록 「고동록(古董錄)」까지 써주기를 부탁한다. 지식인과 상인의 필담은 그 자체로 아주 큰 의미가 있다. 지식인은 박학다식하고 도덕수준이 높기에 상인들은 문인과의 교우를 통해 자신의 지식과 문화소양을 향상시키고 세상의 이치를 이해하기를 소망한다. 상인의 소질향상은 개인의 정신적 추구와 관련된 문제일 뿐만 아니라 장사의 수완과 방식에도 큰 도움이 된다. 이러한 학식이 있는 상인들은 높은 문화적 소질과 사회적 책임감으로 중국의 상업문화를 이끌고 있었다.

그렇다면 학문적으로도 조예가 있고 문장력도 뛰어난 상인들이 왜 과거시험은 보지 않고 외로움과 간난신고를 감수하면서 상업에만 종사하고 있을까? 연암은 그들의 생업관(生業觀)에 대해 궁금증을 표출하였다.

동야는, "…우리 고향 사람들도 더러는 반딧불을 주머니에 넣기도 하고 송곳으로 정강이를 찌르면서 글공부하며 아침에 나물 밥, 저녁엔 소금 찬으로 가난을 견디는 이가 많습니다. 그러한 정성을

하늘이 가엾이 여기셨음인지 때로 비록 하찮은 벼슬을 얻어 하는
일이 있사오나, 만 리 타향에 일터를 찾으려니 고향을 떠나 사는
건 마찬가지지요. 혹시 친상을 당하든지 파면을 당하든지 한다면
고생은 말할 것도 없거니와 또 관직을 가진 자는 마땅히 그 일터에
서 죽어야 할 것이며 혹시 잘못이 있을 때엔 장물(贓物)을 도로 토해
내야 할뿐더러 세업(世業)마저 기울이게 될 것이니 그때에야 비록
황견(黃犬)의 탄식을 지은들 무슨 소용이 있겠습니까. 저희들은 배
운 것이 어설프니 벼슬길도 가망 없고 그렇다고 해서 피땀 흘리며
공장이 노릇으로 일생을 보낼 기술도 없거니와 쌀 한 알 얻기 위해
갖은 고생을 다하는 농업으로 한 평생을 지낸댔자 이는 나서 늙고
병들어 죽을 때까지 불과 좁은 고장을 한 걸음도 떠나지 못한 채
마치 여름 벌레가 겨울엔 나오지 못하듯이 이 세상을 마칠 터이니
그렇다면 차라리 하루 빨리 죽는 것만 못할 것입니다. 이제 가게를
내고 물건을 사고 팔아서 생활을 삼는 건 남들은 비록 하류로 치지
만 생각하기에 따라서는 나를 위하여 이에 하늘이 한 개의 극락계
(極樂界)를 열고 땅이 이러한 쾌활림(快活林)을 점지하여 도주공의
편주(扁舟)를 띄우고 단목씨(端木氏)의 수레를 잇달아서 유유히 사
방을 다니어도 아무런 거리낌이 없고 어떤 넓은 대도시라도 뜻에
맞는 대로 그칠 것이니 드높은 처마와 화려한 방 안에 몸과 마음이
한가롭고 모진 추위나 가혹한 더위에도 방편을 따라 자유롭게 살
수도 있습니다. 그러므로 어버이께 위안되시고 처자들도 원망치 아
니하여 나아가나 물러서나 피차간 여유 있고 영화롭거나 욕되거나
를 모두들 잊게 된즉 저 농사와 사환의 두 길에 비하여 그 괴롭고
즐거움이 어떻다 하리까. 또 저희들은 특히 사귐에 있어서 모두 지
성(至性)을 지녔답니다.…"35)

---

35) 朴趾源, 『燕巖集』 卷之十一 別集 『熱河日記』, 「盛京雜識·商樓筆談」, "東野曰, 此

학식을 소유한 상인들이 관직에 종사하지 않는 이유는 그들 나름의 생업관이 있기 때문이다. 생업관은 자기 혹은 자기가 속하는 가족의 생활수단을 획득하는 방책으로서 직업 내지 일반적으로 노동을 이해하는 견해이다. 중국상인들의 생업관은 실용성과 현실성을 띠고 있다. "사"에 종사하는 것은 물론 영광스러운 일이지만 세 가지 나쁜 점이 있다고 한다. 첫째, 아무리 어렵게 공부하여 하찮은 벼슬에 종사하더라도 고향을 떠나는 것은 마찬가지이다. 둘째, 잘못을 저지르면 세업이 기운다. 셋째, 생원이 되더라도 구족(九族)은 빛나지만 이웃은 해를 입는다. 관권을 잡고 시골에서 무단을 감행하는 것이 생원의 기술이고, 상등은 관록을 먹고 하등은 빌붙어 다니면서 사니 남에게 구하느니 스스로 구함만 같지 못하다는 것이다.36) 농업 또한 일이 힘들고 평생토록 뼈 빠지게 일을 해도 고장을 떠나지 못해 견식을 넓히지 못하니 배울 것이 못되지만 상업은 그야말로

還有不然者. 吾鄕之士, 亦多囊螢錐股, 朝虀暮鹽. 天可憐見時, 雖得霑微祿, 遊宦萬里, 等是離鄕, 或丁憂論罷, 一般苦景. 有官守者死於職下, 或不謹持, 追贓覆業, 雖欸黃犬, 復何益哉. 吾輩學殖荒落, 望絶鴻漸, 而亦不能血指汗顔, 黃耳枯項, 粒粒辛苦, 斷送百年, 生老病死, 不離鄕井, 守諒溝瀆, 不可語氷, 似此百年, 不如死之久也. 開舖貨居, 雖云下流, 所歸天開, 一部極樂, 世地設這, 座快活林, 泛朱公之扁舟, 連端木之車騎, 悠悠四方, 都無管鈐, 通都大邑, 樂處是家, 長檐華屋, 身閒心逸, 嚴霜烈日, 自在方便. 以此父母敦遣, 妻子不怨, 進退兩裕, 寵辱雙忘, 其視農宦兩業, 苦樂何如. 吾輩俱有友朋至性….'

36) 朴趾源, 『燕巖集』卷之十一 別集 『熱河日記』, 「盛京雜識·商樓筆談」, "一爲生員, 九族生輝, 四隣蒙害. 把持官府, 武斷鄕曲, 此乃生員之專門伎倆. 士流亦有三等, 上等仕而仰祿, 中等就舘聚徒, 最下干求假貸. 諺所謂做個求人面不成, 生涯都絶, 不得不做個假貸人, 奔忙道路. 不擇寒暑, 向人囁嚅, 情狀先露. 不謂當年高談之士, 化作世間可厭之人. 諺所稱求人, 不如求己."

"극락계"이고 "쾌활림"이라는 것이 상인들의 생업관이다. 그 이유를 말하자면 첫째로, 자유롭고 간섭이 없고 둘째로, 생활이 풍요로와 몸과 마음이 한가로우며 셋째로, 부모와 처자의 원망을 사지 않고 넷째로, 농사일보다 괴롭지 않으며 다섯째로, 극진한 친구를 사귈 수 있으며 여섯째로, 이웃에 피해를 주지 않는다는 것이다. 양반의 자손은 아무리 빈한하여도 절대로 농상에 업하지 않는[37] 조선의 풍습과는 전혀 다른 모습을 보이고 있다. 이러한 필담과정에서 연암은 경제에서 상공업이 차지하는 중요성을 이론화할 필요성을 실감했고 동시에 상공업의 발달에 있어서 사대부들이 담당해야 할 역할을 심각하게 고민했을 것이다. 이와 동시에 조선인들에게도 중국상인들의 생업관을 소개함으로써 조선인들의 각성을 기대했을 것이다.

담헌과 연암은 사회적 지배층인 "사"의 출세방식인 과거제도에 대해서 깊은 관심을 갖고 조선과의 비교 속에서 "사"의 생업관과 중국의 정치현실을 감지하려고 하였다. 그들은 향시(鄕試), 회시(會試), 전시(殿試) 등 과거제도의 실행방식과 시험내용, 시험기간, 과거급제 후의 봉록과 풍속에 이르기까지 모두 자세히 설명하였으며 또한 필담을 통해 구체적 시행상황과 과거시험에 대한 중국인들의 견해를 묻기도 하였다.

　내가 "과장에서 차작하고 대신 써 주는 폐단이 있는가?"…역암이 "과장의 폐는 많다. 회협(懷挾)이 있고 대신 삯 받고 하는 것이 있고

---

37) 洪大容, 『湛軒書』外集 卷二, 「乾淨衕筆談」, "仕宦之家, 稱以兩班. 其子孫雖貧, 不業農商, 農商之子, 雖有才智, 鮮入仕路, 惡逆之外, 刑不上大夫."

바꿔치기 하는 이가 있다. 그러므로 입장할 때 반드시 수험(搜驗)을 행하고 호사(號舍)에 돌아간 후에 반드시 그 잠그기를 엄하게 하고 답안을 받친 뒤에는 반드시 등록(謄錄)을 미봉하는 등 여러 가지가 있는데 모두 작간(作奸)을 방지하기 위한 것이다. 지금은 입법이 심히 엄하여 불초한 자라도 모두 신가(身家)의 염려가 있으므로 범법자가 적다." 난공이 "지금은 적다. 이것을 관절(關節)이라 이르니, 정이 가볍고 법이 중하다. 발각되면 참수형이다. 시관과 사자(士子)를 머리를 나란히 하여 베인다.[38)

청나라의 과거제도는 명나라의 유제를 따른 것으로서 향시, 회시, 전시의 절차에 따른다. 과거시험은 한인들이 선망하는 관직으로 나가는 거의 유일한 길이었기에 부정행위와 같은 폐단은 당연하였을 것이다. 하지만 과거보는 사람 중에는 평범한 사람이 많고 인재들은 천에 하나도 없다보니 삯 받고 시험을 치러준들 합격하기 어려웠다. 게다가 청나라의 입법이 심하여 부정행위가 발각되면 참수형에까지 처하였으니 감히 대술하려는 자가 적었다. 하지만 청나라의 과거시험 자체에 여러 가지 병폐가 있었기 때문에 과거제는 드디어 소실되게 된다.

① 내가 "경을 시험하는 자는 왕왕 피를 쏟는다는데 그런가?" 역

---

38) 洪大容,『湛軒書』外集 卷二,「乾淨衕筆談」, "余曰, 科場亦有借文代述之弊耶,…力闇曰, 科場之弊多矣. 有懷挾有代倩有傳遞, 故于入場時, 必行搜驗, 而歸號舍後, 必嚴其鎖鑰, 繳卷後, 必彌封謄錄種種, 皆以防作奸者也. 此時立法甚嚴, 卽不肖者, 亦皆有身家之念, 犯法者少矣. 蘭公曰, 如今少矣. 此謂關節, 情輕法重, 覺則砍頭, 試官與士子騈首就戮."

암이 "연일연야 잠을 자지 못하니 고생스럽다.[39]

② 역암이 "우리 고을에 또 기유(耆儒)와 노학(老學)이 많으나 종신토록 일개 청금(靑衿)이니 가련하다. 향시를 7~8장을 치룬 자도 있다. 3년에 한 번씩 거행하니 나이 17~18세 때에 입학하여 60~70세 때에 이르면 이렇게 된다." 내가 "'영웅을 벌어 얻느라 머리털이 모두 희었다.' 한 것이 정히 이런 사람을 가리킨 말이다."[40]

③ 내가 "운이 좋은 자는 실로 용이하다. 만일 종신토록 거인이 되면 실로 이 인생이 가련하다. 기(幾)를 아는 자는 일찍이 딴 방도를 취하는 것이 낫다." 역암이 "종신토록 수재가 되는 것이 참말로 가련하다. 만일 이미 향시에 합격하여 거인이 되면 10여 년을 기다려 지현이라도 한 자리 얻게 되니 그래도 궁유의 원을 좀 위로할 수 있다."[41]

④ (주학구는) "관동 지방은 수토가 억센데다 사람들이 고기를 너무 많이 먹어 총명한 자제들이 적고 어리석고 둔한 자가 많으므로 글 읽는 것을 일삼지 않고 다만 청나라 글이나 만주말만을 익혀 공명을 취하는 것을 제일 용이하고 또한 쾌하게 생각합니다." 하였다. 내가 "청(淸)의 글로 고시하는 방법을 듣고 싶어." 하였더니 주생이 말하기를 "관동에 있는 조정의 전내에서 시행하고 서울에 계시는 황상께서 한문으로 된 문제를 내십니다. 그 문제는 외성 총독이 품달한 사건 하나를 청의 글로 번역하는 것인데 장군이 오부와 함께

---

39) 洪大容,『湛軒書』外集 卷二,「乾淨衕筆談」, "余曰, 經試者往往吐血云, 然否. 力闇曰, 連日連夜不能睡. 卽苦矣."

40) 洪大容,『湛軒書』外集 卷二,「乾淨衕筆談」, "力闇曰, 吾鄕亦多有耆儒老學, 然終身一靑衿可憐. 鄕試有經過十七八場者, 三年一擧, 如年十七八時入學, 至六七十歲時是也. 余曰, 賺得英雄盡白頭, 正指此等人也."

41) 洪大容,『湛軒書』外集 卷二,「乾淨衕筆談」, "力闇曰, 終身爲秀才, 乃眞可憐. 若已中鄕試爲擧人, 則待至十餘年, 得爲一知縣, 亦差足慰窮儒之願矣."

회합하여 고시를 주관하여 그 중 급제한 답안지를 골라 서울로 보내
어 해당 부에 교부하면 황상께서 면접을 하는 것이오." 하였다. 내
가 "귀하도 역시 이 고시에 응시하였소." 했더니 주생이 "그렇다."고
하였다.42)

　　과거시험은 피를 토할 정도로 고생스럽고 머리가 희어질 때까지
향시를 보면서 종신토록 책만 붙들어도 결과가 없는가 하면 운이 좋
게 거인이 되어도 10년동안 기다려 지현자리를 얻으니 선비의 인생
은 가련하고 말 그대로 궁핍 그 자체였다. 사실 청나라의 과거제도
가 비록 명나라와 비슷하다고는 하지만 민족기시정책을 동반하고
있어 한인에게는 별로 공평한 것이 아니었다. 만인은 특권을 가지고
과거시험이 없이도 벼슬을 할 수 있는가 하면 기인(旗人)은 향시와
회시에서도 한인과 달리 특별한 우대권을 받을 수 있었다. 주학구(周
學究)가 소개한 만시(滿試)를 보면 피를 토하고 백발이 될 때까지 향
시도 넘지 못하는 한인들의 과거시험과 너무나 대조적이다. 주학구
는 만시만을 본 자로서 글과 글씨가 모두 졸렬하고 말이 문리가 통
하지 않았다. 담헌은 주학구가 학당선생이라 하여 처음에 경학에 대
해서 필담을 나누려고 했지만 좀처럼 대답을 하지 않는 주생이 조선
인을 우습게 여기는 줄로 오해까지 하였다. 경학에 관한 담헌의 질

---

42) 洪大容, 『湛軒書』外集 卷八, 「燕記·周學究」, "周生始書對曰, 關東水土硬, 肉食太
重, 子弟聰明者少而昏魯者多, 不以念書爲事, 秪以淸書滿洲話, 求取功名, 最易又
快. 余曰, 願聞淸書考試之法. 周生曰, 在關東, 朝廷殿內考, 自京中皇上出漢題, 其
題是外省摠督調陳的事一件, 以淸文飜過來, 將軍同五部會合主考, 取中的卷子, 送
京交部, 皇上面驗. 余曰, 尊亦赴此考乎. 周生曰, 然."

문에 필도 못대는 주학구이지만 아이러니하게도 학당 선생노릇까지
하는 것이 불공평한 청나라의 실정이었다. 하지만 이 만시는 누구나
마음대로 볼 수 있는 것이 아니라 기하 한군(旗下漢軍)에게만 주어진
응시 특권이었다. 한군이란 명나라 말년 오왕(吳王)이 아직 항복하지
않고 대청(大淸)이 통일하기 전에 남보다 먼저 투항 귀순하여 공이
있는 사람들을 지칭하는데43) 이들은 비록 학문이 졸렬할지라도 한
인보다 출세가 훨씬 수월하였다. 하지만 한인지식인들은 의연히 과
거급제를 "사"로서의 생업방식으로 간주하고 70이 될 때까지 포기하
지 않는 사람도 있었다. 과거급제만이 한인 지식인들이 선망하는 관
직으로 나가는 거의 유일한 출로였기 때문이다.

과거시험자체가 너무나 어려워 출세를 기대하기 어려웠던 중국은
마을에 장원이 나왔다고 하면 그 영광이·하늘을 찔렀지만 담헌은 영
광보다는 근심을 앞세우고 있다.

> ① 장원을 방부른 뒤에 황상(皇上)이 낚무이 태청문(太淸門)을
> 열면 장원한 사람이 말을 타고 중문(中門)으로부터 나온다. 순천부
> 윤(順天府尹)이 채찍을 잡고 "장원을 보내어 집에 돌려보내고 금포
> (錦袍)를 하사하는데 모두 궁인이 손수 만든 것이다. 부인은 본성
> (本省)의 성 위에서 수레를 타고 오곡을 뿌려서 황겸(荒歉)을 누르
> 고 사람에게 복을 나누어 준다. 두 가지의 일은 아무리 재상이라도

43) 洪大容, 『湛軒書』外集 卷八, 「燕記·周學究」, "余曰, 漢人亦爲滿試乎. 周生曰, 吾
家旗下漢軍也, 民家不赴. 余曰, 同是漢人. 或稱漢軍, 何也. 周生曰, 明末天下未
平, 吳王未服, 大淸一統之前, 在先投順有功者, 俱爲漢軍, 滿語謂之烏金朝, 亦算
旗人, 後順者, 仍謂之民, 其實同一民也."

참여하지 못한다." 내가 편쇄오곡(遍灑五穀) … 을 가리키며 "이것
이 무슨 법이 있는가?" 역암이 "부현(府縣)이 공장(供帳)을 갖추고
도인(都人)이 모여 구경하는 사람이 천만 인에 가깝다." 또 "외성총
독(外省摠督)과 순무의종장(巡撫儀從長)과 이여사도(里餘司道) 이
하 체쇄(遞殺) 모두 전호(傳呼)하고 길에서 사람을 비끼게 하며 아
문이 창을 줄지어 세우고 북을 울리며 포성을 터뜨린다. 장원이 처
음 보도(報到)될 때는 부·현(府縣) 관원이 그를 위하여 기간(旗竿)
을 세우고 기를 찢고 하는 수도 있다.44)

② "동방의 장원도 영광스럽기 이와 같은가?" 내가 "나라가 적으
므로 영광도 적다. 그리고 우리나라의 장원은 근심만 될 뿐이요.
그 영광되는 줄은 모른다." 양생이 모두 놀라며 "이는 무슨 까닭인
가?" 내가 "천금의 몸을 일조에 던져 임금에게 받쳐 사생과 영욕을
스스로 보전할 수는 없으니 어찌 근심되지 않겠는가? 꽃을 이고 산
을 펴고 북을 울리며 오유(遨遊)하면 겨우 시동(市童)의 구경이나
되고 유식한 이는 웃으니 이것이 무슨 영광이 되겠는가?"45)

중국의 선비들은 의연히 과거급제를 천추에 길이 남길 영광스러

---

44) 洪大容, 『湛軒書』外集 卷二, 「乾淨衕筆談」, "狀元臚唱後, 皇上開午門太清門, 狀
元一人, 騎馬由中門出. 順天府尹執鞭, 送狀元歸第, 賜錦袍, 皆宮人所製. 夫人則
本省城上乘輿, 遍灑五穀, 以壓荒歉, 分福于人, 二事雖宰相, 皆不能與焉. 余指遍
灑五穀云云曰, 此有何法. 力闇曰, 府縣具供帳, 都人聚觀近千萬人. 又曰, 外省摠
督巡撫儀從長及里餘司道以下遞殺皆傳呼, 辟人于道, 衙門列戟鼓吹放砲. 而狀元
初報到時, 亦有府縣官爲之竪旗竿扯旗."
45) 洪大容, 『湛軒書』外集 卷二, 「乾淨衕筆談」, "又曰, 東方狀元, 亦榮乃爾耶. 余曰,
國小故榮亦小, 且我東之狀元, 只見其憂而未見其榮. 兩生皆驚問曰, 此何故也. 余
曰, 千金之軀, 一朝委而致之於君, 死生榮辱, 不能自保, 豈非可憂乎. 戴花張盖, 鼓
吹前導, 遨遊於街上, 僅得市童之憐, 而其有識者笑之, 此有何榮耶."

운 일로 간주하고 있다. 장원에 급제하면 그 영광이 하늘을 찔러서 조정에는 금포를 하사하고 마을에는 천만 인이 모여 들며 북소리에 포성에 의식은 장관이다. 그리하여 무릇 여자는 남편이 자원되기를 바랐고 고관(高官)이 되더라도 장원이라고 불러주기를 원한다. 하지만 장원이라고 하여 모두가 나라를 위해 큰 공을 세우는 것은 아니고 천추에 악명을 남기기도 한다. 반정균은 "주연유(周延儒)는 대간신으로서 명의 국사를 무너뜨렸는가 하면 위덕조(魏德藻)는 이자성에게 항복하여 형을 당하였으니 이들은 모두 장원 중의 악당이었다."[46]면서 과거급제 역시 억지로 구하는 것이 아니라고 한다. 그는 "사"는 시문에만 통할 것이 아니라 나라에 보탬이 되고 백성에게 힘이 될 수 있어야 된다는 선비의 책임감을 언급하였던 것이다. 중국의 문인들이 "사"의 출세방식인 과거시험 급제에 대해서 이토록 영광스러운 일로 간주하고 있다면 조선의 문사들은 어떻게 생각하고 있었을까? 홍대용은 과거시험에 대해서 다른 입장을 취하고 있다. 조선도 과거의 영광이 이토록 크냐는 질문에 담헌은 나라가 작으므로 영광도 적다면서 오히려 근심을 앞세운다. 그 이유인즉, 스스로 영욕을 보전할 수 없고 겨우 시동의 구경거리나 되기 때문이다. 이는 하찮은 벼슬로 위태롭게 살다가 잘못이 있으면 세업이 기운다는 상인 이구몽(李龜蒙)의 논리와도 상통하는 면이 있다.

　박지원과 홍대용은 중국인들과의 필담을 통해 중국 선비의 처지를 분명하게 알게 되었고 상인들의 생업관을 새롭게 인식하게 되었

---

46) 洪大容, 『湛軒書』外集 卷二, 「乾淨衕筆談」, "蘭公曰, 周延儒, 魏德藻皆狀元而周延儒以大奸臣, 壞明國事, 魏德藻降李自成而被刑, 皆狀元中匪類也."

다. 사실 그들이 궁금한 것은 청나라 당시 과거제도의 방식이나 내용이라고 하기보다는 청왕조의 건립 이후 중화 문화가 어떠한 변화를 겪고 있었는지, 그리고 청나라 사회의 구체적인 상황이 사농공상의 직업관과 생업관에 어떠한 영향을 주고 있는지에 대한 관심이 더 컸다고 할 수 있다. 이러한 이국문화의 체험과 소통 속에서 박지원과 홍대용은 자국의 사농공상 신분차이의 실정에 반성을 하고 조선 선비들이 민생의 대본인 농업과 상업에 대한 학문적 연구를 소홀히 하고 있음을 개탄하면서 사농공상이 모두 필요하며 사(士)는 시문에만 통할 것이 아니라 농공상의 이치에도 통해야 선비의 자격이 있다는 실학의 정신을 폈을 것이다.

5. 결론

필담에서의 문화담론 연구를 통해 우리는 두 나라 문인들이 어떻게 논쟁과 교섭 중에서 서로의 문화와 사상을 이해하고 동질성과 이질성을 찾고 있는지 파악하게 되었다. 아울러 비교 속에서 한중 양국의 문화 차이와 인식차이에 대해서도 더욱 분명하게 이해하게 되었다.

우선, 여성인식에 있어 중국 문인들은 여성의 부덕에 대해 상대적으로 개방적인 태도를 보이고 있다. 문화와 품성 인식의 정신적 기준차이로 인하여 여성의 재질과 개가문제에 대해서도 중국 문인들은 강하게 긍정하는 반면, 조선 문인들은 유교본위의 입장에서 여성

의 재질을 외면하고 있으며 여성의 실행(失行)에 대한 처벌에 대해서
도 가혹하다는 생각을 하지 않는다. 하지만 필담과정에서 박지원과
홍대용은 의식, 무의식적으로 축적되어 왔던 전통적 관습에서 벗어
나 한인여성의 '전족'이라는 폐습과 조선여성의 수절(守節)을 병치하
여 생각하면서 그 지나침을 인식하고 여성인식의 동질성을 발견하
는 모습을 보인다.

　다음, 홍대용과 박지원은 관혼상제의례에 대한 실제적인 관찰과
필담 방식을 통하여 청대와 그 이전시대인 명대를 대표하는 중화문
화의 상이한 부분을 찾으려고 노력하였으며 이와 동시에 청대 사회
와 서로 대조하는 과정에서 예의 원칙을 엄격히 준수했던 조선사회
의 특성을 더욱 분명하게 인식하게 되었다. 그들은『주자가례』를 염
두에 두고 지역적 구분 없이 중국의 관혼상장의례에 대해 질문을 하
였으며 필담을 통해 이미 정형화에서 벗어나 상대적으로 자유롭게
간결화된 중국 풍속문화의 현장을 목격하게 된다. 중국에는『가례』
를 준행하는 자가 적고 속례가 많았으며 예의는 필수적인 준칙이 아
니라 취사선택의 항목이었으며 조선과 사뭇 다른 풍속문화를 이루
고 있었다. 청나라는 전래의 질서가 깨지고 각 민족과의 화합 속에
서 새로운 질서를 구축하고 있었으며 한인 지식인들은 그러한 풍속
에 습관이 되어가고 있었다. 박지원과 홍대용은 이러한 '문란함'에
대해 냉정하게 받아들이고 있으며 중국 풍속의 질박함에 대해서는
긍정적인 태도를 취하면서 기존의 비문화적 태도를 거부하고 문화
의 상대성과 고유성을 자각하고 있었다.

　사농공상의 인식에 있어서도 중국은 조선과 전혀 다른 모습을 보

이고 있다. 박지원과 홍대용은 사농공상의 사회적 지위와 생업관을 알아보기 위해 상인과 직접 필담을 나누고 과거시험의 구체적 실천 방식도 알아보는데 의외로 중국 상인들은 학식이 풍부하고 문장에 조예가 깊었으며 뚜렷한 생업관을 가지고 있었다. 그들은 상업을 하찮은 일로 여기지 않고 오히려 "극락계"와 "쾌활림"이라고 하면서 선비노릇보다 좋은 여섯 가지 이유를 들면서 그들만의 현실적인 생업관을 밝혔다. 연암은 중국상인들의 유식함에 주목하여 중국의 상업 문화발전은 이들의 학식과도 관계된다는 사실을 알게 되었다. 담헌은 과거제도에 관한 필담을 통해 중국과거시험의 엄격함과 어려움, 그리고 그 불공평함을 인지하게 되었다. 사실 그가 알고 싶었던 것은 과거시험의 방식이 아니라 청왕조의 건립 이후 중화 문화의 변화된 모습과 그 체제가 사농공상에 준 영향이었던 것이다.

한 나라의 문화사는 다른 나라와의 교류과정에서 부단히 발전함과 동시에 자기화하면서 새로운 전통을 형성하고 발전시킨다는 의미에서 한중 양나라의 필담연구는 앞으로도 부단히 연구해야 할 가치있는 작업이라고 하겠다.

국문초록

　본 연구는 18세기 한중 지식인의 교류양상과 사상적 동향을 가장 극명적으로 보여준 문학적 성과물은 무엇인가에 대한 의문에서 시작하였다. 필자는 이런 문제의식에서 필담을 주목하였다. 필담은 언어가 다른 나라에서 상호소통을 염원하는 지식인들이 문자로 진행한 의사소통방식으로서, 홍대용과 박지원 등 문인들에 의하여 단순한 기록적 성격을 벗어나 고도의 문학성을 보여주는 독립적 텍스트로 재창작된다. 특정 작가, 특정 작품을 중심으로 자료적 측면에서 주로 주목되었던 연행록이, 여행과 체험의 문학적 텍스트로 주목받기 시작한 것은 1980년대에 들어와서의 일이다. 최근 연행록에 대한 다양한 연구가 이루어지면서 연행록에 소재한 필담에 대해서도 새롭게 인식을 하게 되었다. 하지만 독립적 텍스트로서의 필담의 중요성을 인식하였을 뿐 문학텍스트로서의 저술방식에 대해서는 주목을 받지 못하였으며, 동시기 문인들의 필담을 공동으로 묶어서 고찰하려는 작업도 진행되지 않았다. 따라서 본서에서는 고도의 문학성을 지닌 홍대용과 박지원의 필담을 중심으로, 동시기 연행에 오른 박제가(朴齊家)와 유득공(柳得恭)을 아우르는 북학파 필담에 주목하여 그 저술방식과 창작동기, 및 화제의 담론양상과 주제에 대하여 분석하고자 하였다.

Ⅱ장에서는 우선 18세기 한중문인의 필담이 성립할 수 있는 배경과 성격, 그리고 중국측 참여자에 대하여 살펴보았다. 필담이 성립할 수 있는 배경을 역사적, 사회적 맥락에서 보다 명확히 고찰하기 위하여 본서에서는 필담의 참석자를 제의자와 참여자로 나누어 한중 두 나라의 역사적 상황과 문인의 입장을 비교하고 그 연대감을 발견함으로써 필담이 성립할 수 있는 근본원인을 짚어 보았다. 필담의 성격연구에 있어서는 특정한 문체나 범주에 국한하기 어려운 필담의 특성을 고려하여 문학개념의 외연을 확장하여 필담의 문학성을 조명해 보았고 그 존재방식, 창작기법, 소재의 특징과 같은 총체적 성격에 대하여 초보적으로 규명함으로써 문학으로서의 필담 연구의 가능성을 재차 확인하게 되었다.

Ⅲ장에서는 필담 텍스트의 형식적 특징에 초점을 맞추어 인물별로 그 형식적 변모를 추적해 보았다. 홍대용의 「건정동필담(乾淨衕筆談)」은 일기체 작품의 통일성을 확보하기 위해 필담 기록과 편지를 삽입하는 날짜를 아주 적합하게 설정하고 있었다. 또한 교유인물의 이름으로 표제를 설정한 「연기(燕記)」의 경우, 전통 일기체사행문학 형식에 대한 도전이라는 의미에서, 그리고 관심대상의 전변이라는 의미에서 아주 혁신적인 의의를 갖게 된다. 박지원의 『열하일기(熱河日記)』는 기존 연행록에 비해 필담이 존재하는 양식, 소통하는 방식 및 전달하려는 메시지 등 총체적인 변화가 일어난다. 그는 미리 일기 부분에서 청나라 지식인들과 만나는 인연, 장소, 시간, 그리고 상대의 인적사항을 모두 제시하고 중요한 화제를 담은 필담은 따로

독립적인 장을 설치하여 순수한 필담 중심의 문학을 창작하려고 시도하였다. 연암 필담의 가장 큰 형식적 전환은 시(詩)와 필담의 분리 즉, 순수한 필담 텍스트의 완성에서 찾아볼 수 있다. 유득공과 박제가의 연행록은 일정의 예속에서 완전히 벗어난 동시에, 필담의 내용보다 교유대상에 주력하는 모습을 보인다.

Ⅳ장에서는 한중 두 나라 문사들이 나눈 다양한 화제 중에서 가장 자주 등장하는 대표적인 담론, 즉 화이론(華夷論)적 세계관의 문제, 정학이단론(正學異端論), 청조현실의 동향과 민심의 향배를 중심으로 두 나라 지식인의 학문관, 인식론을 비교 검토해 보았다. 북학파 문인들은 필담이라는 방식으로 화이론적 세계관의 극복을 실천하려고 노력하였으며 그 인식의 변화는 의복제도, 천문학지식, 주변국과의 대화 의지에서 두드러지게 나타나고 있다. 이들은 화이론의 폐해를 인식하고 필담을 통해 화이론적 문제에 대하여서도 다양하게 논의하고 있지만 결코 문화론적으로는 근본적인 화이관 극복에 이르지 못한다. 홍대용의 필담은 정학 이단론에 대한 견해의 변모과정을 살피기에 가장 적합한 텍스트라고 할 수 있다. 홍대용은 필담초기에 이단을 비판하면서 중국지식인의 주자공박을 조목조목 반박하고 있었지만 필담차수가 늘면서 점차 관용적인 태도를 취하고 있었으며 필담을 마무리하면서 교조적인 주자학존숭을 맹렬히 비판하였다. 박지원에게 있어 주자에 대한 절대적인 고수와 극찬은 주자를 높이려는 목적이라고 하기보다는 중국지식인들의 본심을 떠보기 위한 의도적 장치로 사용되었음을 확인할 수 있다. 유득공은 정주학술을 뒷전으로 하는 청조학술의 현황을 아주 근심스럽게 생각하면서 정

주학이 쇠퇴한 중국의 학술경향을 가슴 아프게 생각하였다. 하지만 박제가의 필담에는 중국인에 대한 경계가 상당히 약화된 모습을 보인다. 이들은 중국지식인과의 논쟁과 교섭 중에서 점차 사상의 전환을 이루게 되었으며 기존의 절대화된 주자학과 주자주의를 비판하고 더욱 자유로운 학문적 풍토를 선망하였다. 북학파문인들이 가장 주목하고 있는 현실문제는 청 조정의 위기, 즉 장구성에 있다고 보인다. 이 문제를 가장 극명적으로 보여준 필담의 화제는 바로 민심, 즉 내란의 문제였다. 현실인식에 관한 필담화제는 주로 청왕조의 위기를 겨냥한 정치적 지향성을 지니고 있으며 그 초래 원인으로 기타 이민족의 내란을 꼽고 있다. 연암의 시선에 포착된 청조 지식인의 형상으로부터 우리는 청조 지식인들에 대한 연암의 관심사가 무엇인지를 읽어낼 수 있었다. 연암이 청조 지식인들에게 제기하는 짓궂은 질문공세는 청나라가 안고 있던 갈등과 당시 정세에 관한 것이 많았고, 연암은 질문에 대한 중국지식인들의 대처방식을 빠짐없이 묘사함으로써 시대의 아픔을 겪고 있는 지식인의 형상을 생동하게 부각하였다.

다음으로 필담의 표현수법을 세 가지, 즉 유도와 우회, 비교와 재확인, 복선과 암시로 분류하여 자세한 분석을 시도하였다. 독립적 문학텍스트를 구성한 홍대용과 박지원의 필담을 보면, 화제의 목적에 도달하기 위해 유도, 칭찬, 농담, 복선, 암시 등 수많은 장치를 도입하였다. 독립적 텍스트로서의 필담체에는 이러한 화제방식도 일종 표현수법을 넘어서서 작품의 구성을 이루는 핵심적 장치라고 할 수 있겠다.

中文摘要

　　文人代表着一个社会阶层的精神风貌，也反映历史文化的特性。在中国史上，文化和思想的传承与创新自始至终都是文人的中心任务。因此，研究文人的意识和交流是研究历史和社会的重要环节。研究中朝文人的笔谈，可以了解两国知识阶层对中国乃至整个世界的认识，以及他们观察中国与周边地区关系的视角，同时也可以给中韩学界研究清朝文化交流、文人心态、政治经济外交等提供佐证。最近，随着对燕行录著述方式的探讨、中国文人的交流与知识传播的研究、比较文学角度的考察、燕行录的总体流程和现象研究的深入，对燕行录所载笔谈的研究有了新的认识。但这些研究过于注重整理历史资料与交流史，忽略了笔谈的文学成就。学界对笔谈的文学性存在意见上的差异，并没有明确它的文学地位，也没有人把同一时期文人的笔谈归于一类，做整体性的研究。鉴于在燕行录所载笔谈研究方面存在的一些缺欠，笔者在具体的研究过程中，对笔谈的形成和性质、创作意图、异国形象嬗变、意识转变、历史意义、参与者的实证考察等诸范畴进行了系统研究，从而探析出了笔谈文学整体的特点和规律以及当时文人的意识形态特征。

第二章考察了十八世纪笔谈流行的背景与性质，以及中国的参与者。本章把参与笔谈的人分为提议者与参与者，比较中韩两国历史背景和文人的立场，从中发现两国文人的共同意识，并分析了笔谈得以成立的根本原因。考虑到笔谈的体裁模糊性，本论文在扩大文学这一概念外延的基础上，分析了笔谈的文学性，阐明了其存在方式、创作手法、素材的特点等总体性质，再次确认了文学领域内笔谈研究的可能性。

第三章具体分析了作为文学文本的燕行录所载笔谈的创作情况与创作意图。进入十八世纪，笔谈不仅仅是简单的问答式记录，它逐渐开始具备文学的形式，这是一种独特的散文形式，是不可忽略的文学创作方式。本章把焦点集中到笔谈文本形式上的特点，分别考察了不同人物笔谈创作形式上的变化。通过文学自身发展的规律和形式研究法、文艺批评学等方法来系统而细致地分析了笔谈的文学性质与结构、表现方式等问题。以特定的批评视角切入对象，评价其文学现象，使笔谈文学研究始终建立在实证、思辨、多学科综合运用的基础之上。洪大容是第一个把笔谈作为独立文本来创作的文人，他在笔谈的构成方式注入了极大的心血。《乾净衕笔谈》为了确保日记体作品的统一性，适当地设定了插入笔谈记录和信笺的日期。《燕记》以交流人物的姓名作为标题，它可谓是对传统日记体使行文学形式的挑战。此作品在关心对象的转变这一点上也获得了革新性

意义。朴趾源的《热河日记》跟以往的燕行录比起来，在笔谈
存在的方式、沟通的方式、传达的信息等方面发生了总体的变
化。他事先在日记部分交待了与清朝文人认识的经过、会面的
场所、时间以及笔谈对象的信息，预示了笔谈的展开。讨论重
要话题的笔谈则另设一章，试图创作以笔谈为中心的文学作
品。构成笔谈时，也没有像洪大容那样重视个人的情感，而把
重点放在了笔谈的内容即主题。朴趾源笔谈作品形式上最大的
转换在于诗与笔谈的分离，纯粹的笔谈文本就此诞生。另外，
朴趾源的笔谈文本彻底摆脱了时间的约束。柳得恭与朴齐家的
燕行录在完全摆脱日程约束的同时，把更多的注意力集中到了
交流对象身上，而对笔谈内容的重视却相对减少了。

　　第四章针对文人留下的笔谈，对同时期两国文人的文学观、
世界观、认识论、文化心态等，进行了专题考察。重点考察两
国文人讨论时最常提及的代表性话题，即华夷论与世界观的问
题、正学异端论、清朝的动向和民心的问题，并探究了十八世
纪文人对东亚局势的认识。北学派文人对中华文明的肯定是克
服传统华夷论式世界观的关键所在。他们通过燕行体验，摒弃
了对清朝的偏见，确立了对自身和世界的全新思维方式。北学
派文人通过笔谈这一方式，试图克服传统华夷论的弊端。其认
识的变化具体体现在对服饰的认识、天文知识、与周边国家的
对话意志等方面。他们认识到了华夷论的弊端，并且从多方面
谈论了华夷论的问题，但是在文化论的侧面来看，并没有彻底

摆脱了传统的华夷论。

正学的问题，是韩中两国文人学术讨论的核心主题之一。洪大容在进行笔谈的初期——反驳了中国文人对朱子的批判，但随着笔谈次数的增加，他的立场逐渐发生了变化，在笔谈记录的末尾则批判了朝鲜学者对朱子的盲目崇拜。这种立场在他回国后撰写的《毉山问答》上继续加以体现。对朴趾源来说，他对朱子的绝对肯定和赞扬，与其说是他崇尚朱子的行为，不如说是试探中国知识分子心态的一种有意识的策略。柳得恭则对清朝学术不重视程朱理学的现状表现出了忧虑，痛惜中国学术界程朱理学的衰退。在对中国人的戒备方面，朴齐家的笔谈内容则相当程度上表现出了退色。他们通过与清朝文人的论争与交涉，进行了思想认识上的转换，批判了以往绝对化的朱子学，憧憬更加自由的学术气氛。北学派文人最关心的现实问题是清朝朝政的危机，即长久性问题。体现最明显的就是关于民心即内乱的话题。与现实问题有关的笔谈话题指向清王朝的危机，具有某种政治倾向，而异族的内乱则被认定为导致这种危机的原因。北学派文人认为这种危机并不只是中国内部的问题，他们认为这一问题与朝鲜的安危也有密切关系。

另外，本章通过考察《热河日记》笔谈中意象化的文人形象，进一步明确了朴趾源提议笔谈的目的以及蕴藏于作品中的文化因素、情绪、感觉、意向等方面的特殊效果。通过比较和参照同时期观察者与被观察者的认识、心态、地位的变化，探讨了形象形成过程中的诸多因素，反观观察者民族及文化的需要和所弃，试探了形象形成的内在因素。

最后，把笔谈的表现手法分为诱导与迂回、比较与再确认、伏笔与暗示等几方面，对作品进行了详细的分析。构成独立文本的笔谈为了引入某种话题，使用了诱导、称赞、伏笔、暗示等多种方式。这种方式已经不仅仅是单纯的表现手法，可以说是构成独立文本笔谈的核心装置。

참고문헌

1. 자료

유득공, 『燕臺再遊錄』, 遼海書社.

유득공, 「燕臺再遊錄」, 『국역 연행록선집Ⅶ』, 민족문화추진회, 1976.

유득공, 『灤陽錄』, 遼海書社.

유득공(실시학사 고전문학연구회 옮김), 『熱河紀行詩注』, 휴머니스트, 2010.

박종채(박희병 옮김), 『나의 아버지 박지원』, 돌베개, 1998.

박제가, 『貞蕤集』, 국사편찬위원회, 1950.

박제가, 『楚亭全書』 上·中·下, (李佑成, 『栖碧外史海外蒐佚本』, 亞細亞文化
社, 1992)

박제가 지음, 정민·박수밀·이승수 옮김, 『정유각집』, 돌베개, 2010.

박제가(이익성 옮김), 『北學議』, 을유문화사, 1971.

박지원, 『燕巖集』 삼간본, 韓國文集叢刊 252, 민족문화추진회.

박지원, 국역 『熱河日記』, 민족문회추진회, 1971.

박지원(리상호 옮김), 『熱河日記』, 평양: 국립출판사, 1955.

박지원(김혈조 옮김), 『熱河日記』, 돌베개, 2009.9.

서유문(조규익 외 주해), 『무오연행록』, 박이정, 2002.

이덕무, 국역 『청장관전서』 1~13, 민족문화추진회, 1967.

이우성, 『栖碧外史海外蒐佚本』 10, 亞細亞文化社, 1986.

임기중 편, 『燕行錄全集』, 동국대 출판부, 2001.

원중거(김경숙 옮김), 『乘槎錄-조선후기 지식인, 일본과 만나다』, 소명출판,
2006.

원중거(박재금 옮김), 『和國志-와신상담의 마음으로 일본을 기록하다』, 소명

출판, 2006.

홍대용, 『湛軒燕記』, 규장각 소장본.

홍대용, 『湛軒書』, 신조선사, 1939.

홍대용, 『湛軒書』, 민족문화추진회. 국역 『담헌서』 I ~ V, 민족문화추진회, 1974.

홍대용, 『신편 국역 홍대용 담헌서 3』, 민족문화추진회, 2008.3.

홍대용(소재영·조규익 외 주해), 『을병연행록』, 태학사, 1997.

홍대용(김태준·박성순 옮김), 『산해관 잠긴 문을 한손으로 밀치도다』, 돌베개, 2001.

주문조 엮음, 『鐵橋全集』, 서울대 도서관 소장본.

中國社科院歷史硏究所淸史室編, 『淸史資料』第四期, 「大義覺迷錄」卷一, 中華書局, 1983.

2. 단행본

강동엽, 『熱河日記연구』, 一志社, 1988.

고미숙, 『熱河日記, 웃음과 역설의 유쾌한 시공간』, 그린비, 2003.

구지현, 『계미 통신사 사행문학 연구』, 보고사, 2006.12.

김영진, 「조선후기의 명청 소품 수용과 소품문의 전개양상」, 고려대 박사학위 논문, 2003.

김준석, 『조선후기 정치사상사 연구』, 지식산업사, 2003.5

구지현, 『계미통신사 사행문학 연구』, 보고사, 2006.

김명호, 『熱河日記 연구』, 창작과비평사, 1990.

김문용, 『홍대용의 실학과 18세기 북학사상』, 예문서원, 2005.

김병민, 『조선중세기북학파문학연구』, 목원대출판부, 1992.

김병민, 『한국이행기문학연구』, 국학자료원, 1995.

김태준, 『홍대용과 그의 시대』, 일지사, 1982.

김 영, 『조선후기 한문학의 사회적 의미』, 집문당, 1993.

김 영, 『한국한문학의 현재적 의미』, 한울, 2008.

김태준, 『홍대용과 그의 시대』, 일지사, 1982.

김태준, 『홍대용 평전』, 민음사, 1987.

김태준, 『홍대용』, 한길사, 1998.

김태준·이승수·김일환, 『조선의 지식인들과 함께 문명의 연행길을 가다』, 푸른역사, 2005.

김태준 외, 『연행의 사회사』, 경기문화재단, 2005.

박희병, 『한국의 생태사상』, 돌베개, 1998.

박희병, 『연암을 읽는다』, 돌베개, 2006.

소재영, 김태준 외, 『여행의 체험과 문학-중국편』, 민족문화문고 위원회 간. 1985.

소재영 외, 『연행노정 그 고난과 깨달음의 길』, 박이정, 2004.

송영배 외, 『한국 실학과 동아시아 세계』, 경기문화재단, 2005.

심경호, 『한문산문의 미학』, 고려대출판부, 1998.

심경호, 『한문산문의 내면 풍경』, 소명출판, 2001.

안대회 엮음, 『조선후기 소품문의 실체』, 태학사, 2003.

오수경, 『연암그룹 연구』, 한빛, 2003.

유기룡, 『한국 기록문학 연구』, 형설출판사. 1978.

유봉학, 『연암일파 북학사상 연구』, 일지사, 1995.

유봉학, 『조선후기 학계와 지식인』, 신구문화사, 1998.

이가원, 『연암소설연구』, 을유문화사, 1965.

이경수, 『한시 사가의 청대시 수용 연구』, 태학사, 1995.

이우성, 『한국의 역사상』, 창작과 비평사, 1982.

이종주, 『북학파의 인식과 문학』, 태학사, 2001.

이혜순, 『조선통신사의 문학』, 이화여대 출판부, 1996.

임계순, 『淸史-만주족이 통치한 중국』, 선서원, 2000.

임기중, 『연행가사 연구』, 아세아문화사, 2001.

임기중, 『연행록 연구』, 일지사, 2002.

임형택, 『실사구시의 한국학』, 창작과비평사, 2000.

임형택, 『문명의식과 실학』, 돌베개, 2009.3.

정　민, 『18세기 조선지식인의 발견』, 소명출판사, 2007.

정옥자, 『조선후기 문학사상사』, 서울대 출판부, 1990.

정옥자, 『조선후기조선중화사상연구』, 일지사, 1998.

조규익, 『국문 사행록의 미학』, 역락, 2004.

조규익 외 엮음, 『연행록연구총서』 1~10, 학고방, 2006.

조동일, 『한국의 문학사와 철학사』, 지식산업사, 1996.

최소자, 『명청시대 중·한관계사연구』, 이화여대 출판부, 1997.

후마 스스무, 『연행사와 통신사』, 신서원, 2008.

陳必祥(심경호 옮김), 『漢文文體論』, 이회, 1995.

金柄珉, 『朝鮮實學派文學與中國之關聯硏究』, 延邊大學出版社, 2007.12.

孟　華, 『比較文學形象學』, 北京大學出版社, 25쪽.

洪亮吉, 『洪亮吉集』, 中華書局, 2001.

梁啓超, 이기동·최일범 역, 『淸代學術槪論』, 驪江出版社, 1987.9.

魯　迅, 「買‘小學大全’記」, 『且介亭雜文』, 人民文學出版社, 2006.12.

林語堂, 『吾國與吾民』, 世界文摘出版社, 民國43(1954).

徐　林, 『明代中晚期江南士人社會交往硏究』, 上海古籍出版社, 2006.6.

嚴迪昌, 『淸詩史』 上册, 浙江古籍出版社, 2002.

余英時, 『余英時文集 第四卷 - 中國知識人之史의 考察』, 廣西師範大學出版社, 2004.4.

張向天, 「讀買小學大全記餘記」, 『魯迅作品學習札記』, 香港上海書局出版, 1975.

馮夢龍, 『古今笑史』, 花山文藝出版社, 1985.2.

　　　　 『淸高宗實錄』 卷1424, 中華書局, 1985.

　　　　 『中國歷代人名大辭典』, 上海古籍出版社, 1999.12.

雨森芳洲, 『譯註交隣提醒』, 한일관계사학회 편, 국학자료원, 2001.

3. 논문

강동엽, 「熱河日記의 문학적 연구」, 건국대 박사학위논문, 1982.

강동엽, 「우상전에 투영된 이언진과 그의 세계인식」, 『겨레어문학』 제19, 20 합
　　　집, 겨레어문학회, 1995.

강동엽, 「문답체 산문의 서술자 개입 양상과 서사화」, 『한국한문학연구』 19집,
　　　한국한문학회, 1996.

강명관, 「연암시대의 양명좌파 수용」, 『대동한문학』 23집, 대동한문학회, 2005.

광건행, 「조선홍대용 "乾淨衙筆談"」, 『동아인문학』 제6집, 동아인문학회, 2004.

구지현, 「필담창화집을 통해 본 한일문사의 문학교류」, 『조선통신사연구』 제4
　　　집, 조선통신사학회, 2007.

구지현, 「통신사를 통한 한, 일 문학 교류의 전개 양상-『淺草文庫書目解題』소
　　　재 필담창화집을 자료로」, 『한국한문학연구』 제41집, 한국한문학회,
　　　2008.

김경미, 「박제가 시의 연구」, 연세대 박사학위논문, 1991.

김성진, 「남옥의 생애와 일본에서의 필담창화」, 『한국한문학연구』 19집, 한국
　　　한문학회, 1996.

김아리, 「노가재연행일기연구」, 서울대 석사학위논문, 1999.

김　영, 「근대전환기 지식인의 이국체험과 세계관의 변화」, 『한국고전연구』 17
　　　집, 한국고전연구학회, 2008.

김영진, 「日本 天理大學 天理圖書館 소장 『緧菴集』」, 『고전과 해석』 제3집, 고
　　　전문학한문학연구회, 2007.

김용태, 「1790년 유득공이 만난 동아시아」, 『한문학보』 제20집, 우리한문학회,
　　　2009.

김윤조, 「영재 유득공 시연구」, 성균관대 석사학위논문, 1985.

김태년, 「한원진과 홍대용의 정학이단론」, 『정신문화연구』 제32권 제3호, 한국
　　　학중앙연구원, 2009.9.

김태준, 「홍대용의 을병연행록」, 『문학사상』 10, 1981.

김태준, 「『담헌연기』와 『을병연행록』의 비교연구」, 『민족문화』 11, 민족문화추
　　　진회, 1985.

김태준, 「18세기 한일문화교류의 양상-강관필담을 중심으로」, 『숭실대논문집』
　　　18, 1988.

김태준, 「충격과 조화: 18세기 한일문화 교류의 양상-강관필담을 중심으로」, 『동방문학비교연구총서』 2집, 한국동방문학비교연구회, 1992.

김태준, 「熱河日記 한글본 출현의 뜻」, 『민족문학사연구』 19, 민족문학사연구소, 2001.

김현미, 「18세기 연행록의 전개와 특성」, 이화여대 박사학위논문, 2004.

김현미, 「18세기 연행록 속에 나타난 중국의 여성」, 『한국고전여성문학연구』 11, 2005.

김혈조, 「연암 박지원의 청 현실 이해」, 『국제한국학 연구』, 명지대 국제한국학연구소, 2003.

노용필, 「조선인 홍대용과 서양인 천주교신부의 상호 인식-『유포문답』의 분석을 중심으로」, 『한국사상사학』 제27집, 한국사상사학회, 2006.

박수밀, 「조선후기 대청 의식과 문화 수용 논리」, 『한국한문학연구』 47, 2011.

박지선, 「김창업의 노가재연행일기연구」, 고려대 박사학위논문, 1995.

박성순, 「우정의 윤리학과 북학파의 문학사상」, 『국어국문학』 129집, 국어국문학회, 2001.

박현규, 「조선·청조인의 연경 교류집-日下題襟合集의 발굴과 소개」, 『한국한문학연구』 23집, 한국한문학회, 1999.

박현규, 「조선과 청조 인사의 참된 우정과 필담록: ≪菊壺筆話≫」, 『동북아시아 문하하히 국제하술대회 발표자료집』, 2004.

박희병, 「淺見絅齋와 홍대용-중화적 화이론의 해체양상과 그 의미」, 『대동문화연구』 40, 성균관대 대동문화연구원, 2002.

배원환, 「湛軒 洪大容의 "燕記"研究」, 嶺南大學校 석사학위논문, 2001.

소재영, 「홍대용의 을병연행록」, 『여행과 체험의 문학(중국편)』, 민족문화문고, 1985.

소재영·조규익, 「담헌연행록 연구」, 『동방학지』 97, 연세대 국학연구원, 1997.

신태수, 「"熱河日記"에 나타난 연암의 황교관과 세계인식」, 『한국의 철학』 제17호, 경북대 퇴계학연구소, 1989.

심경호, 「한문산문의 기록성과 국문산문과의 관련성」, 『한국한문학연구』 22집, 한국한문학회, 1998.

안병식, 「조선후기의 직업관」, 『경제논총』 37, 1998.

윤사순, 「실학사상의 철학적 성격」, 『아세아연구』 제56호, 고려대 아세아문제
　　　연구소, 1976.

이경구, 「조선후기 주변인식의 변화와 소통의 가능성」, 『개념과 소통』 제3호,
　　　한림과학원, 2009.6.

이군선, 「김창업 연행일기의 서술방식 연구」, 성균관대 석사학위논문, 1997.

이동환, 「연암사상의 이념적 범주와 반주자주의성」, 『실학시대의 사상과 문학』,
　　　지식산업사, 2006.5.

이원식, 「조선통신사의 訪日과 문화교류」, 『모산학보』 2집, 동아인문학회,
　　　1991.

이종주, 「熱河日記의 인식 논리와 서술 방식」, 『근대문학의 형성과정』, 한국고
　　　전문학연구회 편, 문학과 지성사, 1983.

이학당, 「'熱河日記' 중의 필담에 관한 연구」, 성균관대 석사학위논문, 2000.

이학당, 「필담을 통해 본 『熱河日記』의 예술적 사실성」, 『한문학보』 제18집,
　　　우리한문학회, 2008.6.

이혜순, 「여행자문학론시고」, 『비교문학』 24집, 비교문학회, 1999.

이춘희, 「19세기 연행문인의 문학교류 양상 및 의미—藕船 李尙迪을 중심으로」,
　　　『한국어문학연구』 45집, 한국어문학연구학회, 2005.

임형택, 「박지원의 우정론과 윤리의식의 향방」, 『한국한문학연구』 1집, 한국한
　　　문학회, 1976.

임형택, 「癸未 通信使와 실학자들의 일본관」, 『창작과비평』 85, 창작과비평사,
　　　1994 여름.

임형택, 「조선사행의 해로 연행록: 17세기 동북아의 역사전환과 실학」, 『한국실
　　　학연구』 9집, 한국실학회, 2005.

임형택, 「17~19세기 동아시아, 한·중·일 간의 지식교류 양상 – '이성적 대화'
　　　의 열림을 주목해서」, 『대동문화연구원』, 성균관대 동아시아학술원,
　　　2009.12.

송준호, 「유득공의 시문학 연구」, 동국대 박사학위논문, 1983.

전　란, 「조선사절과 일본문인들의 창화·필담연구」, 목포대 석사학위논문,

2008.

전혜숙, 「18세기 초 〈燕行錄〉에 기록된 朝鮮知識人의 服飾觀에 관한 연구—金昌
業·崔德中의 〈燕行錄〉을 중심으로」, 『복식문화』 제8집, 2005.

정 민, 「『동사여담』에 실린 이언진의 필담 자료와 그 의미」, 『한국한문학연구』
제32집, 한국한문학회, 2003.

정일남, 「박제가의 시론과 시」, 성균관대 박사학위논문, 2001.

정일남, 「박제가 회인시 연구」, 『한국한문학연구』 제36집, 한국한문학회, 2005.

정일남, 「연행록의 관제묘 양상과 이미지」, 『동방한문학』 제33집, 동방한문학
회, 2007.

정일남, 「『熱河日記』「앙엽기」 일고」, 『동방한문학』 35집, 동방한문학회, 2008.

정일남, 「『熱河日記』연암형상 일고」, 『동방한문학』 제42집, 동방한문학회,
2010.

정훈식, 「乾淨衕筆談과 사행문학의 전환」, 『배달말』 31집, 배달말학회, 2002.

정훈식, 「북학파의 山海關 인식과 글쓰기양상」, 『문창어문논집』 39집, 문창어
문학회, 2002.

정훈식, 「을병연행록과 18세기 조선의 중국읽기」, 『국제어문』 33집, 국제어문
학회, 2005.

정훈식, 「홍대용 연행록의 구성방식과 성격」, 『한국문학논총』 40집, 한국문학
회, 2005.

정훈식, 「洪大容의 燕行錄 研究」, 부산대 박사학위논문, 2007.

조성산, 「18~19세기 중반 조선 세시풍속서 서술의 특징과 의의—'중국'인식의
문제를 중심으로」, 『조선시대사학보』 60, 2012.

진재교, 「18세기 조선조와 청조 學人의 학술교류—홍양호와 기윤을 중심으로」,
『고전문학연구』 23, 한국고전문학회, 2003.

진재교, 「동아시아 한문문화권의 지적 교류와 지식의 유통」, 한국한문학회
2007년도 전국학술발표대회 발표집, 2007.12.

차문섭, 「효종조의 군비확충」, 『조선시대군제연구』, 단국대 출판부, 1973.

최소자, 「淸朝의 對新疆政策」, 『梨大史苑』 28, 1995.

최소자, 「조선 후기 진보적 지식인들의 중국방문과 교유」, 『명청사연구』 23집,

명청사학회, 2005.

최소자, 「18세기 金昌業, 洪大容, 朴趾源의 중국인식」, 『명청사연구』 제32집, 명청사학회, 2009.

최박광, 「唱和集에 나타난 한일간의 시의 교류」, 『모산학보』 2집, 동아인문학회, 1991.

한태문, 「조선후기 통신사 사행문학 연구」, 부산대 박사학위논문, 1995.

한태문, 「통신사사행문학 연구의 회고와 전망」, 『국제어문』 27집, 국제어문학회, 2003.

한태문, 「조선후기 통신사 사행문학 연구」, 부산대 박사학위논문, 1995.

한태문, 「통신사 왕래를 통한 한일 문화교류」, 『한국문학논총』 41집, 한국문학회, 2005.

허경진, 「통신사와 접반사의 창수양상 비교」, 『조선통신사연구』 2호, 조선통신사학회, 2006.

허경진, 「洪大容 집안에서 편집한 『燕杭詩牘』」, 『冽上古典研究』 27집, 열상고전연구회, 2008.

小川晴久, 「十八世紀의 哲學과 科學의 사이-洪大容과 三浦梅園」, 『동방학지』 제20호, 연세대 국학연구원, 1978.

小倉雅紀, 「朴齊家의 北學思想과 性理學」, 『韓國文化』 18집, 서울대 한국문화연구소, 1996.

曹圭益, 徐東日, 「"燕行錄"中的千山、醫巫閭山和首陽山形象」, 『延邊大學學報』, 2008年1期.

陳紅民, 「晚清外交的另一種困境:以1887年朝鮮遣使事件爲中心的研究」, 『歷史研究』, 2008年2期.

葛兆光, 「鄰居家里的陌生人-清中葉朝鮮使者眼中北京的西洋傳敎士」, 『中國文化研究』, 2006年夏之卷.

何芳川, 「"華夷秩序"論」, 『北京大學學報』, 1998年6期.

陳大康, 「"熱河日記"與中國明清小說戲曲」, 『明清小說研究』, 1999年2期.

林香娥, 「盛衰之際-乾隆後期士人思想動態研究」, 浙江大學博士學位論文,

2004.5.

劉 靜, 「從"燕行錄"看18世紀中國北京市集-兼論中朝文化交流與文化差異」, 『北京社會科學』, 2006年3期.

馬婧妮, 「"熱河日記"中的中國形象研究」, 中央民族大學博士學位論文, 2007.

龐乃明, 「來華耶穌會士與晚明華夷觀的演變」, 『貴州社會科學』, 2009年6期.

王進駒, 「從文字獄檔案看淸代"盛世"中下層文人的病態心理」, 『北方論叢』, 2002年6期.

王政堯, 「18世紀朝鮮"利用厚生"學說與淸代中國-"熱河日記"研究之一」, 『淸史研究』, 1999年3期.

徐東日, 「朝鮮朝燕行使者眼中的關羽形象」, 『東疆學刊』, 2008年2期.

_____, 「朝鮮朝燕行使節眼中的乾隆皇帝形象」, 『東疆學刊』, 2009年4期.

_____, 「朝鮮朝燕行使臣筆下的"紫禁城"形象-以李宜的"燕途紀行"爲中心」, 『吉林大學社會科學學報』, 2009年6期.

楊雨雷, 「十六至十九世紀初中韓文化交流硏究-以朝鮮赴京使臣爲中心」, 復旦大學博士學位論文, 2005.4.

張雙志, 「淸朝皇帝的華夷觀」, 『歷史檔案』, 2008年3期.

朱雲影, 『中國文化對日韓越的影響』, 廣西師範大學出版社, 2007.9.

찾아보기

ㄱ

『감구집(感舊集)』 35
『거이록(居易錄)』 35
건륭 38, 103
「건정동필담(乾淨衕筆談)」 21, 65,
    151, 201
「경개록(傾蓋錄)」 84
경순미(敬旬彌) 116, 198, 199
『경의고(經義考)』 135
『경자연행일기(庚子燕行日記)』 35
고역생(高域生) 56, 136
고증학 137, 141, 142, 144
「곡정필담(鵠汀筆談)」 21, 81, 82,
    85, 87
공헌배(孔憲培) 60
곽생(郭生) 52
괴륜(魁倫) 61
구용(裘鏞) 61
『국조시별제(國朝詩別裁)』 34
『국호필화(菊壺筆話)』 195
『금시협연집(今詩篋衍集)』 34

기윤(紀昀) 59, 62, 63, 93, 95,
    144
기풍액(奇豊額) 55, 157, 181
김정중(金正中) 37
김창업 35, 106

ㄴ

나빙(羅聘) 60
남공철(南公轍) 32
납영수(拉永壽) 53
『노가재 연행일기』 35
노신 179
노이점(盧以漸) 37
능야(凌野) 56

ㄷ

『담헌서』 22, 25
『당보(塘報)』 152
『대경당집(帶經堂集)』 35
대구형(戴衢亨) 20
도교 177

도생(陶生) 59

「독매소학대전기여기(讀買小學大
　全記餘記)」 179

「동란섭필(銅蘭涉筆)」 135

등문헌(鄧汶軒) 53

ㅁ

마단림(馬端臨) 137

「망양록(忘羊錄)」 21, 81, 82, 85

「매 "소학대전"기」 179

모기령(毛奇齡) 137, 140

모조승(毛祖勝) 61

목춘(穆春) 56

문자옥 185

ㅂ

박보수(朴寶樹) 52

박보옥(朴寶玉) 52

박제가 20, 91, 110, 145, 165

박지원 20, 80, 109, 135, 140, 155

반선 117, 157, 200

「반선시말(班禪始末)」 81, 82, 156,
　197

반정균(潘庭筠) 51, 60, 62, 67,
　190, 203, 222

배관(裴寬) 56, 241, 242

백공생(白貢生) 54

번부 113

「번이수속(藩夷殊俗)」 115

북벌론 30, 31

『북학의』 165

북학파 12, 27

비치(費穉) 56, 241

ㅅ

『사고전서』 32, 33, 185

사량좌(謝良佐) 133

사주한(史周翰) 52

사행재거사목(使行賷去事目) 42

「상루필담(商樓筆談)」 21, 81, 242

서번 198

서벽외사해외수일본 26

서종맹(徐宗孟) 52

서종현(徐宗顯) 52

서호수 33

서황(徐璜) 57

선가옥(單可玉) 57

성대중(成大中) 33

「소서」 131, 135

소철(蘇轍) 136

「속재필담(粟齋筆談)」 21, 81, 84,
　242

손기(孫琪) 61

손유의(孫有義) 53

습협(襲協) 62

『시경』 131

심강(沈剛) 62

심덕잠(沈德潛) 34

「심세편(審勢篇)」 186

심풍지(沈豊之) 42

ㅇ

야소교 124

양련(楊璉) 158

「양매시화(楊梅詩話)」 83

「양매시화서」 84

양명학 129, 133

『양반전』 175

양통관(楊通官) 52

양혼(兩渾) 52

엄성(嚴誠) 51, 67, 127, 191

엄숙(嚴璹) 28

여만촌(呂晩村) 151

「연경잡절」 94

『연경잡절』 165

『연경잡지(燕京雜識)』 29

「연기(燕記)」 22, 29, 72

『연대재유록(燕臺再遊錄)』 23, 26, 29, 92, 93, 95

『연항시독(燕杭詩牘)』 78

『연행일기(燕行日記)』 106

「열하기행시주(熱河紀行詩注)」 26, 92, 95, 120

『열하일기』 22, 80

오림포(烏林哺) 52

오부(吳復) 56

오복(吳復) 241

오삼계 28

오상(吳湘) 51

오조(吳照) 60

「오팽문답(吳彭問答)」 29, 74

오호(吳胡) 52

온백고(溫伯高) 56

옹정제 103

유대관(劉大觀) 61

유송령(劉松齡) 52

유환지(劉鐶之) 60

육경훈(陸慶勳) 60

완원(阮元) 60

왕민호(王民皞) 39, 55, 112, 124, 138, 140, 168, 193

왕사정(王士禎) 35

왕삼빈(王三賓) 56

왕성(王晟) 55, 198, 199

왕수인(王守仁) 129, 130, 133

왕신(汪新) 56

왕위(王渭) 52

왕제(王霽) 61

왕한림(王翰林) 56

웅방수(熊方受) 61

유금 20

유득공 20, 91, 119, 143, 161

유세기(俞世琦) 56

유언술(俞彦述) 29

유연(劉淵) 118

「유포문답(劉鮑問答)」 29, 74, 75

유황포(俞黃圃) 199

육가초(陸可樵) 57

육구연(陸九淵) 133

육비(陸飛) 51, 71, 127, 130, 191

윤가전(尹嘉銓) 178, 179, 182

『윤암집(綸菴集)』 20

『을병연행록』 22, 75

「의산문답」 111, 134, 148, 216

이구몽(李龜蒙) 56

이기원(李驥元) 60, 62, 98

이덕무 20

이마두(利瑪竇) 124

이면(李冕) 57

이미지학 18

이서구(李書九) 31

이은(李溵) 32

이의현(李宜顯) 35

이재학(李在學) 37

이정원(李鼎元) 59, 62

이조원(李肇源) 194

이철보(李喆輔) 28

이희경 20, 92

『입연기』 20

ㅈ

잡지체 29

장경(張經) 53

장도옥(張道屋) 60

장문동(張問彤) 61

장보련(章寶蓮) 61

장부조(莊復朝) 60

장본(蔣本) 51

장상지(蔣祥墀) 61

장옥기(張玉麒) 59

장원관(張元觀) 53

「장주문답(蔣周問答)」 29, 74

장지형(張智瑩) 59

전동원(錢東垣) 59

전사가(田仕可) 55

정강성(鄭康成) 144

정득공(鄭得功) 60

『정사연행일기(丁巳燕行日記)』 28

『정유각집』 26

정조 31, 32, 34

정종(程樅) 62

정초(鄭樵) 136

정학이단론 125

『정화록(精華錄)』 35

조강(曹江) 59, 62

조수선(曹秀先) 56

조십왕(鳥什王) 119

조욱종(趙煜宗) 53

주달(周達) 195

주응문(周應文) 51

주이존(朱彝尊) 135, 137

주자학 126

주호(朱鎬) 61

증정(曾靜) 103

『지북우담(池北偶談)』 35

지전설 36, 111

진가(陳哥) 52

진립재(陳立齋) 199

진삼(陳森) 60

진유숭(陣維崧) 34

진전(陳鱣) 59, 62

진정훈(陳庭訓) 57

진희렴(陳希濂) 61

ㅊ

천문학 206

천초비란 163

철보(鐵保) 61

『초정전서』 26

『초정전집』 23

초팽령(初彭齡) 56, 135

최경칭(崔景偁) 62

최기(崔琦) 59

최덕중(崔德中) 106

추사시(鄒舍是) 55, 137, 159

ㅌ

「태학유관록(太學留館錄)」 22, 81

ㅍ

파로회회도(破老回回圖) 55, 116

팽관(彭冠) 51

팽혜지(彭蕙支) 59

포문갑(蒲文甲) 59

포우관(鮑友官) 52

풍병건(馮秉健) 57

풍승건 182

「피서록(避暑錄)」 22, 81, 84

ㅎ

하문도(夏文燾) 61

학성(郝成) 55

합밀왕(哈密王) 119

『항전척독(杭傳尺牘)』 22

『향조필기(香祖筆記)』 35

허조당(許兆黨) 57

협제(夾漈) 136

호삼다(胡三多) 56

「호저집(縞紵集)」 23, 62, 93, 97

호형항(胡迥恒) 61

홍대용 20, 65, 109, 128, 140, 150

홍력(洪櫟) 105

홍순언(洪純彦) 27

홍영선(洪榮善) 22

화신 181

화이론 101

활불 156, 157

황교 160, 200

「황교문답(黃敎問答)」 21, 81, 82,

156, 197

황비렬(黃丕烈) 60

황성(黃成) 61, 62

황태극 102

한중문화교류연구총서를 기획하면서

한자(漢字)는 전근대까지 동아시아에 공용되던 문자였다. 따라서 한국 한문학은 한국 내에서 지어진 한문학인 동시에, 동아시아 어디에서나 읽혀지던 문학이었다. 한자는 요즘에 세계 공용어라는 영어보다도 훨씬 더 국제적이고 보편적인 문자였으며, 한문학은 영문학보다 상대적으로 훨씬 더 많은 독자를 지니고 있었다. 우리나라 시골에 있던 선비들도 중국의 시문집을 원문 그대로 자연스럽게 읽었으며, 이들이 지은 글도 기회만 있으면 중국에서 읽힐 수 있었다. 교통과 통신, 그리고 무역이 불편했던 당시 상황을 고려해본다면, 중국의 최신 문학이 상당히 빠른 속도로 우리나라에 들어왔으며, 많은 지식인 작가들이 중국의 문학 흐름에 민감하였다.

그렇지만 이삼십년 전까지 한국 한문학을 연구하는 분들이 대부분 한국 한문학을 중국 문단과 떼어놓고 따로 연구하는 경향이 강했다. 그랬기에 비교문학이라는 범주가 따로 있었던 것이다. 한국 한문학의 작가들은 어릴 때부터 유학의 기본 경전과 중국 작품을 읽으면서 자랐고, 구체적으로 중국의 한 작가를 좋아하여 그의 작품을 주로 배우고 영향받은 경우도 많았다. 이렇게 따진다면, 한국 한문학의 작가들은 모두 비교문학의 대상이 될 수도 있을 것이다. 그러나 이제는 비교문학 이상의 차원에서 연구를 진행할 필요가 있다.

중국 시집이 조선에 유입되어 독자들에게 널리 읽힌 것은 당연하게 여겨지지만, 임진왜란 직후에 명나라 문인 오명제와 조선 비평가 허균이 함께 편집한『조선시선』이 중국에서 간행된 이래, 조선 문인들의 시선집도 몇 차례 청나라 문인에게 보내져 비평을 받았다.

박제가, 이덕무, 유득공, 이서구 등 후사가의 시선집인『한객건연집(韓客巾衍集)』이 1776년에 유금(柳琴)을 통해 청나라 문단에 소개되었다가 높이 인정을 받고 다시 조선 문단에서도 관심을 끌자, 그 다음 세대였던 역관 6명이 자신들의 시 235수를 모아『해객시초(海客詩鈔)』라는 시선집을 편집하고 청나라 문장가 동문환(董文渙)에게 보내어 평을 구했다. 이 책에 실린 역관 이용숙, 김병선, 강해수, 김석준, 변원규, 최성학은 모두 청나라에 널리 알려진 역관 시인 이상적(李尙迪)의 제자들인데, 이들은 평소에도 청나라에 드나들며 많은 시인들과 사귀었다. 이들은 동문환이 1862년부터『한객시록(韓客詩錄)』을 편찬하고 있다는 소식을 들었으므로, 이용숙이 1871년에 자문(咨文)을 가지고 북경에 갔던 길에 그를 찾아가서『해객시초』를 전해 주면서 비평을 부탁하였다. 내가 미국 하버드대학 옌칭도서관에서 발견한 이 책에는 동문환의 평이 덧붙어 있다. 나는 이 책이 조청(朝淸) 문학교류의 중요한 단서가 될 것이라고 생각했기에 석사논문을 지도받는 중국인 유학생 유정에게 논문 주제로 내주었는데,『해객시초 연구』로 석사학위를 받은 유정은 박사과정에서 청나라에서 편찬 출판된 조선시문집을 주제로 박사학위를 받았다.

나는 대학원 박사과정에서 학위논문을 지도한 중국 유학생 제자들에게 출신학교의 특성에 따라 논문 주제를 주었으며, 이들이 쓰는 논문은 사실상 나와 공동작업의 성격을 지니고 있다. 시간이 되면 내가 논문으로 쓰고 싶었던 주제를 그들에게 나누어 주었으며, 자료도 함께 수집하였다. 이들이 학위를 받은 뒤에 중국으로 돌아가서 어느 기관 어느 직분에서 연구를 계속하건, 이들과 교류를 계속하면서 공동연구를 할 생각이었다.

　최근에 『연행록전집』이 나왔지만, 아직도 많은 자료들이 남아 있다. 최초로 바닷길을 통해 명나라에 사신으로 다녀왔던 안경(安璥)이 기록한 『가해조천록(駕海朝天錄)』은 제목만 보더라도 말을 타고 가야 할 중국길을 배를 타고 갔다는 뜻이 나타나 있는데, 나는 이 책을 외국 도서관에서 찾아냈다. 이 책 경우에는 배를 타고 다녀왔다는 사실 자체가 당시 조선과 명나라, 후금(後金, 후일 청나라) 3국의 정치역학관계를 잘 보여줄 뿐만 아니라, 떠나는 배마다 파선되어 사신으로 임명되는 것을 기피했던 현상, 명나라 관원들의 기강이 무너져 부정부패가 극심했던 상황 등이 사실적으로 그려져 있다. 연행록 한 편만 가지고도 글로벌 한국학의 연구를 할 수 있다.

　곽미선(중국 연변대) 교수의 『김택영의 망명시기 문학활동연구』(2010), 천금매(중국 남통대) 교수의 『18-19세기 조청문인 교류척독연구』(2011), 유정(이화여대 중문과) 교수의 『19-20세기초 청인 편찬 조선한시문헌연구』(2011) 등이 계속 학위논문 심사에 통과하여 박사학위를 받고 본격적으로 학자로서의 출발을 하게 되자, 이들의 연구성과를 모아 한중문화교류연구총서를 간행하여 학계에 알려야 할 단계가 되었다. 나와 관련된 여러 대학의 젊은 학자들도 박사논문의 총서 편입을 요청해와, 총서의 목록이 곧바로 열 권 가까이 접수되었다. 글로벌 한국학 시대가 되면서 한중문화교류연구총서에는 더욱 알찬 연구성과가 축적될 것이라 기대된다. 마침 연세대학교에 미래융합연구원

이 발족하면서, 글로벌한국학연구센터가 문을 열게 되었다. 앞으로
는 외국의 박사학위논문도 받아들여, 글자 그대로 한중문화교류가
이 총서를 통해 활성화되기를 바란다.

2013년 7월

글로벌한국학연구센터에서 허경진

저자 **박향란**

1981년 중국 길림성 돈화시 출생.
연변대학교 조문학부를 졸업한 후 동대학원에서 석사를 취득하였고
한국 인하대학교 한국학과에서 박사를 취득하였다.
현재 흑룡강대학 한국어학과에 재직 중.

주요논저로는
「燕行錄所載筆談的文學形式硏究」(『世界文學評論』 제12집)
「문학적 구성을 통해 본 "건정동필담"의 의의」(『동방한문학』 제40집)
「李書九文學與中國文學之關聯」(『朝鮮實學派文學與中國之關聯硏究 下』) 등이 있다.

xlpiao22@hanmail.net

연행록 소재 필담의 연구
홍대용·박지원 등을 중심으로

2013년 8월 20일 초판 1쇄 펴냄

지은이 박향란
펴낸이 김흥국
펴낸곳 도서출판 보고사

등록 1990년 12월 13일 제6-0429호
주소 서울특별시 성북구 보문동7가 11번지 2층
전화 922-5120~1(편집), 922-2246(영업)
팩스 922-6990
메일 kanapub3@naver.com
http://www.bogosabooks.co.kr

ISBN 979-11-5516-042-8 94810
    979-11-5516-040-4 세트

ⓒ 박향란, 2013

정가 16,000원

이 도서의 국립중앙도서관 출판시도서목록(CIP)은 서지정보유통지원시스템 홈페이지
(http://seoji.nl.go.kr)와 국가자료공동목록시스템(http://www.nl.go.kr/kolisnet)에
서 이용하실 수 있습니다.(CIP제어번호: CIP2013012201)